CELESTE BRADLEY

Ein verruchter Lord

Buch

Lord John Redgrave, besser bekannt als »Jack«, weiß es sofort: Das kleine Mädchen mit den wunderschönen blauen Augen, das auf den Stufen vor seinem Gentlemen Club gefunden wird, ist seine Tochter. Vor drei Jahren kam ihre Mutter in einer dunklen Nacht in sein Zimmer und lehnte am nächsten Tag seinen Heiratsantrag ab. Doch als er jene Amaryllis Clarke aufsucht, um sich Klarheit zu verschaffen, offenbart sich ihm zu seinem größten Erstaunen und Erschrecken: Diese eine leidenschaftliche Nacht verbrachte er nicht mit der stolzen, erfahrenen Amaryllis, sondern mit ihrer betörenden jüngeren Schwester Laurel …

Autorin

Celeste Bradley, 1964 in Virginia geboren, lebt am Fuße der Sierra Nevada in Nordkalifornien. Sie ist mit einem Journalisten verheiratet und hat zwei Töchter. Bevor sie 1999 ihren ersten Roman veröffentlichte, arbeitete sie auch als Schauspielerin, doch ihre wahre Leidenschaft ist das Schreiben. Preisgekrönt, u. a. mit dem *RITA Award* für besonders herausragende Liebesromane, gehört die *New-York-Times*-Bestsellerautorin inzwischen zu den heiß geliebten Stars des Genres.

Weitere Informationen unter: www.celestebradley.com

Von Celeste Bradley bei Blanvalet lieferbar:

Der Liar's Club: Die schöne Schwindlerin (36335) · Die schöne Rächerin (36614)

Die Royal Four – Spione im Dienste Ihrer Majestät:
Der verruchte Spion (36660) · Der geheimnisvolle Gentleman (36661) · Verruchte Nächte (36905) · Gefährliches Begehren (36906)

Die Heiress Brides: Brennende Sehnsucht (37415) · Flammende Versuchung (37496) · Lodernde Begierde (37497)

Die Runaway Brides: Mein teuflischer Verführer (37931) · Ein sinnlicher Schuft (38012)

Celeste Bradley

Ein verruchter Lord

Roman

Aus dem Amerikanischen
von Cora Munroe

blanvalet

Die Originalausgabe erschien 2010
unter dem Titel »Scoundrel in my Dreams«
bei St. Martin's Press, New York.

FSC® www.fsc.org
MIX
Papier aus verantwortungsvollen Quellen
FSC® C014496

Verlagsgruppe Random House FSC® N001967
Das FSC®-zertifizierte Papier *Holmen Book Cream*
für dieses Buch liefert Holmen Paper, Hallstavik, Schweden.

1. Auflage
Deutsche Erstausgabe Juni 2013 bei Blanvalet Verlag,
einem Unternehmen der
Verlagsgruppe Random House GmbH, München

Dieses Werk wurde im Auftrag von St. Martin's Press LLC durch die
Literarische Agentur Thomas Schlück GmbH, 30827 Garbsen, vermittelt.
Umschlaggestalung: © Johannes Wiebel | punchdesign, unter
Verwendung eines Motivs von EvrenKalinbacak /Shutterstock.com
und von Vittorio Dangelico via Agentur Schlück GmbH
Redaktion: Ulrike Nikel
LH · Herstellung: sam
Satz: Buch-Werkstatt GmbH, Bad Aibling
Druck und Bindung: GGP Media GmbH, Pößneck
Printed in Germany
ISBN: 978-3-442-38013-8

www.blanvalet.de

Dieses Buch ist all jenen Menschen gewidmet,
die verlassene Hunde- und Katzenkinder aus Tierheimen
adoptieren. All meine Tiere sind auf diese Weise zu mir
gekommen. Denken auch Sie über diese Möglichkeit nach,
bevor Sie eines kaufen.

Prolog

Die Mutter hat kein Geld mehr geschickt. Kann sie deshalb nich länger behalten. Soll der Vater sie jetzt nehmen. Weiß nich, wie er heißt. Is Mitglied von Brown's.

Es war einmal ein kleines Mädchen, das wurde auf der Treppe eines altmodischen Londoner Gentlemen Club mit einem Zettel an ihrem Mantel ausgesetzt. Die Frage, wer als Vater infrage kommen könnte, beschäftigte fortan die Mitglieder des Clubs. Im Grunde genommen war die Möglichkeit begrenzt, denn fast alle bei Brown's waren zu alt. Viel zu alt. Und bei denen, die jung genug waren, handelte es sich um drei Freunde: Aidan de Quincy, Earl of Blankenship, Sir Colin Lambert und Lord John Redgrave, der künftige Marquis of Strickland.

Aidan und Colin waren schnell bei der Hand, das Findelkind ihrem abwesenden Freund in die Schuhe zu schieben, da sie sich völlig unschuldig fühlten. Doch Jack weilte in Übersee und konnte nicht befragt werden. Darüber verging einige Zeit, und immer mehr schlossen die beiden anderen dieses engelsgleiche Kind in ihr Herz. So sehr, dass der Gedanke, Melody hergeben zu müssen, sie schmerzte.

Als Erster stellte sich Aidan die Frage, ob sie nicht

doch sein Kind sein könnte. Nicht unwahrscheinlich, denn da war seine ebenso leidenschaftliche wie unglücklich zu Ende gegangene Affäre mit Madeleine Chandler, die vorgab, verwitwet zu sein, aber ganz offensichtlich ein dunkles Geheimnis mit sich herumtrug. Konnte sie die Mutter der ausgesetzten Kleinen sein? Aidan begab sich auf Spurensuche, wodurch schließlich ein Chaos über ihn, Madeleine und den Brown's Club hereinbrach. Zum Glück mit Happy End, wenn man von einem Wermutstropfen absah: Meldody war nicht ihrer beider Tochter.

Sobald dies klar wurde, machte sich Colin Lambert, der an dem aufgeweckten, hübschen Kind einen Narren gefressen hatte, Hoffnungen. Um der Sache auf den Grund zu gehen, reiste er mit dem kleinen Mädchen nach Brighton. Dort hoffte er Chantal zu finden, eine gleichermaßen hinreißende wie herzlose Schauspielerin, die über Jahre seine Geliebte war, jedoch ein wenig nettes Spiel mit ihm getrieben hatte.

Als er erfuhr, dass sie im Begriff stand, einen reichen Verehrer aus dem Hochadel zu heiraten, begann er sie zu suchen. Für die Betreuung von Melody heuerte er Prudence Filby an, eine clevere Garderobiere aus dem Theater in Brighton, die für Chantal gearbeitet hatte. Mit ihrer Hilfe hoffte er die Frau zu finden, die möglicherweise Melodys Mutter war. Und die er heiraten wollte, um »seiner Tochter« den Makel der illegitimen Geburt zu nehmen.

Doch er hatte die Rechnung ohne Prudence und ohne sein Herz gemacht. Denn zunehmend entwickelte er Gefühle für die flammenhaarige, heißblütige junge Frau. Hin- und hergerissen von widerstreitenden Empfindungen, schwankte er zwischen seiner wachsenden Leidenschaft und dem Wunsch, Melody durch eine Heirat mit ihrer vermeintlichen Mutter den Weg in eine gesellschaftlich aussichtsreiche Zukunft zu ebnen.

Auch Colin blieben Rückschläge nicht erspart, zumal er erneut von Chantal für ihre Zwecke ausgenutzt wurde, und erst in letzter Minute, vor dem Traualtar, kam die Wahrheit ans Licht. Die Schauspielerin gab zu, nie im Leben ein Kind zur Welt gebracht zu haben.

Diese Enthüllung erlaubte es Colin zwar, seinem Herzen zu folgen, konfrontierte ihn aber andererseits mit der schmerzhaften Erkenntnis, dass Melody nicht seine Tochter sein konnte.

Jetzt gab es nur noch einen, der als Vater infrage kam: Lord John Redgrave, der Erbe des Marquis of Strickland, der sich um die westindischen Zuckerrohrplantagen seines Onkels kümmerte oder mit den Schiffen des Familienunternehmens über die Weltmeere segelte. Für Jack, wie der junge Mann von seinen Freunden genannt wurde, stellte die Begegnung mit dem kleinen Mädchen eine gewaltige Überraschung dar, denn die einzige Frau, die er je geliebt hatte, war inzwischen mit einem anderen Mann verheiratet.

Zwanzig Jahre später …

»Button?«

Ein leises Geräusch ließ den kleinen Mann in seiner Erzählung innehalten. Fragend schaute er auf den dunklen Schopf hinunter, der an seiner Schulter ruhte. »Ja, Lady Melody?«

Sie setzte sich auf und zog die Nase kraus, wodurch sie viel jünger wirkte als dreiundzwanzig. »Ich weiß, dass Sie es nicht mögen, wenn ich Sie schon wieder unterbreche, aber das stimmt so nicht. Mama war nie mit einem anderen verheiratet.«

Als ob die bloße Erwähnung einer Eheschließung mehr wäre, als sie ertragen konnte, warf die junge Frau einen panischen Blick auf das exquisite Hochzeitskleid, das Lementeur beziehungsweise Button, wie alle den berühmten Modeschöpfer zu nennen pflegten, entworfen hatte. Sie mochte diesen Traum aus kostbarer Spitze und schimmernder Seide, den sie bald anziehen würde, nicht einmal anschauen, sondern verbarg das Gesicht sogleich wieder an Buttons Schulter.

»Egal. Tut mir leid.« Ihre Worte klangen undeutlich, was sowohl ihrer unterdrückten Angst geschuldet war als auch dem Überrock aus feiner Schurwolle. »Bitte, erzählen Sie weiter.«

Button hob mit einem Finger ihr Kinn an und schaute in Augen von der Farbe des Sommerhimmels, die dunkle Wimpern beschatteten. »Junge Lady, wenn ich diese

Geschichte zu Ende erzähle, versprechen Sie mir dann, dass Sie dieses Hochzeitskleid anziehen werden, das ich in mühevoller Kleinarbeit entworfen und für das ich Ihrem armen Vater eine geradezu obszöne Summe in Rechnung gestellt habe?«

Melody wich zurück. »Sobald ich es anziehe, dann muss ich …« Der unausgesprochene Rest des Satzes hing schwer im Raum.

Button zog unerbittlich eine Augenbraue hoch. »Wenn Sie das Wort nicht einmal über die Lippen bringen, werden Sie ganz bestimmt nicht in der Lage sein, den Schritt zu tun.«

Tief atmete die ebenso entzückende wie furchtsame Braut ein und aus, um ihren fliegenden Atem zu beruhigen und die wachsende Panik niederzukämpfen. Ohne Erfolg jedoch. Deshalb drückte Button ihren Kopf ungerührt vornüber zwischen ihre Knie – offenbar verfügte er über einige Erfahrung mit Bräuten der besten Gesellschaft, die diesem Tag mit Bangen entgegensahen. Trotz des kostbaren Lementeur-Kleides, wie es nur für einen begrenzten Kreis Auserwählter vom Meister selbst angefertigt wurde.

Langsam normalisierte sich Melodys Atmung wieder. Sie richtete sich auf und presste beide Hände an ihre brennenden Wangen. »Ich weiß nicht, was mit mir los ist.«

»Das weiß ich auch nicht«, sagte Button bemüht geduldig, obwohl er inzwischen seit Stunden Meldody ablenkte, indem er ihr die Familiengeschichte erzählte. »Es gibt keinen Grund, sich Sorgen zu machen. Sie lieben ihn über alles, und er betet Sie an. Sie sind eindeutig füreinander bestimmt.«

Sie kniff fest die Augen zusammen und schüttelte heftig den Kopf. »Füreinander bestimmt? Was bedeutet das? Gezwungen sein, für immer zusammenzuleben und einander unglücklich zu machen wie bei der Hälfte aller Paare in der Gesellschaft der Fall? Und zu wissen, wie man einander den größten Schmerz zufügen kann?«

Button runzelte die Stirn. »Er hat Ihnen nie wehgetan, oder etwa doch?«

»Nein«, sagte Melody kleinlaut. »Aber er könnte es. Er könnte, er könnte …« Ihr Gesicht verzog sich zu einer Grimasse. »Er könnte mich verlassen.«

Button umfasste ihr Gesicht mit beiden Händen. »Nicht weinen. Sie wollen heute schließlich hübsch aussehen.«

Melody starrte einen langen Augenblick zu ihm hoch, die Lippen zusammengepresst, die Stirn gerunzelt. »Button«, murmelte sie schließlich, »Sie sind schon ein bisschen verrückt, oder?«

Er lächelte und ließ sie los. Dann drückte er ihr einen raschen Kuss auf die Stirn. »Ein verrückter Hund, ja. Wenn Sie weinen, dauert es Stunden, bis die Spuren verschwinden.«

Erneut legte er den Arm um sie und zog sie an sich. »Ich erzähle Ihre Geschichte noch zu Ende. Jetzt geht es endlich um Ihre Eltern und die komplizierte Situation, in der sie sich befanden.«

»Sie haben gesagt, Onkel Colin sei dadurch zu seinem Buch *Die Königin im Turm* angeregt worden, aber ich glaube nicht, dass es so gewesen sein kann.« Sie schaute mit ernstem Blick zu ihm auf. »Zumindest gibt es keine Elfen.«

Button ignorierte den Einwand. »Hören Sie einfach weiter zu, und Sie werden erkennen, dass Ihre eigene turbulente Brautwerbung der Familientradition alle Ehre macht. Und anschließend lassen Sie sich diese zauberhafte Frivolität von Hochzeitskleid anziehen und legen damit für den alten Button Ehre ein. Und wenn Sie den Mittelgang der Kirche hinunterschreiten, darf nicht der Hauch eines Zweifels den Eindruck einer glücklichen Braut trüben, die soeben den schönsten Tag ihres Lebens genießt und es nicht erwarten kann, dem jungen Mann am Altar ihr Jawort zu geben.« Er schaute sie liebevoll an. »Haben wir uns verstanden, meine kleine Mylady?«

Sie erwiderte traurig seinen Blick und kuschelte sich an ihn wie in Kindertagen. »Ich denke, Sie sollten anfangen.«

Er drückte sie aufmunternd, als er von Neuem zu erzählen begann. »Es war einmal ein Mann, der glaubte, alles verloren zu haben …«

Alles begann in einem Schloss in einem fernen Land … Na ja, es war bloß ein Herrenhaus in Surrey. Eine junge Frau zog sich ihre Haube übers Haar und glättete mit fahrigen Be-

wegungen ihren Hausmantel, während sie auf Zehenspitzen den dunklen Flur zum Gästeflügel hinunterschlich.

Um sich zu orientieren, brauchte sie nicht einmal eine Kerze, denn sie kannte jeden Winkel dieses Hauses und fand sich selbst im Dunkeln zurecht. Zudem schien das Licht des Mondes durch ein Fenster am Ende des Flures. Das Zimmermädchen hatte vergessen, die Vorhänge bei Sonnenuntergang vorzuziehen. Zu viel anderes gab es für sie zu tun, denn das Haus war voller Gäste. Die mehrtägige Einladung der Gastgeber hatte für regen Zulauf gesorgt.

Für die junge Lady zählte jedoch nur ein einziger Gast. Lord John Redgrave, der Erbe des Marquis of Strickland – ein gut aussehender junger Mann, den jedoch ein Hauch von Düsternis umgab. Er machte sich Vorwürfe, den Tod seines Cousins Blakely, Sohn des Marquis, auf dem Schlachtfeld nicht verhindert zu haben.

Sie blieb vor der Tür zum Zimmer von John Redgrave stehen und atmete tief ein. »Jack«, flüsterte sie vor sich hin, um ihre Rede ein letztes Mal zu proben. »Ich weiß, dass Sie morgen fortsegeln, um sich um die Plantagen Ihres Onkels zu kümmern, aber … ich liebe Sie.«

Lächerlich. Die Worte klangen selbst für ihre eigenen Ohren kindisch und erbärmlich. Doch wie sollte sie ihm sonst ihre Gefühle offenbaren, bevor er weit wegfuhr – so weit, dass sie ihn vielleicht niemals mehr wiedersah?

Ihre zitternde Hand berührte das kalte Eisen des Knaufs. Mit einem kaum hörbaren Klicken öffnete sich die Tür, und sie war in seinem Zimmer. Auch hier schien der Mond durch das große Fenster, und in seinem magischen blausilbernen Schein sah sie Jack, der scheinbar in einem Meer von Licht ausgestreckt und nur halb bedeckt von einem zerwühlten schneeweißen Leinentuch auf dem breiten Bett lag.

Nackt. Ihr Mund wurde trocken, und ihr Herz begann warnend zu hämmern.

Er lag auf dem Rücken. Als sie sich dem Bett näherte, konnte sie jede Mulde und jede Erhebung seines breiten, muskulösen Brustkorbs erkennen. Ein Arm, seitlich ausgestreckt, schien nach ihr greifen zu wollen. Der andere ruhte entspannt auf seinem flachen Bauch.

Was sich unterhalb des Bauchnabels befand, blieb ihren Blicken weitgehend entzogen. Abgesehen von einem Oberschenkel und Knie verhüllte das Laken seinen Unterkörper, weshalb sie ihren Blick wieder nach oben wandern ließ. Hinauf zu seinem markanten Gesicht. Sie liebte die kantigen Flächen, die bereits da gewesen waren, bevor er in den Krieg zog. Doch seitdem hatten die Bilder der Schlacht, die er nicht aus dem Kopf bekam, zusätzliche Spuren hinterlassen und alle unbeschwerte Heiterkeit aus seinen Zügen vertrieben.

Sein Kinn und seine Wangenknochen wirkten härter und schärfer. Sein Mund mit der sinnlichen Unterlippe weigerte sich zu lächeln – nicht ein einziges Mal seit seiner Ankunft hatten sich seine Lippen verzogen. Und auf seiner Stirn und in den Mundwinkeln sah sie Furchen, die ebenfalls von seinen albtraumartigen Erlebnissen zeugten. Als fröhlicher, sorgloser Bursche war er in den Krieg gezogen und kam zurück als düsterer, gebrochener Mann, den Schuldgefühle quälten.

Sie allerdings liebte ihn dafür umso mehr. Es war leicht gewesen, ihn vorher zu umschwärmen. Jedes Mädchen hatte das getan, doch nun war es vorbei mit der allgemeinen Bewunderung – jetzt, da es den unterhaltsamen Charmeur nicht mehr gab.

Er redete kaum, und wenn klangen seine Worte bitter und zynisch, als sei alle Lebensfreude aus ihm gewichen. Und das entsprach offenbar den Tatsachen. John Redgrave konnte mit den banalen und trivialen Konversationen der feinen Gesellschaft nichts mehr anfangen. Sein Blick schweifte in die Ferne, und seine dunkelbraunen Augen offenbarten seelische Abgründe, die zarte Gemüter erschreckten. Folglich mieden die meisten Gäste, die von den Schrecken des fernen Krieges gegen Napoleon nichts oder lediglich vom Hörensagen wussten, den ungeselligen und unheimlichen jungen Lord wie ein nicht wirklich gezähmtes wildes Tier.

Sie hingegen fühlte sich von der düsteren Aura unwiderstehlich angezogen – beinahe wie eine Motte von einer hellen Flamme, in der sie verbrennen würde.

Ungehindert musterte sie den Schläfer. Er hatte sich das schwarze Haar lange nicht schneiden lassen, sodass es ihm fast bis auf die Schultern fiel. Sie mochte es so und verstand, was er damit zum Ausdruck bringen wollte: dass er sich nicht um gesellschaftliche Gepflogenheiten scherte. Am liebsten hätte sie ihm einige Strähnen aus der Stirn gestrichen. Und sein Kinn berührt, auf dem sich dunkle Bartschatten abzeichneten. Bestimmt würde es sich rau anfühlen – wie Sandpapier, wenn man mit den Fingern darüberstrich.

Sie fuhr sich mit der Zungenspitze über die Lippen und trat näher ans Bett. Sie hatte sein Gesicht schon so lange studiert, dass sie ihn im Dunkeln zeichnen könnte – und sich seit Jahren danach gesehnt, mehr von ihm zu sehen. Jetzt war ihre Chance gekommen.

Erneut betrachtete sie seinen eindrucksvollen Körper, der quer auf der Matratze lag. Er hatte breite Schultern und vergleichsweise schmale Hüften, was ihm eine katzenhafte Schlankheit verlieh, die man in bekleidetem Zustand indes nicht wirklich bemerkte. Auch nicht, wie muskulös er war. Schwarzes Haar kringelte sich auf seiner Brust und verjüngte sich nach unten zu einer dunklen Linie, der sie mit ihrem Blick folgte. Bis zum Bauchnabel, wo die Decke begann. Ihre Finger zuckten, und sie spürte die Versuchung, diese ein Stück nach unten zu ziehen.

Sie stieß einen leisen Seufzer aus.

John Redgrave war ein anderer geworden. Das schon, doch seiner Attraktivität tat das keinen Abbruch. Zumindest in ihren Augen nicht. Seines Äußeren, das er früher selbstbewusst wie einen schönen Mantel zur Schau gestellt hatte, schien er sich kaum mehr bewusst zu sein. Unter dem Eindruck von Grausamkeit, Zerstörung und Tod, die er im Krieg erlebte und die sie sich in ihrer behüteten Welt nicht einmal vorstellen konnte, hatte sein Blick sich nach innen gekehrt.

Aber er hatte auch äußere Narben davongetragen. Sie sah sie Unheil verkündend auf seiner im Mondlicht silbern schimmernden Haut. Ein Sternenmuster an einer Schulter, wo ihn eine Kugel getroffen haben musste. Ein diagonaler Streifen über den Rippen – Spuren eines Bajonetts, das seinem Herzen gefährlich nahe gekommen war. Ein anderes hatte ihn offenbar hoch zu Ross sitzend am Oberschenkel getroffen – sein Gegner musste den Hieb wohl von unten geführt haben.

Ein neuer Jack lag vor ihr, den selbst im Schlaf noch eine Ahnung von Tod und Gefahr umgab. Vom Krieg gezwungen, ebenso zu töten und zu verwunden wie tagtäglich aufs Neue Leben und Gesundheit aufs Spiel zu setzen.

Trotzdem fand sie ihn einfach schön – es gab kein besseres Wort dafür, wie er dalag, unbekleidet und nahezu unverhüllt in seiner körperlichen Pracht. Kraftstrotzend und perfekt in seiner Männlichkeit, während sie …

Ihre Hand, die sie bereits nach ihm ausgestreckt hatte, zuckte zurück. Ihre romantischen Fantasien kamen ihr mit einem Mal lächerlich vor. Wie konnte ein Mann, der durch die Hölle gegangen war, an einem unerfahrenen jungen Ding wie ihr Interesse zeigen? An einem Mädchen, das über das Leben nicht mehr wusste, als ihr Bücher vermitteln konnten. Und das einzige Leid, das sie ertragen musste, waren ihre ehrgeizigen, nach gesellschaftlichem Aufstieg strebenden Eltern und ihre missgünstige Schwester.

Plötzlich kam sie sich vor wie ein Kind, das sich einen Tiger als Haustier wünscht.

Sie sollte nicht hier sein, nicht allein in einem Zimmer mit diesem schönen, nackten und so unverkennbar potenten Mann. Vielmehr sollte sie auf der Stelle kehrtmachen und ihre törichten Backfischträumereien für sich behalten. Ein für alle Mal. Ja, das wäre das Richtige. Doch der Anblick seines

Körpers ließ sie nicht los, sondern weckte Begehrlichkeiten. Wobei Faszination und Angst eine seltsame Verbindung eingingen und um die Vorherrschaft rangen. Sollte sie ihn berühren … oder fliehen?

Ohne dass sie bewusst eine Entscheidung getroffen hätte, gewannen ihre Bedenken die Oberhand. Oder die Vernunft. Mit nur wenigen hastigen Schritten war sie bei der Tür, um zurückzukehren in die Sicherheit ihres Jungmädchenzimmers – gleichermaßen beschämt über ihre unangemessenen Träume wie wütend über ihre Mutlosigkeit. In ihren Augen brannten Tränen wegen des feigen Rückzugs, den sie selbst als Niederlage empfand.

Und dann hörte sie hinter sich plötzlich ein tiefes Stöhnen und undeutlich gestammelte Worte. Sie hielt inne und drehte sich um.

Der Mann im Mondlicht hatte sich verändert. Jedes Zeichen friedlicher Ruhe war dahin. Sein ganzer Körper bewegte sich in unruhigen, unkontrollierten Zuckungen – die Muskeln spannten sich an, und ein leiderfüllter Schrei des Protests drang über seine Lippen. Aller Schmerz, alle Verlusterfahrungen und -ängste kamen darin zum Ausdruck.

Erneut näherte sie sich dem Bett. Es war kein bewusster Entschluss. Ihre Füße trugen sie automatisch dorthin – sie reagierte bloß auf den Entsetzensschrei, dessen Zeuge sie wurde.

Sie fuhr sich mit der Zungenspitze über die trockenen Lippen. »Jack?« Ihr Flüstern ging unter in dem gestammelten Schrecken seines Albtraums. Mittlerweile glänzte seine Haut *schweißfeucht, und die Hände ballten sich zu Fäusten. Seine Finger krallten sich ins Bettlaken und zerrissen es.*

Sollte sie jemanden holen? Aber wen? Ihre Eltern? Undenkbar! Wie sollte sie ihnen ihre Anwesenheit im Schlafzimmer eines Mannes erklären? Einen Dienstboten? Die konnten auch nicht mehr tun als sie selbst.

»Jack!«

Sie beschloss, ihn aufzuwecken, doch er war zu tief gefangen in diesem wiedererlebten Horror, um sie zu hören. Energisch begann sie ihn zu schütteln. Sie musste es tun, konnte ihn nicht seinem Albtraum überlassen. Was aber würde sie sagen, wenn er erwachte? Dass sie seine Schreie gehört habe? Möglich. Allerdings durfte er dann nicht wissen, dass ihr Zimmer in einem ganz anderen Gebäudetrakt lag.

Während sie sich noch Erklärungen zurechtlegte, streckte sie eine zitternde Hand nach ihm aus. Nackter Mann, bloße Haut … Wo sollte sie ihn berühren? Zögernd legte sie ihre Finger auf seine Schulter, versuchte nicht an die Hitze seines Körpers zu denken, nicht an die Intimität des Gefühls von Haut an Haut. Kurz und heftig rüttelte sie ihn. »Jack! Wach auf!«

Eine Hand schlug um sich, schob ihre beiseite. Sie biss sich auf die Unterlippe und rückte näher, raffte ihren Hausmantel und kniete sich auf die Matratze. Beugte sich vor und griff erneut nach seiner Schulter. »Jack!«

Er bäumte sich auf und schrie, brachte sie aus dem Gleichgewicht, sodass sie auf seiner nackten Brust landete und seine Hitze durch ihren Körper zu schießen schien. Dennoch blieb er in seinem Traum gefangen.

»Blakely«, keuchte er.

Mein Gott, dachte sie. Er rief nach seinem gefallenen Cousin und engstem Vertrauten. Vorbei alles Zaudern und alle Verlegenheit, alle Rücksichtnahme auf Anstand und gesellschaftliche Normen. Entschlossen drückte sie seinen zitternden Körper mit ihrem auf die Matratze und streichelte sein Gesicht. »Schsch, Jack, es ist vorbei. Du bist zurück. Schsch. Du bist in Sicherheit.«

Seine konvulsivischen Zuckungen ließen ein wenig nach. Dadurch ermutigt, fuhr sie fort, die Spuren des Schmerzes und des Entsetzens von seinem Gesicht zu streicheln. Wolken schoben sich vor den Mond und verdrängten das Licht. Die Dunkelheit machte sie noch mutiger, und sie übersäte sein Gesicht mit eiligen Küssen. »Schsch. Komm zu mir zurück, Jack! Komm zurück nach England!«

Mit jeder Minute, die verstrich, löste sich seine Anspannung ein wenig mehr. Das atemlose Keuchen verlor an Heftigkeit, und sie spürte, wie sein Herzschlag sich verlangsamte. Sie umklammerte ihn, fuhr mit den Händen durch sein feuchtes Haar, rief nach ihm, flüsterte seinen Namen, küsste seine Wangen, seine Stirn, seine zusammengepressten Lippen.

Zunächst bemerkte sie es nicht einmal, wie ihr Mund immer länger auf seinem verweilte. Es fühlte sich so richtig an, auf ihm zu liegen, die Finger in seinem Haar und ihre Lippen auf seinen. Plötzlich hoben sich seine Hände, legten sich um ihr Gesicht – jetzt küsste er sie, und zwar auf eine ungewohnte Art: leidenschaftlich und fordernd. Und sie? Zu lange lag sie bereits auf seinem großen, festen, nackten Körper, zu lange massierten ihre Hände seinen Nacken und seine Schultern, zu lange sog sie seinen Duft ein, spürte seinen Atem – zu lange schon berührte und küsste und presste sie sich an ihn …

Als er sich auf sie rollte und den Kuss vertiefte, war sie so benommen, dass ihr gar nicht in den Sinn kam, dass irgendetwas daran falsch sein könnte.

John Redgrave, durch den Tod seines Cousins Blakely zum Erben des Marquis of Strickland geworden, fühlte sich beim Aufwachen zum ersten Mal seit Wochen ausgeruht und frisch. Es war die erste Nacht ohne erneutes Durchleben all der Schrecken und Gräuel gewesen. Stattdessen war die Frau, der sein Herz gehörte, zu ihm gekommen, hatte ihn getröstet und mit ihren zärtlichen Berührungen die quälenden Erinnerungen vertrieben. Alles, alles war ausgelöscht worden durch die Hingabe ihres Körpers, durch ihre heißen, leidenschaftlichen Küsse und das sanfte Streicheln ihrer Hände.

Zum ersten Mal, seit der Krieg ihm seine Seele geraubt und ihm nichts als Schuldgefühle und Trauer hinterlassen hatte.

Als Jack den Kopf auf dem Kissen drehte, nahm er ihren Geruch wahr. Den leichten Blütenduft ihres Haares und die parfümierte Seife, mit der sie sich wusch. Und dann war da noch ein anderer Geruch: der ihres Geschlechts. Er roch ihn auf den Laken und an sich selbst, spürte ihm jetzt nach, indem er sein Gesicht fest in die Kissen und Decken presste. Ihr Körper war ein Traum aus sanften Hügeln und verborgen lockenden Tiefen, und bereitwillig hatte sie ihn mit ihren Armen und ihrem Schoß willkommen geheißen. Und eine Hitze in ihm entfacht, die er bereits für immer erloschen glaubte. Aber auch menschliche Wärme.

Er hielt die Augen geschlossen und schwelgte in Erinnerungen – an den Geschmack ihres unerfahrenen Mundes, die Art, wie ihre zitternden Hände ihn liebkost hatten, während ihr dunkles Haar sich über seinen Brustkorb ergoss wie Seide, wie sie sich an ihn geklammert hatte, als er endlich behutsam in sie eindrang …

Er setzte sich auf und schlug die Bettdecke zurück, um den verräterischen Fleck ihrer verlorenen Unschuld zu enthüllen. Eine Mischung aus Verlegenheit und Besitzerstolz ergriff ihn.

Meine Frau. Meine.

Er zog die Decke wieder darüber und beschloss, baldmöglichst mit ihrem Vater zu sprechen, bevor ein übereifriges Zimmermädchen sie womöglich in Verlegenheit brachte.

Als er vor einigen Wochen als ein Schatten seiner selbst nach England zurückgekehrt war, um widerwillig den Platz seines toten Cousins als Erbe einzunehmen, hatte Jack erfolglos versucht, die Fäden seines alten Lebens wieder miteinander zu verknüpfen. Doch mit ihr an seiner Seite erschien es ihm fast möglich.

Dann konnte er hoffentlich endlich auch seinem Onkel gegenübertreten, ohne ständig an Blakely zu denken und sich zu fragen, ob dieser ihm wohl über den Tod hinaus Vorwürfe machte, weil er seinen ihm durch Geburt zustehenden Platz einnahm. Eine liebende Frau neben sich zu wissen würde das alles leichter und irgendwann vielleicht sogar vergessen machen.

Jack begann in diesem Moment beinahe wieder an eine Zukunft ohne Schießpulver und Tod zu glauben. Ein leichtes Lächeln umspielte seine Mundwinkel, als er sich wusch und rasch anzog. Es schien tatsächlich, als würden sich die Dinge zum Besseren wenden.

Er sollte sich schrecklich täuschen.

»Ich verstehe nicht, Sir.« Jack versuchte seine Empörung so gut wie möglich zu verbergen, doch wer ihn kannte, hörte den scharfen Unterton in seiner Stimme. »Sie kann unmöglich den Earl of Compton heiraten – schließlich ist sie mit mir verlobt!«

Mr. Clarkes Hängebacken gerieten vor Unmut in Bewegung. Indigniert räusperte er sich, mied jedoch Jacks Blick. »Das war bloß ein sentimentales Versprechen in einer außergewöhnlichen Situation. Hunderte junger Mädchen haben es sicherlich einem Soldaten gegeben, der in den Krieg zog.« Er umklammerte mit den Fingern seine Rockaufschläge und wippte auf den Fersen, wobei er das Kinn selbstsicher in die Luft reckte. »Es hat keine offizielle Verlobung gegeben.«

Jack gab sich größte Mühe, ruhig zu bleiben. »Dennoch handelt es sich um ein Versprechen. Wenn Sie aus egoistischem finanziellem Interesse darauf bestehen, dass sie diesen alten Ziegenbock heiratet, dann …«

»Aber Jack, ich möchte Compton heiraten.« Amaryllis' Stimme wehte wie ein leichter Windhauch ins Arbeitszimmer ihres Vaters.

Er drehte sich um, und sein Herz begann wild zu hämmern, während ihre Worte in sein Bewusstsein drangen. Überrascht starrte er sie an, wie sie da in der Tür stand. Eine kühle, kontrollierte und wohlerzogene Version des süßen, leidenschaftlichen Mädchens, das er in der vergangenen Nacht geliebt hatte.

Jetzt trug sie ihre schwarze Haarfülle kunstvoll zu einem Knoten gebunden – abgesehen von ein paar verführerischen Strähnchen, die ihre Wangen umspielten. Ihre eifrigen Hände, die ihn vor nur wenigen Stunden in Leidenschaft versetzt hatten, waren gesittet vor ihrem Körper gefaltet. Wenn er ihre Haut mit seinen Bartstoppeln gereizt hatte, während er sich in ihr verlor, dann waren alle verräterischen Spuren mit Cremes und Puder getilgt worden. Jedenfalls sah ihr Teint makellos aus wie feinstes Elfenbein.

»Darling …« Er trat vor, weil er nicht anders konnte, doch als er ihren Blick auffing, entdeckte er keine warme Regung darin. Sie neigte den Kopf und schaute ihn an, als sei nichts zwischen ihnen vorgefallen. Seine Schritte wurden immer langsamer, und schließlich blieb er stehen.

Amaryllis durchquerte den Raum, stellte sich neben ihren Vater, und beide musterten ihn so kühl, wie man das mit unwillkommenen Verehrern tat. Oder, schlimmer noch, mit aufdringlichen Geschäftspartnern.

Übermächtig kehrten die Erinnerungen an die vergangene Nacht zurück, und am liebsten hätte er sie ihr und ihrem Vater ins Gesicht geschrien, doch irgendwie fehlten ihm in diesem Moment die richtigen Worte. Offenbar war seine Eloquenz ebenfalls auf den Schlachtfeldern geblieben.

Seine Freunde hatten ihn bedrängt, dieser Einladung zu folgen. Sie alle hofften, dass die Begegnung mit dem Mädchen, das er liebte, in ihm wieder den Mann zum Vorschein bringen würde, der er einmal gewesen war. Nur deshalb war er nach Sussex gereist, wo ihre Familie den Sommer verbrachte.

Dort angekommen, merkte er jedoch erst richtig, wie viel ihn inzwischen vom oberflächlichen Amüsement der anderen Gäste trennte. Mehr und mehr quälte ihn das Gefühl, in einer gläsernen Hülle zu sitzen, die ihn hermetisch von der Umwelt absonderte und jede Kontaktaufnahme von vornherein verhinderte. Außerdem spürte er, dass alle sich in seiner Gegenwart unbehaglich fühlten.

Auch bei ihr hatte er bei seiner Ankunft eine reservierte Kühle wahrgenommen und sich gefragt, ob sie ihn absichtlich mied oder ob die Gastgeberrolle sie überforderte, die sie anstelle ihrer erkrankten Mutter übernehmen musste. Das Wiedersehen blieb enttäuschend, denn er schaffte es nicht, an das belanglose Geplauder aus der Zeit vor dem Krieg anzuknüpfen. Er fühlte sich in dieser äußerlich vertrauten Welt wie ein Fremder, der sein Zuhause und jede Orientierung verloren hatte.

Bis zur vergangenen Nacht, als sie zu ihm kam und ihm mit ihrem Körper Trost bot. Für ihn war es der erste Augenblick echter Verbundenheit gewesen, und dankbar ging er auf ihr Angebot ein – schließlich waren sie verlobt, rechtfertigte er sich.

Offenbar jedoch nicht, wie er erkennen musste.

Amaryllis wandte den Blick von seinen fragenden Augen ab und hob das Kinn. »Der Earl of Compton ist eine sehr gute Partie«, sagte sie, und ihre Stimme drang zu ihm durch wie aus weiter Ferne. »Ich denke, wir werden sehr gut harmonieren.«

»Du sagtest doch … Ich bin zurückgekommen, weil … Du hast versprochen …« Verdammt! Sein Gehirn schien außerstande, seine Sprache sinnvoll zu steuern. Seit er aus dem Krieg zurück war, erkannte er sich selbst beim Reden kaum wieder. So unbeholfen klang alles. Er atmete tief durch, doch sie kam ihm zuvor.

»Es tut mir entsetzlich leid, falls Sie einen falschen Eindruck von meiner Freundschaft gewonnen haben sollten«, sagte sie vorsichtig. »Es lag mir fern, irgendwelche Verwirrung anzustiften.« Die Worte klangen ein wenig eingeübt.

Und ihm fiel nichts anderes ein, als das auszusprechen, was ein echter Gentleman für sich behalten würde. »Ich habe dich kompromittiert«, sagte er.

Entsetzt riss sie Augen und Mund auf, doch er sollte

nie erfahren, was sie geantwortet hätte. Statt ihrer ergriff ihr Vater das Wort. Er trat zwischen sie und sah in diesem Moment einer zum Sprung bereiten Bulldogge extrem ähnlich. »Mylord, wenn Sie weiter Lügen über meine Tochter verbreiten, muss ich Sie bitten zu gehen.«

Es ist keine Lüge.

Flehentlich schaute er sie an, bat sie stumm, die Wahrheit zu sagen. Sie aber schwieg. Jack meinte keine Luft mehr zu bekommen, denn schlagartig begriff er, was hier gespielt wurde. Sie hatten einen lockenderen Preis im Sinn. Einen alten, reichen Titelträger. Er würde ihr Vergleichbares erst nach dem Tod seines Onkels zu bieten haben – offenbar wollte sie nicht darauf warten.

Unmöglich, das einfach geschehen zu lassen. Nicht nach dieser Nacht, die ihm beinahe den Glauben an den Sinn des Lebens zurückgegeben hatte. »Das können Sie nicht machen«, schrie er unbeherrscht Vater und Tochter an. »Ich werde nicht zurücktreten.« Aufgebracht wandte er sich an Amaryllis, die erschrocken zurückwich. »Wie kannst du nur – nach allem, was wir geteilt haben?«

Stumm stand das Mädchen da mit hochroten Wangen, die blauen Augen voller Verachtung auf ihn gerichtet, während zwei stämmige Lakaien ihn an den Armen packten und den heftig um sich Schlagenden unsanft nach draußen beförderten. Später würde er sich an die Szene kaum noch erinnern, wusste lediglich, dass er sich mit aufgeschürften Handflächen und auf allen vieren im Kies der Auffahrt wiederfand. Schemenhaft nahm er an den Fenstern der Vorderfront Gesichter wahr: Gäste und Personal, die entrüstet auf ihn herunterblickten, und ein vertrautes Gesicht mit entsetzt aufgerissenen blauen Augen, aus denen Tränen flossen.

Jack verstand endgültig die Welt nicht mehr.

Zurück in London geriet er vollends aus dem Gleis. Er soff und prügelte sich, prügelte sich und soff. Bis zu jener Nacht, als er sich hoch oben auf dem Dach des Brown's Club wiederfand, in der Hand eine Whiskyflasche, die Beine über dem Nichts baumelnd und darüber nachdenkend, wie lange es wohl dauerte, bis er in der Ewigkeit ankam.

Seine Freunde schafften es, den Sprung zu verhindern und ihn ein wenig zur Vernunft zu bringen. Ihn in London zu halten, das vermochten sie jedoch nicht. Jack entschloss sich, nach Übersee aufzubrechen, um sich dort um die Plantagen des Marquis und die Handelsschiffe zu kümmern – in Wirklichkeit jedoch, um die Frau zu vergessen, von der er sich Rettung erhofft hatte.

Erstes Kapitel

England, fast vier Jahre später …

Jack schritt langsam über die Gangway der *Honor's Thunder*, einen einfachen Koffer in der Hand. Die Matrosen blickten hoch, als er an ihnen vorbeiging, einige nickten respektvoll, doch niemand wechselte ein Wort mit ihm. Dafür bestand auch kein Grund, denn er war weder der richtige Kapitän noch der Eigner des Schiffes. Ersteres war ein erfahrener Seemann mit entsprechendem Patent, Letzteres sein Onkel und er bloß der Erbe, der sich um die Geschäfte kümmerte und den die Seeleute mit »Mylord« anredeten.

Als er nach Jahren wieder englischen Boden betrat, schien dieser unter seinen Füßen zu schwanken.

Ich habe Seemannsbeine.

Ach, könnte er doch einfach umdrehen und zurück aufs Schiff marschieren. Am liebsten wäre er in Übersee geblieben oder weiter über die Weltmeere gesegelt, um dort Geschäfte zu treiben. Lediglich ein kryptischer Brief seines alten Freundes Aidan de Quincy, hatte ihn veranlasst, in London von Bord zu gehen.

Das Schreiben hing mit einer Nadel befestigt an einer Wand im Büro des Dockmeisters der Ostindienkompanie und befand sich in einem erbärmlichen Zustand. Der Mann hatte Jack das verknitterte, aufgeweichte Papier, das nur noch mühsam zu entziffern war, mit einem entschuldigenden Schulterzucken überreicht. Der Brief sah aus, als sei er ihm um die halbe Welt gefolgt, bloß um dann zu Hause auf ihn zu warten.

Als er den Bogen auseinanderfaltete, ließen sich lediglich einzelne Worte entziffern. »Kehr sofort zurück«, »Deine … wartet hier auf dich« und zuletzt: »Du kannst nicht ewig vor ihr fliehen.«

Ihr.

Aidan konnte nicht sie meinen. Nicht die Frau, die Jacks Gedanken nach wie vor bei Tag und Nacht gefangen hielt, sodass er kaum Schlaf fand. Deren leises Stöhnen und liebevolles Flüstern noch immer in seinen Ohren nachhallte und ihn taub machte für die Avancen anderer Damen. Unmöglich, dass Aidan sie meinte. Zumal Jack keiner Menschenseele je erzählt hatte, was damals bei den Clarkes passiert war, und es konnte fast als sicher gelten, dass auch die Familie nichts hatte verlauten lassen.

Trotzdem hatte diese als äußerst gering einzuschätzende Möglichkeit ihn aus seiner Erstarrung gerissen und ihn bewogen, seinen Fuß auf den unwirtlichen englischen Boden zu setzen. Dieses verdammte, kaltherzige England.

Während Jack durch die wabernden Morgennebel die Dockanlagen hinunterging und sich um einen einigermaßen würdevollen Gang bemühte, versuchte er sie aus seinen Gedanken zu vertreiben – nicht ihr Gesicht in einem beliebigen milchigen Wirbel zu entdecken oder ihre verlockenden Kurven in einer sanft gewellten Wolkenbank. Er wollte sich durch den heller werdenden Himmel auch nicht an das klare Blau ihrer Augen erinnern lassen und erst recht nicht durch die frische Morgenbrise an ihr seidiges Haar, das über seine Haut strich, während sie Küsse auf seinem Körper verteilte.

Nein, er durfte nicht an sie denken, nicht wieder. Schließlich hatte er es vor langer Zeit geschafft, sie endlich aus seinem Kopf zu verbannen.

Bei seiner Ankunft stand die Tür zum Brown's im morgendlichen Sonnenlicht offen. Jack blinzelte und spähte vom Fuß der Treppe hinauf ins Innere, das im Dunkeln lag. Er war unendlich müde, fühlte sich taub und erschöpft, und doch kam es ihm vor wie eine Heimkehr, denn ein anderes Zuhause hatte er nicht.

Einer seiner Vorfahren gehörte zu den Gründern des Clubs, und die Mitgliedschaft war sozusagen Familientradition. Jack hatte sich dort trotz des hohen Altersschnitts immer wohlgefühlt. Auf dem Anwesen der Stricklands hingegen nicht, denn es war furchteinflößend groß und luxuriös. Seit Blakelys Tod mochte er schon gar nicht mehr dorthin, weil er dem trauernden Vater nicht unter die Augen treten konnte. Musste er den Neffen nicht als Schurken betrachten, weil er seinem Cousin nicht geholfen hatte?

Jack gab sich einen Ruck und stieg die Stufen empor.

Los, geh hinein. Finde heraus, was der Brief zu bedeuten hat. Und dann kehr zurück auf dein Schiff ...

Mit Füßen, die sich zentnerschwer anfühlten, trat Jack durch die Tür.

In der Eingangshalle sah er sich einer Gruppe von Menschen gegenüber. Er zögerte und umklammerte den Griff seines Koffers, während er die Leute unbehaglich musterte. Fremde besaßen seiner Erfahrung nach die verstörende Tendenz, ihn anzusprechen, ihm Fragen zu stellen, ihn zu zwingen, in den verworrenen Winkeln seines Verstands nach sinnvollen Antworten zu suchen. Sogar die einfache Frage: *Wie geht es Ihnen?*, wurde zu einer unüberwindlichen Hürde. Er verfügte weder über ausreichende Lust noch genügend Scharfsinn, um zu lügen, und die Wahrheit wollte niemand hören.

Neben der Tür stapelte sich Gepäck. Jemand kam gerade an. Oder reiste ab.

Was für ein Zufall. Genau wie ich. Ankommen und so bald wie möglich wieder abreisen.

Jack schärfte seinen Blick und erkannte in dem groß gewachsenen, breitschultrigen Mann mit dunklem Haar und blauen Augen Aidan, und der Blonde mit der spöttischen Stimme war kein anderer als Colin. Die Frauen neben den beiden hatte er jedoch noch nie gesehen. Die eine war dunkel-, die andere rothaarig, beide ziemlich hübsch, wie er beinahe beiläufig registrierte.

Dann allerdings stutzte er. Frauen im Brown's Gentlemen Club? Begleiterinnen seiner Freunde, denn das waren sie zweifellos. Immerhin ruhte Colins Hand ziemlich weit unten auf der Hüfte der rothaarigen Lady. Und die Dunkelhaarige blickte verliebt zu Aidan auf. Was zum Teufel ging hier vor?

Da war man gerade mal ein paar Monate weg – nun ja, Jahre –, und die Welt geriet aus den Fugen. Und dann entdeckte er plötzlich zwischen den beiden Paaren auch noch ein kleines Mädchen, das ungeduldig auf seinen in Stiefeln steckenden Füßen wippte und den Kopf so weit zurücklegte, dass ihr kleiner Dreispitz von den dunklen Locken zu rutschen drohte. Ein bildhübsches Kind mit großen blauen Augen, das als Pirat verkleidet war und ein Holzschwert in den Händen hielt.

Ihr Anblick traf Jack mitten ins Herz. Wie der Hieb eines echten Schwertes. Mein Gott, das Kind sah aus wie sie.

Obwohl Jack nicht auf sich aufmerksam gemacht hatte, bemerkten ihn die vier Erwachsenen endlich. Die dunkelhaarige Frau trat vor und sagte irgendetwas über das Kind, das allerdings von dem tosenden Aufruhr in seinem Kopf überlagert wurde.

Er hob eine Hand, und alle verstummten. »Ich weiß, wer sie ist.« Er stellte seinen Koffer ab, durchquerte die Halle und ließ sich vor dem kleinen Mädchen auf ein Knie nieder. »Du siehst genauso aus wie deine Mutter«, sagte er sanft.

Sie schob sich ihre alberne Miniaugenklappe vom Gesicht und blickte ihn aus erstaunlich blauen Augen an. Dann streckte sie die Hände aus und streichelte sein hageres Gesicht mit ihren pummeligen Babyfingern. »Und du bist Käpt'n Jack.«

In diesem Augenblick kam es dem einsamen Mann vor, als würde sein Herz wieder zu schlagen anfangen und zu seinem alten Rhythmus zurückfinden.

Ihre Händchen waren klebrig und rochen nach Zitronenkuchen, doch um nichts in der Welt wäre Jack zurückgewichen, ließ sich geduldig von ihr inspizieren. »Und wer bist du?«, fragte er.

Eine zweite rosige Hand legte sich weich auf sein kantiges Gesicht. »Ich bin Käpt'n Melody.«

Melody. Natürlich. Kein anderer Name würde besser passen. »Hallo, Melody. Ich bin dein Vater.«

Das Kind legte den Kopf schief und schaute ihn für einen langen Moment an. »Ich mag Schiffe«, sagte die Kleine schließlich. »Hast du ein Schiff?«

Er nickte wieder. »Ich habe viele Schiffe.«

»Kann ich sie mal sehen?«

»Gewiss.«

Sonst noch etwas? Soll ich einen Drachen für dich töten? Die Monster unter deinem Bett vertreiben? Deine Verehrer anstarren, bis sie in ihren Stiefeln erzittern?

Er stand auf und streckte ihr die Hand hin. »Ich zeige dir unser Flaggschiff, die *Honor's Thunder.*«

»Einverstanden.« Sie nahm seine Hand und ging mit ihm zur Tür. Dort drehte sie sich um und winkte den versammelten Zuschauern zu. »Ich geh jetzt und seh mir Papas Schiff an. Bye-bye.«

Wilberforce, der sich keinen Deut verändert zu haben schien, half ihr in ihren Mantel, öffnete die Tür für sie und verneigte sich stumm, während sie ins Freie traten. Jack schaute nach oben. Wann war der Himmel je so strahlend blau gewesen?

Seit der kleine Pirat an seiner Seite war. Mit Augen so blau wie der Sommerhimmel.

Seine Tochter. Machtvoll brachte sie die Erinnerung an jene Nacht zurück, die er im Leben nicht vergessen würde – egal, wie weit er fortsegelte oder wie lange er der Heimat fernblieb. Eine überwältigende, eine perfekte Nacht, doch beim Licht des Tages hatte sie ihn von sich gewiesen, um einen reicheren Mann zu heiraten …

Amaryllis Clarke, jetzt Lady Compton oder Countess of Compton, war ihm eine Erklärung schuldig – und dieses Mal würde sie die Wahrheit sagen müssen.

»Papa! Ich kann das Haus sehen! Ist das riesig!«

Konnte jemand auf der Welt so aufgeregt sein wie die dreijährige Melody, die auf dem gepolsterten Sitz der Kutsche auf und ab hüpfte, sich neugierig aus dem Fenster beugte und sogar ihre schmuddelige Lumpenpuppe für zwei Minuten vergaß.

»Ja, Melody. Der Earl of Compton hat ein ziemlich großes Haus.« Jack hob die Puppe seiner Tochter mit spitzen Fingern vom Boden der Kutsche auf und legte sie zurück auf Melodys Platz. Gordy Anne sah aus wie ein zerschlissenes Halstuch, das mehrfach verknotet und von einem Maultiergespann für ungefähr ein Jahr durch die Gegend gezogen worden war.

Dennoch kannte Melodys Liebe für sie keine Grenzen. Sich darüber zu beklagen, kam Jack nicht in den Sinn, denn von ihrer hingebungsvollen Anhänglichkeit profitierte er schließlich selbst. Fragte sich nur, wo er rangierte. Vor oder hinter Gordy Anne. Kurz dahinter, vermutete er, aber mit etwas Glück vor ihrem Lieblingsdessert Beeren-Trifle. Oder gleichauf damit, was für ihn ebenfalls akzeptabel war. Immerhin hatte er selbst einiges für diese Köstlichkeit übrig. Zumindest war das früher so gewesen, als die Welt noch aus anderen Farben als Grau bestand und nicht alles nach Sand schmeckte.

Neben ihm turnte Melody auf dem Sitz herum und warf ihm einen fröhlichen Blick über die Schulter zu. »Papa, ich kann die Tür sehen.« Ihre blauen Augen funkelten.

Die Dinge wurden deutlich besser. In seine graue Welt hatte die Farbe Blau Einzug gehalten. Es waren die Augen ihrer Mutter. Sie sahen aus wie der Sommerhimmel, wie blauer Topas, wie das Ei eines Rotkehlchens. Amaryllis' Augen konnten strahlen und funkeln und verzaubern – und leichtgläubige Männer zu hirnlosem Wachs in ihren Händen verwandeln. Aber er hatte diese Augen auch kalt und eisig erlebt wie jene Gletscher, die es in den nördlichen Meeren gab. Und wie der in seinem Innern, der sein Herz hatte erfrieren lassen.

Die lange Auffahrt schien kein Ende zu nehmen, und Melody kletterte hinüber auf den anderen Sitz, um sich Gordy Anne zu holen und mit ihr auf Jacks Schoß zu krabbeln. Vertrauensvoll schmiegte sie sich an seine Brust, während ihr Vater auf sie hinabschaute.

Noch konnte er dieses Wunder nicht fassen. Seine Tochter, die mit ihren unermüdlichen Liebesbeweisen den Eispanzer, der sein Herz umschloss, langsam zum Tauen brachte. Beschützend legte er den Arm um sie – für den Fall, dass die Kutsche durch ein Schlagloch ratterte, und auch aus einem fürsorglichen Instinkt heraus.

Es hatte ihn ein wenig überrascht, dass sie sich nicht vor ihm fürchtete. Die meisten Kinder taten das, wenn er darüber nachdachte. Melody jedoch nahm ihn einfach als Teil der merkwürdigen und ungewöhnlichen Familie im Brown's Gentlemen Club und akzeptierte ihn sofort als ihren Vater. Genauso, wie er auf der Stelle wusste, dass dieses Kind seine Tochter war. Sein Kind, für das er die Verantwortung trug, doch inzwischen bedeutete sie viel, viel mehr für ihn. Seit sehr langer Zeit war sie die erste Person, die an sein Herz rührte und Empfindungen in ihm weckte.

Gleichzeitig wuchs sein Zorn auf Amaryllis, die das Kind offenbar bedenkenlos in eine Pflegestelle gegeben hatte. Auch das war neu in seiner grauen Welt. Zorn bedeutete, dass ihm etwas am Herzen lag, und war somit ein weiteres Indiz für seine langsame Rückkehr in ein normales Leben. Jede neue Gefühlsregung legte in seiner Seele verschüttete oder gar verloren geglaubte Empfindungen frei. Vertraut und zugleich ungewohnt.

Die Kutsche kam sanft zum Stehen, und Jack blickte aus dem Fenster auf eine kostbare Marmortreppe, die zu der reich mit Schnitzereien verzierten doppelflügeligen Eingangstür führte. Livrierte Diener schwärmten aus, um sich um die Gäste, die Pferde und die Equipage zu kümmern.

Jack zeigte sich wenig beeindruckt. Strickland existierte schon länger als dieser Landsitz hier, war mindestens genauso luxuriös und besaß fünfmal so viel Grund und Boden. Amaryllis hatte sich zwar gut verheiratet, war eine betuchte Countess, aber mit etwas mehr Geduld wäre sie an seiner Seite eine geradezu obszön reiche Marquise geworden, die auf jede bloß wohlhabende gräfliche Ehefrau heruntergeschaut hätte. Allein schon wegen des höherrangigen Adelstitels.

Leider gehörte Geduld nicht zu Amaryllis' hervorstechenden Eigenschaften.

Jack und Melody wurden sofort ins Haus gelassen und in einen Empfangssalon geführt. Der Raum glänzte und glitzerte mit seinen Vergoldungen und Kristalllüstern so sehr, dass die sonst unerschrockene Melody sich an Jacks Bein klammerte und eingeschüchtert einen Zipfel von Gordy Anne in den Mund steckte. Jack lehnte es ab, Platz zu nehmen. Zorn war wirkungsvoller, wenn man stand, erinnerte er sich.

Nach einer geraumen Zeit, die fast schon als unhöflich gelten musste, öffnete sich die Tür, und Amaryllis schwebte herein, groß und elegant, das Haar so dunkel wie feinster Nerz und die Augen eisblau wie tiefe Bergseen. Perfekte Gesichtszüge, eine reizvolle Figur, erlesene Kleidung. Alles an ihr zeugte von Geschmack und Stil.

Sie war genauso schön wie beim letzten Mal, als er sie gesehen hatte, nur wirkte sie auf ihn irgendwie gekünstelt und dressiert. Eine perfekte Dame der Gesellschaft.

Sie beobachtete seine Reaktion genau, auch wenn sie gleichmütig tat. »Jack? Sind Sie das wirklich? Himmel, was in aller Welt führt Sie denn in dieses langweilige alte Haus?«

Er wartete gespannt darauf, dass sich irgendein Gefühl in ihm regte, doch ihr Anblick ließ ihn vollkommen kalt. Bis auf den Zorn.

»Ich bin hier, um mit Ihnen über unser Kind zu sprechen.«

Amaryllis warf einen gelangweilten Blick in Melodys Richtung. »Ich habe keine Kinder, Darling. Das weiß doch jeder.«

Ohne ein weiteres Wort drehte sich Jack um und ging mit Melody zur Tür des Salons. Er deutete auf die unterste Stufe der eindrucksvoll geschwungenen Treppe. »Setz dich.«

Das Kind gehorchte, presste Gordy Anne fest an sich und schaute ihn mit diesen Augen an. Erkannte Amaryllis sich wirklich nicht in den Zügen des kleinen Mädchens wieder?

Jack sah, wie Melody ihre Unterlippe vorschob.

Sie glaubt, du wärst wütend auf sie.

»Ich bin nicht böse auf dich, Melody.«

Große blaue Augen blinzelten und füllten sich mit Tränen. O Gott. Sorge war ein ganz neues Gefühl für ihn, mit dem er noch nicht umgehen konnte.

»Melody, ich werde mich mit der Lady im Salon streiten und ihr einige hässliche Sachen sagen. Weil ich nicht möchte, dass du das mit anhören musst, bleibst du bitte ein paar Minuten hier draußen sitzen. In Ordnung?«

Ihre Miene hellte sich auf, und die Tränen versiegten. »Du bist wütend auf die Dame?«

»Das bin ich.«

»Gordy Anne mag die Lady nicht.«

Mist! »Vielleicht mag Gordy Anne sie ja nach einer Weile ein bisschen mehr. Wenn sie sie besser kennt, meine ich.«

Melody nickte, doch Jack musste zugeben, dass Gordy Anne nicht sehr versöhnlich aussah.

»Versprichst du mir hierzubleiben?«

Wieder nickte Melody, und Jack sah noch, wie sie ihre Lumpenpuppe den polierten Handlauf am unteren Ende der Treppe entlanggleiten ließ, bevor er in den Salon zurückkehrte.

Amaryllis hatte sich auf einem Sofa in Positur gesetzt und blickte Jack erwartungsvoll entgegen. Die stumme Aufforderung, sich neben sie zu setzen, ignorierte er.

»Wie können Sie abstreiten, mein Kind bekommen zu haben?«

Die junge Frau stieß geräuschvoll den Atem aus, gab ihre verführerische Pose auf und griff stattdessen nach einem Praliné in einer Schachtel, die auf einem Tischchen neben ihr stand. »Zum letzten Mal: Ich habe keine Kinder, Jack. Trotz der inständigen Bitten des Earl würde ich mir wegen so etwas niemals die Figur ruinieren.« Sie zuckte die Achseln. »Es ist gar nicht so schwer. Ein paar Kräuter, ein bisschen hiervon, ein bisschen davon …«

Stirnrunzelnd ließ Jack den Blick über ihre Figur gleiten. Obgleich kein Experte auf diesem Gebiet erkannte er, dass Amaryllis genauso aussah wie vor vier Jahren. Vielleicht sogar dünner.

Sie beobachtete ihn belustigt. »Gefällt Ihnen nicht, was Sie sehen, schöner Jack?« Sie fuhr sich mit der Fingerspitze über den Ausschnitt bis zum Tal zwischen ihren Brüsten. »Früher waren Sie nicht abgeneigt, wenn ich mich recht entsinne.«

»Daran kann ich mich nicht erinnern.« Er kniff die Augen zusammen. »Amaryllis, keine Spielchen mehr. Vor vier Jahren sind Sie in mein Bett gekommen. Am nächsten Tag haben Sie mir Ihre Verlobung mit einem anderen Mann mitgeteilt. Neun Monate darauf haben Sie unser Kind bei einer Amme abgeliefert und dortgelassen. Diese hat, nachdem Sie kein Pflegegeld mehr bekam, die Kleine vor ein paar Monaten auf der Treppe meines Clubs ausgesetzt. Geben Sie es zu!«

Während er geredet hatte, war in ihrem Gesicht ein Wechselbad von Gefühlen abzulesen gewesen. Auf Amüsement folgte erst Überraschung und schließlich Verwirrung. Jetzt starrte sie ihn mit offenem Mund an, und ihre Augen schauten verständnislos.

»Vor vier Jahren ...« Sie lachte auf. »Gott, Sie sind vielleicht komisch, Jack! Welch dummer Witz, aber zumindest bringt er Abwechslung in die Langeweile hier.« Sie schüttelte den Kopf. »Ein heimliches Baby! Gütiger Gott, was für ein Gedanke!«

Jacks Zorn verwandelte sich in Fassungslosigkeit. »Amaryllis, wie konnten Sie sie bloß im Stich lassen? Warum haben Sie aufgehört, die Frau zu bezahlen?« Er deutete voller Zorn auf all den Luxus ringsum. »Oder beruht das hier alles auf geborgtem Geld?«

Jetzt war es an ihr, wütend zu werden. »Natürlich nicht. Was für ein Gedanke!« Sie erhob sich und ging auf ihn zu. »Wagen Sie es bloß nicht, solche Gerüchte in die Welt zu setzen.«

Er empfand nur noch Abscheu. »Wie konnte ich bloß ...« Er hielt inne, rieb sich mit der flachen Hand das Gesicht und wandte ihr den Rücken zu. »Sie ekeln mich an.«

»Verlassen Sie sofort mein Haus!« Amaryllis' hübsche Gesichtszüge verzerrten sich zu zänkischer Hässlichkeit. »Schnappen Sie sich ihr elendes Balg und sehen Sie zu, dass Sie von hier wegkommen! Oder soll ich Sie noch einmal rauswerfen lassen?« Sie schürzte die Lippen.

»Schließlich war es beim ersten Mal schon sehr amüsant.«

Noch einmal.

In Jacks Kopf verschwammen Vergangenheit und Gegenwart. Er hatte so lange von dieser Frau geträumt und musste jetzt feststellen, dass sie nichts gemeinsam hatte mit dem Mädchen, das er zu lieben glaubte. Konnte er sich dermaßen getäuscht haben?

In dieser Minute, als er die Wahrheit erkannte, zerbrach das Bild in seinem Innern, und die ungestillte Sehnsucht fiel von ihm ab. Er blickte sie prüfend an und sah in ihren blauen Augen nichts mehr von den Verheißungen eines Sommerhimmels, sondern nur noch Kälte und Grausamkeit.

Sie schien zu spüren, dass die Grenzen seiner Geduld erreicht waren, und bemühte sich um Schadensbegrenzung. »Zu Ihrer Information, Lord John Redgrave: Sie und ich, wir waren niemals zusammen im Bett. Sie stören mit Ihrem Gerede meine Trauer. Ich denke, es ist höchste Zeit, dass Sie gehen.«

Trauer? Das schwarze Kleid. Jack schluckte schwer, versuchte seinen Zorn zu mäßigen, indem er sich in Höflichkeitsfloskeln flüchtete. »Ihr Gatte?«

Sie verdrehte die Augen. »Das wäre schön. Nein, mein Vater. Das Herz. Vor ein paar Monaten.«

Er trat einen Schritt zurück. Sie zu beschimpfen würde nichts bringen. Deshalb verneigte er sich. »Mein Beileid«, sagte er steif. Hier gab es nichts mehr für ihn oder

Melody zu tun. »Ich muss gehen. Richten Sie Ihrer Mutter und Ihrer Schwester mein Mitgefühl aus.«

Amaryllis ließ sich wieder auf das Sofa fallen und nahm sich ein weiteres Praliné. »Mama ist vor einem Jahr gestorben. Und Laurel konnte unseren Vater sowieso nicht leiden.«

Jack wandte sich ab und ging langsam und nachdenklich aus dem Zimmer. Obwohl Amaryllis voller Bosheit steckte, wirkte ihre Überraschung vollkommen echt. Sie schien ehrlich keine Ahnung zu haben, wovon er geredet hatte.

Im Flur schaute Melody von ihrem Platz auf der untersten Treppenstufe auf und schaute ihn mit den ihm so vertrauten blauen Augen an. Konnte Amaryllis diese Nacht vergessen haben?

Diese Nacht, die ihm so viel bedeutete, an der er sich all die Jahre festgehalten hatte, weil er sich damals für einen kurzen Moment lebendig fühlte. Diese eine Nacht, in der die Welt nicht kalt und grau und trostlos erschien.

Oder hatte sie vielleicht nie existiert? War alles nur ein Traum- und Trugbild gewesen? Es gab keine Beweise, und selbst seine Erinnerungen waren ihm inzwischen suspekt. Er hatte sich an ein Mädchen erinnert, das vermutlich bloß ein Produkt seiner eigenen Wünsche, seiner Träume und seiner Fantasie war.

Wie Amaryllis das Kind angesehen hatte! Wie eine peinliche, nicht akzeptable Spezies, die sie im nächsten Augenblick mit schmierigen Pfoten anspringen und ihr

Kleid ruinieren würde. Nein, Amaryllis war keine Mutter. Und damit er kein Vater und Melody nicht das Produkt einer magischen Begegnung. Sie war wieder nichts anderes als ein anonymes, verlorenes Findelkind, ausgesetzt auf der Treppe eines vornehmen Herrenclubs mit einer kryptischen, an den Mantel gehefteten Nachricht.

In trübe Gedanken versunken nahm Jack Melodys kleine Hand und ging mit ihr den Flur hinunter zu der breiten Eingangstür. Eine dunkel gekleidete Gestalt kam ihnen entgegen. Jack bemerkte sie erst, als sie ihr Buch fallen ließ. Höflich hob er es auf und gab es ihr zurück, war dann mit seinen Gedanken aber schon wieder ganz woanders.

Wie um alles in der Welt sollte er es Colin und Aidan beibringen, dass das kleine Mädchen, das sie so sehr liebten, zu keinem von ihnen in irgendeiner Beziehung stand?

Miss Laurel Clarke trug die schwarze Trauerkleidung nicht wegen ihrer verstorbenen Eltern, denn die hatte sie zu hassen gelernt. Das Leben der unverheirateten jungen Frau, die bei ihrer wohlhabenden, gut verheirateten Schwester lebte, war mit einem Makel behaftet. Jetzt blickte sie dem Mann und dem Kind hinterher, die soeben das Herrenhaus verließen. Ihre zitternden Hände hielten das Buch so fest umklammert, dass ihre Fingerknöchel weiß hervortraten.

Sie hatte den Eindruck, als habe die Welt mit einem Mal eine vollkommen neue Gestalt angenommen.

Erinnerungen. Angst. Schmerz. Dann endlich der winzige, wütende Schrei. Die Hebamme, die ihr nicht in die Augen schauen wollte.

Eine Totgeburt. Armes kleines Ding. Das kommt vor.

Sie musste sich damit abfinden, doch in Wahrheit war es nur ein halbes Leben. Erst der Weggang von Jack Redgrave, den sie als Verrat empfand, dann die Grausamkeit ihrer Familie und schließlich der Verlust ihres Kindes. Dieser Kummer war der größte von allen gewesen.

Und jetzt tauchte er hier auf mit einem Kind und war einfach an ihr vorbeigegangen, als würde sie nicht existieren. Sie sah, wie er vor der Kleinen niederkniete. »Es sieht nach Regen aus«, sagte er leise. »Ist dein Mantel zugeknöpft?« Er erhob sich und streckte dem Mädchen die Hand hin. »Komm, Melody.«

Blaue Augen.

Melody.

Genau wie ihre Tochter.

Melody.

Das Kind, das angeblich tot geboren wurde.

»Aber ich habe sie weinen gehört.« Die Worte entschlüpften Laurels Lippen. Obwohl nur ein Flüstern war es für sie wie ein Schlachtruf oder wie die letzten trotzigen Worte einer zum Tode verurteilten Gefangenen.

Sie hatte einen Schrei gehört. Und an diesen Schrei geglaubt. Deshalb gab sie ihrem Kind einen Namen, trotz aller Streitereien und allem Gerede von Totgeburt.

Melody.

Zweites Kapitel

Sobald ihre Erstarrung gewichen war, rannte Laurel John Redgrave und dem kleinen Mädchen nach, doch die Kutsche mit dem Strickland-Wappen war bereits den halben Weg die Auffahrt hinunter. Unmöglich, sie noch zu erreichen. Zwei Rappen trabten eilig davon, und mit jeder Umdrehung der Kutschenräder entfernte sich ihr Kind erneut weiter von ihr.

Trotzdem erfüllte sie unbändige Erleichterung und Freude. Jetzt wusste sie zumindest, dass ihre Tochter lebte. Doch im gleichen Moment flammte heiß und lodernd Zorn in ihr auf wie eine Feuersbrunst.

Er hat sie mir genommen.

Erst kompromittierte er sie und ließ sie im Stich, dann stahl er ihr Kind, während sie all die Jahre in dem Glauben gelassen wurde, dass es tot sei! Dieser schreckliche Verlust! Das Meer von Tränen, die sie weinte, die Monate und Jahre voll schmerzender Leere seitdem. Die quälende Erkenntnis, ganz allein zu sein, niemals jemanden zu lieben oder zu jemandem zu gehören, und schließlich das Wissen, dass der Rest ihres Lebens nichts für sie bereithielt als immer nur noch mehr davon.

Dieser verdammte Bastard hatte Melody die ganze Zeit bei sich! Sie lebt.

Brennende Wut.

Beglückendes Hochgefühl.

Der verwirrende Widerstreit der Gefühle, der Laurel zu zerreißen drohte, verursachte ihr Übelkeit, und sie zitterte am ganzen Körper. Wenn sie bei diesem Anblick bloß nicht so erstarrt wäre, sondern schneller reagiert hätte, dann könnte ihre Tochter vielleicht jetzt schon bei ihr sein und nicht mehr bei diesem unehrenhaften Lord, der ihr zu allem anderen ihr Kind weggenommen und sie ihrem Elend überlassen hatte.

Ihre Tochter …

Warum hatte er nicht nach ihr gefragt, sondern Amaryllis seine Aufwartung gemacht?

Während der vergangenen Jahre, die sie in diesem Haus als arme, geduldete Verwandte lebte, war ihr nie in den Sinn gekommen, ihre Schwester könnte von dem Geheimnis wissen. Schließlich waren ihre Eltern angestrengt bemüht gewesen, den Kreis der Mitwisser so klein wie möglich zu halten. Amaryllis eingeschlossen.

Jetzt war sie sich nicht mehr so sicher. Laurel drehte sich um und eilte zurück ins Haus. Ihr Herz schlug wild in ihrer Brust, als sie in den Salon stürmte, um die Schwester zur Rede zu stellen.

»Himmel, was ist los mit dir? Es war schließlich nur Jack Redgrave.« Amaryllis gab sich betont gelassen, doch Laurel spürte, dass sie ihr etwas verheimlichte.

»Amy, für jemanden, der regelmäßig lügt, machst du das ziemlich schlecht.« Ungeduldig stellte sich Laurel der Schwester in den Weg, die sich zur Ablenkung angelegentlich bemühte, ihr perfekt frisiertes Haar vor dem Spiegel über dem Kamin zu ordnen. »Sag mir, was der Mann in diesem Haus zu suchen hatte und um was für ein Kind es sich handelte.«

Amaryllis verzog missbilligend das Gesicht wegen des ungewohnten Tonfalls, den Laurel normalerweise nicht anzuschlagen wagte, und spielte mit der Quaste eines Seidenkissens. »Er hatte eine verrückte Idee, sonst nichts. Nichts jedenfalls, worüber du dir Gedanken machen müsstest.«

Laurel schaute ihre Schwester an und glaubte ihr kein Wort. Ein eisiger Klumpen bildete sich in ihrem Innern, und die Überzeugung, dass Amy nichts mit der Sache zu tun hatte, verwandelte sich schlagartig in tiefes Misstrauen. Damals, als ihre Schwangerschaft ans Tageslicht kam, befand die Schwester sich gerade auf Hochzeitsreise, und die Eltern wünschten den Fehltritt vor aller Welt zu vertuschen. Selbst vor der älteren Tochter, weil diese immerhin in höchste Kreise eingeheiratet hatte. Sie selbst fungierte auf dem Landsitz als eine Art Gesellschafterin, lebte aber eher wie eine Sklavin.

Laurel hatte das alles nur deshalb ertragen, weil Amaryllis angeblich nicht in den großen Verrat eingeweiht war und sie folglich nicht betrogen hatte. Jetzt beschlichen sie massive Zweifel, und ihr Vertrauen in die Ehrlichkeit der Schwester begann zu bröckeln. Deren schuldbewusster Blick sprach Bände. »Du hast es gewusst.« Es war keine Frage, sondern eine Feststellung.

Amaryllis zupfte nervös Fäden aus der Quaste des Kissens, einen nach dem anderen. »Nicht von Anfang an … Es gab Gerüchte unter den Dienstboten. Wenigstens behauptete das meine Zofe. Bis kurz vor Papas Tod wusste ich es nicht wirklich. Bis jemand zu mir kam und mich wegen der Geschichte zu erpressen suchte. Eine Frau. Gerald hat sie natürlich davongejagt – vermutlich ein Fehler, denn das Weibsstück wusste ziemlich viel. Zum Beispiel dass es sich um ein kleines Mädchen handelte.«

Laurel wurde es noch eine Spur kälter ums Herz. »Du hast gewusst, dass mein Kind am Leben ist.«

Amaryllis schüttelte rasch den Kopf. »Nein, das wusste ich nicht wirklich! Nicht bis vor einer halben Stunde, als Jack sie herbrachte, um sie mir zu zeigen.«

Laurel trat drohend einen Schritt vor, der ihre sonst so souveräne und überhebliche Schwester zum Zurückweichen zwang.

»Laurel, ich schwöre es! Ich wusste nichts über ein lebendes Kind! Die Diener tuschelten immer von einer Totgeburt!«

Sie log, erkannte Laurel, denn ihr linkes Augenlid zuckte ein wenig – ein sicheres Indiz für Ausflüchte und Unsicherheit. »Amy, ich weiß, dass zu lügst.«

Die Ältere wandte erst den Blick ab, versteifte dann trotzig ihre Schultern. »Ich weiß gar nicht, warum du so wütend bist. Mama und Papa haben bloß versucht, dich vor Schlimmerem zu bewahren! Und uns allen einen schrecklichen Skandal zu ersparen. Man sollte eigentlich meinen, dass du ihnen dafür dankbar bist.«

»Dankbar?« Laurels Magen krampfte sich zusammen, und die Schwester kam ihr mit einem Mal wie eine völlig Fremde vor. »Wie kommst du auf die Idee, ich könnte erleichtert oder dankbar gewesen sein, als man mir von einer Totgeburt berichtete?«

Amaryllis reckte trotzig den Kopf. »Warum nicht? Es war schließlich das Beste so, für dich und die ganze Familie. Alles war gut, bis Jack durch diese Tür kam und mich fragte, ob ...«

»Schluss. Es reicht mit deinen Lügen.« Laurel hob abwehrend eine Hand. »Ich verlasse dieses Haus, um mein Kind zurückzuholen. Mein Anteil am elterlichen Erbe wird reichen, uns beide über Wasser zu halten. Ich will mit der ganzen verdorbenen und verlogenen guten Gesellschaft nichts mehr zu schaffen haben. Auch nicht mit dir und diesem elenden Jack Redgrave!« Mit diesen Worten drehte sie sich um und stürmte aus dem Raum. Nichts war mehr von Unterwerfung zu spüren – die unterdrückte Verwandte strahlte plötzlich ungewohntes Selbstbewusstsein und unbedingte Zielstrebigkeit aus. Energisch rauschte sie mit wehenden Röcken zur Tür hinaus, ohne sich ein einziges Mal nach der völlig verblüfften Schwester umzudrehen.

»Du undankbares Frauenzimmer! Du kannst nicht gehen! Das wagst du nicht! Wer soll meinen Haushalt führen? Laurel, wer soll meine Dinner und Bälle organisieren? Laurel«, rief sie der Davoneilenden nach.

Die junge Frau, die mit klopfendem Herzen einem neuen Leben zustrebte, hörte nichts mehr von den Bitten und Drohungen der Schwester, wollte nichts hören. In ihrem Kopf war nur noch Platz für eines. Für ihre Tochter, deren Namen sie immer wieder still vor sich hin flüsterte.

Melody.

Als Jack mit Melody beim Brown's Gentlemen Club vorfuhr, öffnete sich die Eingangstür bereits, bevor die Kutsche ganz zum Stehen gekommen war. Wilberforce, der Majordomus, schaute ihnen mit undurchdringlicher Miene entgegen, doch hinter ihm erspähte er mehrere erwartungsvolle Gesichter, die ihre Neugier nur schwer zügeln konnten.

Natürlich. Jeder würde wissen wollen, was er herausgefunden hatte, denn schließlich sorgten sich alle um Melodys Zukunft. Jack verspürte ein dumpfes Grauen bei dem Gedanken an das, was ihnen allen bevorstand. Die Kleine hatte im Brown's eine Familie gefunden. Innerhalb der ehrwürdigen Mauern war sie von liebenden Menschen umgeben, die sämtlich in sie vernarrt waren. Einschließlich des Personals und einem Dutzend vernarrter Möchtegerngroßväter. Er musste ihnen sagen, dass Melody nicht bleiben konnte, weil sie zu niemandem von ihnen gehörte.

Evan würde es besonders schwer treffen, dachte er, als er das magere Gesicht des Zwölfjährigen erspähte, der sich teilweise als Beschützer von Melody fühlte und sich teilweise von ihr herumkommandieren ließ. Obwohl er es eigentlich unter seiner Würde fand, mit ihr Vater-Mutter-Kind zu spielen und Teepartys zu geben, war er stets bei seiner kleinen Mellie zu finden. Im Gegensatz zu allen anderen hatte der Junge Jacks Besuch bei Amaryllis heftig abgelehnt. Der kleine Bruder von Colins junger Ehefrau hatte in seinem kurzen Leben bereits zu viel Leid und Chaos erfahren, um zu wissen, dass eine Veränderung nicht immer zum Besten war.

Damit hatte Evan genau richtig gelegen. Jack griff nach Melodys kleiner Hand und half ihr die Stufen der Marmortreppe hinauf. Oben löste sie sich von ihm und rannte los, um Wilberforce atemlos von den Erlebnissen des Tages zu berichten, während Jack hinüberhing zu den wartenden Freunden.

Aidan de Quincy, der Earl of Blankenship hielt sich ein wenig abseits, doch Jack wusste nur zu gut, dass der sensible Mann außer ihm selbst womöglich am meisten unter der neuesten Entwicklung leiden würde. Immerhin war er der Erste gewesen, der das Findelkind als sein eigen Fleisch und Blut betrachtete und ihm ein Heim und eine gesicherte Zukunft bieten wollte.

Seine junge Ehefrau Madeleine hielt sich dicht an seiner Seite, und es schien, als würden sie sich gegenseitig stützen. Jedenfalls boten sie ein Bild perfekter Harmonie und eines Gleichklangs der Seelen. Jack bemerkte es, ohne es wirklich zu verstehen. Ihm schien es undenkbar, dass eine Frau in seine Seele zu blicken vermochte. Und falls doch würde sie an dem, was sie da zu sehen bekäme, bestimmt keinen Gefallen finden und ihn kaum lieben können.

In der Nähe der großen Freitreppe lehnte Colin, sein ältester Freund und Gefährte aus Kinderzeiten, scheinbar gelassen an der holzverkleideten Wand. Aber das trog, denn insbesondere er vergötterte Melody, und die Erkenntnis, dass er nicht der Vater war, hatte ihm schwer zugesetzt. Nur Prudence, die er erst vor Kurzem geheiratet hatte, half ihm ein wenig darüber hinweg. Auch jetzt drückte sie ganz fest seine Hand.

Außer den beiden Paaren entdeckte er noch Evan, der düster und pessimistisch dreinschaute, den riesigen Diener Bailiwick sowie eine Reihe betagter bis sehr alter Clubmitglieder, die es sich zur Herzensangelegenheit gemacht hatten, Melody zu verwöhnen. Sie alle blickten ihm erwartungsvoll entgegen.

Erst als Melody an Wilberforces Hand durch die Tür tanzte, löste sich die lastende Anspannung ein wenig, wurde überdeckt von freudigem Lächeln und Willkommensrufen. Obwohl sie kaum einen Tag fort waren, taten alle so, als sei das Kind, dieser Mittelpunkt des Clublebens, wochenlang verreist gewesen. Und das kleine Mädchen begrüßte alle mit huldvoller Ernsthaftigkeit wie eine kleine Königin.

Dann eilte Evan herbei und nahm nach einem argwöhnischen Blick in die Runde ihre Hand. »Komm, Mellie.

Der Koch hat heute Zitronenkuchen gebacken. Ich weiß, dass er ein Stückchen für dich aufgehoben hat.«

Nachdem die beiden Kinder die Halle verlassen hatten, richteten sich alle Augen auf Jack und spießten ihn auf wie ein Insekt im Schaukasten. Unfähig, Auskunft zu geben und überhaupt zu reden, schüttelte er bloß deprimiert den Kopf. Er sah, wie Madeleine die Finger auf den Mund presste, und erkannte die Verzweiflung in Aidans Augen. Colin legte den Arm um Pru, und es war nicht klar, wer jetzt wen stützen musste.

Allein Bailiwick wagte es, Jack direkt anzusprechen. »Aber Sie sagten doch, dass sie Ihre Tochter ist, Mylord! Das haben Sie gesagt! Sie sagten, sie sieht genauso aus wie ihre Mutter!«

Jack hob den Blick und sah dem jungen Diener in die Augen. »Die Dame hat es abgestritten. Und damit ist der Fall erledigt.«

Madeleine trat einen Schritt vor. »Vielleicht hat sie einfach nur Angst. Weiß sie denn, dass wir alle nur Melodys Glück wollen? Oder glaubt sie, wir würden sie verachten, weil sie ihr Kind weggegeben hat?«

Jack richtete den Blick auf die schlanke, dunkelhaarige Schönheit, in deren Augen ein Schmerz brannte, der sogar sein umnebeltes Bewusstsein durchbrach. Trotzdem fand er keine passenden Worte. Auch nicht, als Colin und die rothaarige Pru zu ihm traten – er verstand nicht einmal, was der Freund sagte. Colins Stimme schien wie aus weiter Ferne zu kommen, als riefe er gegen einen Wüstensturm oder die Meeresbrandung an.

Einer nach dem anderen begann die Wahrheit zu begreifen. Die Hoffnung in ihren Augen war längst erloschen, hatte Ungläubigkeit Platz gemacht und wich jetzt dumpfem Schmerz. Sie alle wussten, was es bedeutete, wenn er nicht Melodys Vater war. Dann kam niemand im Club mehr infrage, und die Ehre gebot es, die Familie des Kindes zu finden und ihren kleinen Liebling an seine Blutsverwandten zurückzugeben.

Aber sie haben sie nicht gewollt. Sie haben sie weggegeben und sich nie mehr um sie gekümmert!

Jack unterdrückte die Protestschreie, doch in seinem Innern schien ein eingesperrtes wildes Tier an den Gitterstäben seines Gefängnisses zu rütteln – und auch er würde gerne gegen sein Schicksal ankämpfen, wusste aber nicht, wie. Alles, was er fühlte, alles, was er sagen wollte, blieb in ihm verschlossen. Der Riss in seinem Panzer hatte sich wieder geschlossen. Der einzige Unterschied zu früher bestand darin, dass er jetzt eine schmerzende Narbe spürte.

Aidan und Madeleine zogen sich als Erste zurück, und die anderen folgten bald. Einsam blieb Jack in der Halle zurück, fühlte sich leer und ausgelaugt. Sich den anderen zu stellen war ihm schwergefallen, denn es hatte Salz in seine offenen Wunden gestreut. Diese wenigen Tage, die er sich als Vater fühlen durfte, waren wundervoll gewesen und hatten ihm neue Perspektiven eröffnet. Jetzt schienen nur trostlose und endlose Jahre vor ihm zu liegen, öde und grau wie seine Stimmung, während das wirkliche Leben in der Vergangenheit lag. Er könnte nach Übersee zurückkehren oder mit den Schiffen der Stricklands über die Weltmeere segeln – nur sagte ihm seine Erfahrung, dass dadurch nichts besser wurde.

Dennoch würde er lieber fliehen als bleiben. Sich wieder mit der Gesellschaft zu arrangieren schien ihm in Anbetracht der neuen Entwicklung undenkbar. Die echten Haifische waren weniger hinterhältig und falsch als die Gesellschaftshaie, deren Lächeln nie ehrlich gemeint war.

Alle Überlegungen wurden mit einem Mal hinfällig, als er auf dem Silbertablett für die Botenpost einen an ihn adressierten Umschlag entdeckte, der das Siegel der Stricklands trug. Auf schwarzem Wachs. Jack starrte das Couvert an und war sich mit einem Mal völlig sicher, dass der Brief schlechte Nachrichten enthielt. Es konnte gar nicht anders sein, denn sonst gab es keinen Grund, sich mit ihm in Verbindung zu setzen.

Sein Onkel war tot und er der nächste Marquis.

Drittes Kapitel

Der Umschlag wog schwer in Jacks Hand – so schwer wie die Nachricht, die er übermittelte. Langsam erbrach er das Siegel und las den Brief. Er stammte vom Butler seines Onkels, einem guten Mann, der nicht viele Worte machte.

Mylord,
Seine Lordschaft, der sechste Marquis of Strickland, ist um Viertel nach acht heute Abend, am 20. Juni im Jahre des Herrn 1816, verschieden. Meine Grüße und mein Beileid gelten Ihnen, Lord John Redgrave, dem siebten Marquis of Strickland.

Jacks Faust schloss sich so heftig um den feinen Büttenbogen, dass das Knistern im ganzen Raum widerhallte. Ein anderer an seiner Stelle hätte bestimmt an den Titel sowie an damit verbundenen Reichtum und Ansehen gedacht, nicht so er.

Ich habe niemanden – das war alles, was Jack in diesem Moment einfiel.

Seine Eltern lebten bereits seit langer Zeit nicht mehr, und sein Onkel hatte damals die Rolle des Vaters übernommen. Jetzt war auch er tot, ebenfalls wie sein Cousin.

Der neuerliche Schlag traf ihn zutiefst. Zumal an diesem Tag, der ihm schon Melody genommen hatte.

Ich habe niemanden.

Jack blickte sich in der großen Halle um. Alles erschien ihm plötzlich öde und leer. Wie ein Spiegelbild seiner Seele.

Plötzlich ertönte ein Klopfen.

Laurel hatte den Türklopfer so heftig bedient, dass ihre Finger kribbelten. Aber sie musste sich Mut machen und Entschlossenheit demonstrieren. Wenn nicht bald jemand die Tür öffnete, würde sie sie einzuschlagen versuchen. Jedenfalls war sie nicht gewillt, unverrichteter Dinge umzukehren. Sie verspürte eine Kraft in sich, als könnte sie Berge versetzen.

Für Melody.

Als jedoch statt eines Butlers Jack Redgrave persönlich vor ihr stand, glaubte sie den Boden unter den Füßen zu verlieren.

Himmel, er ist so dünn geworden, aber immer noch Jack. Immer noch so schön … Und doch: Möge seine Seele in der Hölle schmoren.

Ihn von Angesicht zu Angesicht zu sehen brachte mit Macht Erinnerungen zurück, die sie eigentlich vergessen wollte. An die Zeit ihrer Jungmädchenträume und vor allem an jene schicksalhafte Nacht vor vier Jahren.

Zugleich kamen wieder Enttäuschung und Bitterkeit in ihr hoch, und diese Gefühle trugen vorerst den Sieg davon. Mit Zorn im Blick drängte sie sich an Jack vorbei in die Halle des Brown's Club, obwohl sie wusste, dass Damen hier keinen Zutritt hatten. Das war eine Welt der Männer, des Whiskys und des Tabaks.

Jack musterte die schwarz gekleidete junge Frau mit erstaunten Blicken. Schwarz von den Stiefeln bis zum Spitzenschleier. Etwas viel von dieser Trauerfarbe an einem Tag, fand er und dachte an das schwarze Siegelwachs. Wenn er abergläubisch wäre, würde er darin ein schlechtes Omen sehen. Was allerdings irrelevant für ihn war, weil er sich ohnehin nichts mehr vom Leben erhoffte.

Bevor er die schwarze Lady nach ihren Wünschen fragen konnte, war sie bereits an ihm vorbei. Einen guten Portier würde er nie abgeben, stellte er spöttisch fest. Doch im Brown's musste die Form gewahrt werden, und das bedeutete, dass niemand so einfach hier hereinspazieren konnte. Also schloss er die Tür und wandte sich der Frau zu.

»Madam, Sie wünschen?«, sagte er und deutete eine Verbeugung an. Keine zu tiefe jedoch, weil das Verhalten der Besucherin eindeutig zu wünschen übrig ließ.

Seine Verwirrung schien sie zu kränken. Sie richtete sich kerzengerade auf und streckte das Kinn vor. »Wo ist sie?«

Jack runzelte die Stirn, denn er hatte keine Ahnung, was die Frau von ihm wollte, und zum ersten Mal bedauerte er Wilberforce, der vermutlich des Öfteren mit solch unliebsamen Vorfällen umgehen musste. Allerdings schien fraglich, ob es in einem Gentlemen Club wirklich an der Tagesordnung war, dass verrückte Witwen an der Tür auftauchten und sich ungebeten Einlass verschafften.

Missbilligend musterte er also die Frau und schaute mit einer gewissen Herablassung auf sie hinunter. »Wo ist wer?«

Sie reagierte verärgert, riss sich die schwarzen Spitzenhandschuhe von den Fingern, als bereite sie sich auf einen Kampf vor, und löste die Nadeln ihres schwarzen Strohhuts, der daraufhin zu Boden segelte. Jack sah dunkles, glänzendes, streng zurückgebundenes Haar und tiefblaue Augen, die vor Zorn zu glühen schienen.

Er war wie vor den Kopf geschlagen, denn die Fremde sah Amaryllis erstaunlich ähnlich, täuschend ähnlich sogar. Bevor er weiter darüber nachdenken konnte, trat sie nahe an ihn heran. »Wo ist sie?«

Jack wich unwillkürlich zurück und nahm sie genauer in Augenschein. »Bramble?«, fragte er zögernd.

Mit diesem Namen pflegte er sie früher aufzuziehen, weil sie kratzbürstig war wie ein Brombeerstrauch. Das passe besser zu ihr als Laurel, Lorbeer, hatte er gesagt. Unmöglich. Laurel war ein heranwachsendes Mädchen gewesen, als er sie das letzte Mal gesehen hatte, und neben ihrer extravaganten älteren Schwester kaum aufgefallen.

Als sie den vertrauten Kosenamen hörte, zuckte sie zusammen, und ihr Gesicht wurde noch einen Schein blasser. Mit zusammengepressten Lippen stieß sie die Luft aus. »Wo ist sie, Jack? Wo ist Melody?«

Verständnislos schaute er sie an. »Melody ist oben in ihrem Zimmer. Warum …?«

Sofort drehte Laurel sich um, raffte die Röcke und rannte zur Treppe, gefolgt von dem völlig verdatterten Jack. »Laurel, was soll das?«

Sie ignorierte ihn und hastete die Stufen hinauf.

»Laurel, hat Amaryllis etwas mit deinem Kommen zu tun?«

Sie warf ihm bloß einen kurzen abschätzigen Blick über die Schulter zu und hastete weiter. »Welche Etage?«, stieß sie hervor.

»Ganz oben. Madeleine, ich meine Lady Blankenship, hat ihr ein Kinderzimmer einrichten lassen …« Er beschleunigte seine Schritte, um Laurel einzuholen, die soeben das Ende der Treppe erreichte und in den Flur bog, den Aidan sich mit Colin und dem betagten, aber noch rüstigen Lord Aldrich teilte.

Dort hielt sie atemlos inne, eine Hand auf dem polierten Handlauf. Sobald Jack sich ihr näherte, wirbelte sie zu ihm herum. »Geh mir aus dem Weg! Ich lasse sie keine Minute länger hier.«

»Was?« Jack war bestürzt. »Was soll das heißen? Hat Amaryllis endlich beschlossen, es zuzugeben? Hat sie dich hergeschickt, um Melody auf das Anwesen der Comptons zu holen?«

Erneut gab Laurel einen unwilligen Laut von sich, legte beide Hände flach auf seine Brust und stieß ihn weg. »Geh mir aus dem Weg«, sagte sie mit Nachdruck und sah ihn dabei zornig an.

Jack verstand endgültig die Welt nicht mehr. Was war aus dem Mädchen geworden, an das er sich erinnerte? »Laurel, was ist los mit dir?«

Sie schnaubte verächtlich und riss die erste Tür auf, um in das dahinterliegende Zimmer zu stürzen. »Melody!«

Als niemand antwortete, kehrte sie zurück und drängte sich an ihm vorbei zur nächsten Tür. Doch Jack hielt sie rechtzeitig zurück, denn dort befanden sich Colins Räume, in denen er mit Pru und Evan lebte. »Was willst du, Laurel? Was hast du mit Melody zu schaffen?«

»Zu schaffen? Das fragst du mich«, fuhr sie ihn an. »Du bist es, der nichts mit ihr zu schaffen hat. Ich hole sie aus diesem Irrenhaus heraus, und du wirst nie mehr in der Lage sein, sie gegen mich zu beeinflussen.«

»Was um Himmels willen bezweckst du?«

»Melody! Melody!«

»Papa?«, kam aus Aidans Wohnung zur Antwort.

»Bleib, wo du bist, Melody«, rief Jack. Er hatte keine Ahnung, wovon Laurel sprach und warum sie ihn mit ihren Blicken erdolchte. Aber er wusste, dass ihr aufgebrachtes Verhalten und ihr Schreien Melody Angst machen würden, zumal nach diesem aufregenden Tag.

Mit beschwichtigend ausgestreckten Händen trat er auf Laurel zu. »Beruhige dich. Hör einfach zu …«, sagte er und schob die junge Frau den Flur hinunter. Er musste mit ihr allein reden, ohne die anderen, um herauszufinden, was das Ganze bedeutete.

Sie kamen an der Tür zum Dachboden vorbei. Ein ruhiger Ort, um sich ungestört zu unterhalten, dachte er. Und falls sie aufgebracht herumschrie, würde niemand sie hören. Besänftigend auf sie einredend, packte er ihren Ellenbogen und dirigierte sie durch die Tür und eine schmale, staubige Treppe hinauf. Dann standen sie im Hauptraum des Speichers, in dem ausrangierte Möbel lagerten.

Ihre Haut war jetzt gerötet, und er spürte die Hitze ihres Körpers durch den dünnen schwarzen Stoff des Ärmels. Die Berührung löste plötzliches Unbehagen und Verwirrung in ihm aus, ohne dass er sich seine Reaktion erklären konnte. Er schob sie einfach auf die lange Zeit sexueller Abstinenz.

Auch bei Laurel bewirkte der körperliche Kontakt widersprüchliche Gefühle. Sie riss sich von ihm los und wich zurück, ihn dabei finster anschauend, doch die Wärme seiner Hand auf ihrem Arm brachte auch andere Saiten in ihr zum Schwingen. Irritiert rieb sie sich den Ellenbogen. Eine kurze, elektrisierende Berührung, und die Erinnerungen kehrten zurück, ließen sie alles von Neuem erleben. Diese verzauberten Momente, als seine großen Hände geschickt jeden Zentimeter ihres Körpers erkundet und sie immer wieder zum Höhepunkt getrieben hatten – als sie vor Lust fast verging.

Sie rief sich zur Ordnung. Noch mehr Grund, ihn zu hassen, redete sie sich ein, denn anschließend hatte er sie schließlich fallen lassen. Jetzt schaute er sie aus diesen geheimnisvollen Augen an, die wie die Spiegel seiner Seele waren, dunkel und unergründlich. Es sei denn, man kannte den Schlüssel, um die Tür zu öffnen. Sie hatte einmal geglaubt, ihn zu kennen und den Weg zu ihm zu finden – und dann war alles bloß Lug und Trug gewesen, denn er hatte sie verraten.

Genug davon. Sie machte einen Schritt in Richtung der Treppe, und als er sie zurückhalten wollte, wich sie zurück. »Ich nehme sie mit, und du wirst uns niemals wiedersehen, du elender Schuft.«

Jack runzelte die Stirn. »So viel habe ich inzwischen mitbekommen. Nur verstehe ich nicht, womit ich deinen Hass verdiene.«

»Nein?« Mit einem fast unmenschlichen Schrei, in dem alle Qual der vergangenen Jahre lag, stürzte sie sich auf ihn und hämmerte mit geballten Fäusten gegen seine breite Brust. »Du mieser, seelenloser …«

Er zog sie in die Arme und hielt sie fest an sich gepresst. »Laurel!«

Ihr Widerstand erlosch. Sie konnte nicht nach ihm schlagen, solange sie in seiner Umarmung gefangen war. Aber sie brauchte ihre Wut, um weiterzukämpfen. Jack, ihre Eltern, ihre Schwester – alles Menschen, die ihr nahestanden. Und doch hatte jeder von ihnen dazu beigetragen, einen Teil ihres Herzens zu zerstören. Bis am Ende nur noch Schmerz und schwarze, alles verschlingende Einsamkeit übrig waren.

Das konnte und wollte sie nicht länger dulden, und darum wehrte sie sich, schlug und trat und fluchte, um aus seinen Armen freizukommen. Er reagierte nicht, hielt sie nur unerschütterlich fest, bis sich ihr Zorn in dumpfe Erschöpfung verwandelte.

Ihr Atem ging stockend, als würde sie schluchzen, als sie die Hände auf seinen Brustkorb legte. »Lass mich los«, flüsterte sie.

Jack reagierte nicht. Auch nicht, als sie ihre Worte wiederholte. Er hatte den Kopf zur Seite gedreht, die Augen geschlossen und presste die Kiefer so hart zusammen, dass die Sehnen an seinem Hals hervortraten. Irgendetwas stimmte nicht, dachte sie.

Und dann spürte sie den Grund. Fühlte die Härte, die sich gegen ihren Bauch zu drücken begann. Wie damals, als sein Begehren eine lange Nacht ihr allein gegolten hatte. Erinnerungsfetzen bestürmten sie: an seine Größe, seine Hitze, seine wie von Seide überzogene Härte in ihren Händen, in ihrem Körper, in ihrem Mund …

Laurel schaffte es nicht, diese Gefühle zu ignorieren. Im Gegenteil. Sie wurde feucht und bereit für ihn. Selbst ihr Körper wurde zum Verräter. Trotz allen Hasses und aller Demütigungen sehnte sie sich nach dieser Nacht zurück, nach diesen Momenten purer Ekstase. Wollte es nicht akzeptieren, dass ihr solches Erleben für immer verwehrt sein sollte. Erst zu erfahren, dass es so etwas gab, und es dann entzogen zu bekommen, das empfand sie als zusätzlichen Betrug.

Für einen langen, atemlosen Moment, der ihr wie eine Ewigkeit erschien, standen sie aneinandergepresst da. Ohne Kampf, ohne Streit. Sie ließ die Stirn gegen seine Brust sinken, legte die Hände flach daneben, spürte seine Wärme und seinen Herzschlag.

Ihr eigenes Herz klopfte bis zum Hals, und in ihrem Schoß breitete sich ein dumpfes Pulsieren aus, ein Sehnen, endlich ausgefüllt zu werden. Stille umhüllte sie wie ein Spinnennetz, hielt sie gefangen, umhüllte und schützte sie.

Jacks Gedanken überschlugen sich. Was tat er hier? Mit Laurel, die er immer nur als Amaryllis' kleine Schwester betrachtet hatte? Wie kam es, dass sein Körper sie kannte? Dass er sie begehrte mit einer Intensität, die ihn bis ins Mark erschütterte und sein Glied zu Stahl werden ließ?

Erinnerungsfetzen vermischten sich in seinem Kopf. Laurel mit Zöpfen, die lachte, wenn er sie liebevoll neckte. Amaryllis, die ihre Schwester schadenfroh angrinste, weil sie sich mit Tee bekleckert hatte. Amaryllis, die sich hingebungsvoll und freigiebig unter ihm wand.

Laurel, die ihn mit blauen Augen voller Sehnsucht angesehen hatte – bloß war er zu jung und zu dumm gewesen, es damals zu erkennen. Amaryllis, die weinte, als er aus dem Haus geworfen wurde, obwohl sie seinen Rauswurf veranlasst hatte.

Irgendetwas stimmt hier nicht. Denk nach!

Bloß konnte er nicht nachdenken. Sein Verstand schien hinweggespült von dieser Woge seiner plötzlichen, unerklärlichen Lust. Seines Begehrens für die Schwester seiner ehemaligen Verlobten?

Ekelhaft. Unehrenhaft. Absolut unmöglich und doch wieder nicht, wie ihm die unleugbare Tatsache seiner veritablen Erektion bewies. Und als ihr Körper als Antwort darauf ganz weich wurde und sich an ihn schmiegte, festigte er seinen Griff und öffnete die Augen, um in ihr tränenverschmiertes Gesicht zu schauen. Ihre Lippen öffneten sich, und ihr Atem wärmte seinen Mund.

»Papa?« Melodys hohes Stimmchen drang von unten herauf. »Bist du da oben?«

Das Schloss der Speichertür klickte. Jack beobachtete enttäuscht die Verwandlung in Laurels Gesicht, als der Zauber brach. Sie stemmte sich fest gegen seinen Brustkorb, um Abstand zwischen sie zu bringen. »Melody«, rief sie. »Mel…«

Seine im Krieg trainierten Instinkte rieten ihm zu handeln, um Melody zu beschützen. Mit einer einzigen entschlossenen Bewegung stieß er Laurel in eine Nebenkammer des Dachbodens, wo sie taumelnd zum Stehen kam und ihn fassungslos anstarrte. »Nein!« Sie riss die Augen auf und warf sich ihm entgegen. »Jack, nicht! Sie ist meine …«

Die Tür fiel zu, bevor sie den Satz beenden konnte. Sie hörte nur noch, wie der Schlüssel im Schloss gedreht wurde und wie seine Schritte sich entfernten.

Jack steckte den Schlüssel ein und lächelte dem kleinen Engelsgesicht zu, das vom Fuße der Treppe zu ihm heraufspähte. Das energische Hämmern an der Eichentür hinter ihm ignorierte er und ging laut polternd nach unten, wo Melody auf ihn wartete. Sie sollte nichts von alldem mitbekommen.

Er war sich sicher, dass das Kind den Speicher nicht freiwillig betreten würde. Niemals.

Viertes Kapitel

»Was hat er gemacht?« Melodys Stimme klang fast wie ein Schrei. »Ich kann es nicht glauben!« Sie hob den Kopf von Buttons Schulter und starrte ihn entsetzt an.

Der gnomhafte Modeschöpfer nickte. »Es stimmt. Er hat es mir selbst erzählt.«

Melody sah angewidert aus. »Aber das ist ja abscheulich! Wie konnte er so etwas tun?«

Button tätschelte ihre Hand. »Er hat es nicht getan, um ihr etwas zuleide zu tun. Er war verwirrt, zudem in Sorge um Sie. Es war ein … Fehler. Einer allerdings, der sich in den folgenden Tagen verselbstständigte.«

»In den folgenden Tagen?« Melodys Fassungslosigkeit wuchs. »Sie meinen, er hat sie auf dem Speicher gelassen? Wie lange?«

Button schürzte die Lippen. »Das könnte ich Ihnen sagen, doch dann wäre ich gezwungen, vieles vorwegzunehmen, und die Geschichte muss schließlich spannend bleiben. Außerdem sollten Sie ein bisschen mehr Vertrauen zu Ihrem Vater haben.«

»Nein! Das ist zu schrecklich!« Melody verschränkte die Arme vor der Brust. »Ich werde nie wieder mit ihm reden.«

Button lächelte. »Denken Sie daran, es ihm zu sagen,

wenn er Sie in einer Stunde zum Altar führt.« Er tippte ihr auf die Nase. »Und jetzt, meine schöne, wütende Melody, wollen Sie den Rest der Geschichte nun hören oder nicht?«

»Eher nicht«, stieß sie hervor, um ihre Meinung sogleich zu revidieren. »Ach, na ja, vielleicht doch«, meinte sie und kuschelte sich wieder in seine Arme, während er einen Kuss auf ihren Scheitel hauchte.

»Wo war ich stehen geblieben?«

»Mein Vater hat meine Mutter auf dem Speicher eingesperrt und ist davongegangen.«

»Ihr Vater hat versucht, Ihre berechtigterweise aufgebrachte Mutter zu bewegen, ihm endlich zuzuhören.«

»Ich würde jemandem, der mich eingesperrt hat, auch nicht zuhören!«

Button lachte glucksend. »Ach ja, Sie beide sind sich vom Temperament her wirklich recht ähnlich, wenn ich darüber nachdenke – ihre Mutter hat nämlich mehr oder weniger genauso reagiert.«

Laurel hämmerte gegen die schwere Eichentür, bis ihre Hände taub wurden, aber Jack kehrte nicht zurück. Erschöpft ließ sie sich irgendwann, mit dem Rücken an die Wand gelehnt, auf dem staubigen Boden nieder und schlang die Arme um die Knie.

Gefangen. Weggesperrt. Eingekerkert.

Wieder einmal.

Sie bemühte sich, ihre Wut und ihre Empörung, ihren

gerechten Zorn am Leben zu halten, damit die Panik, die in ihr aufstieg, nicht die Oberhand gewann. Vier Wände. Ein Fenster. Eine Tür, die sie nicht öffnen konnte. Das alles war schrecklich, ekelerregend und vertraut.

Mädchen aus gutem Haus sollten nichts über Kerker wissen. Und konnten sich bestimmt nicht vorstellen, dass der einzige Kontakt zur Außenwelt darin bestand, dreimal am Tag ein Essenstablett gebracht zu bekommen. Mädchen aus gutem Haus sollten vor allem nicht plötzlich schwanger werden.

Bitte, Mama, sperr mich nicht ein! Papa, bitte, bitte, lass mich raus! Es tut mir leid! Es tut mir so leid!

Es war nicht so sehr die Schwangerschaft selbst gewesen, die die Eltern dermaßen erzürnt hatte, sondern vielmehr ihre Weigerung, den Verursacher dieser Bredouille zu nennen. Sie hatte das Geheimnis bewahrt und auf Jack gewartet in dem festen Glauben, dass er zu ihr stehen würde.

Dann vergingen die Monate, ohne dass er kam. Monate, in denen sie über Fluchtmöglichkeiten nachdachte, um sie sogleich wieder zu verwerfen. Wie sollte sie es schaffen, sich mit dickem Bauch drei Stockwerke an Efeuranken nach unten zu hangeln? Prüfend schaute sie zu dem großen Fenster der Dachkammer, in der Jack sie eingesperrt hatte.

Jetzt war sie nicht hilflos und schwanger.

Leider ging es hier sehr tief nach unten. In Gedanken zählte sie die Stockwerke, die sie in ihrer Hast hinaufgestürmt war. Das Erdgeschoss, ein paar Treppenabsätze, der Aufgang zum Dachboden. Fünf vermutlich, sie wusste es nicht genau. Der Sims unterhalb des Fensters war schrecklich schmal, nur wenig breiter als ihre Hand und von feuchtem Ruß und Vogelkot ganz rutschig. Vielleicht lieber nicht.

Sie schüttelte den Kopf und spähte zur Straße hinunter. Karren und ein paar Droschken fuhren vorbei, doch niemand würde sie hören, denn das Knarren der Räder und das Klappern der Hufe übertönte bestimmt alle anderen Geräusche. Es sei denn, die Straße wäre einmal leer.

Sie wartete auf einen solch günstigen Moment und konzentrierte sich auf einen jungen Mann, der mit einem Sack über der Schulter vor einem der Geschäfte Waren ablud. Ihr lautes Rufen ließ ihn schließlich aufblicken, bloß deutete er die Situation völlig falsch. Er schob seine Kappe in den Nacken, lächelte ihr zu und beantwortete ihr heftiges Winken, indem er ihr eine Kusshand zuwarf. Eingebildeter Kerl! Der glaubte tatsächlich, sie wollte mit ihm flirten!

Es hatte keinen Sinn. Die Straße war zu belebt und das Fenster zu weit oben. Es lag in der Natur der Sache, dass die Menschen selten nach oben schauten. Nach einem letzten zögerlichen Blick auf den Sims zog sie sich in den Raum zurück und schloss das Fenster, um die abendliche Kühle fernzuhalten.

Rachegedanken überfielen sie und fachten für eine Weile ihre Wut neu an. Sie presste die Fingerspitzen fest gegen ihre Augen, um die Tränen zurückzudrängen. Die Erinnerungen hingegen ließen sich nicht so leicht zurückdrängen.

Jack. Gut aussehend und schneidig, immer fröhlich. Er war Amy sofort verfallen wie alle jungen Männer, die ihr begegneten. Im Gegensatz zu den anderen hatte er jedoch die kleine Schwester nicht ignoriert – wenngleich sich seine Aufmerksamkeit mehr oder weniger darauf beschränkte, ein wenig mit ihr herumzualbern und sie aufzuziehen. Ob nun wegen ihrer Kratzbürstigkeit oder ihrer Vorliebe fürs Lesen.

»Mauerblümchen« hatten Amys sonstige Verehrer sie genannt, und die Schwester konnte sich köstlich darüber amüsieren und riss einen Witz nach dem anderen auf Laurels Kosten. Einer gemeiner als der andere. Jacks Spitzname für sie, »Bramble«, war zumindest liebevoll gemeint.

Sie war ihm zum ersten Mal begegnet, als sie die Nase gerade gestrichen voll hatte von Amys dämlichen Verehrern, die sich im Salon über sie amüsierten. Sie musste an diesem Tag in Abwesenheit der Mutter die Anstandsdame spielen, obwohl sie gerade erst sechzehn war, zwei Jahre jünger also als die Schwester. Hauptsache, der Schein war gewahrt, und es ging schicklich zu.

»Die Schicklichkeit kann mich mal«, murmelte Laurel vor sich hin, als sie den Salon verließ. »Dandys! Lutscher sollte man sie nennen bei der ganzen Zuckerwatte, die sie im Kopf haben.«

Ein überraschtes, kurzes Lachen ließ sie herumwirbeln, und entsetzt schlug sie die Hand vor den Mund. O Gott, wenn Mama davon erfuhr! Im gleichen Moment entdeckte sie ihn, wie er da an der Wandvertäfelung lehnte. Auf seinem schmalen, attraktiven Gesicht lag ein amüsiertes Grinsen, und in seinen dunklen Augen erkannte sie Bewunderung.

Er sieht mich an! Mich!

Und obwohl sie es so schnell wie möglich zu vergessen suchte, wollte ihr ein Gedanke in Zukunft nicht mehr aus dem Kopf.

Den Mann will ich.

»Sehr scharfzüngig für eine junge Dame«, hörte sie ihn sagen, als er, noch immer grinsend, auf sie zuschlenderte. »Weißt du nicht, dass Lorbeer keine Stacheln hat?«

Lorbeer? Ach ja, er spielte auf die Bedeutung ihres Namens an. Ihre Eltern hatten eine Vorliebe für Pflanzennamen: Amaryllis und Laurel.

Sie schaute den Fremden an. Normalerweise redete sie nie mit Amys Besuchern, dazu war sie viel zu schüchtern. Jetzt jedoch warf sie den Kopf in den Nacken und blickte dem charmanten Frechling direkt ins Gesicht. »Haben Sie sich verlaufen? Ich weiß, dass der Weg zur Haustür für manch einen zu kompliziert ist. Soll ich Sie vielleicht hinausbegleiten?«

Zur Tür waren es gerade mal zwanzig Schritte. Das Lächeln auf dem Gesicht des Fremden breitete sich angesichts dieser Retourkutsche aus und verursachte eine merkwürdige Wärme in ihrer Magengegend. Vielleicht auch ein bisschen tiefer. Ihr Blick wanderte von seinem Mund hinauf zu seinen wissenden Augen.

»Kleine kratzbürstige Bramble. So stachelig wie ein Brombeerstrauch. Wer hätte das gedacht?«

Sie reckte das Kinn. »Mein Name ist Laurel Clarke. Und wir wurden einander nicht vorgestellt. Was erdreisten Sie sich, Sir.«

Er beugte sich zu ihr herüber und streckte die Hand nach einem ihrer langen, dunklen Zöpfe aus, mit denen sie auf ihre Weise gegen Amys Vorliebe für extravagante Frisuren protestierte. Als er den Zopf ergriff, streiften seine Fingerknöchel ihren Hals. Merkte er, wie sie zusammenzuckte?

»Ich werde es niemandem verraten, wenn du es nicht tust«, flüsterte er rau und lachte, während sie heftig errötete. »Komm, Bramble, zeig mir die Bibliothek. Wenn ich schon warten muss, bis die hirnlose Brigade da drinnen abzieht, brauche ich etwas zu lesen.«

»Sie lesen?« Dieses Mal klang sie nicht schnippisch, sondern bloß überrascht.

»O ja.« Er kitzelte sie mit dem Ende ihres Zopfes am Ohr. »Und du kannst Jack zu mir sagen. Siehst du, damit wären wir einander vorgestellt. Ganz ohne langweiliges Getue.«

Als sie ihren Zopf aus seinem Griff befreite, berührten sich ihre Finger – sie spürte, wie sie erneut errötete und eine heiße Welle erregend durch ihren Körper strömte.

Jack.

Dieser Kerl brachte bestimmt nichts als Ärger mit sich, dachte sie fasziniert. Zu dumm, dass ihr damals nicht aufging, wie recht sie damit behalten sollte.

Er zog die Tür zur Speichertreppe hinter sich zu, während Melody ihn mit winzigen Sorgenfalten zwischen den Augenbrauen anschaute. »Warum spielst du auf dem Dachboden?«

»Das tue ich nicht. Ich meine, der Dachboden ist kein Ort zum Spielen. Das weißt du doch, oder?«

Sie beäugte die Tür zum Speicher argwöhnisch. »Der böse Mann hat mich mit auf den Dachboden genommen. Und mich aufs Dach geschleppt.«

Sie spielte an auf eine Geschichte, die sich vor gar nicht langer Zeit ereignet hatte. Madeleines verrückter erster Ehemann, der ihr nach dem Leben trachtete, hatte das Kind an sich gebracht, um sie zu erpressen, und dabei den kleinen Körper drohend über den Abgrund gehalten. Obwohl selbst nicht anwesend, ballte Jack die Fäuste. Wäre der Mistkerl am Ende nicht auf dem Pflaster gelandet und gestorben, würde Jack gewiss dafür gesorgt haben, ihn vom Leben zum Tod zu befördern. Nicht auszudenken, wenn dem Kind wirklich etwas passiert wäre … Das hätte er sich nie verzeihen können. Und sich die Schuld geben, weil er nicht rechtzeitig zur Stelle war, um sie zu beschützen.

Ich hole sie sofort von hier weg.

Laurel. Jack rieb sich den Nacken. Er kannte Laurels Beweggründe nicht, aber er zweifelte nicht an ihrer Entschlossenheit und ihrer Wut. Bedenken überkamen ihn, ob er sie wirklich auf dem Speicher einsperren sollte. Nein, sicher war es keine gute Idee und ganz und gar nicht nett von ihm. Doch im Augenblick sah er nur Melodys Interessen, die er wahren musste.

Außerdem war jetzt Schlafenszeit, und das Privileg, sie ins Bett zu bringen, kam momentan nur ihm zu. Sogar die Rolle des Geschichtenerzählers hatte sie ihm zugewiesen. Zwar waren seine Piratengeschichten nicht ganz so fantasievoll wie die von Colin, wurden aber von Mal zu Mal länger und detaillierter, denn er flocht seine eigenen Erlebnisse auf See mit ein. Melody jedenfalls gefielen sie. Und was ihn betraf, so wirkten sie zum einen Wunder gegen die merkwürdige Sprachlosigkeit, die ihn so oft überfiel, und zum anderen liebte er das abendliche Ritual wie alles, was mit dem kleinen Mädchen zusammenhing.

Eine Stunde später schaute Jack versonnen auf das schlafende Kind in seinem Bett. Der Gedanke, dass sie vermutlich nicht seine Tochter war, wollte ihm nicht in den Kopf. Immer wieder vergaß er es oder verdrängte die Tatsachen.

Was bloß hatte Melody mit Laurel zu tun?

Im Grunde war das Kind ihr viel ähnlicher als Amaryllis. Zumindest vom Wesen her. Ihre Cleverness, ihre

Neugier, ihre Offenheit und ihre Bereitschaft, Zuneigung zu zeigen – das alles verband sie mit Laurel und nicht mit der älteren Schwester. Er fragte sich, warum er nicht gleich an sie gedacht hatte.

Weil sie dann nicht seine Tochter war, ganz einfach.

Er hob Melodys erschlafften warmen Körper hoch und trug sie in ihr Zimmer, das Madeleine und Aidan für sie neben ihren Räumen hatten einrichten lassen. Ein wunderhübsches Zimmer für ein kleines Mädchen, in dem er fast täglich neue Spielsachen entdeckte. Heute etwa ein kleines Schachbrett mit originellen Figuren. Besonders gefiel Jack der Springer: ein pummeliges Pony mit großen, ausdrucksstarken Augen. Bestimmt handelte es sich um ein Geschenk von Lord Bartles und Sir James, dachte Jack. Wer sonst außer diesen beiden alten Käuzen, die seit Jahren täglich vor ihrer Schachpartie saßen, käme auf diese Idee. Er lächelte. Bald würde hier kein Platz mehr für die Bestechungsgeschenke sein, mit denen die Altherrenriege des Clubs um die Gunst des kleinen Mädchens buhlte.

Der Abend wurde zur Nacht. Eben schlug die Uhr halb elf, und Jacks Gedanken kehrten zu Laurel zurück. Himmel und Hölle, was hatte er getan? Sie auf dem Speicher eingesperrt. Lieber Gott, er benahm sich ja fast, als befände er sich noch im Krieg. Und vermasselte alles im großen Stil, so viel stand fest.

Er ließ sich in den gepolsterten Ohrensessel fallen, den Madeleine für das Zimmer ausgesucht hatte, und versuchte sich angestrengt daran zu erinnern, wann er Laurel zum letzten Mal gesehen hatte. Auf dieser schrecklichen, erniedrigenden Hausparty jedenfalls nicht. Oder doch?

Denk nach!

Es fiel ihm schwer, den Müll in seinem Kopf wegzuräumen, der die Erinnerungen an diese Tage inzwischen begraben hatte. Er war wegen Amaryllis dorthin gefahren. Erst war die Begegnung enttäuschend verlaufen, doch diese Nacht, in der sie ihn aufsuchte, entschädigte ihn für alles. Dachte er zumindest bis zum nächsten Tag, als ihm erneut das Herz aus der Brust gerissen wurde. Es folgten Alkoholexzesse und die Flucht nach Übersee. Wochen, Monate und Jahre, die in einem grauen Nebel verschwanden. Erst Melody durchbrach seine Dunkelheit.

Und jetzt war Laurel gekommen, um sie ihm fortzunehmen.

Auf dem Flur der obersten Etage standen Aidan und Colin und unterhielten sich leise.

»Er bringt sie gerade zu Bett«, flüsterte Colin. »Der arme Kerl. Ich habe noch nie jemanden so erschüttert gesehen wie ihn.«

Aidan sah Colin einen Augenblick lang an. »Ich schon.«

Der Freund wandte den Blick ab. »Ich schaffe das schon. Sorgen mache ich mir um Pru und Maddie. Und um Jack.«

»Ich hasse es, Maddie so traurig zu sehen, aber sie hat

schon viele schwere Zeiten überwunden. Genau wie Pru. Jack hingegen…«

»Jack steht auch ohne diesen Tiefschlag zu nahe am Abgrund.«

»Melody ist so wichtig für ihn. Ich hatte den Eindruck, sie zu haben, war für ihn so etwas wie … eine Wiedergutmachung«, sagte Aidan nachdenklich.

Colin blickte in die Ferne. »Ein Leben für ein anderes, meinst du?«

»Wir wissen nicht, wie er denkt. Nicht sicher zumindest.«

Auf der anderen Seite des Flures, hinter der angelehnten Tür zu ihrem Wohnzimmer, presste Pru eine Hand auf den Mund, die Augen weit aufgerissen.

Ein Leben für ein anderes?

Fünftes Kapitel

Auf dem Speicher hielt Jack vor der verschlossenen Tür inne. Sollte er anklopfen? Obwohl es ihm irgendwie albern vorkam, tat er es.

»Bitte, komm herein.« Nicht einmal das massive Eichenholz vermochte die Ironie in ihrer Stimme zu dämpfen.

Er drehte den Schlüssel im Schloss, drückte die Klinke herunter und öffnete langsam die schwere Tür. Es gelang ihm gerade noch, sich zu ducken, als ein Geschirrstück neben seinem Kopf an dem hölzernen Türrahmen zerschellte.

»Schade. Nicht getroffen.« Ihre Stimme klang ruhig, verriet jedoch ihren unterdrückten Zorn.

Jack zögerte, ob er überhaupt eintreten sollte, gab sich letztlich aber einen Ruck. Er hatte sich dieses Desaster schließlich selbst zuzuschreiben und musste die Konsequenzen tragen. Wie die aussahen, merkte er erst jetzt richtig, denn ein Bombenhagel aus Porzellanresten empfing ihn. Schützend hob er den Arm vors Gesicht. »Verdammt noch mal, Laurel!«

»Wolltest du nicht hereinkommen?«

»Hör auf.«

»Jack, komm ruhig her, ich will dir nicht ernstlich wehtun«, sagte sie und warf eine zerbrochene Fleischplatte nach ihm, die nur knapp seinen Kopf verfehlte.

»Stopp! Ich dachte, du wolltest mir nichts tun!«

Laurel senkte die Hand, die gerade eine gesprungene Teekanne in seine Richtung schleudern wollte. »Ich will dir nicht wehtun, Jack – ich will dich umbringen.« Die Teekanne flog im hohen Bogen knapp an ihm vorbei, weil er sich rechtzeitig wegdrehte.

Er hob beschwichtigend beide Hände. »Laurel, ich weiß, dass es falsch von mir war, dich hier einzusperren, aber …«

Schnell wie der Blitz bückte sie sich herunter zu einem Haufen ausrangierten Geschirrs und schleuderte ihm eine Suppenterrine entgegen. Dieses Mal blieb Jack stehen und wehrte das verdammte Ding mit dem Unterarm ab. Was sich als ziemlich schmerzhaft erwies.

Laurel indes schaute ihn überrascht an und zögerte mit ihrem nächsten Angriff. Ein schwerer Fehler, denn binnen Sekunden war Jack bei ihr und zerrte sie von ihrem Waffenlager fort.

»Lass mich los!« Weil er ihre Arme umklammert hielt, begann sie zu treten, doch ihre üppigen Röcke schützten ihn.

Vorsichtshalber packte er sie noch fester, presste sie so dicht an seinen Körper, dass sie sich nicht mehr bewegen konnte.

Sie roch verdammt gut.

Wie kam er jetzt auf so etwas? Unerheblich. Bloß dass ihr Duft Erinnerungen wachrief …

Laurel kämpfte gegen die Tränen an, während sie sich vergeblich aus seinem Griff zu befreien suchte. Weinen half nichts, das sollte sie wissen nach den bitteren Erfahrungen der vergangenen vier Jahre, in denen sie genug Tränen vergossen hatte. Den gerechten Zorn nicht zu verlieren, das schien weitaus erfolgversprechender. Und noch nie zuvor war sie so voller Wut gewesen wie jetzt.

Dieser Mann hatte ihr schließlich unendlich viel genommen …

Als er sie endlich freigab, kam ein lange zurückgehaltenes Schluchzen über ihre Lippen. Sie biss die Zähne zusammen, um sich keine weitere Blöße zu geben und wich mit nach hinten ausgestreckten Händen vor ihm zurück. Wenn sie nur etwas zu fassen bekäme, eine Teekanne, einen Besenstiel, einen Schürhaken – egal, sie würde es ihm liebend gerne über den Schädel ziehen, sich ihr Kind schnappen und Seine Lordschaft gebrochen und blutend zurücklassen.

Doch auch ihr spielte die Erinnerung einen Streich. Als sie ihn jetzt vor sich sah mit diesem leeren, irgendwie abwesenden Gesichtsausdruck, da erkannte sie in ihm nicht das Monster, zu dem sie ihn stilisiert hatte, sondern den gebrochenen, verlorenen Mann, den sie in jener fernen Nacht von seinen Albträumen befreien wollte. Beinahe kam es ihr vor, als stünde ein geisterhafter Schatten hinter dem realen Jack und würde mit ihm verschmelzen. Beide elend, einsam und mitleidheischend.

Sie vertrieb das Bild vor ihrem geistigen Auge, weil es ihre Wut untergrub – und sie dadurch schwach machte. Verständnis und Mitgefühl hatten sie schließlich überhaupt erst in diese Klemme gebracht. Nein, sie musste jetzt sein wie ihre selbstsüchtige Schwester und an nichts anderes denken als an ihren eigenen Vorteil. Und an den ihrer Tochter natürlich.

»Gib sie mir.« War das ihre Stimme? Dieses fast instinkthafte Knurren? So hörten sich Tierweibchen an, die ihre Jungen verteidigten. »Bring mich sofort zu ihr!«

»Was hast du vor?«

Sie hob herausfordernd das Kinn. »Ich will weit weg von hier und niemals zurückkehren. Meiner Auffassung nach hast du jeglichen Anspruch auf unser Kind verwirkt.«

Unser Kind.

Der Schock machte Jack vollends sprachlos. Unseres? Aber …

Bevor er seine Gedanken sortieren konnte, fuhr Laurel schon fort. »Diese Geschichte hier mit dem Dachboden ist sicherlich die letzte deiner Missetaten, und was immer du mit Melody vorhattest, ich werde …«

Bittend hob er eine Hand, um sie zu unterbrechen. »Warte …«

Endlich bekam sie etwas in die Hände, einen langen Stiel, der in der Zimmerecke stand. Das trockene alte

Holz trieb ihr Splitter in die Hand, als sie es hinter ihrem Rücken fest umklammerte. Eine echte Waffe. Als er einen Schritt vortrat, verstärkte sie ihren Griff und holte tief Luft. Er kam einen weiteren Schritt näher, und in seinem Gesicht drückte sich Verwirrung aus.

Jetzt, schlag zu. Jetzt.

Er reagierte einen winzigen Augenblick zu spät, und der Schlag traf ihn hart an der Schulter. Doch in dieser Situation gewannen seine auf den Schlachtfeldern erprobten Instinkte die Oberhand, und bevor sie sichs versah, entriss er ihr den Stock, drängte sie rücklings an eine Wand und hielt ihre Hände über ihrem Kopf gefangen.

In derart intimer Nähe drohten allerdings andere Gefahren. Sie so eng an sich gepresst zu spüren, ihren Duft zu riechen, ihren Atem an seinem Hals zu fühlen … Selbst ihre Abwehr war erregend für ihn. Und plötzlich wusste er es wieder.

Ich erinnere mich an sie. Und ich begehre sie.

Fest hielt er sie umklammert, ohne sich zu bewegen, aber es gab nichts, um sein Verlangen zu unterdrücken. Sein Glied, schmerzhaft in seiner Hose gefangen, wurde hart wie Stahl. Laut hämmerte sein Herz, Hitze überzog seine Haut, und sein Blickfeld verengte sich.

Begehren. Lust. Jetzt.

Er spürte, wie ihre Gegenwehr nachließ und ihre wütenden Proteste abebbten. Er roch ihre Erregung und neigte den Kopf. Sein Mund schwebte dicht über ihren leicht geöffneten Lippen. Ihre Augen waren riesig und tief wie Seen, in die man eintauchen konnte. Er erinnerte sich …

Als Jack sie nach so langer Zeit küsste, wollte Laurel ihn abwehren, ihn von sich stoßen, ihn in seinen fordernden Mund beißen. Bis sie merkte, dass etwas anderes stärker war als ihre Wut und der Wunsch, ihm wehzutun: ihr beinahe schmerzhaftes Verlangen nach ihm, nach seinen Küssen, seinen Berührungen.

Heiß und hart lag sein Mund auf ihrem, vertraut und fremd zugleich. Als sie die Lippen öffnete, um ihn besser schmecken zu können, stöhnte er und umfasste mit einer Hand ihr Kinn, um den Kuss zu vertiefen. Ihre Zungen umschlangen einander in schamloser Gier, und alle Abwehrhaltung, die noch vorhanden gewesen sein mochte, versank in diesem Kuss.

Jacks Hand wanderte vom Gesicht an ihrem Hals entlang, ertastete ihren Pulsschlag und liebkoste die Vertiefung am Übergang zum Schlüsselbein. Dann fand er ihre Brust … Willenlos ließ sie es geschehen. Sie konnte einfach nichts dagegen tun und wollte es auch nicht. Nichts zählte mehr außer ihrer Lust und ihrem wilden Begehren.

Sie stöhnte unter seinen Liebkosungen, und als seine Hand an ihrem Körper hinabglitt, über ihren Po und ihren Schenkel und wieder weiter nach oben, da warf sie zitternd und keuchend vor Verlangen den Kopf in den Nacken. Doch obwohl sie sich ihm öffnete und hingab, hasste sie ihn in diesem Moment der Lust. Trotz allem hatte er schließlich ihr Leben zerstört, und deshalb schämte sie sich irgendwie für das, was hier mit ihrem Einverständnis geschah.

Seine heiße Hand legte sich auf ihren Venushügel, und sein Mund senkte sich wieder auf ihren. Er wusste fraglos, wie man eine Frau befriedigte. Seine Berührung war sicher und fest, zärtlich und bestimmend zugleich. Er nahm sie mit der Hand, stieß mit dem Finger tief in sie hinein, glitt langsam wieder heraus, um ihre empfindlichste Stelle zu streicheln. Im gleichen Rhythmus, in dem seine Zunge ihren Mund eroberte. Immer wieder.

Hitze breitete sich in ihrem Unterleib aus, strömte von dort in den ganzen Körper. Laurel begann zu zittern, stöhnte und stammelte an seinem Mund. Ihre Muskeln zuckten, während er sie immer höher trieb. Mit seinem großen, festen Körper, der sich an sie presste, seinem Mund, der ihren in Besitz nahm, seiner Hand, die in sie eindrang, sie beanspruchte und eroberte. Es war zu viel Hitze, zu viel Gefühl, zu viel Jack. Gefangen. Hilflos. Ausgeliefert. Sie konnte nichts tun, sehnte nur die Erlösung herbei.

Als sie zum Höhepunkt kam, hatte sie das Gefühl, der Eispanzer eines zugefrorenen Sees würde brechen. Ihre Knie gaben nach, mächtige Wellen der Lust überrollten sie, und sie schrie ihre Erleichterung in seinen heißen, fordernden Mund, während er sie mit seinem harten Körper gegen die Wand drückte. Bis sie schließlich leise wimmernd in seinen Armen zusammensank.

Da erst gab Jack ihre Arme frei, die er mit einer

Hand über ihrem Kopf festgehalten hatte. Drückte ihren Kopf an seine Brust und zog die zweite Hand unter ihren Röcken hervor. Führte die Finger zum Mund, um sie zu schmecken. Und in diesem Augenblick wusste er mit absoluter Sicherheit, dass alles stimmte. Dieser Geschmack war ihm vertraut wie sein eigenes Spiegelbild. Ihre Stimme mochte sich verändert haben, ihr Körper ebenso, doch der einfache salzig-süße Nektar ihres Körpers war unverkennbar und würde für immer mit dieser einen Nacht verbunden sein.

Es war Laurel, nicht Amaryllis, die damals in sein Zimmer kam, sein Gesicht mit zärtlichen Küssen bedeckte, um seine Albträume zu verjagen. Die ihre kühlen Hände über seine nackte Haut gleiten ließ, um die Anspannung und die Schrecken aus seinem Körper zu streicheln. Und die sich ihm selbstlos hingab.

Laurel, sanft und freigiebig, leidenschaftlich und ungezähmt, die sich unter ihm wand. Die seinen Namen rief, während er sich in ihrem süßen, heißen Fleisch verlor. Und ihre blauen Augen waren es, die weinten, als er aus dem Haus geworfen wurde.

Laurel.

Er konnte sie bloß anstarren. Nie hatte er trotz des anschließenden Dramas jene Nacht bereut. Dieser schimmernde Moment, in dem zwei Seelen sich fanden, war für ihn der einzige Grund gewesen, sich vor Jahren nicht vom Dach zu stürzen. Er hatte nie jemandem davon erzählt, nicht einmal Aidan oder Colin. An jenem Abend, als sie ihn mit einer Flasche Whisky dort oben fanden, glaubten sie, ihre Hinweise auf seine Verpflichtungen hätten ihn zum Umdenken bewogen. Sicher exzellente Gründe, um weiterzuleben. Doch nicht so gut wie der winzige Funken Hoffnung, den diese Nacht voller Wärme und Zärtlichkeit in sein Herz gepflanzt hatte.

Wenn jemand ihn so berühren, ihn so umarmen und ihm so vertrauen, sich ihm so uneingeschränkt hingeben konnte …

Nun, musste dann nicht trotz allem etwas in ihm stecken, das es wert war, gerettet zu werden?

O Gott, *was habe ich getan?*

Er ließ sie los, und sie taumelte ein wenig.

»Du …« Seine Stimme war bloß ein heiseres Flüstern. »Du und ich …«

Laurel schob das Kinn vor. »Ich hätte es wissen müssen, dass du mich vergisst.«

»Niemals.« Jack schaute in ihre blauen Augen. »Ich habe mich bloß nicht … richtig erinnert.«

Sie blinzelte. »An wen hast du dich denn stattdessen erinnert?« Als er schwieg, riss sie weit die Augen auf. »Amy? Du dachtest, es sei Amy gewesen?«

»Bramble, es tut mir leid …« Er streckte die Hand nach ihr aus, aber Laurel rückte von ihm ab. Auch sie schien erst jetzt zu begreifen, warum alles so unglücklich verlaufen war.

»Laurel, du hast Melody fortgegeben …«

»Nein!« Ihre Augen nahmen das Grau von Gewitterwolken an. »Ich habe sie nicht im Stich gelassen. Man hat sie mir vorenthalten. Sie haben mir erzählt, sie sei gestorben.«

»Wer hat das getan?«

»Meine Eltern. Die Hebamme. Dabei habe ich geschworen, sie weinen gehört zu haben, aber sie behaupteten, ich müsse mich irren. Das Baby sei tot zur Welt gekommen. Ich habe ihnen dummerweise geglaubt, obwohl ich es besser hätte wissen müssen. Schließlich war es nicht neu für mich, dass meine Eltern logen und meine Schwester ebenfalls. Wie konnte ich ihnen nur vertrauen?« Sie blickte auf ihr Kleid hinab und strich mit beiden Händen über den Rock. »All die Jahre der Trauer, dabei hat sie die ganze Zeit hier gelebt.«

Jack schüttelte den Kopf. »Nein, leider nicht. Sie wurde vor ein paar Monaten auf der Treppe des Clubs ausgesetzt. Von wem, das wissen wir nicht. Vermutlich von einer Frau, die sie in Pflege hatte.«

Laurel schaute ihn schockiert an. »Wo war sie vorher?«

»Wir haben keine Ahnung.«

Sie presste die Hände auf ihr Herz. »Was, wenn es kein guter Platz war?« Ihre Worte überschlugen sich beinahe. »Was, wenn sie Angst hatte oder geschlagen wurde oder Schlimmeres? Bekam sie genug zu essen? Hatte sie es warm?«

Jack konnte bloß mit den Schultern zucken.

Laurel wandte sich von ihm ab, die Arme fest um den

Oberkörper geschlungen. »Ich habe um meine Tochter getrauert – um meine Eltern hingegen werde ich niemals trauern! Niemals! Wie konnten sie das ihrem eigenen Enkelkind antun?«

Jack beobachtete sie und erkannte, dass es Laurel ausschließlich um Melodys Glück ging. Wenn er jetzt vernünftig mit ihr redete …

»Dann wirst du sie also nicht von hier fortholen?«

Sie wirbelte zu ihm herum, das Gesicht totenblass. »Ich werde sie so weit wie möglich von hier fortbringen, Jack. Ich will für den Rest meines Lebens weder dich und meine Schwester noch auch nur ein Stück englischen Bodens je wiedersehen.«

»Aber …«

Sie trat einen Schritt vor. »Du hast mich ruiniert und kanntest nicht einmal meinen Namen. Du sperrst mich hier ein und dann …« Sie machte eine wütende Handbewegung in Richtung Wand. »Du hast nicht das Zeug, um ein Vater zu sein. Du bist kein anständiger Mann.«

Ihre Worte trafen ihn zutiefst. Stumm stand er vor ihr. Laurel hatte recht – es gab keine Rechtfertigung für seine Taten. Und die Mauer, die er um sich herum errichtet hatte, ließ sich ebenfalls nicht so einfach niederreißen. Nicht mit normalen Worten zumindest. Zudem schienen sie beide im Moment zu weit voneinander entfernt, um sich verständigen zu können. Deshalb tat er das Einzige, was ihm einfiel, obwohl es das Falscheste von allem war.

Er nahm den Schlüssel aus seiner Tasche und schaute

sie an. »Ich kann nicht zulassen, dass du ohne Schutz in die Welt fliehst und Melody aus ihrem Zuhause reißt.« Mit diesen Worten ging er rückwärts durch die Tür, zog sie zu und sperrte ab. Das leise Klicken des Schlosses wurde von ihrem Protestschrei übertönt.

Deprimiert verließ Jack den Dachboden. Er sperrte sie ein und begann gleichzeitig zu begreifen, dass eigentlich er derjenige war, der im Käfig saß.

Lord Aldrich schlurfte auf dem Weg zu seinem Zimmer den langen Gang hinunter. Er freute sich auf einen friedlichen, ruhigen Abend im Club. Zwar vergötterte er seine neue Frau, kein Zweifel, doch von Zeit zu Zeit wollte er einfach allein sein. Aidans Mutter, die ehemalige Countess of Blankenship, war die Liebe seines Lebens gewesen, die jedoch in jungen Jahren von den elterlichen Plänen durchkreuzt wurde. Erst kürzlich hatten sie als altes Paar zueinandergefunden.

Ein Geräusch in seinem Rücken ließ Lord Aldrich auf seinem Weg zu einem beschaulichen Abend mit Portwein innehalten. Er drehte sich um und blinzelte durch seine dicken Brillengläser zum anderen Ende des Flures.

Jemand war die Speichertreppe heruntergekommen. Einer der jungen Burschen, wenn er das schwarze Haar und den geraden Rücken betrachtete. Blankenship? Nein, eher Redgrave, der neue Marquis of Strickland. Aldrich war erfahren und feinfühlig genug, um dem jungen Mann nicht zu seinem Aufstieg in den Hochadel zu gratulieren. Einige Worte des Mitgefühls zum Tod des Onkels fand er passender. Er war ein komischer Kauz, dieser Käpt'n Jack, wie die kleine Melody ihn nannte.

Der alte Mann machte kehrt und schlurfte Richtung Speicher, wobei seine Schuhsohlen auf dem dicken Läufer kaum Geräusche machten. Jack, ohnehin in Gedanken versunken, bemerkte ihn gar nicht, eilte zur Treppe und ging nach unten. Aldrich hatte lediglich bemerkt, dass sich der andere etwas vom Jackett geklopft hatte. An der Tür zum Speicheraufgang blieb er stehen, drückte die Klinke hinunter, öffnete die Tür und steckte den Kopf hindurch.

Das Licht hinter ihm beleuchtete gerade mal die unteren Stufen. Zu sehen war nichts, weshalb Aldrich umso angestrengter lauschte. Nein, kein Ton zu hören. Offenbar war oben bloß ein Dachboden voller Gerümpel, das keiner mehr brauchte. Weiß der Teufel, was Strickland dort wollte.

Als er sich umdrehte, um sich endlich in sein Zimmer und zu seinem Portwein zu begeben, knirschte etwas unter der Sohle. Er bückte sich mühsam, fuhr mit den Fingern über den Teppich und ertastete scharfe kleine Splitter. Er hielt sie dicht vor die Augen und betrachtete sie genau. Zerbrochenes Geschirr. Lord Strickland hatte sich soeben Porzellansplitter vom Anzug gewischt.

Der alte Herr verfügte über ausreichend Lebenserfahrung, um zu wissen, was das bedeutete. Nur aufs Höchste gereizte Frauen warfen mit Geschirr um sich. Überaus interessant. Er hatte fast vergessen, wie aufregend das Leben im Brown's sein konnte.

In ihrem Gefängnis auf dem Dachboden warf sich Laurel unruhig auf ihrem Lager hin und her. Zum Glück hatte sie in einer Ecke Decken, Kissen und Laken entdeckt, die offenbar noch nicht lange dort lagen. Erst spät kam sie zur Ruhe, doch es wurde kein erholsamer Schlaf. Laurel schrie im Traum auf. Obwohl es eigentlich gar kein Traum, sondern eine Erinnerung war.

An jene Nacht vor vier Jahren.

Von dem Augenblick an, da er sich auf sie rollte, gehörte sie Jack. Damit er sie hielt und küsste – damit er alles mit ihr machte, was er wollte. Sie liebte ihn schließlich bereits seit Langem. Und jetzt würde ihr Warten endlich belohnt werden.

Und was für eine Belohnung! Diese Empfindungen – in ihren wildesten Fantasien hätte sie sich so etwas nicht vorzustellen vermocht. Sein heißer Mund auf ihrem, sein Geschmack, als sie seine Zunge in sich aufnahm, daran saugte, sie mit ihrer eigenen umspielte, jedem noch so kleinen Wink von ihm folgte – so automatisch, als seien sie ein Wesen und nicht zwei. Getrieben von gemeinsamem Wollen und Begehren.

Als sein Mund von ihren Lippen ihren Hals hinabwanderte, spürte sie das Kratzen der Bartstoppeln auf ihrer Haut. Seine Andersartigkeit erregte sie. Er war so groß und mächtig, so breit und muskulös – nicht zu vergleichen mit ihrer zarten Haut, ihrer zierlichen Figur. Unter ihm fühlte sie sich klein und schwach und doch stark in ihrer Verletzlichkeit. Sie war es, die er begehrte. Sie war es, die er küsste.

Er zog ihr Nachthemd herunter, um ihre Brüste zu liebkosen. Sie stöhnte, als er ihre jungfräulichen Brustwarzen tief einsog, eine nach der anderen. Sie wurden für ihn hart und richteten sich auf, nur war es diesmal keine Reaktion auf Kälte, wie sie es kannte, und auch das Zittern, das sie durchlief, hatte nichts mit Frieren zu tun. Im Gegenteil. Es war eine heiße Welle, die ihren Körper zum Beben brachte.

Wieder und wieder stöhnte sie seinen Namen, während er fester an ihr sog und die harten Knospen mit seiner Zunge und seinen Zähnen umspielte, bis sie schließlich vor Lust und Schmerz laut wimmerte und ihre Finger in seine Haare krallte, um seinen Kopf an sich zu pressen.

Ihr war sehr wohl bewusst, was sie da tat, was sie mit sich geschehen ließ. Ihr braves Nachthemd ringelte sich wie ein Fetzen Musselin um ihre Hüften. Ihre Brüste waren entblößt für seinen Mund und ihr Bauch und ihre Schenkel nackt für seine forschenden Hände.

Sie spürte seine Hand groß und fest und zupackend zwischen ihren Knien. Himmel, seine Berührungen waren heiß wie Feuer! Ihre Haut brannte, als er ihre unberührten Schenkel für seine Erkundungen spreizte, doch sie öffnete sich ihm vertrauensvoll. Er streichelte sie überall, sanft glitten seine Hände über Schenkel, Po und Hüfte, näherten sich langsam ihrer feuchten, schmerzhaft pulsierenden Mitte. Sie wand sich und bog sich ihm verlangend entgegen. Bis er ein Bein über ihre Schenkel schob, damit sie ruhig lag und er ihre geheimsten Stellen erforschen konnte.

Seine Hände spielten mit dem dunklen Lockenbusch, tasteten sich zärtlich vor, weiter in sie hinein. Federleichte Berührungen, weich und erregend, bis sie atemlos um mehr bettelte. Sie wollte so viel. Sogar Dinge, für die sie keinen Namen kannte. Sie wollte alles, und sie wollte es von Jack, nur von Jack.

Immer von Jack.

Und während sein Mund weiter an ihren Brüsten saugte, glitten seine Finger tief in die feuchte Spalte, die bereit für ihn war. Als Laurel vor Lust aufschrie, legte er die andere Hand sanft auf ihren Mund, um ihre Schreie, ihr Keuchen und Stöhnen zu dämpfen. Denn ihre Ekstase nahm zu, je weiter seine Finger in die enge Höhle schlüpften, darin auf und ab glitten, schließlich ihre empfindsamste Stelle fanden, sie umspielten und erregten. Mehr, mehr, konnte Laurel nur noch denken, obgleich sie nicht wusste, wie dieses Mehr aussah.

Sie lag da wie gefangen, von seinem Bein auf die Matratze gedrückt, bewegungslos und dazu verurteilt, seine Liebkosungen über sich ergehen zu lassen. Und wie gerne sie sich das gefallen ließ! Kein Gedanke an Scham, an unzüchtiges Benehmen. Sie empfand nichts als Lust, und ihre Hilflosigkeit erregte sie zusätzlich. Sein Körper auf ihrem, sein saugender Mund, seine liebkosenden Finger, das war zu viel für ihre unerfahrenen Sinne.

Sie merkte nicht, dass dieser Mann, dem sie sich hingab,

gefährlich war mit seiner verdüsterten Seele. Zu ausgehungert und verzweifelt, um Rücksicht zu nehmen. Das äußerte sich in seinen drängenden Küssen, in der besitzergreifenden Rauheit seiner Berührungen und in seinem wilden, ungestümen Verlangen.

Anstatt zurückzuweichen vor diesem Gefühlssturm, erregte sie die ungezähmte Seite seiner Natur zusätzlich. Sie wand sich, bäumte sich auf und schrie in seine Hand, als sie vom allerersten Höhepunkt ihres Lebens wie von einer Meereswelle überrollt wurde, als ein ekstatisches Zittern ihren ganzen Körper erfasste und sie wie von der Kante eines hohen Kliffs in absolute Glückseligkeit hinabstürzte und kleine, verruchte Erschütterungen der Lust sie weiterhin aus ihrem Innern heraus zum Schaudern brachten.

Während sie noch diesem Erlebnis, diesen sündigen Empfindungen nachspürte, stieß er erneut fest mit seinen Fingern in sie ein, um ihre Erregung neu anzufachen. Immer schneller, immer heftiger, bis er spürte, wie er sie wieder nach oben trieb auf einer neuen Woge der Lust.

»Komm«, flüsterte er heiser, und sie tat es mit einem entfesselten Schrei, der nur durch seine Hand auf ihrem Mund gemildert wurde. Und noch ein weiteres Mal brachte er sie dazu, sich in einem tosenden Rausch der Verzückung zu verlieren. In diesen Stunden war sie nichts als eine leere Hülle, ohne eigenen Willen, bloß erfüllt von schmerzender, pulsierender Lust und unstillbarem Verlangen nach ihm. Ein Gefäß, um ihn aufzunehmen.

Als ihre Finger sich in das Bettlaken gruben und ihr Körper

sich aufbäumte, hilflos in ihrem Rausch, glitt er zwischen ihre Schenkel. Besinnungslos keuchend und mit rasendem Herzen bemerkte sie kaum, wie seine Erektion sich gegen ihre nasse, geschwollene Mitte drängte. Er nahm die Hand von ihrem Mund und begann sie leidenschaftlich zu küssen, hielt dabei ihren Kopf umfasst.

Und sie schlang die Arme um ihn, erwiderte seinen Kuss und ließ es geschehen. Alles.

Sechstes Kapitel

Überall in der St. James Street, bei White's und Boodle's und in den anderen Herrenclubs, servierte das Personal am Morgen gemessenen Schrittes das Frühstück. Viele der betuchten Mitglieder zogen es von Zeit zu Zeit vor, abends nicht mehr zu ihren Häusern und Familien zurückzukehren, sondern in ihren luxuriös eingerichteten Zimmern im Club die Nacht zu verbringen. Während sie ihren Kaffee tranken und Eier mit Speck aßen, gaben sie sich genüsslich der Zeitungslektüre hin, ohne dass jemand sie störte.

Eine reine Männerwelt.

Nicht so im Brown's, der zwar nicht mehr zu den angesagtesten, wohl aber zu den ältesten und damit renommiertesten Clubs in London gehörte. Hier wurde die morgendliche Stille im Frühstückszimmer vom Getrappel kleiner Füße durchbrochen.

»Du kriegst mich nicht«, rief ein helles Stimmchen.

»Hab dich schon«, antwortete ein Junge, dessen Schuhe laut über den Boden polterten.

Und auch die schweren Schritte eines Mannes waren zu hören. »He! Wartet auf mich, ihr zwei«, forderte er die Kinder auf.

Wilberforce, der Majordomus, zuckte wie so häufig zusammen, als er in die Empfangshalle trat. Allerdings hatte er sich inzwischen an so einiges gewöhnt, was man normalerweise in Clubs wie diesem nicht zu sehen bekam. Dass etwa wie jetzt zwei Kinder mit höllischer Geschwindigkeit das Treppengeländer hinuntergesaust kamen und als Knäuel auf dem Boden landeten. Zwei lange und zwei kurze Beine, zwei magere und zwei pummelige Ärmchen und Gott sei Dank zwei heile Köpfe.

Den Dritten im Bunde entdeckte er erst, als er seine Blicke die Treppe hinaufwandern ließ. Oben stand Bailiwick, sein jüngster und größter Lakai, ein Bursche von neunzehn Jahren, der sehnsüchtig das Treppengeländer betrachtete und ganz offensichtlich kindlichen Vergnügungen nicht wirklich entwachsen war.

»Komm runter, Billywick«, sang Melody, die quer über Evans Bauch lag. »Jetzt du!«

Der junge Mann biss sich auf die Lippe und blickte sich argwöhnisch um. Dann, als er schon vorsichtig die Hand nach dem Treppengeländer ausstreckte, entdeckte er Wilberforce, der streng zu ihm hinaufschaute. Obwohl er nie die Stimme erhob, dröhnten die stakkatoartig gesprochenen Worte wie Kanonenschläge durch die Halle. »Denken … Sie … nicht … einmal … daran.«

»Wibblyforce!« Melody grinste den Majordomus an. »Das hat Spaß gemacht. Ich bin auf Evan gefallen.«

»Gut gemacht, Lady Melody. Master Evan ist viel weicher als der Marmorfußboden und weitaus weniger geeignet, dass man sich alles Mögliche bricht, wenn man auf ihn fällt.« Wie alle anderen im Club schaffte es auch Wilberforce nicht, Melody böse zu sein. Selbst wenn er seine strengste Miene aufsetzte, kicherte die kokette Kleine bloß. Was wiederum Wilberforce dahinschmelzen ließ.

Allerdings war er froh, dass diese Ausnahme nicht zu einem Ansehensverlust unter dem Personal führte – die ganze Dienerschaft begegnete ihm weiterhin mit dem gebührlichen Respekt. Bloß Evan hatte sich diesbezüglich von Melody anstecken lassen, doch er gehörte ja nicht zum Personal.

»Ich hab sie den ganzen Weg runter festgehalten, Wibbly… Äh, Mr. Wilberforce«, versicherte Evan. »Ich hab aufgepasst, dass sie nicht auf den Boden fällt.«

Wilberforce neigte leicht den Kopf. »Ich gehe trotzdem davon aus, dass dieses Ereignis sich nicht wiederholen wird«, sagte er würdevoll.

»Nein, Sir. Wir wollten es nur einmal ausprobieren.«

Melody rollte sich von Evan herunter und gegen Wilberforces Beine. Quer über seinen auf Hochglanz polierten Schuhen liegend, schaute sie mit dem Daumen im Mund zu ihm hoch. »Ich hab Hunger.«

Der Majordomus beugte sich leicht vor und schaute zu ihr hinunter. »Ich glaube, der Koch backt gerade wieder Zitronenkuchen, kleine Mylady.«

Große blaue Augen weiteten sich erwartungsvoll. »Kann ich meinem Papa ein Stückchen davon bringen?«

»Ich bin mir sicher, dass der Koch mit größtem Vergnügen das beste Stück für Seine Lordschaft aussucht.«

Melody kicherte über die pompösen Worte. Dann rappelte sie sich auf und schoss den Flur hinunter zur Dienstbotentreppe. »Bye-bye.«

Evan stand ebenfalls auf und ordnete seine Kleidung. »Sie wissen, dass sie gerade erst gefrühstückt hat, oder?«

Wilberforce zog die Augenbrauen eine Spur in die Höhe. »Und Sie nicht, Master Evan?«

Der Junge grinste. »Für Zitronenkuchen ist immer Platz«, meinte er, bevor er sich umdrehte und zum Abschied unbekümmert winkte. »Bis dann, Wibblyforce.«

Wilberforce blieb in der Halle zurück, äußerlich ein Bild extremen Gleichmuts. In seinem Innern allerdings sah es ganz anders aus. Hatte ihn doch erst gestern Abend der alte Lord Bartles mit einem zerstreuten »Schlafen Sie gut, Wibblyforce« bedacht.

Würdevoll, alter Junge. Immer würdevoll bleiben.

Als endlich die Morgensonne aufging und den Himmel so weit erhellte, dass Licht durch das verschmierte Dachbodenfenster fiel, öffnete Laurel die Augen. Verwirrt starrte sie auf die gekalkten Deckenbalken und Dachvorsprünge und wusste einen Augenblick lang nicht, wo sie sich befand. Jedenfalls nicht in ihrem Zimmer im Anwesen der Comptons und auch nicht im Haus ihrer Kindheit. Die Decke sah ja fast aus wie …

Ein Dachboden. Ich bin auf dem Speicher eines Herrenclubs in London eingesperrt.

Ihr Zorn, den sie als Waffe brauchte, um sich nicht erneut unterkriegen zu lassen, kehrte machtvoll zurück.

Ich bringe Jack um. O ja. Ich werde ihn umbringen, ziehe bunte Sachen zu seiner Beerdigung an und reiße schmutzige Witze.

Mit vulgärer Geschmacklosigkeit versuchte sie die aufsteigende Panik zu unterdrücken. Sie stand auf, rieb sich den steifen Nacken und merkte, dass sie schrecklich hungrig war. So hungrig, dass sie sich schon einbildete, Essen zu riechen. Aber es war keine Fatamorgana.

Auf einem kleinen Beistelltischchen, das sie am Abend zuvor nicht bemerkt hatte, stand ein Tablett mit Deckel. Laurel eilte barfuß durch den Raum, und das zerbrochene Porzellan fiel ihr ein. Wo war es geblieben? Weg. Nichts mehr zu sehen. Nicht eine einzige Scherbe. Überhaupt wirkte der ganze Raum sauberer als am Vorabend. Und sie war sich plötzlich ganz sicher, dass sowohl das Tischchen als auch der hübsche Stuhl daneben erst nachträglich hergebracht worden waren.

Welche Heinzelmännchen mochten da am Werk gewesen sein? Diener? Wohl kaum, denn die würde Jack schwerlich in seine Pläne einweihen und ihnen verraten, dass er eine Frau auf dem Dachboden gefangen hielt.

Sie hob den glänzenden Deckel des Silbertabletts und seufzte zufrieden beim Anblick, der sich ihr bot. Ein großer Laib feines weißes Brot. Ein dickes Stück Käse. Glänzende rote Äpfel. Ein einfaches Mahl, jedoch ausreichend und lecker. »Nun«, sagte sie in den leeren Raum. »Wie es aussieht, soll ich eine Zeit lang hierbleiben.«

Sie schloss die Augen bei dieser Vorstellung, aber alles Grübeln würde die Tür nicht öffnen. Da war es schon besser zu essen, damit sie wenigstens bei Kräften blieb. Sie schaute auf das Tablett, und ihr fiel auf, dass es nichts gab, womit sie hätte essen können. Kein Messer. Keine Gabel. Nicht einmal einen Löffel. Hatte er es vergessen, oder fürchtete er, sie könnte das Besteck als Waffe missbrauchen? Männer!

Sobald sie satt war, deckte sie den Rest ab und stellte ihn für später beiseite. Was sollte sie jetzt tun? Vielleicht die Kisten und Truhen, in denen sie gestern das Geschirr entdeckt hatte, noch einmal durchwühlen? Vielleicht fand sich ja ein Werkzeug, mit dem sich die Tür öffnen ließ.

Mit gerunzelter Stirn schaute sie sich in dem Raum um. Wofür wurde er benutzt? Bloß als zusätzliches Möbellager? Im Grunde genommen wirkte die Kammer wie eine Zelle. Ein Gedanke, der ihre Fantasie beflügelte. Kam es etwa in diesem seriösen Herrenclub des Öfteren vor, dass hier Frauen eingesperrt wurden, zu welchen Zwecken auch immer?

Wohl kaum. Vier geweißelte Wände. Eine Tür. Ein großer Herd, der sich jedoch nicht zum Kochen eignete. Ein großes, verschmiertes Fenster. Und Haken in den Wänden, viele Haken. Haken für Seile? Oder Schnüre? Leinen? Wäscheleinen. Der Groschen fiel: Sie befand sich auf dem Trockenboden.

Sie kicherte leicht hysterisch und musste an die Waschfrau denken, die früher ins Haus ihrer Eltern kam. Sie war es, die den Stein ins Rollen brachte. Nachdem sie drei Monate lang keine blutigen Binden mehr hatte waschen müssen, kam sie zu der einzig richtigen Schlussfolgerung. Sie wandte sich an Mrs. Clarke und ließ sich ihr Wissen versilbern, denn kurz darauf bezog sie mit ihrem Mann, einem Schlachter, ein hübsches Cottage auf dem Land.

Laurel erinnerte sich so deutlich an die ganze entsetzliche, beschämende Auseinandersetzung, als sei es erst gestern gewesen.

»Du böses, eigensüchtiges Mädchen! Wie konntest du deiner Familie so etwas antun?« Die Vorwürfe ihres Vaters waren vergleichsweise milde.

»Du Hure«, schimpfte ihre Mutter sie. »Du dreckige, verkommene Kreatur! Wer war es? Wer ist der Schuft? Dein Vater wird ihn zum Duell fordern und ihm eine Kugel verpassen! Ich werde die Sache selbst in die Hand nehmen, falls er danebenschießt.«

Zu den Beschimpfungen und Vorwürfen kamen Schläge, doch hofften die Eltern vergebens, die Wahrheit aus der Tochter herausprügeln zu können. Laurel verriet den Namen, den sie hören wollten, nicht. Sie musste bitter dafür büßen: Sechs lange Monate wurde sie eingesperrt. Eine Ewigkeit, in der ihr Bauch wuchs und ihre Seele schrumpfte, bis sie nur noch bettelte. Doch auch das half nicht.

Dann sechsunddreißig Stunden heftige Wehen, die

sie völlig unvorbereitet trafen. Niemand hatte es für nötig gehalten, sie aufzuklären, was da passierte, oder ihr schmerzlindernde Mittel zu geben. Laurel glaubte damals, sie müsse sterben und wünschte es zwischendurch sogar. Der schwache, hohe Schrei beendete die Qualen, und sie schöpfte neue Hoffnung, bis ihr die Hebamme mitleidig den Tod des Kindes mitteilte.

Bis zu diesem Augenblick hatte sie sich an den Gedanken geklammert, dass Jack zurückkehren und alles in Ordnung bringen würde. Bis zu jenem Moment, da sie mit leerem Schoß und gebrochenem Herzen zurückblieb, wollte sie den Glauben an ihn nicht aufgeben.

Wie ein dummes Kind, das einem Märchen lauscht.

Es hatte ihr nichts gebracht, dass sie Jack schützte, ihn trotz Schlägen, Beschimpfungen und Gefangenschaft nicht verriet. Von allein wären ihre Eltern niemals auf die Idee gekommen, Lord John Redgrave, der künftige Marquis of Strickland, könnte ihre Tochter entehrt haben.

Wie sollten sie auch. Schließlich hatte er Amaryllis den Hof gemacht und der kleinen Schwester nie irgendwelche Aufmerksamkeit geschenkt. Sie hatten ihn vergessen, sobald sie ihn aus ihrem Haus hatten werfen lassen.

Genauso wie Jack sie vergaß.

In seinem Zimmer band Jack gerade sein Halstuch, als Melody, die bäuchlings auf dem Teppich lag, ihn nachdenklich musterte.

»Hast du auch einen Papa?«

»Ich hatte mal einen, doch er ist tot.« Es kam ihm nicht in den Sinn, um die Wahrheit herumzureden.

»Und eine Mama? Onkel Aidan hat eine.«

»Meine Mutter ist leider ebenfalls tot.« Alle in seiner Familie waren tot. Alle außer ihm. Und Melody.

Ich sollte Laurel heiraten, mit ihr eine neue Familie gründen.

Wieso kam ihm dieser Gedanke, der schließlich so naheliegend war, erst jetzt? Er gab sich die Antwort selbst.

Ich tauge nicht zum Ehemann.

Und doch musste er um Melodys willen eine Entscheidung treffen. Schließlich konnte er Laurel nicht auf ewig gewaltsam von ihrer Tochter fernhalten – zum einen war es unmoralisch, zum anderen völlig rechtswidrig. Um Melody nicht zu verlieren, gab es nur eines: Er musste ihre Mutter heiraten. Für sein Kind wäre er sogar bereit, mit einem gefangenen Tiger die Ehe einzugehen. Was Laurel derzeit gewissermaßen war.

Während er über den Tiger oben auf dem Dachboden nachdachte, stieg er geistesabwesend über Melody, um seinen Überrock aus dem Schrank zu nehmen. Dabei schaute er zufällig auf den kleinen Haufen von Gegenständen, die vor ihr auf dem Teppich lagen. Er neigte den Kopf und betrachtete die Sachen genauer. Ein Stein, eine Feder, ein zerschlissenes Haarband. Und ein schmutzig weißer, dünner Zopf mit einer pinkfarbenen Schleife. »Ist das Pferdehaar?«

»Hm. Das ist von dem großen Balfzar, einem Blitzpferd.«

Nach kurzem Nachdenken erinnerte sich Jack daran, dass jemand von einem riesigen Schimmel namens Balthazar erzählt hatte, der für Bailiwick angeschafft wurde, damit er Evan auf seinen Ausritten begleiten konnte. »Und die Feder?«

»Die gehört Pomme. Er ist ein Pirat!« Sie hielt sie hoch und betrachtete betrübt den vom vielen Benutzen zerschlissenen Federkiel. »An seinem Hut sah sie schöner aus.«

Colins Frau Pru hatte von einer fahrenden Schauspieltruppe erzählt, die von einem außergewöhnlichen Mann namens Pomme geführt wurde. Fasziniert ließ sich Jack auf ein Knie nieder und hob den Stein auf. »Und woher stammt dieser Stein?«

»Das ist kein Stein«, vertraute Melody ihm an. »Das ist Onkel Aidans Herz.« Der Stein hatte tatsächlich die Form eines Herzens, wenn man genauer hinsah. »Er hat es Maddie gegeben und Maddie mir.«

Aidan und ein Herz aus Stein – Jack grinste amüsiert.

Das Haarband stammte ebenfalls von Maddie, wie sich herausstellte, und während Melody weiterplapperte, erinnerte sich Jack daran, dass genau dieses Haarband den Hinweis geliefert hatte, dass Maddie von ihrem verrückten ersten Ehemann auf dem Dachboden gefangen gehalten wurde.

Jack ließ das Band nachdenklich durch die Finger gleiten. So viele Abenteuer. Gefahren, vor denen er sie nicht hatte beschützen können. Aufregende Zeiten, an denen er keinen Anteil hatte. Und doch immer behütet und geliebt. Zumindest während der letzten Wochen und Monate. Er wünschte bloß, er wäre ebenfalls von Anfang an da gewesen.

Das Bedürfnis überkam ihn, auch etwas zu Melodys Schatzsammlung, die ihr so sehr am Herzen lag, beizusteuern. Er richtete sich auf und klopfte sich das Hosenbein ab. Wo hatte er bloß …?

Aha. Als er auf einem der Bücherborde herumkramte, förderte er eine Muschel von einem jamaikanischen Strand zutage, eine Goldmünze von einem gekenterten Schiff, eine winzige Schnupftabakdose aus Porzellan und dann das, was er eigentlich suchte.

Sie kreischte auf, als er es ihr zeigte. »Eine Schatztruhe!«

Es war eigentlich bloß eine kleine geschnitzte Holzkiste, doch sie hatte ihm gefallen, weil sie mit dem gewölbten Deckel und dem kunstvollen eisernen Verschluss wirklich aussah wie die Miniaturausgabe einer Schatztruhe.

»Für kleine Piraten«, sagte er, als sie sich hinhockte, um ihre Schätze darin zu verstauen. Die arme Feder erlitt ein paar weitere Blessuren, bis der Deckel richtig schloss, doch dieser Pomme würde es Melody sicher nicht übelnehmen.

Jack richtete den Blick erneut erst auf seine Andenken aus aller Welt und dann auf Melodys Schätze, beides Zeugnisse einer ausgesprochenen Sammelleidenschaft. Die Ähnlichkeit war frappierend.

Unser Kind.

Er hatte es lange genug aufgeschoben, sich dem Tiger zu stellen. Zeit, auf den Speicher zurückzukehren und die Wahrheit herauszufinden.

Siebtes Kapitel

Dieses Mal flog kein Geschirr. Als Jack die Tür zum Trockenboden aufschloss, stand Laurel an dem verschmierten Sprossenfenster und blickte durch die einzige Scheibe, die einigermaßen sauber war. Warum auch immer.

Er sollte sie begrüßen, allein schon aus Höflichkeit. »Guten Morgen.«

Sie bedachte ihn mit einem angewiderten Blick und sagte nichts, doch ihre Haltung sprach Bände. Sie war alles andere als ruhig, sondern innerlich vermutlich zutiefst aufgewühlt. Nun, ihm erging es nicht anders. »Unser Kind«, sagte er. »Sie ist unser Kind.«

»Ja, unser Kind.« Ihr Ton war scharf. »Oder denkst du dir gerade etwas aus, um es abzustreiten?«

Ohne es zu merken, hatte er laut ausgesprochen, was eigentlich nur als eine Art Selbstvergewisserung gedacht war. Als Bestätigung einer Tatsache, die er noch kaum zu glauben wagte.

»Nein. Natürlich streite ich nichts ab.«

Ein kalter Blick traf ihn. »Es macht mich krank, wenn ich daran denke, dass du nicht einmal wusstest, dass ich es war.«

Wieder einmal fand Jack nicht die richtigen Worte. In seinem Kopf waren sie vorhanden, doch er brachte es nicht fertig, sie sinnvoll und logisch zu formulieren. *Ich wusste es. Irgendwo in meinem Innern wusste ich, dass du nicht Amaryllis warst, aber ich konnte es nicht zugeben. Mit ihr war ich schließlich verlobt, und deshalb war es nicht ganz falsch, was ich tat – es ließ sich schließlich leicht in Ordnung bringen. Dachte ich zumindest. Mit dir hingegen, das war eine andere Sache, eine unehrenhafte. Aber ich brauchte es so sehr, dass ich mich selbst belog, um mein Tun irgendwie rechtfertigen zu können. Du hast mir in jener Nacht das Leben gerettet – wenn du nicht zu mir gekommen wärst, hätte ich mich erschossen …*

Das alles hätte er ihr gerne gesagt, doch nichts davon kam ihm über die Lippen.

Verdammt, er musste es zumindest versuchen. Und sie dazu bringen, ihn zu verstehen. Zum ersten Mal, seit er den Raum betreten hatte, schaute er ihr direkt ins Gesicht. »Du … du hast mir in jener Nacht das Leben gerettet.«

Sie drehte sich nicht um, sondern starrte weiter aus dem Fenster. »Und als Dank hast du meines zerstört.«

Er wandte den Blick ab. »Ja, das habe ich wohl.«

Laurel wusste, worum es ihm ging. Sie spürte es einfach, denn seine Gedanken schienen sich ihr auf geheimnisvolle Weise mitzuteilen. Er wollte, dass sie ihm verzieh – und ihm Melody nicht wegnahm.

Doch sie hatte sich fest vorgenommen, ihm nichts mehr zu glauben. Kein Wort, kein Versprechen, keine Bitte und kein Flehen mehr für bare Münze zu nehmen.

Schon gar nicht in dieser ungleichen Ausgangsposition, in der er ihre Gefangenschaft als Druckmittel einsetzen konnte. Er glaubte wohl, sie sei leicht zu überreden.

»Ich möchte gehen«, sagte sie deshalb bewusst kalt.

»Wohin? Wohin willst du?«

Sie schloss die Augen. »Weit weg. Irgendwohin, wo ich frei atmen und leben kann. Wo mich niemand als seinen Besitz betrachtet oder mich bedrängt und benutzt. Ich will jeden Tag meine Tochter aufwecken und sie lachen und spielen sehen und wissen, dass sie mir nie wieder genommen wird.« Sie öffnete die Augen und drehte sich zu ihm herum. »Wirst du mir geben, was ich mir wünsche?«

»Das kann ich nicht.«

Sie zog die Schultern hoch und lehnte die Stirn an das kühle Glas. »Dann habe ich dir nichts mehr zu sagen.«

Jack starrte sie an. Von der Laurel, die er einst gekannt hatte, war nichts geblieben. Sie war misstrauisch geworden, steckte voller Zorn und Aggression – und er hatte das Gefühl, dass ein einziges falsches Wort reichte, die letzten Dämme ihrer Beherrschung niederzureißen.

Damit sie ihm überhaupt zuhörte, musste er erst einmal reden, seinen Käfig verlassen. Nur dann konnte er sie erreichen und hoffen, dass sie ihn verstand – und begriff, dass Melody hier zu Hause war.

»Ich nehme an, du wunderst dich, dass wir alle in diesem Herrenclub leben. Auch die Damen. Es ist wegen Melody, weißt du. Alles für Melody.«

Als sie ihn abwartend ansah, fuhr er entschlossen fort.

»Es war zunächst ein Geheimnis – zumindest glaubten sie das, Aidan und Colin. Sie schmuggelten Melody in ihre Zimmer, haben ihr zu essen gebracht …« Er hielt inne, weil seine Worte nach Käfighaltung eines Haustiers klangen und kaum geeignet schienen, Laurel die Vorzüge von Melodys neuem Aufenthaltsort schmackhaft zu machen. Stotternd und stammelnd redete er weiter und hatte immer stärker das Gefühl, sie niemals überzeugen zu können.

»Die Dienerschaft … die anderen Mitglieder, all die alten Knaben … Sie sind völlig verrückt nach Melody. Sie wickelt jeden um den Finger – es ist fast unheimlich … Wenn du sie kennen würdest …«

In diesem Moment wirbelte sie zu ihm herum. »Tja, das tue ich leider nicht, und genau das ist mein Problem. Ich kenne meine eigene Tochter nicht.« Sie kam auf ihn zu, bebend vor Zorn. »Alle hier, die Damen, die alten Knaben, die Diener, lieben *meine Tochter.*« Sie stieß ein unfrohes Lachen aus. »Erwartest du etwa, dass ich mich auch noch für euch freue?«

Sie machte auf dem Absatz kehrt und ging erregt zum Fenster zurück, presste beide Hände gegen die Scheibe. Jack konnte sich vorstellen, wie sie sich fühlen musste. Natürlich hatte sie recht – es war schrecklich unfair, dass der niederste Lakai im Brown's Melody besser kannte als ihre eigene Mutter.

Trotzdem gab er nicht auf, redete weiter auf sie ein und war schon froh, dass sie ihm zuhörte. Zumindest hoffte er das, denn eine Bestätigung erhielt er nicht. Sie stand einfach weiterhin eisig und still am Fenster, und er konnte nur beten, dass er einigermaßen die richtigen Worte fand.

So viel hatte er schon lange nicht mehr an einem Stück geredet, doch für Melody war kein Einsatz zu groß. Ohne sie würde er zurück in die Dunkelheit fallen und nie mehr ins Leben zurückkehren.

»Wenn du in London bleiben würdest, könnten wir uns beide um sie kümmern.«

»Du meinst, falls ich zur Kooperation mit dir bereit bin, nachgebe und tue, was du willst. Unter diesen Voraussetzungen wärst du so gnädig, mir ein bisschen Zeit mit meinem eigenen Kind zu gönnen.«

»Wenn du so willst, ja. Etwas in dieser Art.« Das lief gar nicht gut, dachte er, und beschloss, in dieser Situation lieber nicht von einer Heirat anzufangen.

»Nein. Ich werde sie nicht mit dir teilen. Und ich bleibe auch nicht in London. Du hast kein Recht, über mein Leben zu bestimmen. Ich werde sie mitnehmen und so weit weg mit ihr gehen, dass du nie mehr auch nur unseren Schatten sehen wirst.«

»Das ist nicht … Du bist nicht …«

»Was? Vernünftig? Brav? Eine anständige Dame?« Sie stieß einen verächtlichen Laut aus. »Wenn ich eine anständige junge Dame wäre, gäbe es Melody nicht. Oder erinnerst du dich nicht mehr an meinen Mund an deinem Körper, an deine Hände auf mir?«

Oh, er erinnerte sich nur zu gut. Die leiseste Erinnerung löste heißes Begehren in ihm aus – in seinen Lenden ebenso wie in seinem Kopf.

Denk nach! Aber nicht an weiche Schenkel und den seidenen Wasserfall ihres Haares, der über deinen Körper streicht!

»Ich … kann dich nicht gehen lassen. Nicht so einfach, dazu ohne Ziel.«

»Gib dir keine Mühe, Jack. Ich werde sie mitnehmen, und zwar bei der ersten sich bietenden Gelegenheit.« Sie drehte sich um und ging langsam an den Wänden des Raumes entlang, hielt sich immer ein Stück von ihm entfernt, während er ihren Bewegungen folgte. »Wenn du glaubst, ich sei zu schwach oder zu dumm oder zu feige, gegen dich zu kämpfen, dann mach dich auf eine Überraschung gefasst. Ich bin schlau, weißt du noch? Laurel und ihre Bücher, Laurel mit der braven Kleidung und der braven Frisur, die mehr draufhatte als die oberflächlichen Verehrer meiner Schwester.«

Außer mir. Ich konnte es damals mit ihr aufnehmen. Aber jetzt?

Laurel bewegte sich wie unabsichtlich immer weiter zum Ausgang, bis sie nur noch wenige Schritte davon entfernt war. Als sie zum Sprung ansetzte, kam er ihr zuvor, schlug die Tür zu und presste sie von innen gegen das Holz – ihre Brüste an seinem Brustkorb, ihre Hände zu beiden Seiten des Kopfes an die Tür gedrückt.

Sie stand ganz still und wie erstarrt da. Warum wehrte sie sich nicht, schoss es Jack durch den Kopf, doch das war auch schon der einzige klare Gedanke, den er fassen konnte. Ansonsten spürte er nur ihren weichen Busen, sog den Duft ihres Haares ein und fühlte ihren Atem über seine Lippen streichen. Er wünschte sich so sehr …

Als seine Männlichkeit unmissverständlich ihre Rechte einforderte, ließ er sie los. Sah, wie sie zurückwich, das Gesicht weiß vor Zorn. Auch sie reagierte auf den Körperkontakt, aber so ganz anders als er. Nein, er sollte seine Heiratspläne jetzt wirklich nicht zur Sprache bringen. Zu sehr war sie noch in der Vergangenheit gefangen.

»Wie konntest du es nicht wissen?« Sie schluckte schwer. »Du musst es gewusst haben.«

Er schüttelte langsam den Kopf. »Es war dunkel. Wir haben nicht …«

»Gesprochen, meinst du.« Sie errötete heftig und wandte den Blick ab. »Nein.«

Dieser Duft, der für sie so typisch war. Leicht zitronig und doch süß, erinnerte er ihn an den Geruch von geschmolzenem Kandis in einer Confiserie … Amaryllis hingegen benutzte ein Moschusparfum, schwer und sinnlich – zumindest das hätte er bemerken müssen.

»Dein Duft, was ist das?«

»Verbena«, murmelte sie. »Es ist kein Eau de Toilette, bloß eine Seife.«

Er schaute sie an. Bloß eine Seife. Warum brachte diese einfache Feststellung sein Blut erneut in Wallung?

Weil du sie dir jetzt mit nichts als Seife am Körper vorstellst.

Dass er sie begehrte, überhaupt begehren konnte, war

so ungewohnt und neu – und er fühlte sich so lebendig wie seit Jahren nicht mehr.

Ihre Stimme riss ihn aus seinen Träumen. »Jack, wenn du mich schon nicht freilässt, würdest du dann bitte wenigstens gehen?«

»Du kannst sofort den Raum verlassen – sofern du dich mit meinen Bedingungen einverstanden erklärst.«

»Zur Hölle mit deinen Bedingungen.«

»Ich komme wieder. Bitte denk über mein Angebot nach.« Fast hätte er »Antrag« gesagt. Fliegendes Porzellan wäre dann vermutlich seine geringste Sorge gewesen.

Als er ging und die Tür hinter sich zusperrte, presste Laurel beide Hände an ihren zitternden Leib. Diese Erregung, die sie in seiner Gegenwart überfiel, brachte sie völlig aus dem Gleichgewicht. Es war das Schlimmste, was ihr passieren konnte, denn es untergrub ihre Wut.

Sie verstand sich einfach nicht. Wie konnte sie ihn immer noch begehren? Sich nach dem Mann sehnen, der ihr Leben zerstört hatte? Noch während sie über diese unfassbare Tatsache nachdachte, wusste sie bereits, dass er ihr Schicksal war. Was immer geschehen mochte – sie kam nicht an gegen das Verlangen, das sie zu ihm trieb. Und wenn er sie das nächste Mal gegen eine Wand drückte, würde sie sich möglicherweise wie eine Wildkatze an ihm reiben.

Verdammter Mist.

Unten im Club saßen derweilen die beiden anderen Damen im ehemaligen Kartenzimmer zusammen, das die

Herren ihnen großmütig überlassen hatten. Lady Prudence ging unruhig im Raum auf und ab und rang die Hände.

»Tun wir auch wirklich das Richtige?«

Madeleine, ehemals unglückliche Ehefrau von Lord Whittaker und jetzt eine glücklich verheiratete Lady Blankenship, beobachtete sie mit dunklen, traurigen Augen. »Ich kann so nicht denken, Pru. Ich weiß doch, dass du Melody ebenso liebst wie ich.«

Aidan de Quincy, der fünfte Earl of Blankenship, lehnte am Kaminsims und blickte ins Feuer. »Lass sie in Ruhe, Maddie. Sie hat recht. Es ist unsere Pflicht, so schnell wie möglich nach Melodys wahrer Familie zu suchen.«

Pru warf den beiden einen trotzigen Blick zu. »Es geht nicht bloß um Pflicht. Man muss wissen, wo man hingehört. Als wir unsere Eltern verloren, hat das Gefühl, ganz allein in der Welt zu stehen, Evan und mich schier umgebracht. Selbst wenn die Aussichten nicht sonderlich groß sind, dass Melody eine Familie hat, die sie vermisst …«

»Aber wir sind doch ihre Familie.« Madeleines Stimme war nicht mehr als ein gequältes Flüstern.

»Ja schon. Trotzdem müssen wir herausfinden, woher sie stammt und was mit ihren Eltern ist. Was immer das für uns bedeuten mag.« Pru blieb unvermittelt stehen und schaute mit leerem Blick vor sich hin. »Irgendwer da draußen liebt sie vielleicht und sucht wie ein Verrückter nach ihr. Wer weiß, möglich ist schließlich auch, dass es niemanden gibt ...« Ihre Entschlossenheit bekam Risse. »Oder die Leute können sich nicht um sie kümmern – dann kann sie wenigstens zeitweise bei uns sein ...«

Sir Colin Lambert hatte sich bislang nicht in die Diskussion eingeschaltet. Er stand mit dem Rücken zum Fenster und beobachtete seine Frau. »Ich bin deiner Meinung, Pru, und Maddie ist es im Grunde auch. Nur warum die Eile? Morgen oder nächste Woche ...«

Sie drehte sich zu ihm um. »Nächstes Jahr? Übernächstes Jahr? Es ist unsere Pflicht, das Beste für Melody zu tun. Nennst du das das Beste?«

Er seufzte. »Du hast natürlich recht. Es ist nur so, dass Jack ...«

Aidan unterbrach ihn. »Genau, Jack.«

Madeleine sah zu ihrem Mann auf. »Es kommt mir vor, als habe sich sein Zustand deutlich gebessert. Er redet mehr, zieht sich weniger zurück, und Melody erzählt er inzwischen ziemlich lange Gutenachtgeschichten.«

»Ja, es geht ihm besser«, bestätigte Aidan, »aber allein wegen Melody. Ich wage nicht daran zu denken, was passiert, wenn er sie verliert.«

»Es bestehen wohl kaum noch Zweifel, dass dieser Fall eintreten wird.« Colin atmete geräuschvoll aus. »Und dieses Mal bin ich mir überhaupt nicht sicher, ob er es je verkraftet. Erst verliert er Blakely, dann seinen Onkel und jetzt auch Melody ...«

Pru biss sich auf die Unterlippe. »Ich weiß. Zwar frage ich mich manchmal, ob er Melody wirklich guttut – umgekehrt ist die Sache allerdings eindeutig. Trotzdem müssen wir wenigstens mit der Suche anfangen.«

Aidan hob den Kopf. »Wir könnten versuchen, diese Tante Pruitt, von der Melody gesprochen hat, ausfindig zu machen.«

»Die Frau, die sie hier mit einem Zettel am Mantel zurückgelassen hat? Weil sie glaubte, einer von euch sei Melodys Vater? Ich weiß nicht, ob man sich auf die Informationen einer solchen Person verlassen sollte.« Pru reagierte plötzlich skeptisch.

»Was ist, wenn wir niemals jemanden finden?«, warf Madeleine ein. »Wenn wir unser Bestes geben und die Suche dennoch erfolglos bleibt? Können wir sie dann behalten?«

Aidan lächelte. »Natürlich.«

Ihr Gesicht hellte sich auf.«Dann bin ich dafür, dass wir sofort loslegen.«

»Du bist dir sicher, dass wir niemanden finden, oder?«, meinte Pru.

»Ja, genau. Wenn diese Frau keine andere Möglichkeit sah, als Melody beim Brown's abzusetzen, dann wusste sie sich vermutlich nicht anders zu helfen. Und das sollten wir so schnell wie möglich herausfinden – damit wir anschließend wieder zu unserem normalen Leben zurückkehren können. Und dann haben wir uns auch nichts vorzuwerfen.«

Pru lächelte sie an. »Ich glaube, damit kann ich leben.« Sie wandte sich an Colin. »Aidan und du, ihr müsst sofort anfangen.«

Colin neigte den Kopf. »Ja, meine Königin.« Er blickte zu Aidan hinüber. »Wir sollten Jack mitnehmen. Vielleicht lenken ihn die Nachforschungen etwas von seinem Kummer ab.«

Der Freund bedachte Colin mit einem überheblichen Blick. »Alles ist besser, als den ganzen Tag nur mit dir verbringen zu müssen.«

»Dekadenter Blaublüter!«

»Emporkömmling!«

Die beiden Frauen tauschten vielsagende Blicke. »Wenn ihr zwei fertig damit seid, eure künstlichen Rivalitäten auszutragen«, sagte Pru trocken, »sollten wir endlich einen Plan machen.«

»Ich hole die Tasche, die Melody bei sich hatte. Und auch das andere Zeug«, rief Madeleine und sprang auf.

Ihr Mann runzelte die Stirn. »Was soll das bringen? Colin und ich haben das Ganze bestimmt hundertmal durchgesehen«, wandte er ein, doch seine Frau war mit Pru schon zur Tür hinaus.

»Dann schauen wir eben alles noch einmal an«, rief sie ihm zu.

»Ja, meine Königin«, sagte Aidan lächelnd.

Als sie fort waren, erstarb das Lächeln auf den Gesichtern der Männer. Colin rieb sich den Nacken. »Wir haben nie wirklich nach dieser Mrs. Pruitt gesucht.«

Aidan nickte. »Ich weiß. Weil wir Angst hatten, wir könnten sie tatsächlich finden.«

Achtes Kapitel

Als Maddie und Pru den Flur hinunterhasteten, kamen sie an Bailiwick vorbei, der mit erstaunlicher Eile das neue Zimmermädchen zu Wilberforces Arbeitszimmer begleitete.

»Sei bloß leise und respektvoll«, ermahnte Bailiwick Fiona. »Und glaub nur ja nicht, du brauchst Mr. Wilberforce nur anzulächeln, damit er lieb und nett zu dir ist …«

»Lieb und nett ist normalerweise nicht das Problem«, feixte Fiona.

Bailiwick blieb abrupt stehen und schaute auf die dunkelhaarige, dunkeläugige, vollbusige Schönheit hinab, die nicht wusste, dass sie sein schüchternes Herz erobert hatte. »Willst du jetzt die Stelle oder nicht?«

Fiona verdrehte die Augen. »Ich weiß mich schon zu benehmen. Mach dir mal nicht ins Hemd.« Sie streckte die Hand aus und kniff in Bailiwicks muskulösen Arm. »Du bist hier anders als damals auf der Straße. Da hat dir mein Lächeln gefallen. Und nicht nur das.« Sie spitzte kokett die Lippen.

Worauf Fiona anspielte, war die zweifellos abenteuerlichste Episode in Bailiwicks bisherigem Leben. Einige wenige Tage lang war er Spion, Krieger und Held in einem gewesen. Auf dem Rücken des ebenso eigenwilligen wie riesigen Balthazar, der meist machte, was *er* wollte, war Bailiwick durch die englischen Lande geprescht und hatte es auf seiner Suche nach Sir Colin und Melody mit Entbehrungen, Hunger und Banditen aufgenommen.

Nun, eigentlich gebührte dem Schimmel die Ehre, Fiona und ihre Reisegefährten von einer Bande übler Schurken befreit zu haben, doch Bailiwick würde das niemals zugeben. Zu sehr sonnte er sich in Fionas Bewunderung – und zu sehr hatte er ihren Dank genossen. Zwar nicht mehr als ein paar atemlose Küsse, aber immerhin.

Die Erinnerung an ihre Lippen trieb ihn in den Wochen danach an den Rand des Wahnsinns, und er begann, das aufreizende Mädchen mit der fröhlichen Stimme und dem verführerischen Lachen zu vermissen. Bailiwick wandte den Blick ab. »Das war damals. Jetzt sind wir im Brown's.«

»Wo ich das einzige Mädchen in der Dienerschaft bin. Du solltest besser nett zu mir sein, Bailiwick, oder ich angle mir einen anderen.« Sie tänzelte vor ihm her und warf ihm lächelnd einen provozierenden Blick zu. »Vielleicht sogar deinen Mr. Wilberforce …«

Kaum waren die Worte ausgesprochen, stand sie auch schon vor dem gestrengen Majordomus. »Fiona, nicht wahr«, sagte er mit tadelndem Unterton. Zweifellos hatte er ihre unpassende Bemerkung gehört.

Sie knickste eilig mit sittsam gesenktem Blick. »Ja, Sir. Ich bin Fiona. Danke, dass Sie mich nehmen, Sir.«

»Hm.« Wilberforce betrachtete sie eine Weile, um sich

anschließend an Bailiwick zu wenden. »Junger Mann, ich habe dieser Einstellung zugestimmt, weil Sie mich darauf aufmerksam machten, dass es unseren Damen an weiblicher Unterstützung mangelt. Ich schätze Ihre Umsicht und Ihre Ergebenheit.«

Bailiwick nickte. »Ja, Sir. Danke, Sir.«

»Daraus folgere ich, dass Sie niemals jemanden empfehlen würden, dem nicht das Wohlergehen unserer Mitglieder am Herzen liegt, der Aufruhr unter der Dienerschaft verursachen könnte oder unseren Mitgliedern und Gästen unangemessen entgegentritt. Richtig?«

Fionas Augen weiteten sich, und ihr Gesicht wurde aschfahl.

Bailiwick warf ihr einen panischen Blick zu, bevor er sich wieder Wilberforce zuwandte. »Ja, Sir. Ich meine: Nein, Sir.«

»Gut, das dachte ich mir.« Der Majordomus richtete seinen Blick erneut auf Fiona. »Willkommen im Brown's Gentlemen Club, Fiona. Ich bin mir sicher, Sie werden ein geschätztes Mitglied unserer kleinen Familie werden.«

Er nickte kaum merklich, was von Bailiwick mit einem Diener und von Fiona mit einem tiefen Knicks erwidert wurde. Als Wilberforce an ihnen vorbei den Korridor hinunterschritt, hörten sie ihn undeutlich etwas murmeln.

Fiona atmete tief ein. »Tja, ich sehe schon. Mit ihm zu flirten würde nichts bringen.« Bailiwick starrte sie mit klopfendem Herzen schweigend an. Was sollte er sagen – die Situation war ohnehin peinlich genug.

Es war im Übrigen eigentlich Evans Idee gewesen, sie Wilberforce als Mädchen für die weiblichen Gäste vorzuschlagen. »Damit Billywick aufhören kann, Trübsal zu blasen«, wie er sich ausdrückte. Pru, die Fiona ebenfalls kannte, hatte den Plan unterstützt. Ihre Fürsprache gab den Ausschlag, dass Wilberforce an die junge Frau schrieb. Fiona, die offenbar nichts dagegenhatte, das Herumziehen mit Pommes Schauspieltruppe gegen eine feste Anstellung einzutauschen, nahm das Angebot dankend an. Sehr zu Bailiwicks Freude.

Jetzt allerdings war seine Begeisterung getrübt. Nicht nur wegen des Auftritts mit Wilberforce, sondern auch weil er sich fragte, ob Fiona in London nicht Höheres im Sinn hatte. Würde sie sich weiter mit ihm abgeben, wenn ihr andere Männer ebenfalls zu Füßen lagen?

Sie schien seine Zweifel zu spüren und schenkte ihm ein verführerisches Lächeln. »Da das Vorstellungsgespräch jetzt vorbei ist …« Sie trat nahe genug an ihn heran, um mit ihren Fingerspitzen an der Knopfleiste seiner Uniform entlangzugleiten, »warum suchen wir uns nicht ein ungestörtes Plätzchen? Ich meine mich zu erinnern, dass wir nie wirklich zu Ende gebracht haben, was wir in der Nacht begannen, als du mich vor den Banditen gerettet hast.«

Sie atmete tief ein, und obwohl ihre Uniform so züchtig war wie die Tracht einer Nonne, meinte Bailiwick zu erkennen, dass ihr ausladender Busen die Nähte ihres Mieders zu sprengen drohte. Mit trockenem Mund und umnebeltem Hirn schaffte er es gerade noch, ihre Hand daran zu hindern, in eine Region zu wandern, von der es kein Zurück mehr gab.

Obwohl sein Körper protestierte, blieb er hart. »Nein, Fiona, das sollten wir nicht tun.«

Sie zog die dunklen Augenbrauen hoch. »Nicht? Als wir uns das letzte Mal trafen, hattest du auch nichts dagegen, ins Heu zu gehen.«

»Ich bitte dich; ich meine …« Oh, warum hatte er nicht wie diese gewandten Kerle immer einen passenden Spruch auf Lager? »Ich muss mit Evan ausreiten. Sir Colin hat Balthazar für mich gekauft, damit ich …«

Sie legte ihre Hände auf seine Brust. »Großer Mann auf großem Pferd. Auf einem Pferd dieser Größe könnte man sich glatt hinlegen. Meinst du, da ist noch genug Platz für mich?«

Er schluckte schwer, denn sie stachelte seine eigene Fantasie über Gebühr an. »Nein!« Er trat einen Schritt zurück, fort aus ihrer Reichweite. »Ich will dich nicht so …«

Ihr Gesichtsausdruck wurde eisig. »Keine Angst, Mr. Bailiwick!« Ihre dunklen Augen schienen ihn zu erdolchen. »Es gibt noch genügend andere, die mich so wollen, wie ich bin.«

Sie stolzierte davon, und ihre runden Hüften verliehen ihren Röcken einen bezaubernden Schwung. Bailiwick konnte nur zusehen, wie sie sich von ihm und seinem ungeschickten Gestammel entfernte.

»Ich will dich nicht so«, murmelte er vor sich hin. »Ich will dich für immer.«

In der Wohnung von Lord und Lady Blankenship blickte Evan zweifelnd zu dem kleinen, in die Wand eingelassenen Schrank hoch. »Wozu willst du da reinklettern?«

Melody zerrte an seiner Hand und zog ihn näher. »Ich will in der Kiste fahren.«

Evan seufzte und öffnete die Tür und sah wirklich eine Art Kiste, die an Seilen und Flaschenzügen hing. Seit jeher fasziniert von mechanischen Dingen, wurde Evans Interesse auf der Stelle geweckt. »Jetzt versteh ich das Ganze. Die Kiste fährt rauf und runter, wenn man hier zieht. Wirklich clever.«

»Ich will damit fahren«, beharrte Melody. »Ich will nach oben fahren und die Dame besuchen.«

Evan schenkte der Bemerkung keine große Aufmerksamkeit, denn über ihnen war nichts als ein Speicher mit alten Möbeln. Das wusste er ganz genau, weil er mehrfach dort herumgestrolcht war. Das mit der Dame konnte bloß eine weitere Erfindung von Melody sein, dachte er. Und außerdem hatte er sowieso keine Zeit.

»Ich kann jetzt nicht mit dir spielen«, sagte er. »Weil ich nämlich mit Ramses einen Ritt durch den Park machen will, und Bailiwick begleitet mich mit Balthazar.«

Melody runzelte die Stirn. »Ramses ist ein böses Pferd.«

»Nein, ist er nicht. Nur beim Springen kann er ganz schön heftig sein.«

Melody schob gekränkt die Unterlippe vor. »Will aber hochfahren.« Trotzig schob sie ihr rundes Kinn vor und zog finster die Augenbrauen zusammen.

Mist, dachte Evan. Mellie würde einen elenden Aufstand machen, und dann käme er nie zu seinem Ausritt. Vielleicht sollte er sie einfach schnell hochfahren. War ja nichts dabei, und die Kiste wirkte stabil genug, um ihr Federgewicht zu tragen. Und oben auf dem Speicher konnte ihr eigentlich nichts passieren, doch zur Vorsicht würde er Pru Bescheid sagen, damit sie Melody später wieder abholte.

Er stemmte die Fäuste in die Hüften. »Okay, ich fahr dich rauf, aber dann musst du über die Treppe wieder runter oder auf Pru warten. Abgemacht?«

Melody strahlte, und ihr Lächeln zauberte Grübchen in ihre runden Wangen. Evans Herz wurde weich, und er lächelte ebenfalls. Wenn sie ihn so ansah, kam er sich vor wie ihr Held.

Sie hob beide Arme, um in die Kiste gehoben zu werden. »Rauf!«

Laurels Kehle war rau vom Schreien, und ihr ganzer Körper bebte vor Wut. Sie lehnte sich mit dem Rücken an die Eichentür, schlang die Arme um den Oberkörper und ließ erschöpft den Kopf sinken.

Die Stille des Speichers schien sie zu verhöhnen, denn

von den fast leeren Wänden hallte hohl das Echo ihrer Schreie wider. Es gab kein Entkommen – sie konnte sich weder bei den Menschen unten auf der Straße noch bei denen im obersten Stockwerk des Clubs bemerkbar machen. Falls nicht zufällig jemand heraufkam, war sie auf Gedeih und Verderb Jack ausgeliefert.

Ausgerechnet er tat ihr das an. Von allen Menschen auf diesem Planeten konnte sie sich eigentlich keinen vorstellen, der mit geringerer Wahrscheinlichkeit einer Frau etwas zuleide tun würde – und trotzdem sperrte er sie ein. Zwar verspürte sie keine Angst, wohl aber Wut. Schreckliche Wut.

Ihre Gedanken wurden unterbrochen durch ein Geräusch, das sie nicht identifizieren konnte. Sie schaute sich um, ohne jedoch etwas zu entdecken. Es hörte sich seltsam kreischend an, als würde es von einem metallenen Gegenstand verursacht. Wie von einer rostigen Türangel oder einem Rad, das geschmiert werden musste.

Sie erhob sich, als das Geräusch sich näherte. Der Schrank. Es kam aus der Wand hinter dem Schrank. Laurel fing an zu schieben.

Melody saß im Schneidersitz in der feuchtkalten Kiste und überlegte, dass sie eigentlich lieber nicht mehr auf den Dachboden wollte. Vielleicht war die Dame ja auch schon weg, und niemand kam, um sie abzuholen. Nein, es war eine dumme Idee, mit dem Kasten zu fahren, in dem es nicht nur schrecklich kalt war, sondern auch ziemlich stank.

Sollte sie laut um Hilfe rufen? Nein, wenn Evan davon erfuhr, würde er wieder die Augen verdrehen und sie als Baby bezeichnen. Oder es zumindest denken und künftig nicht mehr mit ihr spielen. Deshalb biss Melody die Zähne zusammen, schloss die Augen vor der Dunkelheit und hielt sich die Ohren zu, damit sie nicht länger das Kreischen hörte – es erinnerte sie irgendwie an Weinen, und genau danach war ihr zumute.

Mit einem Ruck kam der Kasten zum Stehen, und es wurde still. Nicht ganz, denn sie hörte eine Stimme ihren Namen sagen. Vorsichtig öffnete sie die Augen und blinzelte in das Licht, das jetzt durch die offene Tür in das Innere der Kiste strömte. Eine Frau stand da, die sie anstarrte, dabei aber den größten Teil ihres Gesichts mit den Händen verdeckte. Bloß ihre Augen waren zu sehen. Es waren die der bösen Frau aus dem großen, alten Haus.

Erschrocken wich Melody zurück. Mit dieser Lady wollte sie nicht sprechen, sondern mit der anderen, die sie nur ganz kurz gesehen hatte und die ihretwegen in den Club gekommen zu sein schien. Erst als die Frau die Hände sinken ließ, erkannte Melody, dass es wirklich die andere war. Sie hatte zwar dieselben Augen und dasselbe Haar wie die Böse, doch ihr Gesicht war hübsch und nett, nicht hübsch und gemein.

Sie sah aus wie die Königin in ihrem Schachspiel.

Trotzdem beschloss Melody, ihre Kiste lieber nicht zu

verlassen. Auch nicht, als die Frau die Hände nach ihr ausstreckte und richtig traurig aussah, weil sie sie nicht nahm. Weil traurige Leute ihr immer leidtaten, fragte sie mitleidsvoll: »Weinst du gleich?«

Die Königin blinzelte und schüttelte den Kopf. »Nein. Nein, ich weine nicht.« Ihre Stimme klang ein bisschen kratzig wie die von Billywick, wenn er erkältet war.

»Das ist gut.« Melody schlang die Arme um ihren Körper und musterte die Fremde. Irgendwie verursachte sie bei ihr ein komisches Gefühl. Und sie musste sie immerzu anschauen.

Der Königin schien es nicht anders zu gehen, denn auch sie konnte ihre Augen nicht von Melody wenden. Die fand das gut. Maddie hatte ihr schließlich beigebracht, sie dürfe einen Menschen nicht grundlos anstarren – das sei unhöflich. Aber wenn die Frau das Gleiche tat, war es ja wohl in Ordnung. Und so starrte Melody die Königin an – und die Königin starrte zurück.

Neuntes Kapitel

Als Madeleine mit Melodys Habseligkeiten zurückkehrte und alles auf dem großen Spieltisch ausgebreitet hatte, betrachteten sie gemeinsam die Sachen, die das Kind entweder getragen oder mit sich geführt hatte, als Aidan es auf der Treppe fand.

Ein kleiner, verschlissener, an drei Stellen geflickter Tornister. Zwei Musselinkleidchen, die ursprünglich durchaus passabel gewesen sein mochten, dazu ein nicht mehr ganz weißes Kleiderschürzchen. Winzige, oft gestopfte Strümpfe. Ein Paar abgetragene Stiefel mit zerrissenen Schnürsenkeln.

»Die Mutter hat kein Geld mehr geschickt«, zitierte Aidan leise. Der Zettel mit der entsprechenden Notiz selbst lag neben dem Tornister, die mit Bleistift in eckiger Handschrift verfasste Nachricht steckte voller Rechtschreibfehler.

Pru, die diese Gegenstände noch nie gesehen hatte, machte große Augen. »Wie es aussieht, war schon lange kein Geld mehr geflossen«, meinte sie und berührte die Ferse eines Strumpfes. »Da gibt es mehr gestopfte Stellen als heilen Stoff. So sahen auch Evans Strümpfe aus, als das Geld nicht mehr für neue reichte. Ich habe sie gestopft, bis sie mir buchstäblich in den Händen auseinanderfielen.«

Colin fuhr ihr zärtlich mit der Hand über den Rücken. »Diese Zeiten sind vorbei, für Evan wie für Melody.«

»Die Sachen sind so winzig.« Madeleine schüttelte langsam den Kopf. »Ist sie in den letzten Monaten wirklich so sehr gewachsen?«

»Diese Pflegemutter muss vor Verzweiflung außer sich gewesen sein.« Prus Stimme war voller Mitleid. »Sie muss Melody von ganzem Herzen geliebt haben.«

Madeleine hob das Kinn. »Woher willst du das wissen?«

Pru fuhr mit der Fingerspitze über eine einfache Blumenstickerei auf der Schürze. »Melody hat doch gesagt, Tante Pruitt sei ziemlich alt gewesen und konnte keine Treppen mehr steigen. Aber sie hat sich die Mühe gemacht, Melody ihre Lieblingsblumen auf ein altes Kleidungsstück zu sticken. Damit es weniger schäbig aussah.« Pru schaute zu Madeleine hinüber. »Akzeptier es, Maddie. Du warst nicht die Erste, die sie geliebt hat.«

Madeleine zuckte die Schultern. »Na gut. Vielleicht war Mrs. Pruitt eine nette alte Dame. Was allerdings nicht bedeutet, dass sie Melody zurücknehmen würde.«

Aidan strich seiner Frau eine Haarsträhne aus der Stirn, eine für ihn ungewöhnlich offene Zurschaustellung seiner Gefühle. »Ich für meinen Teil bin froh, dass Melody geliebt wurde, und würde mich gerne bei der Frau bedanken. Falls sie sich wirklich gut um Melody gekümmert hat.«

Colin stützte sich mit beiden Händen auf den Tisch

und starrte auf die Gegenstände, als wolle er sie zum Sprechen bringen. »Ist an den Sachen hier irgendetwas Besonderes? Irgendetwas Ungewöhnliches?«

Seine Frau schüttelte den Kopf. »Sie sind so gewöhnlich wie Gras.«

Aidan griff nach dem Zettel und hielt ihn vors Fenster. »Dann ist das also unser einziger Hinweis.«

»Warte!« Colin blinzelte gegen das Licht. »Was ist das da auf der Rückseite?« Er richtete sich auf und ging um den Tisch herum, nahm Aidan den Zettel aus der Hand und drehte ihn um. »Striche«, verkündete er. »Gekritzel. Verblasste alte Zeichen.«

Pru streckte die Hand aus. »Darf ich mal sehen?« Sie griff nach dem Zettel, trat damit ebenfalls ans Fenster und presste ihn gegen das Glas – im Nachmittagslicht waren die Zeichen deutlich zu sehen. »Ich brauche einen Bleistift.«

Wie aufs Stichwort war Wilberforce zur Stelle, der sich offenbar in der Nähe aufgehalten hatte. »Ich habe Bailiwick geschickt, um einen Bleistift aus der Bibliothek zu holen, Mylady.«

Madeleine blinzelte. »Wie vorausschauend von Ihnen, Wilberforce.«

Der Majordomus deutete eine Verbeugung an, und dann war auch schon Bailiwick da. »Für Sie, Mylady«, sagte er und reichte Madeleine den Bleistift.

Pru winkte mit der Hand, ohne sich umzudrehen. »Eigentlich ist er für mich, Billywick.«

»Entschuldigen Sie bitte, Lady Prudence.« Der junge Lakai reichte ihr den Stift und grinste. Ihn störte es nicht, wenn jemand ihn mit diesem Spitznamen anredete.

Alle beobachteten jetzt Pru, die mit dem Bleistift vorsichtig die schwachen Linien nachfuhr und den Zettel schließlich auf den Tisch legte.

Aidan runzelte enttäuscht die Stirn. »Das ist ja nur Gekritzel.«

Colin beugte sich näher darüber. »Ist das eine von Mellies Zeichnungen? Das da drüben, das könnte eine Axt sein.« Er richtete sich auf. »Ihre Bilder enthalten immer ziemlich viele Leichen.«

»Und wer ist daran schuld?«, protestierte Aidan. »Ich sage nur: Piraten!«

Sie betrachteten gemeinsam das wie eine Axt geformte Viereck und die lange Linie, die sich wie eine Leine von der einen Ecke über den Zettel zog.

Pru seufzte. »Dann ist es also bloß Gekritzel?«

»Nein«, ertönte eine Stimme hinter ihnen. »Es handelt sich um eine Karte.«

Sie fuhren alle gleichzeitig herum. Jack war unbemerkt ins Zimmer getreten und schaute ihnen über die Schulter. Aidan zog eine Augenbraue hoch. »Ganz schön nützliches Talent. Ich wünschte, ich könnte mich hin und wieder so an Maddie heranschleichen.«

»Spähtruppausbildung«, bemerkte Jack knapp. »Die Karte, bitte!«

»Falls es sich wirklich um eine handelt.« Colin reichte

sie ihm. »Es ist die Rückseite des Zettels, der an Melodys Mantel steckte.«

Pru beugte sich zu ihm herüber. »Für mich sieht das einfach nur wie Gekritzel aus. Woher weißt du, dass es eine Karte ist?«

»Das lernt man, wenn man mit des Lesens und Schreibens unkundigen Soldaten zu tun hat. Sie können nur zeichnen, und das zudem schlecht – so wie das hier.« Jack hielt den Zettel eine Weile in der Hand und betrachtete ihn. »Irgendwie sieht das vertraut aus. Ein bisschen wie …«

»St. James Park! Wo wir mit Melody die Enten füttern«, rief Madeleine aus. »Das ist der Griff – und Green Park ist der Axtkopf.«

Colin beugte sich vor und zeichnete die Linie nach, die an der Stelle anfing, wo Griff und Axtkopf aufeinanderstießen. »Dann könnte das hier die Straße sein, die am Themseufer entlang nach Osten führt. Ja, es muss die Strand sein.«

»Und seht!« Madeleine tippte auf ein Zeichen auf halbem Weg: zwei gekreuzte Striche. »Ich glaube, das hier steht für St. Paul's.«

Pru berührte die merkwürdige, blümchenartige Markierung am Ende der Strand. »Und was mag das wohl sein?«

Madeleine lachte. »Das ist Threadneedle Street. Wo alle Straßen sich treffen.«

Colin runzelte die Stirn. »Jeder in London kennt diese Kreuzung. Warum sollte irgendwer eine Karte brauchen, wenn er zur Threadneedle will?«

»Nicht *dorthin.*« Jack starrte auf die Karte hinunter. »Von dort weg.«

Aidan atmete geräuschvoll aus. »Von dort zum Brown's.« Plötzlich hatten sie etwas Greifbares in der Hand.

»Wir haben sie gefunden«, murmelte Pru. »Wir haben Tante Pruitt gefunden.«

»Jack hat das Rätsel gelöst«, korrigierte Colin sie. »Ich übernehme dafür keine Verantwortung.«

Niemand sah, wie Maddie ihm einen Tritt versetzte, doch er wich rasch ein Stück zur Seite. »Tut mir leid.«

Jack drehte sich um und schaute seine Freunde an. »Warum sucht ihr nach der Frau?«

»Um Melodys Familie zu finden natürlich. Diese Mrs. Pruitt ist unsere einzige Verbindung zu ihr.«

Alles in Jack wehrte sich.

Ich bin Melodys Familie. Es war nicht Amaryllis, die in jener herzergreifenden Nacht in mein Zimmer kam.

Laurel war es, ihre jüngere Schwester, die ich eigentlich immer als Kind gesehen habe.

Und die jetzt oben auf dem Dachboden eingesperrt ist.

Aber er schwieg, mochte nicht über die neueste Entwicklung reden, wenngleich Aidan und Colin jetzt ihre Zeit vergeudeten. Wie sollte er erklären, dass er Melodys Mutter auf dem Dachboden eingesperrt hatte, damit sie ihm das Kind nicht wegnehmen konnte? Wirklich schändlich!

Nein, es war besser, sie in Unwissenheit zu lassen, sie nicht vor die Entscheidung zu stellen, ob sie ihm gegenüber loyal blieben oder ehrenhaft handelten und sich gegen ihn stellten. Er selbst hatte keine Ehre mehr zu verlieren.

Zudem fand er es gar nicht schlecht, wenn sie ein bisschen in der Vorgeschichte herumstöberten. Vielleicht wusste die Pflegemutter ja wirklich Einzelheiten – wer ihr das Kind übergeben und wer für seine Pflege bezahlt hatte.

Jack wollte Antworten, um Laurel etwas zurückgeben zu können. Zu hören etwa, dass Melodys Leben trotz allem recht glücklich gewesen war, würde es ihrer Mutter hoffentlich leichter machen, ihm zu verzeihen. Und er wollte Einzelheiten wissen, was vor drei Jahren nach der Geburt genau passierte, als man ihr das Baby stahl.

Neugier. Auch das war neu für ihn.

»Wir brechen sofort auf«, hörte er Aidan gepresst sagen.

»Nein.« Madeleine schien trotz ihrer anfänglichen Euphorie den Mut zu verlieren.

Pru verstand den Schmerz der Freundin, doch wenigstens sie wollte tun, was getan werden musste. »Geht schon! Bis ihr dort ankommt, ist es ohnehin bereits ziemlich spät am Tag.«

Colin wiegte nachdenklich den Kopf hin und her. »Morgen ist allerdings Markt. Dann wären viel mehr Leute unterwegs, die wir fragen könnten.«

Jack schaute an ihnen vorbei durchs Fenster. »Wir sollten Melody mitnehmen.«

»Zum Markt?« Colin runzelte die Stirn.

Aidan zog die Augenbrauen hoch. »Natürlich, gute

Idee. Wer Melody einmal getroffen hat, wird sie nie mehr vergessen.«

Jack nickte, drehte sich anschließend abrupt um und verließ das Zimmer.

In der Tür hörte er Madeleine flüstern: »Wie hält er es aus, sie einfach so gehen zu lassen?«

Ich bin ihr Vater, und ich werde sie niemals gehen lassen. Nicht einmal mit der Frau, die sie zur Welt gebracht hat.

Ihm kam der Gedanke, dass Madeleine und Pru das niemals verstehen würden, weil sie selbst Frauen waren – und falls sie sich nur heftig genug für Laurels Rechte ins Zeug legten, könnte ihn das die letzten Freunde kosten, die ihm geblieben waren.

Er dachte an die blauen Augen seiner Tochter, die Licht und Farbe in seine graue Welt gebracht hatten, und ballte die rechte Hand zur Faust.

Melody wäre es wert.

Sie hat meine Augen.

Auf dem Dachboden, wo die Nachmittagssonne ihre Strahlen wie schräg verlaufene Bahnen aus Licht durch das verdreckte Dachfenster warf, konnte Laurel den Blick nicht von ihrer Tochter wenden. Hungrig nach dem kleinsten Detail starrte sie sie an, bis ihre Augen brannten.

Meine Augen. Meine Haare. Die Nase meiner Mutter. Jacks Kinn, bloß kleiner und weiblicher und absolut entzückend.

Melody hatte inzwischen die Hände um ihre Knie gefaltet und den Kopf schief gelegt, während sie Laurel aus den gleichen dunkel bewimperten blauen Augen anschaute, die sie sah, wenn sie sich im Spiegel betrachtete oder ihrer Schwester gegenüberstand.

Mein. Mein Fleisch, mein Blut, mein Herz.

Sie legte ihre Hände flach auf den Bauch, ihren leeren Schoß, der für sie bislang eine stete Erinnerung an den erlittenen Verlust bedeutete. Doch die Zeit des Kummers, der Trauer und der Tränen war vorbei.

Melody lebte.

Und sie war wunderschön.

»Hallo.« War das ihre Stimme, die so erstickt klang, als würde sie bald zu weinen anfangen? Laurel räusperte sich. »Möchtest du nicht hereinkommen?«

Melody schüttelte rasch den Kopf. »Ich mag den Dachboden nicht.«

Nickend schaute sich Laurel im Zimmer um. »Dachböden können ein bisschen unheimlich sein, nehme ich an.«

»Er ist nicht unheimlich.« Melody beugte sich vor, und ihr Rock rutschte nach oben, als sie sich wieder zurechtsetzte. »Ein böser Mann war mal hier, ein ganz, ganz böser. Er hat mich gezwungen, aus dem Fenster zu klettern.«

Laurel schaute sie ungläubig an. Das musste sie sich ausgedacht oder falsch aufgeschnappt haben. Kein zurechnungsfähiger Mensch würde ein Kind veranlassen, im fünften Stock aus dem Fenster zu klettern. »Und wo ist der Mann jetzt?«

Melody lehnte sich in dem Lastenaufzug zurück. »Tot«,

sagte sie ungerührt. »Maddie sagt, ich soll sagen, dass er verschieden ist, aber mein Papa sagt auch einfach tot.« Sie strich die Schleife, die um die Taille ihres Kleidchens gebunden war, glatt und streckte dabei ihren Bauch vor, damit sie sie besser sah.

Laurel hätte sie am liebsten in den Arm genommen und gedrückt und sie nie, nie mehr losgelassen, doch sie durfte sie nicht verschrecken. Um das Vertrauen des Kindes zu gewinnen, setzte sie sich im Schneidersitz vor den Lastenaufzug auf den Boden, sodass sie zu Medody aufblicken musste. »Wer ist Maddie?«, fragte sie beiläufig.

Ihre Tochter blinzelte sie an. »Maddie ist Lady Blankenship. Sie ist eine von meinen Mamas.«

Mamas. Obwohl glühend heißer Schmerz sie durchfuhr, wahrte Laurel ihre freundlich neutrale Miene. »Hast du denn mehr als eine Mama?«

Melody spielte an einem Faden ihrer Schleife herum. »Maddie ist die eine Mama und Pru die andere – nur eine richtige Mama, die hab ich nicht.«

Laurel verstand genau, was sie damit zum Ausdruck bringen wollte. Es gab Frauen in ihrem Leben, die sie bemutterten, sich um sie kümmerten, ohne jedoch vorzugeben, die Mutter zu sein. Trotz ihres Grolls verspürte Laurel zumindest unterschwellig eine gewisse Dankbarkeit gegenüber dieser Maddie und dieser Pru.

Obwohl sie mehr als einmal versucht war, Melody die Wahrheit zu erzählen, merkte Laurel, dass es nicht der passende Moment war. Sie konnte ja von Glück sagen, wenn es ihr überhaupt gelang, ihr eigenes Kind aus einer Kiste in der Wand zu locken.

»Ich habe Äpfel und Käse. Magst du etwas?«

»Hast du auch Zitronenkuchen?«

Laurel fluchte stumm. »Ich bitte um Entschuldigung, Lady Melody. Nein, den habe ich leider nicht. Ich werde deshalb ein ernstes Wort mit dem Koch reden, dessen können Sie gewiss sein.«

Melody kicherte über die vornehme Ausdrucksweise, und Laurel fühlte sich, als habe ihr gerade jemand ein kostbares Geschenk gemacht.

»Magst du nicht trotzdem hereinkommen, ein bisschen essen und ein bisschen mit mir reden? Ich bin manchmal etwas einsam.« Laurel neigte den Kopf und lächelte sie an. Kam sich vor, als würde sie einen verirrten Vogel auf ihre Hand zu locken versuchen.

Und ein bisschen erinnerte sie die Situation an Jack, der sie vor Kurzem gegen ihren erklärten Willen zu etwas überreden wollte. Doch diese Parallele verdrängte sie sogleich wieder – solche Gedanken durfte sie erst gar nicht an sich heranlassen.

Aufmerksam beobachtete sie stattdessen Melody, die sie mit zusammengekniffenen Augen betrachtete und langsam einen Lumpen an ihr Gesicht hob, sich einen der dreckigen Zipfel in den Mund steckte und nachdenklich darauf herumkaute. Laurel sah ihr mit nur mühsam unterdrücktem Entsetzen zu. Himmel, was war das für ein Ding?

Als sie das Knäuel genauer musterte, entdeckte sie auf einer Seite aufgestickte Augen. »Wollen Sie mir nicht Ihre Freundin vorstellen, Lady Melody?«

Das Kind hielt ihr das schlaffe graue Ding entgegen. »Gordy Anne.«

Laurel beugte sich vor und streckte die Hand aus, um das Lumpenbündel vorsichtig entgegenzunehmen. Großer Gott, konnte Jack dem Kind keine ordentliche Puppe kaufen? Sie nahm den feuchten Stoff zwischen Daumen und Zeigefinger und schüttelte ihn mit ernster Miene. »Es ist mir ein Vergnügen, Lady Gordy Anne.«

Wieder kicherte Melody und ließ ihre kleinen, in Stiefel steckenden Füße aus dem Lastenaufzug baumeln, strich geziert ihr verschmutztes Kleidchen glatt und streckte ihre Arme aus. »Heb mich runter.«

Laurel sprang so schnell auf, dass ihr ein wenig schwindelig wurde, legte dann die Hände um ihre kleine Tochter und nahm sie auf den Arm. Beschreibungen wie »fest« und »kompakt« und »warm« huschten durch ihren Kopf, bevor sie hinweggeschwemmt wurden von einer Flut der Gefühle, die nur noch für einen einzigen Gedanken Platz ließ.

Ich liebe sie.

Jahre voller Kummer und Leid schienen für den Moment vergessen, wurden überlagert von ihrem Glück.

Sie gehört zu mir, und ich liebe sie.

Ich würde für sie sterben.

Ich würde für sie töten.

Sie hatte ein Kind zur Welt gebracht, ohne je Mutter gewesen zu sein. Hatte ihre Tochter verloren und sich nach ihr gesehnt und sie betrauert. Und jetzt war sie bei ihr, und Laurel verlor ihr Herz an sie. Es war eine ganz neue Empfindung: lichterloh brennend und heiß, dabei sanft strömend und süß. Und vor allem bedingungslos und ewig.

Während sie Melody in den Armen hielt, musste sie sehr an sich halten, ihr mit der Heftigkeit ihrer Gefühle keine Angst einzujagen. Als sich dann ihre Händchen auf ihre Wangen legten und blaue Augen sie anschauten, unterdrückte Laurel die Tränen und lächelte ihr Kind an.

»Du weinst ziemlich viel«, stellte Melody fest.

»Da hast du recht.« Laurel atmete tief. »Ich bin manchmal der reinste Springbrunnen. Aber heute werde ich nicht mehr weinen, weil ich schließlich einen Gast habe.«

Melody sah plötzlich weniger skeptisch aus. »Einen Gast?«

»Natürlich.« Laurel wirbelte mit ihr im Walzerschritt durch den Raum. »Du bist mein Gast.«

»Ich?« Melody schien ein wenig verwirrt und unsicher, was sie davon halten sollte. »Das ist doch mein Haus!«

»Mag sein: dein Haus und mein Dachboden.« Sie setzte Melody auf einen Stuhl, auch wenn ihre Hände sie gerne noch ein wenig länger gehalten hätten. Dann richtete sie sich auf und versank vor dem Kind in einem formvollendeten, tiefen Knicks. »Lady Melody, wie schön, dass Sie vorbeigekommen sind. Darf ich mich nach der Gesundheit Ihres Ehemanns erkundigen?«

Melody kicherte. »Ich hab keinen Ehemann. Bloß Billywick. Und Evan.«

»Himmel. Tratsch über Männer!« Laurel ließ sich auf dem zweiten Stuhl nieder und beugte sich neugierig vor. »Und jetzt erzähl mir alles über diesen Billy… Wie heißt er gleich?«

Während ihre Tochter zu einer langen, komplizierten Geschichte über Billywick ansetzte, der nach ihren Auskünften irgendetwas zwischen wildem Riesen und treu ergebenem Schoßhund sein musste, sog Laurel durstig jedes noch so kleine Detail über diese verlorenen Jahre in sich auf. Und brannte zugleich vor Verlangen, ihre Tochter für immer von hier fortzuschaffen.

Zehntes Kapitel

Wie üblich drehte Wilberforce wieder einmal seine tägliche Runde durch alle Etagen des Clubs, der schließlich trotz der neuen weiblichen Bewohner einschließlich zweier Kinder, die immer für Überraschungen gut waren, weiterhin reibungslos laufen musste. Das war wichtig, das war er seinem Ruf schuldig. Wie üblich entdeckte er kein Staubkorn und keine Falte in einem der Teppiche.

Er verlangsamte seinen Schritt, als er den Flur der obersten Etage inspizierte. Da war es wieder. Ein hohes, kreischendes Geräusch. Von irgendeiner Mechanik. Während er aufmerksam lauschte, den Kopf geneigt wie ein Greyhound, der auf den Start zum Rennen wartet, hörte Wilberforce, wie das Geräusch sich ihm von oben näherte und dann verstummte.

Er beschleunigte seinen Schritt, ohne zu rennen allerdings, um der Sache auf den Grund zu gehen. Zweifellos war da irgendetwas im Apartment von Lord und Lady Blankenship. Auch wenn er die Räume der Mieter nicht gerne ohne deren Erlaubnis betrat, hielt er es für angezeigt nachzuschauen und sah gerade noch, wie sich die Tür des Lastenaufzugs öffnete und Melody hinauskletterte.

Sie begrüßte ihn mit ihrem engelsgleichen breiten Lächeln. »Wibblyforce!«

Er fing sie gerade noch auf und stellte sie auf ihre kleinen Füße, um sogleich mit ernster, missbilligender Miene auf sie hinabzuschauen. Ein Gesichtsausdruck, der schon manchem erwachsenen Lakaien die Tränen in die Augen getrieben hatte. Melody hingegen kicherte bloß.

»Junge Lady, stimmt irgendetwas nicht mit der Treppe?«

Sie schob sich eine staubige Locke aus dem Gesicht. »Ich fahr gerne in der Kiste«, versicherte sie ihm. »Aber sie ist schmutzig.« Sie rümpfte ihre kleine Nase. »Und sie riecht komisch.«

Wilberforce bemühte sich, die Kritik am Zustand des Lastenaufzugs nicht persönlich zu nehmen. Andererseits: Selbst wenn er nicht mehr oder nur selten benutzt wurde, sollte er sauber sein. Er verbeugte sich knapp. »Ich werde unverzüglich veranlassen, dass sich jemand darum kümmert.«

Melody winkte anmutig mit ihrer Hand, wie sie es bei Madeleine abgeschaut hatte. »In Ordnung«, sagte sie hoheitsvoll und zog mit ihrer Lumpenpuppe ab.

Wilberforce schloss den Lastenaufzug und eilte ihr hinterher. »Mylady, ich bitte meine Aufdringlichkeit zu verzeihen, aber ich würde es vorziehen, wenn Sie und Master Evan nicht mehr mit dem Lastenaufzug spielten. Das kann sehr gefährlich werden.«

Melody kicherte, wie immer wenn er sie so anredete, und blinzelte ihn an. Er räusperte sich und fuhr fort: »Ich denke mir, dass es nur einen Ort gibt, an dem eine junge

Dame so staubig werden kann, nämlich den Dachboden.« Er hielt inne und wartete.

Melody steckte statt einer Antwort bloß den Daumen in den Mund. Aha, sie hatte also tatsächlich dort oben auf dem Dachboden gespielt. Was ihn gelinde ausgedrückt ziemlich überraschte, wenn er an die schreckliche Begebenheit vor einigen Monaten zurückdachte. Damals hatte Lady Blankenships erster Ehemann Melody in seine Gewalt gebracht, um sie als Druckmittel zu verwenden. Als er daran dachte, wie dieser Verrückte das Kind über den Rand des Daches gehalten hatte, kochten bei ihm erneut die Emotionen über. Es war das erste und einzige Mal gewesen, dass er eine Pistole abfeuerte. Und er bedauerte es bis heute nicht, dass der Schuft, übrigens ebenfalls bei Brown's eingeschrieben, daraufhin fünf Stockwerke tief in den Tod gestürzt war. Einige Menschen taugten einfach nicht dazu, wertvolle Mitglieder der Gesellschaft zu sein. Und erst recht nicht von Brown's.

»Der Dachboden ist vielleicht nicht der bestmögliche Spielplatz«, wandte er sich jetzt direkter an Melody. »Was gibt es denn dort oben Interessantes?«

Ploppend zog sie den Finger aus dem Mund. »Die Königin im Turm.«

Aha. Offensichtlich beschäftigte sie nach wie vor die alte Geschichte, denn oben im Trockenraum hatte dieser Verrückte seine vor ihm geflohene Ehefrau tagelang eingesperrt. Melody wusste das.

Wilberforce, der ein Buch über Kinder und deren Entwicklung gelesen hatte, nachdem nicht mehr bloß ältliche Lords zu seinen Schutzbefohlenen zählten, hielt Fantasie bei Kindern für eine prinzipiell begrüßenswerte Eigenschaft. Und deshalb wollte er auf der Geschichte nicht länger herumreiten. Zumal der Dachboden als solcher nicht gefährlich war. Der Lastenaufzug jedoch stand auf einem anderen Blatt.

»Nun denn«, sagte er. »Um auf den Dachboden zu gelangen, sollte man sich keinesfalls jenes Gefährts bedienen, dem Mylady soeben entstiegen ist. Es handelt sich nämlich um eine für Personen höchst suspekte und gefährliche Form der Transportmöglichkeit.«

Melody schaute ihn bloß an.

»Habe ich mich klar ausgedrückt?«

Sie schwenkte Gordy Anne verträumt hin und her. »Nein.«

Wilberforce versuchte es direkter. »Der Lastenaufzug ist verboten. Verstanden?«

Melodys Miene hellte sich auf. »Keine Fahrten mehr damit?«

Wilberforce nickte zufrieden. »Exakt.« Dann zog er den Schlüsselbund aus der Innentasche seiner Jacke und löste mit einer knappen Handbewegung einen Schlüssel vom Ring und präsentierte ihn ihr mit einer Verbeugung. »Damit lässt sich jede gewünschte Tür öffnen.«

Melody drückte Gordy Anne unter ihr Kinn und schaute ehrfurchtsvoll auf die ausgestreckte Hand. »Ein Zauberschlüssel?«

»In der Tat.« Da die Kleine sich wahrscheinlich ohnehin zu jedem Zimmer im Brown's allein mit ihrem Lächeln Zutritt verschaffte, empfand Wilberforce keine Skrupel, ihr einen Universalschlüssel auszuhändigen. Jedenfalls erschien ihm das weniger riskant als Fahrten im Lastenaufzug. »Mylady sollte ihn mit Bedacht nutzen und vor allem nie mehr mit dem Aufzug fahren.«

»Einverstanden.« Melody nahm den Schlüssel entgegen, der viel zu groß für ihre kleinen Hände war, und schenkte Wilberforce ein strahlendes Lächeln, das sein Herz wie immer butterweich werden ließ. Dann schlang sie schnell die Arme um seine Beine, drückte sich kurz dagegen und hüpfte mit ihrer Lumpenpuppe den Flur hinunter. Dieses kleine Ding konnte ihn tatsächlich um den Finger wickeln.

Wilberforce riss sich zusammen, um seiner Erscheinung wieder das Aussehen des würdevollen, gestrengen Majordomus zu verleihen, bevor er seinen Kontrollgang fortsetzte. Nun ja, dachte er, ohne die kleine Miss wäre das Leben im Brown's wahrscheinlich furchtbar langweilig. Wünschenswert langweilig, fügte er im Stillen hinzu.

Evan war gerade im sogenannten Raucherzimmer damit beschäftigt, seine Zinnsoldaten zur Schlacht aufzustellen, als Melody hereinstürmte. »Hm«, grunzte er nur, als sie ihm von einer schönen Königin im Turm erzählte, die sich beim Koch beschweren werde, weil es keinen Zitronenkuchen gab. Gordy Anne finde die Königin ebenfalls sehr nett, fügte sie noch hinzu.

Weil Evan keinerlei Interesse bekundete, benutzte sie ihre Lumpenpuppe als Wurfgeschoss. Als Gordy Anne zwischen den Zinnsoldaten landete, fiel mindestens die Hälfte um. »He!« Evan, der bislang auf dem Bauch gelegen hatte, ging auf die Knie, um die Soldaten wieder aufzustellen, wobei er Melody einen wütenden Blick über die Schulter zuwarf. »Warum machst du so was?«

Sie schaute ihn finster an. Zwar mochte sie es nicht, wenn Evan böse auf sie war, aber zumindest genoss sie jetzt seine volle Aufmerksamkeit.

Unwirsch brummte er vor sich hin. »Du hast die Engländer umgeschmissen, weißt du das?« Deinetwegen haben wir die Schlacht verloren.«

»Ist mir egal.«

Er gab einen Laut der Entrüstung von sich. »Ich kann's kaum erwarten, endlich zur Schule zu gehen.«

Auf Melodys Stirn braute sich unheilverkündend ein Gewitter zusammen. »Du willst zur Schule?«, rief sie entsetzt. »Ich dachte, du hasst die Schule!«

Evan machte eine wegwerfende Handbewegung. »Nein, tu ich nicht. Wieso auch? Da gibt's Hunderte von Jungs. Wir treiben Sport und gehen zum Reiten – ich darf sogar Ramses mitnehmen.«

»Aber du musst auch ganz viel lernen«, führte Melody ins Feld, ohne zu wissen, wem sie diese Weisheit verdankte. Jedenfalls war sie ziemlich stolz, dass sie sich gerade jetzt daran erinnerte. »Das magst du doch wirklich nicht, oder?«

»Wieder falsch. Ich geh nur manchmal nicht gerne zum Unterricht, weil ich lieber ausreiten möchte.«

»Onkel Colin und Pru werden nicht da sein«, führte sie ihre letzte und beste Waffe ins Feld. »Und ich auch nicht.«

Evan wandte sich grinsend zu ihr um. »He, stimmt. Umso besser.« Er piekste sie liebevoll in den Bauch. »Kein Melliemonster mehr.«

Als ihre Unterlippe sich vorschob, beeilte er sich sogleich, sie zu trösten. »Hör zu, Mellie. Ich werde ganz oft zu Hause sein. An Ostern, an Weihnachten und sicher ein paarmal zwischendurch.«

Der Gedanke an Weihnachten stimmte Melody sofort fröhlich, denn alle im Brown's hatten ihr vorgeschwärmt, wie wunderschön und aufregend dieses Fest würde. Ans letzte Jahr fehlten ihr die Erinnerungen – außer es war der Tag, an dem Tante Pruitt ihr ein Pflaumentörtchen und ein Haarband geschenkt und ihr eine Geschichte von einem Baby erzählt hatte. Die sie aber längst nicht so interessant wie das Törtchen fand und deshalb nicht zuhörte. »Ich mag Weihnachten.«

Evan umarmte sie rasch. »Siehst du? Ich werde dir kaum fehlen.« Er ließ sie los, bevor ihn irgendjemand dabei ertappte, wie herzlich er mit Melody umging. »Und jetzt geh und spiel woanders, ich hab zu tun.«

Melody kniff die Augen zusammen. »Du spielst ja bloß mit Soldaten.«

Der Junge gab ihr einen Schubs, bevor er sich wieder auf dem Boden ausstreckte. »Das ist kein Spiel«, rügte er sie. »Ich will Lord Bartles die Schlachtordnung von Fontenoy zeigen«, fügte er hinzu und begann erneut, die Soldaten aufzustellen.

Melody ging mit gesenktem Kopf davon, doch ihre Enttäuschung währte nicht lange. Der Zauberschlüssel! Damit ließ sich bestimmt etwas anfangen, um die Langeweile zu vertreiben. Vielleicht konnte sie damit ja die Tür zum Dachboden aufschließen, überlegte sie und hopste erwartungsvoll davon.

Sie könnte ihn auch der Königin geben. Als Geschenk. Wie an Weihnachten.

Laurel saß an ihrem Tisch, auf dem Melody ihre Spuren hinterlassen hatte. Ein Teller. Ein paar Krümel. Ein kleines Stück Käse mit einer exakt abgebissenen Ecke. Das war alles, was Laurel an die Anwesenheit ihrer Tochter erinnerte.

Das und der eiserne Schlüssel in ihrer Hand.

Vor einer halben Stunde hatte sie ein leises Kratzen auf Holz vernommen und, als sie sich umwandte, beobachtet, wie ein Schlüssel unter der Tür durchgeschoben wurde. Dann hörte sie wie ein fernes Echo Melodys leises Kichern. Mit angehaltenem Atem hob sie den Schlüssel auf und steckte ihn in das mit Messing beschlagene Schloss.

Dreh dich.

Sie hatte es nicht glauben können, dass er wirklich zu dieser Tür, in dieses Schlüsselloch passte, doch er ließ sich problemlos drehen und entriegelte mit einem deutlichen Klicken das Schloss.

Ich bin frei.

Der Impuls davonzurennen überkam sie. Laurel öffnete die Tür und hielt nach ihrer Tochter Ausschau, aber das Kind war nicht mehr zu sehen. Sie eilte zur Speichertreppe, um unten nach ihr zu suchen, hielt dann inne. Oder sollte sie einfach allein fliehen? Die Versuchung war groß, die Treppen hinunterzustürzen hinaus ins Freie. Weg von ihrem Gefängnis auf dem Dachboden und weg von ihrem Kerkermeister.

Renn weg! Hau ab! Bring dich selbst in Sicherheit! Sie werden es nie im Leben dulden, dass du dir Melody schnappst und mit ihr zur Tür hinausspazierst.

Wenn überhaupt, kannst du dieses Haus nur allein verlassen. Geh! Nutz die Chance!

Auf den Stufen der Speichertreppe stehend und den Handlauf so fest umklammernd, dass ihre Knöchel weiß hervortraten, focht sie einen schrecklichen inneren Kampf aus.

Da waren die Stimmen, die sie drängten zu fliehen und denen sie im ersten Impuls Folge leisten wollte, bis sie mahnend die anderen hörten, die an ihre Muttergefühle appellierten.

Bleib! Bleib in der Nähe von Melody, deiner Tochter, die du endlich gefunden hast.

Du wolltest sie schließlich nie wieder hergeben und willst jetzt feige davonlaufen. Kämpf um sie.

Laurel atmete tief durch, um ihre widersprüchlichen Gedanken zu ordnen. Vielleicht schaffte sie es ja sogar, mit Melody zu entkommen. Sie brauchte nur einen wirklich guten Plan. Wenn sie sich etwa ganz normal, also widerspenstig, benahm, würde sie Jack in Sicherheit wiegen. Und dann um Mitternacht, wenn alle schliefen, leise die Tür aufsperren und nach unten gehen, das Kinderzimmer suchen, vielleicht schnell ein paar Sachen packen und Melody ungesehen nach unten und aus dem Haus schaffen. Bis die anderen ihr Fehlen bemerkten, konnten sie bereits auf dem ersten Schiff sein, das die Londoner Docks im Morgengrauen verließ.

Sie musste Jack dann nie wiedersehen. Vielleicht durfte sie ihm wegen der Vergangenheit nichts vorwerfen, wohl aber wegen seines Verhaltens. Er schien überhaupt nicht zu begreifen, was er ihr da antat – nach allem, was sie seinetwegen ohnehin schon erduldet hatte. Schließlich wurde sie jetzt bereits zum zweiten Mal wie eine Gefangene behandelt, und das ließ sich kaum wiedergutmachen.

Deshalb war es am besten, ihm künftig und für alle Zeiten aus dem Weg zu gehen. Obwohl die Eltern ihr lediglich eine kleine Summe hinterlassen hatten, würden die Mittel reichen, damit sie und ihre Tochter einigermaßen über die Runden kamen. Zumindest so weit hatte der Vater für sie gesorgt – eine Voraussicht, für die sie ihnen zumindest dankbar war.

Laurel beschloss, die Flucht mit Melody zu wagen. So einfach schien ihr der Plan, zumal Jack vermutlich mit dieser Möglichkeit nicht im Entferntesten rechnete. Für ihn und die anderen würde es ein böses Erwachen geben. Mit frischem Mut kehrte Laurel in ihre Dachkammer zurück und schloss die Tür ab. Doch sobald sie das Klicken der Verriegelung hörte, schrie eine Stimme in ihrem Kopf bereits, dass ihr Vorhaben Wahnsinn sei.

Lange, bange Stunden folgten, in denen sie bloß dasaß und den Schlüssel anstarrte, der schwer auf ihrem Handteller lag. Zutiefst aufgewühlt lauschte sie den Glocken eines weit entfernten Kirchturms, die ihr die Zeit verrieten. Der Nachmittag ging in den Abend über, aber draußen auf den Straßen herrschte nach wie vor reges Leben. Das Warten zog sich hin. Noch Stunden bis Mitternacht, dann erst begann das Abenteuer. Durch die Nacht fliehen. Tickets für eine Schiffspassage kaufen. Sich bis zum Auslaufen verbergen.

Es war besser, sich auszuruhen.

Laurel schlüpfte aus ihrem Kleid und bürstete es gründlich aus, denn der Aufenthalt in der staubigen Kammer hatte Spuren hinterlassen. Es war wichtig, einen respektablen Eindruck zu machen, nicht dass ein Droschkenkutscher oder gar der Schiffskapitän womöglich auf die Idee kamen, sie sei mittellos und könne nicht bezahlen.

Sie hängte das Kleid an einen Haken und stellte ihren ordentlich gepackten Koffer daneben. Der Schlüssel zur

Freiheit hing inzwischen an einem Band um ihren Hals und steckte in ihrem Mieder. Aufgeregt legte sie sich auf das provisorische Lager, obwohl sie niemals einschlafen würde.

Nicht für eine Sekunde.

Elftes Kapitel

Jack klopfte zögernd an. Dieses Mal hörte er überhaupt nichts. Schlief sie? War sie krank? Hatte sie sich mit derselben Vehemenz aus dem Fenster gestürzt, mit der sie zersprungene Schüsseln und Teller zu schleudern pflegte?

Leise öffnete er die Tür und spähte vorsichtig um die Ecke. Für den Fall, dass sie ihn mit einem neuen Porzellanhagel bedachte. Doch der Raum war still und dunkel. Ihm fiel ein, dass er ihr nicht einmal einen winzigen Kerzenstummel gegeben hatte.

Seine eigene, angezündete Kerze vor sich hertragend, trat er ins Zimmer. Wo war sie? Lauerte sie ihm irgendwo auf? Er sollte hinter der Tür nachsehen. Nichts. »Laurel?«

Ein leises, protestierendes Murmeln erklang aus der am weitesten vom Fenster entfernten Ecke. Jack folgte dem Laut, bis er sie zusammengerollt auf Decken und Laken fand. Bloß ihr schlafendes Gesicht im Profil war zu sehen. Dichte schwarze Wimpern auf blassen Wangen. Das flackernde Kerzenlicht enthüllte bläuliche Schatten unter ihren Augen. Ihre Nase war gerötet. Hatte sie geweint?

Er betrachtete sie und konnte es noch immer nicht fassen. Amaryllis kleine Schwester. Früher hatte er nie bemerkt, wie sehr sie sich ähnelten. Dasselbe Haar, dieselben Augen, sogar dasselbe trotzige Kinn. Nur vom

Charakter her hatten sie rein gar nichts gemeinsam. Die eine lebhaft, nach außen gewandt und leider recht oberflächlich – ein Mädchen, das die Verehrer nur so umschwärmten. Die andere eher zurückgezogen und ernsthaft, weniger an Partys als an Büchern interessiert. Und zumindest damals ohne jede Neigung zu Wutausbrüchen, bei denen Porzellan flog.

Es war so lange her …

»Hallo, Lord John.«

Jack drehte sich um und grinste das schlanke Mädchen an, das in der Tür zur Bibliothek lehnte. »Tja, wenn das mal nicht unsere kleine Bramble ist.«

Wie immer warf sie bei der Nennung dieses Spitznamens den Kopf in den Nacken. »Ich heiße Laurel, Mylord.«

Er stützte sich mit der Schulter an die Wand des Alkovens und lächelte zu ihr hinab. »Und ich heiße Jack. John war mein Vater.«

Sie schaute ernst zu ihm auf. »In Ordnung … Jack.«

Er lächelte, ohne sie näher anzusehen, und deshalb bemerkte er nicht, dass ihre Augen von einem sanfteren, hübscheren Blau waren als die ihrer Schwester. Warum sollte er auch? Schließlich war er entschlossen, die bezaubernde Amaryllis zu heiraten. In Laurel sah er bloß ein kleines, nettes Mädchen.

Er nahm ihr spielerisch das Buch aus der Hand und las spöttisch den Titel. »*Childe Harolds Pilgerfahrt?*«

Sie stellte ihre Stacheln auf. »Und was, bitte schön, ist falsch am Werk von Lord Byron?« Sie versuchte ihm das Buch zu entreißen.

»Sentimentales Zeug!« Er hielt den Band in die Höhe, unerreichbar für sie.

Sie kniff die Augen zusammen. »Na und, ich mag es. Geben Sie es her!«

Er verdrehte die Augen. »Sie schwärmen für Byron, natürlich – alle dummen kleinen Mädchen schwärmen für Byron.«

Sie verschränkte die Arme und spitzte die Lippen, während ihre Augen Funken sprühten. »Was muss ich tun, um mein Buch zurückzubekommen?«

Jack zog an dem dunklen Zopf, der über ihrer Schulter hing. Wenn er nicht mit ihrer Schwester verlobt wäre, hätte er vielleicht einen Kuss verlangt. Bloß so zum Spaß und um sie in Verlegenheit zu bringen. »Mal sehen. Wie wäre es damit: Sie pflücken mir einen Apfel vom höchsten Baum im Garten ...«

Sie zog eine Augenbraue hoch. »Die Äpfel sind noch nicht reif, Mylord. Aber da grüne Äpfel Bauchschmerzen verursachen, werde ich mit Freuden so viele pflücken, wie Sie wünschen.«

»Rachsüchtiges Frauenzimmer«, beschimpfte er sie zum Spaß. »Vielleicht ... könnte ich Sie dazu bringen, dem Kläffer, der das Torhaus bewacht, einen Knochen zu stehlen?«

Sie klimperte mit ihren langen Wimpern. »Gewiss,

Mylord. Patches ist ein guter Freund von mir und wird seinen Knochen gerne mit Ihnen teilen. Ich freue mich schon darauf zuzusehen, wie Sie an dem dreckigen Ding herumnagen.«

Sein Gelächter entlockte ihr ein Lächeln, und für einen kurzen Augenblick bekam er eine Vorahnung davon, dass sie in nicht allzu langer Zeit eine Schönheit sein würde, die Amaryllis bestimmt in den Schatten stellte.

Gütiger Gott!

Genug getändelt. Er legte das Buch zurück in ihre Hände, ohne es loszulassen. »Bitte, sagen Sie mir, dass Sie dieses Gedicht wegen seines ironischen Untertons lesen wollten.«

»Schauen Sie auf Seite neunundzwanzig nach.«

Neugierig schlug er das Buch auf und entdeckte auf der genannten Seite eine knappe Bemerkung in winziger Bleistiftschrift. »Bemerkt denn sonst niemand, dass Lord Byron zum Überlaufen voll ist von …?«, las Jack laut vor und grinste. »Anständige junge Damen benutzen dieses Wort nicht.«

Laurel nahm ihm das Buch aus den Händen und presste es an ihren noch flachen Oberkörper. »Habe ich gesagt, dass das von mir stammt?«, sagte sie und schlenderte davon, während sein anerkennendes Gelächter durch den Raum hallte. Sie schenkte ihm ein letztes strahlendes Lächeln, bevor sie um die Ecke bog.

Jacks Miene wurde ernst. »Verdammt.« Er rieb sich mit einer Hand das Gesicht. »Wenn die Jungs das mitkriegen, wird es hier von Bewunderern nur so wimmeln«, murmelte er und verspürte einen Anflug von Neid.

Jetzt auf dem dunklen Speicher im Schein ihr Gesicht betrachtend, fiel ihm die kleine Begebenheit wieder ein. Komisch: Obwohl er sich kaum daran erinnerte, was für ein Mann er damals war, wusste er noch jedes einzelne Wort, das er mit Laurel gewechselt hatte.

Wie konnte er seinerzeit bloß so tun, als würde er sie nicht bemerken? Und wieso machte er der hohlköpfigen Amaryllis den Hof, anstatt sich dieses Juwel zu sichern? Später dann nahm er sie sich einfach. Vom ersten Augenblick an, da er sie berührte, da er sie schmeckte, da er sich in ihr verlor, wusste er, dass sie es war. Doch seine absichtsvolle Selbsttäuschung hinderte ihn daran, es sich einzugestehen. Selbst dann noch, als er aus dem Haus geworfen wurde, weil ihre Schwester ihn nicht mehr wollte. Spätestens da hätte er sich zu ihr bekennen müssen.

Konnte er je das an ihr begangene Unrecht wiedergutmachen, fragte er sich, als er die friedliche Schläferin betrachtete. Üppig fiel die lockige Fülle ihres dunklen Haares auf die Laken und ringelte sich auf der entblößten Schulter. War sie etwa nackt? Nein, stellte er bei genauerem Hinsehen fest. Die Träger ihres Unterrocks waren bloß von der Schulter gerutscht.

Wo war ihr Kleid? Er entdeckte es an einem Haken an der Wand. Jack zog es missbilligend herunter – Laurel sollte niemals Schwarz tragen, dazu war ihre Haut zu blass. Der Alabasterton brauchte Farben, um einen warmen Schimmer auf ihren Teint zu zaubern. Schwarz war die Farbe des Todes und der Trauer. Aber darum trug sie es ja. Weil sie den Verlust ihres Kindes beweinte. Seit drei Jahren.

Nachdenklich hob Jack das langweilige dunkle Kleid hoch. Nein, es gab keinen Grund für Schwarz. Laurel sollte sämtliche Farben des Frühlings tragen – als Ausgleich für all die Frühlinge, die sie versäumt hatte. Durch seine Schuld.

Als Laurel erwachte, roch es in der Kammer nach Bienenwachs. Unmöglich, denn Jack hatte ihr keine Kerzen dagelassen – ihr Zimmer war in der Nacht so dunkel wie eine Gruft.

Sie erhob sich und tastete sich mit vorgestreckten Armen vorwärts, um nach ihrem Kleid zu suchen. Hastig strich sie mit den Händen über die Wand und fand schließlich die Haken. Einer so leer wie der andere.

Ihr bloßer Fuß stieß gegen ihren Koffer. Hatte sie das Kleid eingepackt? Sie ging in die Hocke und fuhr mit den Händen über ihren Koffer. Er war geöffnet. Geöffnet und ausgeräumt. Sie hatte so gut wie nichts mehr zum Anziehen. Die Wände ihres Gefängnisses schienen sich enger um sie zusammenzuziehen. Woher hatte er von ihren Plänen gewusst? Hatte Melody ihm gutgläubig von dem Schlüssel erzählt?

Der Schlüssel! Sie fasste an ihren Hals und berührte das Band, schob die Finger ins Mieder und spürte den Schlüssel, der sich warm anfühlte von der Hitze ihrer Haut. Offenbar hatte Melody nichts ausgeplaudert.

Trotzdem verfluchte sie Jack. »Zur Hölle mit dir, Mylord. Ich renne auch nackt davon, wenn es sein muss.«

Die Nacht war so still, dass Laurel ihren Herzschlag hören konnte. Tastend kroch sie aus der Dachkammer, den Koffer mit ihren restlichen Habseligkeiten fest umklammert, und wagte Schritt für Schritt den Abstieg über die Speichertreppe. Dann war sie unten und lauschte angestrengt. Als alles still blieb, öffnete sie die Tür und trat in den langen Gang, der von Kerzen in Wandleuchtern in ein trübes Licht getaucht wurde. Ihr hingegen kam es gleißend hell vor.

Sie nahm sich eine der Kerzen und ging weiter. Aus dem Zimmer gleich links hatte sie Melody am Tag ihrer Ankunft rufen hören. Sie schluckte und trat näher an die Tür. Was sollte sie tun, was sagen, wenn sie Jack in dem Zimmer antraf?

Hör auf, dir Skrupel einzureden und öffne endlich die Tür!

Sie atmete noch einmal tief durch, drückte die Klinke hinunter und schob sich leise in den Raum. Zum Glück gaben die Angeln der Tür keinen Laut von sich. Laurel schaute sich um. Sie stand in einem Wohnzimmer, das zwar gemütlich, aber zugleich überfüllt und unordentlich wirkte. Irgendwie unfertig. Als seien die Möbelstücke vorerst bloß provisorisch hereingestellt worden. Außerdem türmten sich überall diverse Schachteln.

Schachteln für Hüte und für Kleider. Neugierig beugte sich Laurel hinab und hielt die Kerze dicht an einen der Deckel, den ein kunstvoll geschwungenes L schmückte. Obwohl Mode nicht Laurels bevorzugte Passion war, wusste sie immerhin, was das bedeutete: Die Kreationen in den Schachteln stammten von Lementeur, dem berühmtesten Damenschneider und Modeschöpfer des Königreichs. Jede Frau in England kannte dieses Markenzeichen. Wider Willen beeindruckt, zog sie die Augenbrauen hoch.

Aber was taten die Sachen in Jacks Apartment? Dieser Club wurde immer rätselhafter für sie. Hatte er wie seine Freunde etwa auch weibliche Dauerbegleitung? Vorsichtig drückte sie mit dem Ellenbogen eine weitere Tür auf, dabei die Kerze mit der Hand abschirmend, und fand sich in einem Schlafzimmer wieder, wie sie im Halbdunkel erkannte. Ihr Eindruck, dass die Räume noch nicht richtig eingerichtet waren, bestätigte sich, denn in einer Ecke entdeckte sie Tapetenrollen und Stoffballen.

Als ihr Blick auf das große Bett fiel, erschrak sie. Ein Mann und eine Frau lagen darin: die Frau zierlich und hübsch mit einem langen, dicken, dunklen Zopf über einer nackten Schulter. Der Mann schien ähnlich dunkel wie Jack zu sein, jedoch breiter und muskulöser und weniger dünn.

Sie war im falschen Zimmer gelandet!

Wer auch immer dieses Paar sein mochte – mit ihrer Tochter hatte es nichts zu tun. Sie musste sich geirrt haben, als sie Melodys Stimme aus diesen Räumen gehört zu haben glaubte. Schnell trat sie den Rückzug an und wollte auch schon das Wohnzimmer verlassen, als ihre Füße etwas Weiches berührten. Sie bückte sich und hob ein verknotetes Stück Leinen auf: Melodys Lumpenpuppe.

Laurels Augen füllten sich mit Tränen, wusste sie doch jetzt, dass ihre Tochter nicht weit sein konnte. Sie spähte in die Dunkelheit und entdeckte in einer anderen Ecke des großen Raumes eine weitere Tür. Zitternd streckte sie ihre Hand aus, von der noch immer das Stoffbündel baumelte, drückte die Klinke herunter …

Und stand in einem Traum von Kinderzimmer. Trotz fehlenden Lichts konnte sie erkennen, dass hier alles erfüllt war von fröhlichen Farben und Liebe und Geborgenheit atmete. Ein Raum, in dem ein Kind glücklich sein musste. Sie vergaß, dass sie nicht erwischt werden durfte, und stand voller Ehrfurcht da mit der Kerze in der Hand, um dieses Gesamtkunstwerk zu bestaunen.

Das Bett war der Höhepunkt. Sein Kopfteil bildeten zwei Schwäne, die aufeinander zuschwammen und deren gebogene Hälse ein Herz bildeten. Und darunter im Bett lag selig schlafend ein kleines Mädchen mit dunklem Lockenschopf, das sich in seine weiche Decke eingerollt hatte.

Meine Tochter.

Ihr Fleisch und Blut, mit dem sie von nun an für immer zusammen sein wollte. Nur sie beide.

Zwölftes Kapitel

Nachdem sie den Blick einige Minuten lang nicht von Melody hatte lösen können, schaute Laurel sich erneut in diesem überwältigenden Kinderzimmer um.

Alles hier zeugte von großer Sorgfalt bei der Auswahl der Möbel, der Spielsachen, der Stoffe und Tapeten – alles war erlesen, originell, kuschelig und farblich abgestimmt. Ein Raum, der Perfektion bis ins letzte Detail verriet. Wer auch immer es eingerichtet hatte, wollte etwas ganz Besonderes für Melody.

Laurel stellte ihre Kerze auf dem niedlichen Nachttisch ab und ließ sich selbst auf den Fußboden nieder. Melody wurde geliebt, das stand außer Frage. Dieses Zimmer, dieser wahr gewordene Kindertraum – wie konnte der sich im selben Haus wie ihr Gefängnis befinden, diesem Ort der neuerlichen Demütigung?

Diese Menschen, die Melody so sehr liebten – wer waren sie? Der Junge namens Evan, der ihr eine mit seinem Namen versehene Zeichnung geschenkt hatte; der Schachliebhaber, der seine Begeisterung für dieses Spiel weiterzugeben hoffte; das attraktive Paar in dem großen Bett? Was hatte Jack mit ihnen allen zu schaffen?

Es gab so vieles, was Laurel nicht wusste.

Eines allerdings wurde ihr in diesem Moment deprimierend klar: Nie würde sie in der Lage sein, ihrer Tochter einen solch verschwenderischen Luxus zu bieten – und auch nicht einen solch himmlischen Zufluchtsort. Außer ihrer Liebe konnte sie ihr nicht viel geben. Der Rest bestünde aus einem Leben auf der Flucht ohne wirklich ausreichende finanzielle Absicherung. Sie würden sich ziemlich bescheiden müssen.

Zweifel überfielen sie. Durfte sie Melody wirklich aus allem herausreißen, zumal das Kind diese Menschen sehr zu lieben schien. Laurel sah es den Geschenken an, dass sie wirklich benutzt wurden, denn sie standen alle aufgereiht in der Nähe ihres Bettchens. Sie konnte sich vorstellen, wie ihre Tochter nicht nur der Lumpenpuppe, sondern auch jeder Zeichnung und jeder geschnitzten Figur zärtlich eine gute Nacht wünschte, bevor sie in ihr entzückendes Bett kletterte und geborgen und geliebt einschlief.

Im Vergleich zu dieser »Familie« war sie, die leibliche Mutter, eine Fremde für das Kind. Was würde Melody denken, wenn sie bei Nacht und Nebel aus ihrem Zuhause auf ein schmutziges Schiff gebracht würde? Ihrer vertrauten Umgebung beraubt, würde sie schockiert, verängstigt und womöglich für ihr Leben gezeichnet sein. Überdies wäre es eine Entführung und damit ein Verbrechen. Das alles wünschte Laurel im Grunde ihres Herzens nicht für ihre Tochter – kein Leben auf der Flucht, sondern eines in geordneten Verhältnissen in einem Zuhause, das ihr Geborgenheit und Sicherheit bot.

Doch es bedeutete ein Leben ohne sie.

Nein, es musste einen anderen Weg geben. Keine Nacht-und-Nebel-Aktion, sondern eine einvernehmliche Lösung. Sie brauchte Jacks Zustimmung – und natürlich Melodys Liebe und Vertrauen, damit sie freiwillig mit ihrer Mutter ging. Bevor sie das Zimmer verließ, warf sie einen letzten Blick auf ihr bezauberndes Kind. Laurel gab die Hoffnung auf einen glücklichen Ausgang nicht auf, erkannte jedoch, dass es vielleicht noch ein weiter Weg war und sie sich in Geduld üben musste. Dazu gehörte, dass sie zunächst freiwillig in ihr Gefängnis zurückkehrte.

Tief in der Nacht erwachte Bailiwick, weil kleine, kühle Hände über seinen nackten Brustkorb strichen. Obwohl normalerweise nicht gerade der Hellste kapierte er sofort, was da passierte, und nutzte die Gelegenheit, sich mit einer einzigen geschmeidigen Bewegung auf den Eindringling zu werfen.

Fiona.

Sie keuchte, und ein schwacher, nach Minze duftender Hauch berührte seine stoppelige Wange. Er lag direkt auf ihr und spürte jede Rundung ihres herrlich weichen, weiblichen Fleisches an seinem härter werdenden Körper. Zwischen ihren Beinen spürte er Feuchtigkeit und Hitze.

Diesmal gab er dem Drängen nach und führte nicht wieder Vernunftgründe ins Feld, dass er doch mehr von ihr wolle als nur das hier. Mehr als nur eine Kostprobe ihrer üppigen Reize. Fiona, in solchen Dingen durchaus erfahren, kam ihm hilfreich entgegen, als seine mächtige Erektion sich einen Weg zu bahnen suchte, und schlang ihre Schenkel um seine Hüften. »Braver Junge«, flüsterte sie heiser. »Höchste Zeit, der armen Fiona etwas zu geben, wovon sie ihren Lieben zu Hause berichten kann.«

Er wagte nicht, sie loszulassen und sich von ihr herunterzurollen, zumal sie sich vermutlich ohnehin schneller wieder auf ihn stürzen würde als Balthazar auf ein Zuckerstückchen. Offenbar betrachtete sie ihn – oder einen Teil von ihm – als ihr Zuckerstück. Sie war eben eine ausgesprochen willensstarke Frau.

Sie wand sich unter ihm. Zwischen ihrer feuchten Mitte und seinem besagten Teil befand sich nur noch der dünne Stoff seiner Unterhose. »Fiona …« Es war verrückt, sich von ihr abzuwenden, völlig irrsinnig, doch irgendwie tat er genau das. Schob sich weg von ihren klammernden Händen und Schenkeln, flüchtete aus dem schmalen Bett und stand in dem kühlen Raum mit nichts als seiner drittbesten Unterhose und dem peinlichen Beweis dafür, wie sehr er wollte, was sie so freizügig anbot. Zu freizügig.

Er hatte sich geschworen, dass er nichts nehmen würde, bevor er etwas geben konnte, und zugleich wollte er ihr beweisen, dass sie mehr wert war als ein aufregendes Abenteuer zwischen den Laken. Niemand schien nämlich zu sehen, was er sah – selbst sie selbst.

»Du weist mich nicht noch einmal ab«, sagte sie.

Bailiwick schaute sie an, wie sie da auf seinem Bett saß

und die Laken an ihren üppigen Busen drückte, ohne ihn jedoch wirklich zu bedecken. Ihr nachtschwarzes Haar glänzte und ergoss sich in schimmernden Wogen über ihre milchweiße Haut, und ihre dunklen Augen glühten wie Feuer. Wahrscheinlich war ihr in ihrem ganzen Leben nicht viel verwehrt worden war, dachte er.

Er strich sich mit der Hand über das gerötete Gesicht und wünschte sich, das Bettzeug würde zumindest ein kleines Stückchen höher reichen – nur so weit, um diese perfekten pinkfarbenen Brustwarzen zu verbergen. Sie fuhr sich mit der Zungenspitze über die Lippen, und sein Körper rebellierte.

»Ich dachte, das lag bloß daran, dass dein Chef dir Angst einjagen wollte. Samuel hat erzählt, dass es auf dem Speicher Zimmer gibt, wo man nach Herzenslust herumschreien kann, ohne dass irgendwer es hört.«

Verdammter Samuel! Bailiwick nahm sich fest vor, dem Kollegen derartige Dinge in Zukunft zu vermiesen – der würde sich hüten, so schnell wieder heimliche Liebesnester aufzusuchen. »Ich sag dir doch: Nein! Ich will nicht, dass du in mein Bett kletterst.«

Ihre schwarzen Augenbrauen zogen sich drohend zusammen, und Zorn ließ ihre Augen glühen wie Kohlen. »Warum nicht? Du hast nach mir geschickt! Damals wolltest du unbedingt, dass ich herkomme.«

»Ich will dich auch hierhaben.« Gott, das würde nicht gut ausgehen. Er wusste es schon jetzt. Aber er konnte ihr nicht erklären, wie er sich ihre Beziehung vorstellte –

weil sie es nicht hören wollte. Noch nicht. Sie würde ihn bloß auslachen. Schließlich war er nichts weiter als ein Tölpel, ein riesiger junger Lakai mit nicht genug Hirn, um beruflich groß aufzusteigen. Was sollte eine Schönheit wie sie schon mit ihm anfangen. Und doch würde es ihn umbringen, wenn er es nicht wenigstens versuchte. »Ich will bloß nicht, dass du in mein Bett kommst.«

Sie reckte das Kinn. »Ich werde nicht ein weiteres Mal fragen, Mr. John Bailiwick. Darauf kannst du dich verlassen.« Sie glitt unter der Bettdecke hervor und zog sich schnell ihr Nachthemd über den Kopf, während er betrübt zusah, wie ihr perfektes, herzförmiges Hinterteil seinen Blicken entschwand. In diesem Moment fürchtete er, diesen prächtigen Arsch nie wiederzusehen.

Sie warf ihm einen letzten wütenden Blick über die Schulter zu und stolzierte aus seinem Zimmer. »Das wird dir noch leidtun, du Riesentrottel.«

Bailiwick seufzte. Das tat es bereits.

Jack lag quer auf dem Bett, und sein nackter Körper war zu erhitzt für eine Decke. Sein Atem ging schnell, seine Haut war schweißnass, denn er durchlebte gerade einen immer wiederkehrenden Traum. Von hemmungsloser Leidenschaft, von höchster Lust und grenzenlosem Verlangen. Dick und steif ruhte sein Glied auf seinem flachen Bauch, während sein Körper im Schlaf zuckte und leises Stöhnen sich seinen leicht geöffneten Lippen entrang.

Er schlang die Arme um sie und hielt sie fest, glitt zwischen ihre jungfräulichen Schenkel. Atemlos keuchend und mit rasendem Herzen schien sie es kaum zu bemerken, dass seine Erektion gegen ihre nasse, geschwollene Mitte drängte. Sein Mund suchte ihren, und begierig erwiderte sie seinen Kuss.

In diesem Augenblick stieß er zu mit einer einzelnen kraftvollen Bewegung. Ihr überraschter Schrei verlor sich in seinem Mund. Er hielt sie fest, während sie sich zitternd an ihn klammerte.

Er hatte noch nie zuvor mit einer Jungfrau geschlafen, und sein schlechtes Gewissen meldete sich sogleich. Immerhin galt sie jetzt als entehrt und gesellschaftlich ruiniert – falls die Sache ruchbar wurde. Er schob seine Schuldgefühle beiseite, denn er wollte sie schließlich heiraten. Heute oder in der Hochzeitsnacht, was machte das schon für einen Unterschied? Außer dass das hier ein spontaner Akt war, eine Explosion gegenseitigen Verlangens, ein perfekter Moment der Ekstase.

Und ein Geschenk für seine verwundete Seele. Ein Wunder, auf das er kaum noch zu hoffen gewagt hatte.

Ganz tief steckte er jetzt in ihr – sie war so eng, dass es fast schmerzte. Aber er hatte ihr schließlich ebenfalls Schmerz zugefügt, und tröstend küsste sein Mund die Tränen von ihren Wangen. Heiß spürte er ihre kleinen Hände auf seiner Haut und drückte sie noch fester an sich. Er war so dankbar für ihre Hingabe und dafür, dass sie ihn nicht von sich gestoßen hatte.

Was wäre dann passiert? Würde er es akzeptiert haben? Er wusste es nicht, denn sein Verstand war zu umnebelt von seinem ungestillten Begehren und von den Resten seines Alb-

traums. Er schloss die Augen und küsste sie erneut. Sie allein konnte ihn heilen, wie ein Exorzist die quälenden Bilder aus seinem Kopf vertreiben.

Er klammerte sich an diese Hoffnung, klammerte sich an sie. Sie besaß die Macht einer Göttin, ihn vor seinen eigenen Dämonen zu erretten. In ihrem Körper, ihrem Mund war er ganz er selbst. Wieder der alte Jack. Wenn er ihren jungfräulichen Körper spürte, ihre feuchte Hitze und Enge, und die Wärme und Süße ihrer Haut, dann wurde sie für ihn zum Schild, mit dem er sich vor der Dunkelheit schützte.

Zumindest für diesen einen, aus der Zeit gefallenen Augenblick.

Er spürte, wie ihr Körper sich entspannte, und so stieß er vorsichtig zu, um ihr nicht erneut wehzutun. Und wirklich fühlte sie sich nach einer Weile völlig geschmeidig und so verdammt gut an, dass er nicht mehr aufhören konnte. Er verlor sich in ihr – in der Umklammerung ihres bereitwilligen Geschlechts, in ihrer sehnsüchtigen Umarmung, in der Süße ihres Kusses. So sehr, dass er kaum noch an sich halten konnte.

Nein, noch nicht. Er wollte, dass es andauerte und dass sie ihm alles gab. Er rollte sich von ihr herunter auf den Rücken, nahm ihren Kopf zwischen die Hände und küsste sie lange und zärtlich, um seine Erregung, die ihn zu verbrennen drohte, etwas zu dämpfen.

Ihr Mund war so süß, so freigiebig, so faszinierend in seiner Macht, ihn vergessen zu lassen … Er wollte diesen Mund, doch sie würde es nicht tun, so unerfahren wie sie war. Trotzdem schob er ihr Gesicht sanft nach unten, und sie leistete kei-

nen Widerstand. Auch nicht, als er sein steifes Glied mit der Spitze an ihre Lippen führte.

Sie zögerte nicht. Küsste ihn, als sei es die selbstverständlichste Sache der Welt, und neugierig spürten ihre Lippen seiner Erektion nach. Als er sich in ihren Mund schob, erstarrte sie für eine Sekunde, ohne indes zurückzuweichen. Folgte dann den Bewegungen, zu denen seine Hände an ihrem Kopf sie anleiteten, während er die Augen schloss und sich von der nassen Hitze ihrer Mundhöhle einhüllen ließ.

Sie lernte rasch, fand schnell heraus, was ihm gefiel und was ihn am meisten erregte. Der saugende Druck ihres Mundes war eine süße Folter und ließ ihn den Kopf stöhnend ins Kissen werfen. Noch tiefer presste er sich in ihren Mund, damit sie schneller saugte und ihn auf ihrer Zunge schmecken konnte.

Sie befolgte seine Wünsche, schien ihn ohne Worte zu verstehen. Ließ ihn saugend aus ihrem Mund gleiten, umspielte seine Männlichkeit mit ihrer Zunge, um ihn anschließend wieder aufzunehmen. So tief manchmal, dass sie erschauderte.

Seine Augen schlossen sich. Die Welt mit ihren schmerzlichen Wahrheiten und Realitäten, die seine Seele und seinen Verstand verdunkelten, belastete ihn nicht mehr, war nicht länger existent. Alles um sie herum verschwand, bis nur noch dieses Zimmer übrig blieb. Dieses Bett. Dieses Mädchen. Dieser süße, freigiebige, überschwängliche Mund.

Noch nie hatte eine Frau sich ihm so vorbehaltlos hingegeben. Sie gab von sich aus, was er brauchte, als sei es ihr einziger Wunsch, seinen Schmerz zu lindern.

Sein Körper versteifte sich. Er spürte, dass er bald kommen würde, wenn er sie weitermachen ließ. Erste Tropfen perlten bereits auf ihre Zunge. Ein letztes Mal drückte er ihren Kopf ganz tief nach unten, um sich dann schnell aus ihrem Mund zurückzuziehen.

Er wollte diesen unglaublichen Moment hinauszögern. So vieles gab es noch, um es mit ihr zu teilen. Wilde Fantasien erfüllten seinen fiebrigen Kopf und löschten jedes andere Bild, jeden anderen Gedanken aus. Als er sich auf sie rollte und seinen eigenen Geschmack von ihren Lippen küsste, die vom Saugen angeschwollen und weich waren, wusste er, dass bloß die aufgehende Sonne diese Nacht der Leidenschaft beenden würde.

Sie schlang die Arme um seinen Hals, küsste ihn voller Verlangen, während ihr Körper warm und weich unter ihm lag. Seine Hände glitten an ihren Seiten hinab und umfingen ihre wohlgeformten Pobacken.

Ah, eine gute Idee …

In ihrem Zimmer auf dem Dachboden stöhnte Laurel leise im Schlaf. Die Decke war zu schwer, schien sie beinahe zu erdrücken und kratzte an ihren Brustwarzen, die sogleich sensibel reagierten. Unruhig strampelte sie sich frei. Ihr Körper war heiß und feucht. Verschwitzte Strähnen ihres schwarzen Haares klebten an ihren Schläfen. Träumend presste sie die Schenkel fest gegeneinander.

Laurel schlang die Arme um seinen Hals, küsste ihn voller Verlangen, während ihr Körper warm und weich unter ihm lag. Seine Hände glitten an ihren Seiten hinab und umfingen ihre wohlgeformten Pobacken.

Sie spürte seine Finger über die Rundungen gleiten und hob die Hüften an, um ihm den Zugang zu erleichtern. Ihn in ihren Körper und in ihren Mund aufzunehmen hatte auch ihr große Lust verschafft. Und große Befriedigung. Zu fühlen, wie er sie antrieb, ihn immer tiefer in sich aufzunehmen, wie er sich anspannte und stöhnte, bewog sie bloß, ihm ständig mehr zu geben – alles, worum er sie bat. Selbst wenn es sie überraschen mochte.

Er umfasste ihre Schenkel mit seinen Händen und hob sie an, damit sie sie um seine Hüften legte und seine Erektion in ihrer heißen Mitte lag. Unter zärtlichen Küssen bewegte er sich vor und zurück und reizte mit seiner stumpfen Spitze ihre empfindlichste Stelle. Sie konnte jede pulsierende Ader und jede Erhebung spüren. Mit jedem Stoß, mit jedem Reiben steigerte sich ihre Lust, wieder wurde sie feuchter und bereiter für ihn.

Sie vergrub die Finger in seinem Haar, küsste ihn beinahe schmerzhaft und stöhnte in seinen Mund, während er das Tempo seiner Bewegungen steigerte. Nicht mehr lange, und sie würde noch einmal kommen. Schon bäumte sie sich auf, bog sich ihm entgegen – immer heftiger, schneller, atemloser und erregter.

Als er spürte, wie sie auf den Höhepunkt zutrieb, zog er sich abrupt zurück. Sie protestierte mit einem leichten Wim-

mern, doch er legte nur seine Hände um ihre Taille und drehte sie auf den Bauch, hob ihren Po an und drückte ihre Schultern aufs Bett.

Ihre von seinen ausgiebigen Liebkosungen wunden Brustwarzen rieben an dem Laken. Sie fand es nicht angenehm, so auf dem Bauch zu liegen mit in die Luft gerecktem Hinterteil, versuchte sich deshalb umzudrehen und ihn zu küssen, doch wie eine Puppe brachte er sie wieder in die alte Lage zurück.

Furcht und eine dunkle Erwartung überschwemmten sie. Als er sich von hinten an sie heranschob und ihre Spalte öffnete, gab sie einen überraschten Laut von sich, aber dann war es auch schon passiert. Bevor sie lange darüber nachdenken konnte, war er von hinten in sie eingedrungen – hatte sie genommen wie eine Stute.

Widerspruchslos ließ sie es geschehen. War unfähig sich zu bewegen oder zu protestieren, seiner Stärke völlig ausgeliefert. War es schlimm und verdorben, dieses Gefühl zu mögen? Sie empfand leichte Scham, aber dass es ihr gefiel, in Besitz genommen und beherrscht zu werden. Seine dunkle Wildheit erregte sie ebenso wie das Wissen, von ihm als Gefährtin in diesem sündigen, erregenden Spiel erwählt worden zu sein.

Sie würde alles für Jack tun. Alles.

Sie schrie und erstickte die Schreie im Betttuch, wenn er sie zum Höhepunkt trieb und sie lockte »Komm!«, während seine mächtige Erektion immer wieder und immer tiefer hineinstieß in die feuchte, zitternde Höhle und seine Hand gleichzeitig in wilden, drängenden Kreisen ihre empfindlichste Stelle erregte.

Dann ein letzter, kräftiger Stoß. Unter befriedigtem Stöh-

nen ergoss sich sein Samen in sie, und sein pulsierender Schaft riss sie mit zu einem weiteren ekstatischen Höhepunkt. Erschöpft, wund und noch immer bebend fiel sie neben ihm aufs Bett und vermochte kaum zu denken. Zu sehr schwirrte ihr der Kopf angesichts der dunklen, verbotenen Lust, die er ihr verschafft hatte.

Er strich ihr die verschwitzten Strähnen aus dem Gesicht und küsste sie, bis ihre Herzen wieder zu ihrem normalen Rhythmus fanden. Sie war dankbar für die Dunkelheit, hatte sie doch das Gefühl, man würde ihr die hilflose Scham ansehen, die sich langsam einstellte. Ein verdorbenes Ding war sie, dachte sie. Aber eben seines, und das beruhigte sie ungemein. Zufrieden kuschelte sie sich mit ihrem Rücken gegen seine Vorderseite. Versank in der Beuge seines Körpers, als wollte sie nie wieder auftauchen. Sie vertraute ihm vollkommen. Jack gehörte jetzt zu ihr und sie zu ihm.

Für immer.

Bereits halb im Schlaf spürte sie, wie seine Hand sich auf ihren Bauch legte und seine Härte sich von hinten auffordernd gegen sie drückte. Gerade als sie in das verführerische Meer des Schlafes glitt. Sie wollte protestieren und weiterschlafen, bis wachsende, kribbelnde Erregung die Müdigkeit vertrieb und sie sich ihm erneut hingab.

Er bekam nicht genug. Und sie auch nicht. Ein leises Lachen kam ihr über die Lippen. Möge der Himmel ihr beistehen.

Wer das betagte Backsteingebäude des Brown's Gentlemen Club betrachtete, hätte es nie für möglich gehalten, was sich hinter den dicken Mauern dieser Bastion verdienter Staatsdiener und ehrenwerter Lords abspielte. Welch gewagten und unschicklichen Träumen sich ein Marquis in seinem luxuriösen Apartment und eine junge Frau in einer schäbigen Dachkammer hingaben.

Nichts war in der St. James Street mehr so wie früher.

Dreizehntes Kapitel

Ein normaler Morgen im Brown's schien sich auf den ersten Blick durch nichts von ähnlichen Etablissements zu unterscheiden. Die Gentlemen schliefen lang, während das Personal früh aufstand, um den Mitgliedern zu Diensten zu stehen. Der Majordomus drehte seine erste Inspektionsrunde. Alles war ruhig, wie es in einem Herrenclub sein sollte. Natürlich nur, wenn man die Kinder außer Acht ließ.

Melody stand entsetzlich früh auf, um dann gut gelaunt die Flure zu durchstreifen, bis irgendjemand ihr ein Frühstück zusammenstellte. Was regelmäßig Evan auf den Plan rief, der keine Mahlzeit versäumte. Auch keinen Snack, nicht einmal einen Krümel.

Anschließend ging der Junge zu seinem Unterricht, und Melody machte sich auf, sämtliche Lieblingsgroßväter zu besuchen. Einen nach dem anderen.

»Ich frage dich, alter Freund, hast du da auch etwas gehört?« Lord Bartles hielt inne, während er sein Halstuch vor einem Spiegel richtete.

Sir James strich sich die Weste glatt und schaute sich im Zimmer um. »Keinen Ton, nein, keinen einzigen Ton.«

Melody kicherte, als Lord Bartles weiterhin ahnungslos tat. Sie saß im Schneidersitz auf dem Frisiertisch und spielte mit den silbernen Kämmen und Schnupftabakdosen.

»Ich könnte schwören, ich hätte ein hohes Quietschen gehört.«

Sir James rieb sich nachdenklich das Kinn. »Ein hohes Quietschen, hast du gesagt?«

Lord Bartles stützte beiläufig den Ellenbogen auf Melodys Kopf und überlegte. »Ja, ziemlich hoch und eindeutig ein Quietschen.«

»Hat es sich wie ein Tierchen angehört? Was meinst du?«

Melody gluckste, als Sir James vor den Spiegel trat und ihre Hand nahm, um sich damit die spärlichen silbernen Strähnen auf seinem Kopf zu kämmen, dabei mit selbstvergessenem Ausdruck in ihr Gesicht blickte, bis sie sich auf der Kommode kugelte vor Lachen.

Lord Bartles schien ernsthaft über die Frage nachzudenken. »Ja, es klang ein bisschen nach einem kleinen Tier. Ich denke, es hörte sich an wie ein …«

Sir James ließ von seiner Frisur ab. »Wie ein …?«

Sein Freund und Schachpartner kniff die wässrigen Augen zusammen und betrachtete den Frisiertisch genauer. »Ich denke, es ist möglich …« Er richtete sich so abrupt auf, wie seine Arthrose es ihm erlaubte, und deutete entrüstet auf Melody. »Es stimmt! Sieh nur!«

Sir James blinzelte. »Um Himmels willen. In der Tat. Es ist ein …«

Lord Bartles schnaubte indigniert. »Ich werde ein ernstes Wort mit Wilberforce sprechen. Wir haben ein Mäuschen in unseren Zimmern.«

Sir James stieß ein geziertes, etwas zittriges Igitt aus und wich zurück. »Ein Mäuschen!« Er warf erschrocken die Hände in die Luft. »Schnell! Hol die Katze!«

Lord Bartles humpelte davon und kam mit einem flauschigen grau-weißen Etwas in den Händen zurück. »Auf, großer Jäger! Fang das Mäuschen«, sagte er … und dann landete das winzige Kätzchen auch schon in Melodys Schoß.

Sie stieß einen Entzückensschrei aus und presste ihre pummeligen Händchen an die Wangen. »Ein Kätzchen!«

Lord Bartles und Sir James traten einen Schritt zurück, um das rührende Bild zu betrachten und sich über die gelungene Überraschung zu freuen. Es war nicht leicht gewesen, den kleinen Kater drei Tage lang verborgen zu halten. Jetzt wurden sie mehr als entschädigt dafür, dass sie die fragwürdigen Toilettengewohnheiten des jungen Tieres ebenso ertragen hatten wie den Geruch nach saurer Milch. Lächelnd beobachteten sie, wie Melody mit seligem Gesichtsausdruck das Kätzchen mit den großen Augen, den Fledermausohren und dem Rattenschwanz an ihre Brust drückte.

»Na los«, sagte Lord Bartles barsch. »Nimm das flohverseuchte kleine Monster und zeig es Evan.«

Sir James hob Melody vom Frisiertisch und setzte sie auf dem Boden ab, und sofort rannte sie aus dem Zimmer.

Lord Bartles putzte sich umständlich die Nase. »Sentimentaler alter Narr«, tadelte Sir James ihn.

»Vermaledeite Viecher. Kann Katzen nicht ausstehen.«

»Ich auch nicht. Abscheuliche Kreaturen«, stimmte ihm Sir James zu und schaute wehmütig dem verschwundenen Kater nach, während Lord Bartles demonstrativ die Ärmel seiner Jacke abbürstete. »Überall diese Haare.«

Sein Schachfreund betrachtete ihn nachdenklich. Dann tätschelte er ihm die Schulter. »Armer Alter. Vielleicht sollten wir uns lieber eine schwarze Katze nehmen, nicht wahr?«

Es war Jacks Ruf zu verdanken – und vermutlich ebenso seinem neuen Titel –, dass Lementeur, der gefragteste Couturier, um dessen Gunst sich alle rissen, an jenem Morgen Seine Lordschaft zu einer geradezu unchristlich frühen Zeit zu empfangen geruhte. So etwas kam bei ihm nicht häufig vor. Der kleine Mann konnte es sich leisten, wählerisch zu sein.

Bei einem Kaffee plauderten sie zunächst über Belanglosigkeiten, bevor sie zum Grund des Besuches kamen. Lementeur, wegen seiner geringen Größe auch Button genannt, fragte beiläufig nach Lord und Lady Blankenship, die er kannte, kondolierte zum Tod des Onkels und war so taktvoll, ihm nicht zu seinem daraus resultierenden Aufstieg in den Hochadel zu gratulieren.

Jack, derzeit eher menschenscheu, fühlte sich merkwürdig wohl in der Gegenwart des Mannes mit dem lustigen

Gnomengesicht. Und so fiel es ihm auch weniger schwer als erwartet, sein Anliegen vorzubringen.

»Ich brauche ein Kleid, nein, vier«, sagte er unvermittelt und griff in den Kartoffelsack, den er nachts aus dem dunklen Küchentrakt entwendet hatte, um daraus ein schwarzes Stoffbündel hervorzuziehen. »Diese Größe«, fügte er hinzu.

Lementeur faltete das Kleid vorsichtig auseinander, zupfte Jutefäden ab, die der Sack darauf hinterlassen hatte, und betrachtete es. »Aha.« Er nickte. »Sehr schlank und eher groß. Eine elegante Figur gewiss.« Er rümpfte die Nase. »Die Farbe allerdings scheint ein wenig zu trist.«

»Trauer.« Jack nippte an seinem Kaffee. »Aber das ist vorbei.«

»Hm.« Button klopfte mit dem Fingernagel gegen seine Tasse, was dem Porzellan einen hellen Klang entlockte. Fast wie von einem kleinen Glöckchen. »Die Dame hat ihr Trauerjahr also beendet. Vielleicht ein dezentes Lavendel – für das Jahr nach der Trauer?«

»Farbe. Die Trauer ist vorbei – hätte eigentlich nie stattfinden sollen«, sagte Jack und reichte ihm das zweite Kleid.

»Guter Gott. Haben Sie die Dame etwa völlig ohne Kleider zurückgelassen?« Es war spöttisch gemeint, begleitet von einem lustigen Augenzwinkern, doch Jack starrte ihn mit einem Mal entsetzt an.

»Aha, Farbe also.« Rasch wechselte Button das Thema.

»Ein kleiner Hinweis auf die Haarfarbe der Dame wäre nützlich. Ist sie blond?«

»Nein, dunkel.«

»Wie dunkel? Dunkler als, sagen wir, die junge Lady Blankenship?«

Als Jack nickte, wandte der Modeschöpfer seine Aufmerksamkeit dem Schnitt der Kleider zu, die extrem züchtig wirkten. »Ist die Dame eventuell an einem etwas gewagteren Ausschnitt interessiert?«

Er zögerte und dachte an Laurels prachtvolle Brüste und stellte sich vor, wie sie in einem tiefen Dekolleté zur Geltung kämen …

»Mylord?«

Jack riss sich zusammen und schluckte schwer. Button erlaubte sich die Andeutung eines Lächelns. »Ich werte das als Zustimmung.« Er zupfte an einer langweiligen Satinschleife und verzog geringschätzig den Mund. »Wird die Dame uns für eine Anprobe zur Verfügung stehen?«

»Nein. Es soll eine Überraschung werden.«

»Eine äußerst großzügige, Mylord, wenn ich bedenke, dass Sie mehrere Kleider wünschen. Natürlich bin ich von diesem Auftrag entzückt. Es sollen also vier Kleider sein?«, vergewisserte sich Button mit einem zufriedenen Funkeln in den Augen.

Jack nickte. »Drei für tagsüber und eins …« Er winkte in Richtung einer Ankleidepuppe, die in der Nähe stand und in eine Kreation der Spitzenklasse gehüllt war, würdig einer Königin. Es war ein Traum aus Goldlamé und schimmerndem scharlachrotem Satin. »So etwas wie das da.«

»Noch ein wenig Kaffee, Mylord?« Button war sichtlich entzückt. »Drei Tageskleider und ein Abendkleid. Hat sich Seine Lordschaft eine bestimmte Farbe vorgestellt? Vielleicht passend zur Augenfarbe der Dame?«

»Blau.«

Button rührte mit einem fein ziselierten Silberlöffel in seinem Kaffee herum, obwohl er weder Sahne noch Zucker nahm. Der Löffel klirrte sanft an dem Porzellan, und wieder fühlte sich Jack an das Geläut winziger Glocken in der Ferne erinnert.

»Es gibt so viele verschiedene Blauschattierungen«, sagte Button. »Graublaue Augen etwa verlangen geradezu nach einem silbernen Kleid. Blauviolett ist relativ selten. Das Blau des Himmels hingegen …«

»Ja«, unterbrach ihn Jack. »Das ist es. Himmelblau.«

»Dunkles Haar. Augen von der Farbe des Himmels. Grundgütiger, genau wie bei der kleinen Lady Melody, nicht wahr?«

Jack warf Button einen scharfen Blick zu, aber der rührte nur nachdenklich und mit einem freundlich-unverbindlichen Ausdruck auf seinem Gnomengesicht in seinem Kaffee, von dem er bislang keinen Schluck getrunken hatte. Schließlich stellte er die Tasse auf das kleine Tischchen und erhob sich. »Ich glaube, ich habe etwas da, was sie der jungen Dame gleich mitnehmen könnten. Man sollte sie schließlich nicht ganz ohne lassen …«

»Sie wussten es!« Melody stieß ihrem geliebten Button einen Finger in den Oberarm. »Sie wussten es, nicht wahr? Woher?«

Button schürzte die Lippen. »Ich fürchte, ich darf meine Quellen nicht preisgeben.«

Melody verschränkte die Arme und lehnte sich stirnrunzelnd auf dem Sofa zurück. »Es war Wilberforce, nehme ich an. Männer! Immerzu verbünden sie sich!«

Der kleine Modeschöpfer, der in Melody seit ihrer Kindheit vernarrt war, erwiderte den Stoß, wenngleich etwas zarter. »Tatsächlich, kleine Mylady, waren Sie es selbst, die es mir erzählt hat. Am Nachmittag kam Lady Blankenship bei mir vorbei. Mit Ihnen, und Sie sprudelten über vor Neuigkeiten. Besonders wichtig war Ihnen die Königin im Turm.«

»Dann wussten Sie also, dass Mama auf dem Dachboden eingesperrt war? Und haben nichts unternommen, um ihr zu helfen?« Sie kniff die Augen zusammen. »Sie, Sir, sind nichts weiter als ein *Mann*!«

Button blinzelte. »Wie merkwürdig, das zu hören. Ich bin mir ziemlich sicher, nie zuvor als solcher bezeichnet worden zu sein. Wenn Sie sich jedoch zu sehr über mich ärgern sollten, um den Rest der Geschichte zu hören …«

Melody warf ihm einen missbilligenden Blick zu. »Ach, Sie können genauso gut weitererzählen.«

Button verneigte sich formvollendet. »Wie Sie wünschen, Mylady.«

Als der große Lementeur davongerauscht war, um etwas für die ihrer Kleidung beraubte Dame zu finden, vertrieb Jack sich die Zeit des Wartens damit, die kopflose Schneiderpuppe zu betrachten und sich mit ersten Zweifeln zu plagen. Würden die kostbaren Kleider überhaupt dazu beitragen, Laurel umzustimmen? Vielleicht, vielleicht auch nicht. Aber es ging ihm schließlich nicht nur darum – er mochte sei einfach nicht mehr in tristen Trauerkleidern sehen. Ihr stand Besseres zu, nämlich Satin und Seide in allen Farben des Regenbogens.

Laurel verdiente Kleider aus Gold.

Und deshalb saß er in diesem exquisiten Salon wie andere reiche Männer auch, die ihrer Angebeteten kostbare Geschenke machten – die einen betrachten es als Teil ihrer Brautwerbung, die anderen sicherten sich damit die Gunst bestimmter Damen. Alles ganz normal.

Nur dass bei ihm eigentlich nichts normal war.

Das liegt daran, dass du verrückte Sachen machst und zum Beispiel eine Dame auf dem Dachboden einsperrst und ihre Anwesenheit vor deinen Freunden geheim hältst. Und trotzdem deine Hände an Stellen wandern lässt, wo sie unter den gegebenen Umständen nichts zu suchen haben.

»Normal« jedenfalls traf für ihn nicht zu.

Während er noch darüber grübelte, tauchte Lementeur wieder auf mit einer großen Schachtel, die er aus den rückwärtigen Regionen seines Salons hervorgezaubert hatte. Ihm folgte ein schöner junger Mann mit einem Stapel kleinerer Schachteln. »Cabot, bringen

Sie die restlichen Sachen zur Kutsche Seiner Lordschaft.«

Dann stellte er seine eigene Schachtel auf den Tisch und hob den Deckel. »Das hier sollte der Dame recht gut zu Gesicht stehen.«

Jack schaute auf das zusammengefaltete Kleid und zuckte die Achseln. Für ihn sah es aus wie ein Haufen blassblauer Seide. »Es ist ein bisschen einfach«, meinte er.

Der Modeschöpfer schüttelte den Kopf. »Nein, es ist von schlichter Eleganz. Umwerfend. Genau das Richtige für eine Ausfahrt an einem Sommertag. Oder für eine Gartengesellschaft.«

Jack konnte bloß nicken und beobachtete, wie Cabot unermüdlich Schachteln nach draußen zu seiner Kutsche trug, deren Inhalt laut Lementeur, absolut unentbehrlich war. Wie würde Laurel auf diese Geschenke reagieren. Er hoffte bloß, dass sie es nicht als Bestechungsversuch auffasste. Schließlich wollte er ihr eine Freude machen, weil … Ja, warum nur? An diesem Punkt kam er mit seinen Überlegungen nicht weiter. Weil sie ihm Gefühle zurückgegeben hatte? Bisher nie gekannte Empfindungen sogar?

Gott allein wusste, in welch gefährliche Gewässer ihn das noch bringen mochte.

»Nun, Mylord«, sagte Button strahlend, »Ihre Kutsche ist beladen. Die beiden anderen Tageskleider werden morgen fertig sein.«

»Aber … Diese Dinge, brauchen die nicht Zeit?«

»Ist es nicht wunderbar, was alles möglich ist, wenn Geld keine Rolle spielt?«, gab der kleine Mann mit zufriedenem Lächeln zurück. »Und welchen Nutzen hat Reichtum schon, wenn man niemanden hat, für den man ihn gerne verschwendet?« Er drohte Jack spielerisch mit dem Finger. »Sie sollten diese Dame mit den himmelblauen Augen heiraten, Mylord. Dann könnten Sie sie für immer verwöhnen.«

Als Jack sich verabschiedete, wollte ihm dieser Gedanke nicht mehr aus dem Kopf.

Sie für immer verwöhnen.

Daran könnte er tatsächlich Gefallen finden.

Als er die Kutsche des Marquis davonrollen sah, schüttelte Button, der soeben ein kleines Vermögen verdient hatte, seufzend den Kopf. »Was für ein Durcheinander die Menschen aus der Liebe machen.«

Cabot, stets in der Nähe des Meisters, nickte. »In der Tat.«

Button lächelte zu seinem schönen Assistenten auf. »Zum Glück für alle Liebenden Londons verstehe ich mich nicht nur auf das Reparieren von Kleidern.«

Vierzehntes Kapitel

Laurel reckte und streckte sich ausgiebig beim Erwachen und fühlte sich erstaunlich wohl, warm und behaglich. Sie kuschelte sich in ihre Laken und drückte den Kopf auf die weiche Matratze.

Laken? Matratze? Erstaunt öffnete sie die Augen und richtete sich auf. Tatsächlich. Da waren saubere Laken auf einer Matratze, die zwar auf dem Fußboden lag, aber dennoch … Sie drehte sich auf die Seite und schaute auf den Boden und sah Teppiche im ganzen Zimmer verteilt, sodass kaum noch etwas von den rohen Dielen zu sehen war. Kostbare Teppiche überdies, wie sie mit einem Blick feststellte, deren Farben in der Morgensonne leuchteten.

Sie riss den Kopf herum. Was war hier passiert? Das verschmierte Fenster hatte jemand in der Nacht geputzt. Von innen war es einigermaßen gelungen, von außen weniger. Kein Wunder ohne Licht. Was zum Teufel bedeutete das alles – die Matratze, die Laken und Teppiche, das geputzte Fenster, die glühende Feuerstelle und der Kohleeimer davor?

Die Frage, wer das alles heraufgeschleppt hatte, erübrigte sich. Kein anderer als Jack konnte das gewesen sein. Heimlich, still und leise musste er das bewerkstelligt haben. Sie schien offenbar nicht einmal erwacht zu sein, als er sie auf ihr neues Lager bettete.

Ein Gedanke kam ihr. Wenn sie das nicht mitbekommen hatte, dann … Vorsichtig lugte sie unter die Decke, wie viel sie noch anhatte. Alles in Ordnung. Selbst der Schlüssel hing noch um ihren Hals, ruhte an seinem Band zwischen ihren Brüsten. Wenn er einen Blick riskiert hätte, würde er ihn ganz bestimmt gefunden haben.

»Verdammt«, flüsterte sie, warf sich zurück auf die Matratze und zog sich die Decke übers Gesicht. Okay, ihr Gefängniswärter versuchte ihr die Situation ein bisschen angenehmer zu gestalten, aber das war noch lange kein Grund, ihm dankbar zu sein. Was er offenbar jedoch bezweckte.

Ein verführerischer Duft nach gebackenem Schinken stieg ihr in die Nase. Sie seufzte und schaute sich suchend nach der Quelle um. Trotz ihres Vorsatzes, nichts dankbar von ihm anzunehmen. Auf dem Tischchen stand ein abgedecktes Tablett, auf dem sie außer dem Schinken gebutterten Toast entdeckte. Köstlich.

Sie verspürte Heißhunger, denn am Tag zuvor hatte sie nur sehr wenig gegessen. Nach Melodys unverhofftem Geschenk, dem Schlüssel, beschloss sie nämlich spontan, die Lebensmittel aufzusparen und vorsorglich als Proviant für die Flucht in ihren Koffer zu packen. Womit ihr Magen ganz und gar nicht einverstanden gewesen war und sich jetzt schmerzhaft zusammenkrampfte.

Sie schluckte schwer. Hunger kannte sie bislang nicht,

hatte die letzten Jahre eher lustlos im Essen herumgestochert. Ihr Geschmackssinn schien ebenfalls durch ihre abgrundtiefe Trauer ausgelöscht worden zu sein. Nun war er zurückgekehrt, und sie konnte sich daran erfreuen. Genauso wie an den schönen Farben der Teppiche, die sie noch vor ein paar Tagen nicht einmal bemerkt hätte. Es war, als seien ihre Sinne in dem Moment erwacht, als sie erfuhr, dass ihre Tochter lebte.

Trotz der widrigen Umstände musste sie zugeben, dass die Welt mehr leuchtete als früher, dass ihr Herz schneller schlug, dass Dunkelheit und Gram gebannt und Farben und Freude zurückgekehrt waren. Sie fühlte sich lebendig – aber das lag an Melody, nicht an ihm. Was sie mit ihm verband, das stand auf einem ganz anderen Blatt.

Sie hob den Deckel und atmete den köstlichen Duft tief ein. Ja, Schinken und gebutterter Toast. Ein gekochtes Ei in einem silbernen Eierbecher. Allerdings wieder keine Gabel und kein Messer. Dafür entdeckte sie in der Feuerstelle einen Wasserkessel und daneben eine hübsche Teekanne voll duftender Blätter. Sogar kleine Behälter mit Sahne und Zucker standen bereit. Eine Tasse hingegen fehlte.

»O Jack«, seufzte sie. »Also wirklich!« Konnte ein Mann nicht einmal ein ordentliches Frühstückstablett herrichten? Sie würde den Tee direkt aus der Kanne in ihre Kehle laufen lassen müssen!

Gerade als sie von ihrem Toast abbeißen wollte, fiel ihr Blick auf die Wand gegenüber. Was war das? Dort hing ein Kleid an einem Haken. Nicht irgendeines und schon gar keines von ihren, sondern ein Traum aus blauer Seide, und es hatte exakt die Farbe des Sommerhimmels.

Ihre Lieblingsfarbe.

Ihre Füße setzten sich automatisch in Bewegung, und ebenso automatisch streckten sich ihre Hände nach dem schönen Seidenstoff aus, wollten ihn schon berühren, um dann zurückzuzucken. O Gott, sie hatte womöglich noch Butter an den Fingern. Vergeblich hielt sie nach einer Serviette auf ihrem Tablett Ausschau, sah dafür aber einen Tonkrug samt Waschschüssel beim Feuer. Perfekt. Sie säuberte ihre Hände in dem erwärmten Wasser und trocknete sie an ihrem Unterkleid, bevor sie ehrfürchtig das Kleid betrachtete. Sie hielt es mit ausgestreckten Armen vor ihren Körper, bewunderte den eleganten Schnitt und die Raffinesse – zweifellos ein Modell von Lementeur, der keine Rüschen und Schleifen brauchte, um überragende Wirkung zu erzielen.

Nur konnte das sein, dass Jack für sie diesen Meister seines Faches bemüht hatte? Dieses Genie war etwas für eine Dame der Gesellschaft und nicht für eine auf dem Dachboden versteckte junge Frau. Außerdem konnte sie sich nicht vorstellen, wie es möglich sein sollte, ein solches Kleid über Nacht herbeizuzaubern.

Trotzdem: Den Anschein nach würde es perfekt passen, selbst in der Länge. Sie lachte vor Entzücken und wirbelte im Kreis herum, wobei ihr Fuß an einige aufgetürmte kleinere Schachteln neben dem Bett stieß, die ihrer Aufmerksamkeit bislang entgangen waren. Als sie auf den Teppich purzelten, ergossen sich daraus schimmernde Bänder, hauchzarte Musselinwäsche, Schuhe und Handschuhe und vieles mehr.

Und auf dem Deckel einer jeden Schachtel prangte ein einziges Symbol. Ein großes L.

Laurels Mund wurde trocken, als sie inmitten der verstreuten Pracht stand. Eine komplette Ausstattung von dem berühmten und absolut unvergleichlichen Lementeur. Und sie hätte dieses Wunderwerk beinahe mit buttrigen Fingern angefasst. Vorsichtig, um es nur ja nicht zu ruinieren, legte sie das herrliche Kleid aufs Bett und trat einen Schritt zurück, die Arme auf dem Rücken verschränkt, um das luxuriöse, erlesene und absolut unakzeptable Geschenk zu betrachten. Sie konnte es nicht annehmen. Nie und nimmer. Denn das würde bedeuten nachzugeben, sich zu ergeben, zu verlieren.

»Mist!«

Die Erkenntnis reichte aus, um jede Frau zum Weinen zu bringen. Laurel hatte noch nie so etwas Schönes besessen, denn vom mädchenhaften Musselin war sie direkt zu schwarzer Trauerkleidung übergegangen. Dieses Kleid hingegen gebührte einer Frau – es zelebrierte die weiblichen Formen, den Busen, die Hüften, den Po und feierte die Sinnlichkeit.

In diesem Kleid wäre sie Amaryllis gewachsen.

Laurel wiegte sich nachdenklich vor und zurück, schürzte die Lippen und erwog Für und Wider. Einerseits wollte sie sich nicht bestechen lassen, andererseits künftig auch nicht bloß im Unterkleid herumlaufen. Sie fand, dass das eine gute Ausrede war, um ihren Grundsätzen ein bisschen untreu zu werden. Sie hatte schließlich keine Wahl, oder? Entweder dieses Kleid oder annähernde Nacktheit! Außerdem, so überlegte sie, ließe sich diese ganze Kollektion bestimmt zu einem ansehnlichen Preis verkaufen, falls sie doch noch mit Melody flüchtete.

Ein Lächeln überzog langsam ihr Gesicht. Sie würde das alles einfach gar nicht als Geschenk betrachten, sondern als eine Abzahlungsrate – schließlich stand Jack tief in ihrer Schuld. Selbst mit Hunderten solcher Roben könnte er das nicht gutmachen. Nein, sie hatte alles Recht der Welt, dieses Kleid anzunehmen, beruhigte sie sich und wirbelte glücklich im Kreis herum.

Beim Frühstück sprudelte Melody förmlich über, um die anderen an ihren neuesten Abenteuern teilhaben zu lassen. Irgendjemand, wahrscheinlich Bailiwick, hatte ihr erzählt, dass der Anblick einer Kröte Glück bringe. Ein anderer, vermutlich Evan, wollte wissen, dass man Warzen bekam, wenn man eine Kröte berührte. Weshalb Warzen in Melodys Vorstellung zu einem Symbol des Glücks wurden.

»Hast du Warzen, Papa?«

Jack hielt mitten in der Bewegung inne, um über die Frage nachzudenken. Er war gerade im Begriff, eine Gabel mit Rührei zum Mund zu führen – mit einem Appetit wie schon lange nicht mehr. »Ich glaube nicht, dass ich welche habe.«

Melody schüttelte traurig den Kopf. »Das ist ja schlimm.«

Jack hielt es für ein Gebot der Höflichkeit, auf ihre Geschichte einzugehen. »Und wie ist Ihre eigene Warzenlage an diesem wunderschönen Morgen, Käpt'n Mellie?«

Ihre Miene hellte sich auf. »Ich hab eine Kröte berührt, also krieg ich eine!« Sie hielt ihren Zeigefinger in die Luft. »Kannst du sie schon sehen?«

Jack betrachtete ihren Finger ausgiebig und schüttelte bedauernd den Kopf. »Keinerlei Anzeichen für die Bildung von Warzen irgendeiner Art. Tut mir leid.«

Melody runzelte die Stirn. »Ich hoffe, sie kommt bald. Ich will die Kröte nicht noch mal anstupsen. Das hat sich eklig angefühlt.«

»Vielleicht fand die Kröte das ja aus ihrer Sicht ebenfalls«, gab er zu bedenken. Sie glitt daraufhin von ihrem Stuhl und kroch unter den Tisch, um zu Jack zu gelangen, der bereitwillig das Tischtuch anhob.

Madeleine hingegen, die gerade den Frühstücksraum betrat, schien das unpassend zu finden. »Melody, ich bitte dich! Man geht um den Tisch herum!«

Ohne das kleinste Zeichen von Zerknirschung kletterte das Kind auf Jacks Schoß. »Ich muss Papa trösten, Maddie.« Sie schlang ihre Arme um seinen Hals und schmiegte den Kopf an seine Schulter. »Er hat keine einzige Warze.«

Madeleine zwinkerte Jack zu. »Herzlichen Glückwunsch«, meinte sie lächelnd und nahm ebenfalls Platz, während ihr auf einen Wink von Wilberforce bereits ein dampfender Frühstücksteller serviert wurde. Dazu ein Tee mit exakt so viel Milch, wie sie es liebte. Sie lächelte den Majordomus an. »Vorzüglich wie immer.«

Wilberforce verneigte sich. »Ich werde es dem Küchenchef ausrichten. Er wird entzückt sein.«

Jack, dem bei dieser Bemerkung siedend heiß einfiel, dass er selbst sich noch nie anerkennend über die gute Küche und den perfekten Service geäußert hatte, räusperte sich. »Bitte teilen Sie ihm auch meine Wertschätzung mit.«

Wilberforce blinzelte, was bei ihm als Ausdruck von großem Erstaunen, wenn nicht gar Erschrecken zu werten war. »Es ist mir eine Freude, Mylord.«

Madeleine schaute nicht weniger erstaunt drein und entschuldigte sich sogleich dafür. »Verzeih mir mein verdutztes Gesicht. Es ist bloß so ungewohnt, dich mit einer anderen Person sprechen zu hören als mit Melody.«

Das Kind nickte nachdrücklich. »Sie hat recht, Papa. Du redest fast nur mit mir.« Sie lehnte den Kopf erneut an seine Schulter. »Und mit Gordy Anne.«

»Gordy Anne ist eine sehr gute Zuhörerin.«

Madeleine verbarg ihr Grinsen hinter einer Serviette, während Melody zufrieden nickte. »Das sagt Onkel Colin auch immer.«

War Laurel eine gute Zuhörerin, fragte Jack sich. Wenn

er ernsthaft mit ihr zu reden versuchte, würde sie überhaupt zuhören? Er wusste es nicht, und das belastete ihn. So oder so: Ihm blieb keine andere Wahl, als sich ihrem zornigen Blick zu öffnen und sie um Verzeihung zu bitten. Und vielleicht würde ihre Vergebung ihn ebenfalls erlösen von der Stille und der Dunkelheit der vergangenen Jahre.

Er musste sich zwingen, anders zu sein, aus sich herauszugehen, die Hand nach ihr auszustrecken, ihr Haar zu berühren, das Gesicht an ihrem Hals zu vergraben, die Hände über ihren Körper gleiten zu lassen, der jetzt viel üppiger und weiblicher war, so weich und heiß bei seiner Berührung …

»Jack?«

Mühsam tauchte er aus seinen Gedanken und seinen Fantasien auf. Die anderen hatten ihr Frühstück inzwischen beendet und den Raum verlassen. Nur Colin stand unter der Tür und schaute ihn mit gerunzelter Stirn fragend an. »Guten Morgen. Weißt du, wo Melody ist?«

»Ich habe sie vor einer Viertelstunde nach oben gehen sehen.« »Was ist bloß los mit dir?«

Oh, ich bin auf dem Dachboden gewesen. In Laurel.

»Entschuldigung, ich war ganz in Gedanken versunken«, erwiderte er schroff.

Colin hielt einen Toast in der Hand. »Du warst in der Tat versunken. Ich war kurz davor, dir einen Rettungsring zuzuwerfen«, sagte er grinsend.

Jack stand auf und warf seine Serviette auf den Tisch. Sein Frühstück hatte er nicht einmal aufgegessen. Er brauchte keinen Rettungsring. Er brauchte Laurel. Und natürlich Melody, das Wichtigste von allem. Seine Tochter, die ihm wieder das Leben, das Licht und die Farben zeigte.

Vielleicht brauchte er ja alle drei: Melody, Laurel … und sich selbst. Eine Familie.

Fünfzehntes Kapitel

Auf dem Speicher saß Laurel in eleganter Aufmachung am Tisch. Sie trug ihr kostbares neues Kleid und fühlte sich rundum wie eine Göttin – nach dem Frühstück hatte sie sich endlich wieder gewaschen und nicht nur frische, sondern absolut luxuriöse Unterwäsche angezogen.

Das Leben war so schön in diesem Moment, zumal ihre bezaubernde Tochter sich samt Kätzchen auf ihren Schoß kuschelte. Ihr kindliches Geplapper wirkte wie Balsam für ihre Seele und begann den Kummer über die verpassten Jahre und Monate, die einsamen Tage und Stunden langsam zu lindern.

»Ich möchte das Kätzchen taufen.«

Laurel lächelte. »Das ist eine wunderbare Idee. Namen sind sehr wichtig.«

Melody nickte. »Billywick nennt mich kleine Mylady und Wibblyforce meist Lady Melody. Maddie und Pru sagen Mäuschen zu mir.«

»Das sind ganz schön viele Namen für eine so kleine Person.« Laurels Tonfall klang liebevoll, doch in ihrem Innern versetzte es ihr wieder einen Stich. Alle gehörten sie in Melodys Welt. Ersatzmamas ebenso wie Ersatzgroßväter und das Personal. Sie alle gaben ihr Kosenamen, umsorgten und verwöhnten sie, machten ihr Geschenke. Nur sie als ihre Mutter stand abseits, hatte sinnlos Jahre mit Gram verschwendet.

Melody hob den Kopf und schaute sie aus blauen Augen an, die ihren eigenen so sehr ähnelten. »Du kannst Mäuschen zu mir sagen, wenn du magst. Maddie hat sicher nichts dagegen.«

Laurels Augen wurden feucht. Dann schüttelte sie die Wehmut ab. »Weißt du, ich habe dir schon einmal einen Namen gegeben.« Sie fuhr mit den Fingerspitzen durch die dunklen Locken. »Als du geboren wurdest, nannte ich dich Melody.«

»Oh.« Ihre Händchen, die mit dem Kätzchen spielten, hielten inne. Sie richtete ihre großen Augen auf Laurel. »Tante Pruitt hat gesagt, meine Mama hätte den Namen ausgesucht.«

Obwohl ihr Herz raste, lächelte Laurel ihre kleine Tochter ruhig an. »Genauso war es.«

Melodys kleine Augenbrauen zogen sich ganz fest zusammen vor lauter Nachdenken. »Bist du meine Mama? Ganz ehrlich?«

Laurel wollten vor Rührung die Tränen kommen. »Ja, ich bin deine Mama, ganz ehrlich.«

Das Kind blinzelte ein wenig, um sogleich wieder zur Tagesordnung überzugehen und mit dem kleinen Kater zu spielen, der jedoch bald müde wurde und sich behaglich schnurrend in ihrem Schoß zusammenrollte. Laurel schaute glücklich zu. Sie und Melody würden es schaffen, wenngleich es eine Weile dauern mochte, bis sich ihre Tochter an die neue Situation gewöhnte. Sie musste ihr Zeit lassen, um ihr zu glauben, ihr zu vertrauen …

»Mama, ich hab einen Namen für das Kätzchen gefunden.«

Laurel stockte der Atem. *Mama*. Rasch wischte sie sich mit der Hand übers Gesicht, bevor Melody ihre Verwirrung bemerkte. Dann nahm sie den kleinen Kater in beide Hände und hielt ihn feierlich in die Luft. »Mein Kleiner, du bekommst jetzt einen Namen! Von diesem Tag an heißt du …« Sie schaute zu Melody hin.

»Mäuschen!«

Laurel biss sich auf die Unterlippe, denn nach der Größe seiner Ohren und Pfoten zu urteilen, würde er einmal ein großer, eindrucksvoller Kater werden. Dann hob sie ihn hoch in die Luft. »Mäuschen sollst du heißen. Und dieser Name wird in die Annalen der Katzengeschichte eingehen.«

»Du bist witzig, Mama.«

Sie konnte es nicht oft genug hören. *Mama*. Laurel legte das Kätzchen zurück in die Ärmchen ihrer Tochter. »Und du bist mein über alles geliebtes Kind«, flüsterte sie stumm.

Melody kletterte von ihrem Schoß. »Ich erzähl es Evan«, rief sie und eilte zur Tür. »Und Billywick und Wibblyforce und Papa …« Die Liste nahm kein Ende, und noch auf dem Weg nach unten hörte sie das Gemurmel.

So viele Menschen, denen sie es erzählen musste.

Würde sie irgendwann auch jemandem von ihrer Mama erzählen, die hier oben eingesperrt war? Sollte sie nur. Laurel war dieser Heimlichtuerei so verdammt überdrüssig – und so gerne würde sie aller Welt ihre großartige Neuigkeit mitteilen. Dass sie ihr totgesagtes Baby gefunden hatte.

Sie schlang die Arme um ihren Oberkörper und lehnte sich zurück, um die Deckenbalken zu betrachten – der Speicher kam ihr heute nicht mehr wie ein Gefängnis vor. Was nicht allein an den Teppichen lag, sondern vor allem an Melody, die mit ihrem Lachen Licht und Luft in diesen Raum gebracht hatte. Laurel spürte, wie ihr Brustkorb, der sich immer so eng anfühlte, sich plötzlich ausdehnte, und ihr war, als könne sie zum ersten Mal seit Jahren wieder befreit atmen.

Sie griff in ihr Mieder, zog den Schlüssel heraus und betrachtete ihn. Sie konnte jederzeit gehen, und vermutlich wäre es das Richtige, doch sie wollte nicht mehr wirklich. Manchmal zumindest nicht. Und diese Tatsache verstörte sie mehr als jegliches Schloss an der Tür.

Unten klopfte Colin an der Tür zu Melodys Kinderzimmer. Aidan wartete draußen mit der Kutsche, und Jack war mal wieder unauffindbar. Wie so oft in den letzten Tagen. Hätte sich die Vermutung bestätigt, Jack sei Melodys Vater, so würde Colin sicherlich Witze der Art reißen, dass der Apfel bei den beiden nicht weit vom Baum gefallen sei – schließlich mussten sie Melody ebenfalls ständig suchen. Es schmerzte ihn so sehr, dass sie bald vielleicht aus ihrem Leben verschwinden würde.

Er hörte Pru »Herein!« rufen und setzte ein betont munteres Lächeln auf. Seine junge Frau, die dem Kind gerade die Haare flocht, sah ebenfalls nicht sonderlich glücklich aus – wenn ihn nicht alles täuschte, hatte sie sogar geweint. Die Ungewissheit, was mit ihrem Schützling wurde, belastete sie alle. Trotzdem bemühte sich Pru ebenfalls um ein fröhliches Gesicht. »So, du siehst zum Anbeißen aus, mein liebes Mäuschen.«

Colin lehnte sich gegen den Türrahmen. »Sie sieht aus wie eine Puppe. Meinst du wirklich, ein Spitzenkleid ist die richtige Wahl für diesen Ausflug?«

Pru warf ihm einen tadelnden Blick zu, während sie Melodys Schleifen band. »Es soll niemand auf den Gedanken kommen, wir hätten nicht alles für sie getan«, sagte sie behutsam. »Falls ihr diese Tante findet, werdet ihr froh sein, wenn sie hübsch aussieht.«

»Meine Güte«, murmelte Colin. »Ich meinte bloß, dass sie sich schließlich ewig bekleckert – vor allem wenn drei Männer allein mit ihr losziehen.«

»Nichts Klebriges oder Nasses. Oder Braunes«, gab ihm seine Frau mit auf den Weg.

Colin zog eine Grimasse. »Was meinst du damit genau?« »Karamell beispielsweise. Oder Schokolade.« Ihr Lachen klang plötzlich erstickt, und sie wandte sich ab, schlug die Hände vors Gesicht.

Colin scheuchte Melody aus dem Zimmer. »Geh und hol Käpt'n Jack, Mellie. Er nimmt dich mit runter zur Kutsche.« Dann nahm Colin seine Frau in die Arme und hielt sie fest, während sie die Tränen vergoss, die sie den ganzen Tag mühsam zurückgehalten hatte.

»Ich … will nicht … dass sie … geht.«

»Natürlich nicht! Keiner von uns will das!«

Sie schluchzte. »Dein verdammter Jack offenbar schon. Er ist kein bisschen durcheinander.«

Colin schaute sie ernst an. »Du täuschst dich. Mein verdammter Jack ist praktisch ein wandelnder Toter. Noch lässt er es nicht an sich heran, doch sobald es ihm bewusst wird, fällt er wieder in ein verdammt tiefes Loch und wird Jahre brauchen, bis er sich davon erholt. Wenn überhaupt.«

»Glaubst du wirklich?« Deutliche Zweifel schwangen in ihrer Stimme.

»Irgendwie komme ich mit dem Mann nicht klar, weil ich nie weiß, was er denkt. Und vielleicht bin ich deshalb manchmal ungerecht«, setzte sie hinzu.

»Ja, bist du.« Er zog sie wieder an sich und drückte einen Kuss auf ihren roten Schopf. »Ich habe ein Monster geheiratet.«

Als sie ihm in die Rippen boxte, lachte er auf, aber selbst das klang ein wenig unfroh.

Nachdem Melody abgezogen war, räumte Laurel die Dachkammer auf, rückte Möbel hin und her und verstaute Lementeurs Schachteln im Schrank. Dann setzte sie sich ans Fenster und dachte über ihren inneren Zwiespalt nach.

Der Schlüssel, den Melody ihr gegeben hatte, verlieh ihr die Macht, ihr Schicksal selbst in die Hand zu nehmen und zu gehen, doch sie nutzte sie nicht. Weil ihr Herz sie zum Bleiben drängte. Nur: Tat sie gut daran? Vier Wände. Ein Fenster hoch oben. Eine verschlossene Tür. Selbst das Geräusch ihrer eigenen Schritte jagte ihr bereits einen Schrecken ein.

Sie dachte zurück an das Haus ihrer Kindheit – ihr Zuhause, bis es zu ihrem Gefängnis wurde. Und an ihre Mutter und ihren Vater, die sich aus zwar gleichgültigen, jedoch nicht schlechten Eltern zu Kerkermeistern wandelten. Und das alles aus dem einzigen Grund, dass die Hochzeit der Schwester und der damit verbundene soziale Aufstieg nicht durch einen Skandal gefährdet wurden. Bisweilen fragte sie sich, ob nicht Dämonen plötzlich von ihnen Besitz ergriffen hatten. Nein, an Dämonen glaubte sie nicht.

Die Wahrheit war viel einfacher und bitterer: Laurel wurde für Amaryllis und das Ansehen der Familie geopfert.

Die ernsthafte, nachdenkliche und kluge Laurel, die niemand aus der sogenannten guten Gesellschaft zu verstehen schien – die alles sah und anderen ihre Lächerlichkeit wie in einem Spiegel vorhielt. Das Mädchen, das nie tratschte oder kicherte und auch nicht flirtete – das immer Fragen stellte, die niemand beantworten mochte oder konnte.

Für Lord John Redgrave hingegen, den Erben des Marquis of Strickland, der gebrochen aus dem großen Krieg gegen Napoleon heimkehrte, wurde sie zum Rettungsanker, weil sie sich von seiner düstern Aura nicht abschrecken ließ. Sogar als sie schwanger wurde, hielt sie zu ihm. Weigerte sich beharrlich, seinen Namen preiszugeben, nahm dafür Prügel und Entbehrungen in Kauf. Biss die Zähne zusammen, als man ihr Zimmer in eine Gefängniszelle verwandelte, alles Gemütliche und Behagliche entfernte und ihr außer Brot und Milch kaum etwas zu essen brachte. Verglichen damit war ihre Dachkammer nur als luxuriös zu bezeichnen.

Sie schob eine Hand in die Tasche und tastete nach dem eisernen Schlüssel. Es lag in ihrer Macht, sich die Freiheit zu schenken. Dieses Mal konnte sie selbst über ihr Schicksal bestimmen.

Laurel wusste nicht zu sagen, wie viel Zeit verstrichen war, als sie von ihrem Fensterplatz aus plötzlich eine kleine Gestalt in einem rosafarbenen Spitzenkleid die Eingangsstufen des Clubs hinunterhopsen sah – Hand in Hand mit einem großen, schlanken schwarz gekleideten Mann. Jack.

Die beiden gingen zu einer wartenden Kutsche, einem majestätischen, schwarz lackierten Gefährt mit einem Wappen am Türschlag. Brachte er sie etwa weg? Hatte er von Melodys heimlichen Besuchen auf dem Speicher erfahren und daraufhin beschlossen, sie aus ihrer Nähe zu entfernen?

Gewiss nicht. Wenn irgendwer weggebracht würde, dann eher sie. Das hier war schließlich Melodys Zuhause, so seltsam es sein mochte. Dieser Traum von einem Kinderzimmer, all diese Fremden, die sich um die Gunst des kleinen kapriziösen Mädchens rissen – nein, Jack würde sie nie aus dieser Umgebung reißen. Wahrscheinlich unternahmen sie nur einen Ausflug. Ihre Angst war sicherlich völlig unbegründet.

Laurel beobachtete die beiden. Sah voller Erstaunen, wie der sonst so schweigsame Jack sich an den sichtlich erfreuten Diener wandte und mit ihm sprach, während Melody auf dem Gehweg neben der Kutsche herumhüpfte. Bis plötzlich etwas auf der anderen Straßenseite ihre Aufmerksamkeit erregte. Einen Moment lang stand sie ganz still da und steckte einen Finger in den Mund.

Eine böse Vorahnung überkam Laurel, während Jack nichts Außergewöhnliches zu bemerken schien, als er sich nach seiner Tochter umdrehte. Er sah nicht, dass Melody auf dem Sprung war wie ein Kätzchen, das seiner Beute auflauert. Ihre Finger zogen und zerrten am Fenster, das sich jedoch endlos lange nicht öffnen ließ.

Schon machte Melody den ersten kleinen Schritt auf die Straße hinaus, dann noch einen und wieder einen. Laurel riss verzweifelt an der Verriegelung, um ihr Kind zurückzurufen oder Jack zu warnen.

Es war zu spät. Melody stellte sich auf die Zehenspitzen und setzte sich endgültig in Bewegung. Lief direkt vor ein herannahendes Pferd, das einen eleganten Einspänner zog. Endlich ließ sich das Fenster öffnen – Laurel holte tief Luft und schrie aus Leibeskräften.

»Melody!«

Sechzehntes Kapitel

»Melody!«

Laurels Schrei wurde vom schrillen Wiehern des scheuenden Pferdes übertönt, und Vorderhufe schwebten gefährlich drohend über Melodys Kopf.

Dann war Jack da, riss seine Tochter in die Arme, warf sich mit ihr zu Boden und schützte sie mit seinem Körper, bekam dabei selbst einen Tritt des aufgeregten Tieres ab. Zwei Männer kletterten jetzt aus der Strickland-Kutsche und kamen ihm zu Hilfe, vermutlich seine Freunde. Der eine half Jack auf die Beine, während der andere sich um Melody kümmerte und sie nach einer kurzen Umarmung zentimeterweise nach irgendwelchen Verletzungen absuchte.

Laurel wartete, umklammerte mit ihren Fingern das Fensterbrett. Erst als sie an der Reaktion der Männer erkannte, dass offenbar nichts passiert war, löste sich der Krampf in ihrem Innern, und sie konnte wieder durchatmen.

Jack stand noch immer neben seiner Kutsche und massierte seine Schulter. Nur ein paar Zentimeter weiter links, und der Huf hätte seinen Kopf getroffen. Laurel verspürte eine tiefe Dankbarkeit. Er hatte nicht gezögert, sich zwischen ihr Kind und die tödliche Bedrohung zu werfen und sein Leben für ihres aufs Spiel zu setzen.

Laurel trat ein Stück vom Fenster zurück, presste die Hand auf ihre Brust. Ihr war schlecht und schwindelig von der Angst, die jetzt zwar grundlos, aber noch nicht überwunden war. Sie beobachtete, wie Jack zu Melody ging und sich vor ihr auf ein Knie niederließ, ihr Kinn umfasste und ernst auf sie einredete. Offenbar nicht sonderlich streng, denn sie weinte weder, noch verzog sie gekränkt das Gesicht. Sie nickte bloß, und als Jack sie an sich zog, schmiegte sie ihren kleinen Kopf unter sein Kinn. So verharrten sie eine ganze Weile, und Laurel spürte, wie sich bei diesem Anblick ein Kloß in ihrer Kehle bildete. Sie musste zugeben, was sie nicht hatte wahrhaben wollen: dass er ein wirklich guter Vater war. In ihrem Herzen fochten Zärtlichkeit und Furcht miteinander.

Er liebt sie.

Was zugleich bedeutete, dass er sie nie gehen lassen würde.

In der luxuriösen Kutsche hatte Melody die freie Wahl, auf wessen Schoß sie sitzen wollte. Drei Väter oder Möchtegernväter für ein einziges kleines Mädchen. Wie üblich entschied sie sich für Jack. Während sie sich in seine Wärme kuschelte und er ihren Körper fest an sich drückte, erklärte sie ihm, warum sie auf die Straße gelaufen war.

»Da war ein Junge«, sagte sie und steckte einen Finger in den Mund, den ihr Vater ihr sanft wieder herauszog.

»Du bist auf die Straße gerannt, um mit einem fremden Jungen zu sprechen?«

»Es war ein netter Junge. Wie Evan.«

»Und wie heißt der Junge?«

Melody drehte die Füße hin und her, um die neuen weißen Stiefelchen zu bewundern, die Pru ihr angezogen hatte. »Weiß nicht.« Dann wechselte sie das Thema. »Wohin fahren wir? Ich will in den Park«, rief sie und hüpfte auf Jacks Schoß auf und ab. »Fahren wir in den Park?«

Aidan lehnte sich auf seinem Sitz zurück. »Ich habe keinen Jungen gesehen – allerdings gibt es eine Menge Laufburschen auf der St. James. Vielleicht hat sie ihn vorher schon vom Fenster aus beobachtet.«

Jack ließ Melody von seinem Schoß gleiten und stellte sie auf das schwarze Samtpolster, damit sie zum Kutschenfenster hinausschauen konnte. Vorsorglich hielt er sie jedoch an ihrem Gürtel fest. Ein Unfall war mehr als genug!

Colin beobachtete ihn aus zusammengekniffenen Augen. »Es war nicht deine Schuld, Jack.«

Und Aidan fügte hinzu: »Wirklich nicht! Denk das nicht einmal, Jack! Du hast sie gerettet!«

Er schaute nicht auf, hielt den Blick auf Melody gerichtet, die fröhlich lachte und sich über die Geschwindigkeit freute. »Ich habe sie beinahe umgebracht«, flüsterte er.

»Nein«, sagte Colin überzeugt. »Du hast dir nichts vorzuwerfen. Kinder laufen nun mal gerne weg, und Mellie besonders.«

Aber Jack ließ sich nicht beruhigen. Wenn ihm der

Huftritt schon so zusetzte, wie wäre es dann Melody ergangen. Er durfte und wollte gar nicht daran denken und sah doch in seiner Fantasie die schrecklichen Bilder – einen kleinen Körper, der zerschlagen und zerschmettert auf dem Pflaster lag. Jack schüttelte den Kopf, als ließen sich die Gedanken vertreiben. »Ich hätte besser auf sie aufpassen müssen.«

Aidan beugte sich vor. »Du hast auf sie aufgepasst«, sagte er sanft. »Hast sogar rechtzeitig gesehen, dass sie auf die Straße wollte.«

»Nein.« Jack blickte seinen Freunden zum ersten Mal seit dem Unglück in die Augen. »Ich habe es nicht gesehen – ich habe bloß gehört …« Er wandte den Blick ab und stieß geräuschvoll den Atem aus. »Egal. Kümmern wir uns um das Naheliegende. Wir fahren zunächst zum Markt in der Nähe der Threadneedle Street.«

Colin nickte. »Da sind heute eine Menge Leute. Wenn diese Mrs. Pruitt dort irgendwo wohnt, erkennt vielleicht jemand Melody wieder.«

Aidan schaute durch das kleine quadratische Fenster. »Vielleicht.«

»Heute geht es in erster Linie darum, Informationen zu sammeln. Solche Nachforschungen brauchen schließlich ihre Zeit«, schränkte Colin ein.

Jack als Einziger schwieg. Informationen waren genau das, was er brauchte. Weil er nicht länger den Kopf in den Sand stecken, sondern sich seiner Schuld und seiner Verantwortung stellen wollte. Deshalb war es ihm wichtig zu wissen, was damals genau passierte, und er hoffte sehr, dass die Pflegemutter Auskunft geben konnte.

Sobald sich alles zu einem Bild zusammenfügte, würde er endlich auch seine Freunde einweihen. Nachdenklich schaute er zu Colin und Aidan hinüber, die ihm gegenübersaßen. Es würde schwer sein, ihnen diese ganze verworrene Geschichte zu erklären. Mit so was war er noch nie gut gewesen. Schließlich wusste er nicht einmal sicher, ob er sein Verhalten vor sich selbst erklären konnte.

Auf dem Markt, der bei der Threadneedle Street stattfand, konnte man alles kaufen. Von der Melone über ein Buch bis zum Papagei. Es war ein organisiertes Chaos, wobei das Chaos überwog und die Organisation eher unterging. Melody jedoch hüpfte begeistert zwischen den Ständen herum – sie war von dem Spektakel fasziniert.

»Ich will den Vogel! Papa, kann ich einen Vogel haben?«

»Wir brauchen gar nicht erst mit ihr zur königlichen Menagerie zu gehen. Es reicht vollkommen, wenn wir sie auf einen Markt bringen«, spöttelte Colin und hob Melody auf seine Schultern, damit sie ihnen in dem Gedränge nicht verloren ging.

Sie hielt sich an seinen Ohren fest und ließ, höchst zufrieden mit ihrem neuen Aussichtsplatz, die Füße in den neuen weißen Stiefeln baumeln. »Schau, Papa! Da sind Hühner!«

Aidan sah Jack an. »Was wirst du diesbezüglich unternehmen?«

»Ich mache mir nichts aus Hühnern.«

»Du weißt genau, was ich meine«, sagte Aidan so leise, dass Melody ihn nicht hören konnte. »Wann willst du ihr sagen, dass du nicht ihr Vater bist?«

Wenn es im Sommer schneit.

Jack wand den Arm aus dem festen Griff des Freundes. »Eins nach dem anderen.«

Zum Glück für ihn drehte sich Colin gerade um. »Wollt ihr beiden mich eigentlich alles allein ...« Sprach es und lief geradewegs in einen Wagen voller Äpfel, wodurch er eine sorgfältig aufgeschichtete grün-rote Pyramide zum Einsturz brachte. Als sich ein wahrer Apfelregen auf Colins Füße ergoss, klatschte Melody vergnügt in die Hände.

Die Marktfrau, eine stämmige, rotgesichtige Person, kam zeternd hinter dem Wagen hervor. »Nichtsnutz, was hast du angerichtet? Du bezahlst mir alles auf Heller und Pfennig, sonst ...« Sie verstummte überrascht, als sie drei gut gekleidete Herren erblickte.

Colin streckte entschuldigend die Hände aus. »Ich kann gar nicht sagen, wie leid es mir tut, gute Frau.«

Aidan hingegen griff einfach in seine Westentasche und zog eine Goldmünze heraus. »Das hier sollte den Schaden beheben«, sagte er und warf der Apfelverkäuferin das Geldstück zu. Ein Verdienst, für den sie normalerweise mindestens vierzehn Tage auf Märkten stehen musste. Ihr Gesicht verzog sich zu einem zufriedenen Lächeln. »Nehmen Sie sich ein paar von meinen Äpfeln, gnädiger Herr. Sind die besten Äpfel in ganz London, o ja.« Dann blickte sie zu Melody, die nach wie vor auf Colins Schultern saß, hinüber. »Hallo, Schätzchen, dich hab ich ja seit ‚ner Ewigkeit nich mehr gesehen.«

Melody grinste und winkte mit beiden Händen. »Hallo, Apfelfrau.«

Aidan trat mit finsterer Miene vor. »Du kennst das Kind?«

Die Apfelverkäuferin wurde ernst, wirkte mit einem Mal eingeschüchtert und schaute irritiert zwischen Melody und Aidan hin und her, ohne ein Wort zu sagen.

Colin fluchte und stieß Aidan beiseite. »Hornochse! Du verschreckst uns die Frau noch«, schimpfte er leise, hob Melody von seinen Schultern und stellte sie zwischen die heruntergerollten Äpfel, die sie sofort aufzusammeln begann.

Freundlich lächelnd versuchte Colin es auf die charmante Tour. »Beachten Sie meinen übel gelaunten Freund nicht, Madam. Er hat bloß Hunger.« Ohne hinzusehen, warf er Aidan über die Schulter einen Apfel zu. »Also, gute Frau, wir sind mit dem Kind hergekommen, weil wir hoffen, hier etwas über seine Herkunft zu erfahren. Kennen Sie Melody?«

Die Frau starrte sie an. »Jeder hier kennt das Schätzchen. Sie hat viele Freunde auf dem Markt. Hab sie aber lange nich mehr gesehen.«

Colin bedeutete der Frau, etwas leiser zu sprechen, und

senkte selbst seine Stimme. »Erinnern Sie sich, in wessen Begleitung sie sich befand, als Sie sie das letzte Mal gesehen haben?«

Die Frau nickte. »Aye. Sie kam jede Woche mit der alten Frau, die immer sieben Äpfel gekauft hat. Is so regelmäßig gekommen, dass ich ihr immer die besten rausgesucht und zurückgelegt hab. Aber bezahlen brauchte sie bloß für angeschlagene Ware.« Sie deutete mit dem Kinn auf Melody. »Sieben Tage. Sieben Äpfel. Alle für die Kleine, keiner für sie selbst.«

Melody stand da, den Rock gerafft, und präsentierte in dem rosa Spitzenstoff die vom Straßendreck verschmutzten Äpfel. »Ich hab sie für dich gesammelt.«

Die Marktfrau bückte sich und nahm die Äpfel einen nach dem anderen zurück und legte sie behutsam in einen Korb, schüttelte dann den Kopf wegen des ruinierten Kleidchens. »Was tät deine alte Tante wohl sagen, wenn sie das sähe, hm?«

Melody beachtete den Schmutz nicht, sondern streckte der Frau die Arme entgegen, und schon saß sie auf deren ausladenden Hüften. »Und jetzt wisch dir die Hände ab, Fräulein, und ich geb dir einen sauberen.«

Während Melody in den saftigen Apfel biss, fing die Frau wieder zu reden an. »Das is Monate her, bestimmt. Wo war das Fräuleinchen denn die ganze Zeit?«

Colin stützte sich gegen den Karren. »Oh, wir haben uns um sie gekümmert. Aber jetzt suchen wir diese Mrs. Pruitt.«

Die Frau sah ihn verständnislos an. Aidan beugte sich vor. »Ihre Pflegemutter.«

»Oh.« Ihre Miene hellte sich auf. »Warum sagen Sie das nich gleich? Ich kenn nämlich ihren Namen nich.« Die Frau runzelte die Stirn und schaute eine Weile vor sich hin. »Ich glaub, sie hat da irgendwo gewohnt.« Die Frau nickte mit dem Kopf in die entsprechende Richtung. »Dürfte nich allzu weit weg sein, denn das Fräulein is die ganze Strecke auf ihren kleinen Beinchen gelaufen. Die Alte konnte sie zuletzt nich mehr tragen.«

Zum ersten Mal ergriff Jack das Wort. »War die Dame krank?«

Die Marktfrau verzog das wettergegerbte Gesicht. »Kann man so sagen. Im Winter war sie noch gut drauf, aber als der Sommer kam, sah sie plötzlich sehr gebrechlich aus.«

Jack blickte die beiden anderen Männer an. »Die Apotheke?«

Colin nickte. »Ja. Dort sollte man ihre Adresse wissen, falls sie Medikamente brauchte.«

Die Marktfrau nickte. »Aye, da ist eine keine zwei Straßen von hier entfernt. Wahrscheinlich is sie dorthin. Kann sein, dass ich sie mal mit einem Päckchen von der Apotheke hab kommen sehen.«

Aidan warf der Frau eine weitere Münze zu. Sie grinste ihn an und entblößte dabei ihre schief stehenden Zähne. »Ich hätt es Ihnen auch umsonst gesagt, mein Schöner, aber trotzdem dank ich Ihnen recht freundlich.«

Sie verabschiedeten sich von der Frau, und Melody winkte ihr von Aidans Hüfte aus ein letztes Mal zu. »Byebye und verkauf viele Äpfel.«

Die Frau lachte. »Gott schütze dich, Schätzchen.«

Sie fanden die Apotheke genau an der von der Apfelverkäuferin bezeichneten Stelle. Während Aidan und Colin zögerten, strebte Jack sogleich energisch in den Laden, ohne innezuhalten. Colin holte tief Luft. »Jetzt werden wir es herausfinden, nicht wahr?«

Aidan knirschte mit den Zähnen. »Ob wir es wollen oder nicht.«

Seite an Seite, zwischen sich Melody, folgten sie widerstrebend Jack.

Ob sie es wollten oder nicht.

Siebzehntes Kapitel

Wilberforce war wieder einmal seinem Grundsatz untreu geworden, die Räume der Mieter nicht ohne deren Einwilligung zu betreten, doch er brauchte Gewissheit. Merkwürdiges ging in seinem Reich vor.

Verwirrt stand er im Apartment des Marquis of Strickland und wusste nicht, was er von dem Bild, das sich ihm bot, halten sollte. Der Anblick war überaus verstörend. Die Teppiche fehlten ebenso wie diverses Mobiliar. Waren einfach verschwunden wie durch Zauberei. Wo konnten sie bloß sein? Sicherlich hatte Seine Lordschaft sie nicht außer Haus gegeben, um sie säubern zu lassen – das wüsste er und würde für vorübergehenden Ersatz gesorgt haben.

Zuvor hatte er bereits feststellen müssen, dass in den derzeit unbewohnten Räumen ebenfalls diverse Einrichtungsgegenstände fehlten. Irgendetwas war hier faul, aber was? Er musste das herausfinden, denn im Brown's war es ungeschriebenes Gesetz, dass alles perfekt zu sein hatte.

Laurel biss sich auf die Unterlippe, als sie ihre Kammer verließ und die Speichertreppe hinunterrannte. Sie presste ihr Ohr an die Tür, die zum Flur des obersten Stockwerks führte, und hielt den Atem an. Kein Laut war zu hören, und so drückte sie langsam die Klinke herunter, um durch den Türspalt zu spähen. Sie sah nichts als einen langen gemusterten Läufer, Tischchen und Vasen.

Sie schlüpfte in den Gang und schlich auf Zehenspitzen zur Treppe. Diesmal wollte sie sich Jacks Räume anschauen, die im vierten Stock lagen. Mit einer Hand hob sie ihre Röcke an, legte die andere auf den Lauf des Treppengeländers und stieg leichtfüßig nach unten. Auch in diesem Stockwerk war alles ruhig. Offenbar war es am Nachmittag ebenso ungefährlich, das Haus zu erkunden, wie um Mitternacht. Durchaus möglich, dass die meisten der betagten Herren um diese Zeit einen Mittagsschlaf hielten.

Laurel atmete tief durch.

Zwar hatte Jack ihr erzählt, dass seine Räume direkt unter Melodys Kinderzimmer lagen, doch die Orientierung fiel ihr nicht ganz leicht. Die erste Tür, die sie öffnete führte in einen offenbar derzeit nicht genutzten Raum. Die Möbel waren mit Tüchern gegen den Staub geschützt, und es gab keine Teppiche. Im zweiten Zimmer sah es ähnlich aus, nur dass hier zudem die Matratze auf dem geschnitzten Holzbett fehlte.

»Jack, du Dieb«, murmelte sie.

Sobald sie die dritte Tür geöffnet hatte, wusste sie, dass sie sich in seinem Zimmer befand. Nicht weil es voller Besitztümer gewesen wäre, die auf ihn hindeuteten – nein, auch dieses Zimmer war geplündert worden wie die ersten beiden. Sie spürte es einfach, als sie die Luft einatmete.

Langsam ging sie durch den Raum. Er las immer noch gerne, wie seine große Büchersammlung bezeugte. Dann gab es seltsame exotische Dinge – Muscheln und fremdländische Münzen und geschnitzte Tierfiguren. Ein riesiger dreieckiger Zahn stellte sie vor ein Rätsel, ebenso eine Kugel aus geblasenem Glas, die in eine Art Fischernetz gewickelt war. Rechteckige, glatte Elfenbeinstücke waren mit merkwürdigen, fremdartigen Symbolen verziert. Ein Zahlungsmittel oder Spielsteine?

Er musste eine Menge gesehen haben. All diese fernen Länder, all diese faszinierend andersartigen Völker! Sie war gleichermaßen neidisch wie neugierig und fragte sich, ob er das Geschenk solcher Freiheit wirklich zu würdigen wusste. Begriff er, um wie viel reicher sein Leben gewesen war als ihres? Oder war er zu sehr von seinem eigenen Kummer gefangen, um das Positive überhaupt zu sehen?

Als sie an einem der Regale entlangging, blieb ihr Blick auf einem Buchrücken hängen. *Childe Harold.* Sie hatte ihm einmal eine Ausgabe geschenkt. Bloß so zum Spaß. Er hatte gelacht und gesagt, er werde es für immer behalten – sie hatte ihm kein Wort geglaubt. Jetzt nahm sie das Buch aus dem Regal und schlug den Deckel auf. Eine Widmung stand auf dem Titelblatt.

Für Jack von Bramble. Wenn du aufhörst, deine Lippen zu bewegen, kannst du viel schneller lesen.

Sie kam sich damals so schlau vor und war dabei bloß ein unwissendes Kind. Jack jedoch hatte laut gelacht und sie am Zopf gezogen. »Ich werde auf dich zurückkommen, wenn ich Hilfe bei den schwierigen Wörtern brauche, ja?«

Eigentlich war sie in dieses Zimmer gekommen, um irgendetwas zu entdecken, das sich gegen ihn verwenden ließ. Erpressung nicht ausgeschlossen. Auf irgendeine Weise musste sie ihn schließlich dazu bringen, ihr Melody zu überlassen. Aber jetzt, wo sie ihn förmlich spüren konnte, schossen ihr ganz andere Gedanken durch den Kopf, und sie tauchte ein in Erinnerungen an früher.

Der lachende, spöttelnde und so attraktive Jack mit den warmen, dunklen Augen und dem Lächeln, bei dem ihre Knie weich wurden. Nachts hatte sie sich in ruhelosen Träumen gewälzt und tagsüber die Begegnung mit ihm gesucht, wenn er mal wieder ihrer Schwester seine Aufwartung machte. Dabei war sie sich durchaus im Klaren, dass Jack sie nie beachtet hätte, wenn ihm die Art ihrer Gefühle für ihn bewusst gewesen wäre. Himmel, sie stellte ihn sich damals sogar nackt vor!

Er sah in ihr seine zukünftige Schwägerin, ein nettes Mädchen allenfalls. Sie waren Freunde, mehr nicht, und sie wagte nicht daran zu rühren. Weil sie seine Freundschaft so dringend brauchte. Ihm konnte sie alles sagen, was ihr gerade durch den Kopf ging – egal, wie seltsam es scheinen mochte. Sie hatte den Eindruck, dass Jack selbst die merkwürdigsten Dinge verstand. Er als Einziger.

Von Amaryllis waren gelegentlich bissige Kommentare zu hören gewesen. Obwohl sie die kleine Schwester nicht als Konkurrenz betrachtete, missfiel es ihr, wenn einer ihrer Verehrer Laurel überhaupt Aufmerksamkeit schenkte. Wer sich so gerne mit dummen Kindern abgebe wie Jack, werde bestimmt eines Tages ein guter Vater werden, spottete die Ältere. Ein leises Lächeln stahl sich bei dieser Erinnerung auf Laurels Lippen. Wenn Amaryllis geahnt hätte, wie prophetisch ihre Worte waren …

Dann musste Jack in den Krieg und kam völlig verändert zurück. Alle fanden, zu seinem Nachteil – Laurel sah das anders. Amaryllis allerdings konnte mit dem ernsten, in sich gekehrten Mann nichts mehr anfangen. Sie hatte den schneidigen Burschen in Uniform geliebt, nicht den wirklichen Jack.

Heimlich mit einem Soldaten verlobt zu sein, der in den Krieg zog, das gefiel ihr. Weil es romantisch war. Wer in der Uniform steckte, war dabei fast zweitrangig. Ursprünglich hatte sie sowieso Blakely schöne Augen gemacht, dem reichen Titelerben – Jack war nur zweite Wahl, zumal er ursprünglich nicht einmal über ein nennenswertes eigenes Vermögen verfügte. Das fiel ihm erst durch den Tod seines Cousins zu.

Trotzdem wollte Amaryllis ihn nicht mehr, als er aus dem Krieg zurückkam. Der düstere, gebrochene Mann war ihr unheimlich, und rasch fasste sie einen neuen Ehemann ins Auge. Sie wollte den sozialen Aufstieg sofort und war weder bereit, das Trauerjahr wegen Blakely abzuwarten noch die mentale Erholung des Heimgekehrten.

Im Gegensatz zu ihrer Schwester liebte Laurel Jack jetzt

sogar mehr als zuvor. Sein Leid bereitete ihr Kummer, und sie suchte wo immer möglich seine Gegenwart, um ihn nicht seiner Trauer zu überlassen. Sie träumte davon, ihre Arme um ihn zu schlingen und ihn zu halten, bis sein Schmerz nachließ und er merkte, wie sehr sie ihn liebte.

Und für eine Nacht hatte sie es geschafft.

Laurel umfasste einen der geschnitzten Bettpfosten und lehnte die Stirn an das kühle Holz. Diese Nacht – Himmel, diese Nacht! Mit geschlossenen Augen atmete sie tief ein und meinte vage seinen Geruch wahrzunehmen. Ein wenig Sandelholz, ein wenig Pferd und Leder, dazu frisch gewaschenes Leinen und der verführerische Duft nach Mann.

Nach Jack.

Sie senkte den Kopf, bis ihre Nase sein Lager berührte, und atmete tief ein. Als würde sie von einer magnetischen Kraft angezogen, fand sie sich kurz darauf auf seinem Bett liegend wieder, das Gesicht in sein Kissen gedrückt und fast weinend wegen ihres wachsenden Verlangens.

Erinnerungen erfassten sie, schwächten ihre Glieder, verursachten Chaos in ihren Gedanken, verführten ihren Körper. Sie dachte an seine großen Hände auf ihr, an seinen heißen Mund, der ihre Schreie geschluckt hatte, während er sie zu neuen Höhen trieb.

Immer wieder. So oft, dass sie am nächsten Tag kaum noch in der Lage gewesen war, zu gehen oder zu sitzen. Sie bekamen einfach nicht genug voneinander in jener

Nacht, sanken zwischendurch lediglich in einen kurzen Halbschlaf, die Glieder ineinander verschlungen, die Haut noch feucht von Schweiß und Körpersäften, das Herz wild pochend von der soeben erlebten Lust … Seine Hand ruhte auf ihrem Bauch oder ihrem Schenkel, und schon die einfache Berührung ließ ihre Haut brennen, weckte aufs Neue Empfindungen, die gerade erst befriedigt worden waren.

Sie rollte sich auf den Rücken, schloss die Augen, ließ diese Nacht erneut vor ihrem inneren Auge ablaufen. Ein anderes Zimmer, ein anderes Bett … Seine Hand, die sich zunächst ganz leicht ein wenig bewegte. Hinunter zu ihrem Venushügel oder hinauf zu ihren empfindsamen Brüsten. Und sie? In ihrer Vorstellung sah sie, wie sie sich zu ihm umdrehte, unfähig dieser wandernden Hand zu widerstehen …

Laurels Hand glitt an ihrem Hals hinab in ihr Mieder. Ihre Finger rollten sanft eine Brustspitze, die sich sogleich aufrichtete – ihr Körper erinnerte sich an Jacks sanfte Berührungen. Laurel stöhnte und genoss das Gefühl. Zwischen ihr und Jack war nichts zufällig geschehen. Sie bewegten sich wie Planeten in ihrer Umlaufbahn, nur den Gesetzen der Natur gehorchend. Bereits die leichteste Berührung durch seine Hand unterwarf sie seinen Wünschen. Seine großen, heißen Hände …

Unter dem neuen Kleid war sie nackt. Um die kostbare Unterwäsche zu schonen, hatte sie sich eingeredet. Jetzt fragte sie sich jedoch, ob ihre Gedanken nicht unbewusst bereits vorher auf das hier gerichtet waren. Sie schob ihren Rock hoch, und ihre Finger ertasteten ihre empfindsamste Stelle, streichelten und liebkosten sie. Jack würde jetzt seinen Handballen auf ihr Geschlecht legen, es mit der Hitze seiner Haut wärmen, bis es anschwoll und in seiner Hand feucht wurde.

Ihre Finger glitten in die feuchte Spalte. Wie konnte eine einzige Nacht sie dermaßen verändern und eine völlig unbekannte Seite in ihr zum Vorschein bringen? Sie hatte sich ihm in jener Nacht ohne alle Scham und ohne jede Hemmung hingegeben, musste nicht einmal zu den gewagtesten Dingen überredet werden. Alles, was sie taten, geschah wortlos. Er war in ihren Körper eingedrungen und in ihren Mund – hatte sich zwischen ihre Brüste gedrückt und sich dort gerieben. Was immer er mit ihr tun wollte oder von ihr zu tun verlangte, hatte sie getan als bereitwilliger und eifriger Partner und auf jede Bewegung, jedes Seufzen reagiert.

Es war mehr als Lust gewesen. Nämlich Vertrauen, tief und beständig. Und deshalb empfand sie auch keine Scham – sie vertraute Jack, weil sie wusste, dass er sie nicht verletzen wollte. Dieses Gefühl war geblieben, selbst jetzt noch. Und obwohl er sie eingesperrt hatte, fürchtete sie sich nicht vor ihm. Angst hatte sie bloß vor sich selbst.

Während sie ihr brennendes Gesicht in dem nach Jack duftenden Kissen vergrub und ihre Brüste mit einer Hand knetete, spreizte sie auf seinem Bett liegend die Beine und rieb und massierte sich, bis ihr Unterleib unkontrolliert zuckte und sie laut seinen Namen rief, während sie durch ihre eigene Hand kam.

Sobald ihr Zittern und Keuchen ein wenig nachgelassen hatte, drehte sie sich mit dem Gesicht in sein Kissen, die Beine weit gespreizt. Sie verabscheute sich dafür, dass sie diese Form der Erlösung brauchte, war wütend über diesen elenden Betrug ihres Körpers und weinte sich den Kummer von der Seele. Dieses mit Federn gefüllte Ding, auf das sie sich presste, war ein schlechter Ersatz für den Mann, den sie einst zu lieben glaubte. Und den sie immer noch begehrte.

Auch wenn eine Stimme in ihrem Innern das heftig abzustreiten suchte.

Achtzehntes Kapitel

Der Apotheker erkannte Melody sofort wieder. Ja, sagte er, Mrs. Pruitt wohne nur ein paar Meter entfernt in einem winzigen Reihenhäuschen, das wie alle Gebäude dort bloß ein Zimmer breit sei.

Sie machten sich auf den Weg, und als sie um die letzte Ecke bogen, fing Melody an, sich mit großen Augen und nachdenklich in den Mund geschobenem Finger umzuschauen. »Die Straße gefällt mir!« Sie zerrte an Jacks Hand und zog ihn den Gehsteig hinunter. Bei einer schmutzigen Eingangstreppe, die schon lange nicht mehr geputzt worden war, rannte sie fröhlich die Stufen zu der schäbigen Tür hinauf. »Tante Pruitt!« Sie schlug mit beiden Händen auf die Tür ein. »Tante!«

Colin warf Jack einen besorgten Blick zu. »Die Fensterläden sind geschlossen, und der Türklopfer ist weg. Das hat nichts Gutes zu bedeuten.«

Aidan klopfte entschlossen an die Tür. »Mrs. Pruitt?«

Melody zerrte an der Klinke herum und drückte und zog mit aller Kraft. »Mach die Tür auf, Onkel Aidan. Ich will Tante Pruitt sehen!«

Colin trat näher an Jack heran. »Der Apotheker meinte, sie sei ziemlich krank. Und wenn sie inzwischen gestorben ist?«

Jack starrte das dunkle Haus an. Würde die Wahrheit auf ewig in diesen schweigenden Mauern eingesperrt bleiben? Verloren wie eine auf Stein geschriebene und anschließend ins Meer geworfene Botschaft. Er begann zu befürchten, nie mehr zu erfahren, was damals nach Melodys Geburt wirklich geschah.

Inzwischen klopfte Colin bereits energisch an der Nachbartür. Ein armseliges, schwächliches Hausmädchen öffnete ihnen. »Bis vor ein paar Wochen war sie noch da«, sagte das junge Ding achselzuckend und säuberte sich mit einem schmutzigen Fingernagel die Zähne. »Seitdem hab ich sie nich mehr gesehen.«

»Ist deine Herrin zu Hause? Sie könnte uns vielleicht helfen.«

Das Mädchen kratzte sich am Kopf. »Nein, is nich da«, erklärte sie müde. »Is mit dem Herrn nach Covent Garden. Gucken sich da ein Stück an.« Sie kniff die Augen zusammen, in denen plötzlich Misstrauen aufglomm. »Und mehr erzähl ich nich, also weg da.« Dann schlug sie Colin die Tür vor der Nase zu.

Er zog eine Grimasse und sah zu Aidan hinüber. »Ich hätte dich mit ihr flirten lassen sollen. Du hast ein Händchen für Frauen mit schlechten Zähnen.«

Aidan konnte über diesen bemühten Witz nicht lachen. »Halt den Mund! Melody ist bestimmt am Boden zerstört, wenn sie ihre alte Pflegemutter nicht sehen kann.«

Er sollte recht behalten, denn sie heulte wie ein Schlosshund und klammerte sich zeternd am Türgriff fest. »Ich will zu Tante Pruitt!«

Jack hielt sie fest und tätschelte ihr den Rücken, doch Melody wollte sich einfach nicht beruhigen lassen. Den ganzen Weg zur Kutsche zurück nicht. Als sie endlich hineinkletterten, war sie völlig erschöpft und schluchzte nur noch still vor sich hin.

»Was machen wir jetzt?«, sagte Aidan schließlich. »Wir wissen nicht mehr als gestern.«

Jack barg Melodys Gesicht an seinem Hals und fing an, ihr eine Geschichte ins Haar zu flüstern. Er erzählte ihr, wie er die große Muschel gefunden hatte, die er in seinem Zimmer aufbewahrte. Beim Tauchen an einem Riff. Es waren mehrere gewesen, noch lebendig, und sie hatten den Inhalt an Stäben über einem Lagerfeuer am Strand geröstet. Das Kind wurde ganz still, als er schilderte, wie er die glitschigen Muscheln mit seinem Messer aus der Schale geschabt hatte – sie schien für eklige Geschichten überaus empfänglich zu sein.

Aidan hingegen wurde grün im Gesicht, und selbst Colin schauderte zusammen. »Und ich dachte, meine Geschichten seien gruselig«, meinte er.

Jack zuckte mit seiner unverletzten Schulter. »Immerhin hat's funktioniert.« Tatsächlich lag Melody jetzt ruhig auf seinem Schoß und ließ die Füße baumeln – nur ein gelegentlicher Schluchzer verriet die überstandene Aufregung, und an ihren Wimpern hingen die letzten Tränen. Müde steckte sie einen Finger in den Mund.

Auf seinem Platz gegenüber runzelte Aidan die Stirn. »Irgendwann wird sie ihn herausziehen, und es ist nichts mehr davon übrig.«

Colin zuckte die Achseln. »Es gibt Schlimmeres. Pru hat mir erzählt, dass Evan ihn sich immer in die Nase gesteckt hat.«

Jack sah seine Freunde an. »Morgen. Wir drei allein.«

»Weiß Gott. So etwas sollten wir ihr nicht noch einmal zumuten.« Colin atmete langsam aus. »Eine kurze Galgenfrist also. Pru wird sich freuen.« Oder auch nicht. Er deutete auf das ruinierte Spitzenkleid, das nicht nur verdreckt war, sondern auch einen langen Riss aufwies. »Was meint ihr, wer mich eher umbringen wird: Pru oder Button?«

Aidan lehnte sich zurück und schloss die Augen. »Ich kaufe ihr ein neues Kleid, und wenn's sein muss zehn. Das wird Button versöhnen.«

Jack schwieg und erwähnte seinen morgendlichen Besuch bei dem eigenwilligen Couturier nicht, tätschelte bloß Melodys Rücken und schaute blicklos aus dem viereckigen Fenster auf die vorbeiziehende Stadt.

Er hatte Laurel heute noch nicht aufgesucht. Ob ihr sein Geschenk wohl gefiel?

Nachdem sie Melody Pru übergeben hatten, gingen die drei Freunde hinunter in die Küche, um sich als Ersatz für das versäumte Abendessen vom Koch einen kleinen Imbiss zusammenstellen zu lassen. Ihre Hoffnung wurde nicht enttäuscht, und bald saßen sie am Küchentisch und aßen Braten mit Soße und Pastinaken.

Colin stieß Aidan in die Seite. »Das neue Mädchen ist eine echt heiße Braut, was?«

Aidan gab ein leises, abfälliges Schnauben von sich. Colin lachte und schüttelte den Kopf. »Sorry, alter Junge. Hatte vergessen, dass du ja brav an der Leine gehst.«

»Du eigentlich auch.« Aidan bedachte den anderen mit einem missbilligenden Blick. »Ich bin nach wie vor schwer verliebt in meine hinreißende Frau und anderweitig nicht interessiert. Aber davon abgesehen habe ich natürlich Augen im Kopf: Ja, das Mädchen ist ganz schön rassig.«

Jack hingegen schaute Fiona, die ungeniert mit Samuel flirtete, nicht einmal an. Sein Blick ruhte auf Bailiwick, der sich in der Nähe herumdrückte. Sichtlich krank vor Liebeskummer, in der Hand eine einzelne Rose. Auch die beiden anderen beobachteten jetzt den jungen Mann.

»O nein«, seufzte Colin. »Tu's nicht, Junge.«

Aidan verschränkte die Arme. »Er wird es tun.«

»Ich kann nicht hinsehen.« Colin schlug theatralisch die Hände vors Gesicht.

Anders Jack, der völlig fasziniert schien. Bailiwick liebte Fiona. Jeder, der Augen im Kopf hatte, konnte das sehen. Bloß das Mädchen offenbar nicht.

War jeder so? Mit Blindheit geschlagen, wenn es um das eigene Herz ging? Seine persönlichen leidvollen Erfahrungen schienen das zu bestätigen – schließlich hatte er endlos lange nicht erkannt, was er für Laurel fühlte. Und Laurel? Verschloss sie jetzt ebenfalls ihre Augen und ihr Herz?

Bailiwick trat langsam hinter den Rivalen und beugte sich drohend über ihn. Fiona warf ihm erst einen wütenden Blick zu, ignorierte ihn dann und flirtete noch offensichtlicher mit Samuel, indem sie sich vorbeugte, etwas murmelte und dabei mit dem Zeigefinger an der Knopfleiste seiner Uniformweste entlangfuhr. Der junge Lakai wurde feuerrot, rückte näher an sie heran und flüsterte, seinem verschleierten Blick nach zu urteilen, ihr etwas absolut Unanständiges zu.

In dem Moment packte ihn eine große Hand und zog ihn heftig von Fiona weg, schleuderte ihn heftig Richtung Flur, wo er sich aufrappelte und fürs Erste verzog. Dann stand Bailiwick stumm vor Fiona, die ihn anstarrte, die Fäuste in ihre unglaublichen Hüften gestützt. Ihre schwarzen Augen blitzten wütend, und sie holte tief Luft, um Bailiwick herunterzuputzen. Niemandem im Raum entging das, und bevor sie so richtig in Fahrt kam, erhoben Aidan und Colin sich, um die Küche zu verlassen.

Nur Jack betrachtete die Szene mit kühler, analytischer Neugier. Er vermochte Fionas üppige Reize durchaus zu würdigen, doch sie berührten ihn nicht im Geringsten. Bei Laurel hingegen wurden seine Knie bereits schwach vor Verlangen, wenn er sie bloß sah – oder an die Bilder aus jener fernen Nacht dachte. Ihr Haar, das wie eine dunkle Wolke ihre elfenbeinfarbene Haut umfloss …

So wie ihm mit Laurel erging es offenbar dem verliebten Bailiwick mit diesem koketten Mädchen, das sich soeben weiter in seinen Zorn steigerte. Jeder andere hätte spätestens in diesem Augenblick mit eingezogenem Schwanz Reißaus genommen, nicht so dieser riesige Lakai. Er stand einfach da und bot sich ihr offen als Ziel an. Erst als sie zwischen ihren Beschimpfungen eine kurze Pause einlegte, um Luft zu holen, setzte er zum Sprechen an. »Ich bin nicht wie Samuel«, sagte er und reichte ihr die Rose, bevor er sich umdrehte und mit hängenden Schultern davonging.

Als er an Jack vorbeikam, warf er ihm einen gequälten Blick zu. »Diese Kerle wollen bloß das Eine. Sie wird das schon noch rauskriegen, wenn ich nicht nachgebe.« Dann verließ er die Küche, und jedem seiner Schritte war seine stoische Entschlossenheit anzumerken.

Zu schade, dass er keinen Blick zurückwarf. Sonst hätte er gesehen, wie Fiona sich die Augen wischte und die Rose zärtlich an ihre Lippen hob. Vielleicht war sie ja doch nicht ganz blind.

Ermutigt von Bailiwicks verzweifelter Entschlossenheit, stieg Jack die Treppe zum Dachboden hoch. Es war an der Zeit, sich nicht nur Laurel, sondern auch seiner Vergangenheit zu stellen. Und dem dunklen Geheimnis, das er tief in sich verbarg und mit dem das ganze Unglück erst angefangen hatte. Nicht nur seine Schuldgefühle und Albträume, auch sein unentschuldbares Verhalten Laurel gegenüber. Es war an der Zeit, dass er reinen Tisch machte. Wenigstens jetzt musste er sich ehrenhaft verhalten und mit der Wahrheit herausrücken. Das schuldete er sich selbst und Laurel ebenfalls. Gerade sie hatte Ehrlichkeit verdient und sollte wissen, was für ein Mann er wirklich war. Musste alles erfahren, schonungslos.

Als er eintrat, saß sie an dem kleinen Tisch und glättete mit den Händen das Seidenpapier aus Lementeurs Kartons. Jack verstand nicht, warum, und fragte sie danach.

Da schaute sie ihn mit einem derart frustrierten Gesichtsausdruck an, dass er unwillkürlich stehen blieb. »Ich«, sagte sie langsam und jedes Wort, jede Silbe betonend, »habe nichts anderes zu tun.«

Sie trug das neue Kleid. Button hatte recht behalten: Die Farbe passte perfekt zu ihren Augen, und der Schnitt schmeichelte ihrer Figur. Dass das Mieder ziemlich knapp war, störte Jack kein bisschen. »Du siehst …« Wie sollte er seinen Eindruck beschreiben?

Reizend. Umwerfend. Betörend.

Seine Kehle wurde trocken, und in ihm blitzte der absolut unehrenhafte Gedanke auf, dass er sie für immer hier oben einsperren könnte, um mit ihr zu machen, was er wollte. Und was wollte er nicht alles mit ihr machen!

Er sah, dass sie auf eine Fortsetzung seines Satzes wartete. Er räusperte sich. »Du siehst sehr sauber aus.«

Ihre blauen Augen weiteten sich verwundert. »Vielen Dank, welch großartiges Kompliment. Wie nett von dir, das zu bemerken«, sagte sie und wandte sich wieder dem

Papierglätten zu. Offenbar fand sie sogar diese monotone Tätigkeit interessanter als ein Gespräch mit ihm.

Von sich selbst enttäuscht, drehte er sich abrupt um und lief unruhig im Zimmer auf und ab, um erneut stehen zu bleiben und ihr über die Schulter zu schauen. Lange und ausgiebig. Weil sie nämlich ihr langes Haar hochgesteckt hatte, glitt sein Blick ungehindert über ihren Hals und ihr Dekolleté.

»Gefällt dir, was du siehst?«

»Ja, sehr.« Er antwortete ehrlich – ihre Brüste waren voll und weich, runder als vor Jahren, weiblicher, reifer. Der Schatten zwischen ihnen erschien ihm wie die Pforte zum Himmelreich.

Ich habe sie in meinen Händen gehalten, hatte sie im Mund …

Dann hörte er den Widerhall seiner Antwort. »Ich meine, nein …«

»Wie niederschmetternd für mich«, sagte sie anzüglich und sarkastisch, doch er war schon froh, dass sie überhaupt mit ihm sprach. Und dass sie ihn nicht wie ein rohes Ei behandelte wie seine Freunde. Die schienen nämlich ständig zu befürchten, er könnte auf die eine oder andere Weise seinem Leben ein Ende zu setzen versuchen. Weshalb er sich langsam vorkam wie der Familientrottel, von dem man nach Ansicht seiner Freunde alles Gefährliche fernhalten musste.

Insofern war das Zusammensein mit Laurel eine wohltuende Ablenkung. Ihr war es dem Anschein nach völlig egal, was er vorhatte. Ja, bisweilen kam es ihm vor, als wünsche sie es sich richtiggehend, dass er sich ein Herz fasste und ernst machte und nicht bloß von seinem Lebensüberdruss redete. In gewisser Weise erfrischend.

»Ich muss dir etwas erzählen.«

Sie schenkte ihm einen gelangweilten Blick. »Gleich jetzt? Ich habe gerade schrecklich viel zu tun.«

Wenn sie noch ihre Zöpfe hätte und er noch derselbe Mann wäre wie früher, dann würde er sie wegen dieser Frechheit an den Haaren ziehen. Aber solch unbefangener Umgang gehörte der Vergangenheit an. Deshalb ignorierte er ihren Einwand und fing einfach an zu reden. »Ich habe dir nie gesagt, was … mit Blakely passiert ist.«

Sie glättete weiter ihr Papier. »Ich weiß Bescheid über Blakely. Er ist im Krieg gefallen.«

»Nein«, sagte Jack schlicht. »Ist er nicht.«

Ihre Hände hörten auf, weiter über das Papier zu streichen. Sie schaute ihn an, sagte jedoch eher gleichmütig »So?«, als sei es ihr nicht wichtig, mehr darüber zu erfahren. Lediglich ihre Körperhaltung verriet ihr Interesse. Er setzte sich auf ihr Bett, stützte die Ellenbogen auf die Knie und erzählte ihr alles. Bei ihr hatte er keinen Ruf zu verteidigen. Schließlich konnte sie kaum noch schlechter von ihm denken, als sie es ohnehin schon tat.

Neunzehntes Kapitel

Die Worte kamen langsam, als müsse er sie in seinem Gedächtnis erst neu verknüpfen. Oder als versuche er, eine Nachricht von einem in tausend Fetzen zerrissenen Zettel neu zusammenzusetzen. Währenddessen begann Laurel wieder über das Seidenpapier zu streichen. Verursachte dabei ein Geräusch, das ihn an das sanft an den Strand brandende Meer erinnerte, rhythmisch und beruhigend.

»Mein Cousin war für den Krieg nicht geschaffen, obwohl er es sich einbildete. Solange wir einfache Soldaten waren, merkte man das noch nicht so stark. Wir spielten und tranken und marschierten und verbrachten die Zeit mit den anderen aus unserer Einheit.

Blakely genoss es, ein einfacher Mann zu sein. Unweigerlich kamen den Offizieren jedoch Gerüchte über seinen Reichtum und seinen Stand zu Ohren. Vielleicht hatte er selbst hier und da ein Wort fallen lassen – er nahm den Mund gerne voll, besonders bei einem Zechgelage. Der künftige Marquis of Strickland. Natürlich wurde er trotz fehlender militärischer Ausbildung rasch befördert – man wollte sich die Gunst dieses später einflussreichen Titelträgers sichern und übertrug ihm ein Truppenkommando, das ihn völlig überforderte.«

Jack schwieg eine Zeit lang. Der Raum war ruhig und

still, nur Laurels Hände strichen über das Papier. Jack hätte sich am liebsten zurück aufs Bett gelegt und sich von ihr trösten lassen, doch dazu war sie diesmal bestimmt nicht bereit. Außerdem durfte er nicht erneut vor der Wahrheit fliehen, musste sich endlich von der Seele reden, was er noch keinem offenbart hatte.

»Er war kein Feigling, mein Cousin, aber naiv und unbedacht. Er neigte dazu, ohne Nachdenken zu handeln. Einem solchen Mann hätte man nie ein Kommando anvertrauen dürfen.«

Er hob die Hände ans Gesicht und presste sie kurz gegen seine Augen, als müsse er Tränen zurückhalten. Doch seine Lider brannten nur, denn Jack hatte keine Tränen mehr. Als er die Hände wieder herunternahm und sie anstarrte, wunderte er sich erneut, dass kein Blut an ihnen klebte.

»Seine Männer hielten loyal zu ihm. Mich eingeschlossen. Wir folgten ihm, glaubten an ihn, berieten ihn so gut wir konnten. Blakely war gewiss nicht bewusst leichtsinnig und wollte uns nicht unnötig in Lebensgefahr bringen. Das nicht. Es war nur so, dass er ganz einfach die Situation nicht überblickte und völlig falsch einschätzte. Andere von uns erkannten die Falle sehr wohl.«

Er seufzte und blies seinen Atem aus, als entließe er einen dunklen Geist, bevor er weitersprach. »Wir wussten uns nicht anders zu helfen und meuterten.« Er schloss die Augen und lauschte dem Geräusch ihrer streichenden und glättenden Hände. Klammerte sich daran und passte ihm seine Atmung an, als würde es den Takt seines Lebens vorgeben. Er stellte sich vor, es würde für immer so weitergehen, gleichmäßig und ewig wie das Meer selbst. Für den Rest seines Lebens in diesem Zimmer dem friedlichen, rhythmischen Klang von Laurels Händen lauschen.

»Wegen seiner falschen Entscheidungen waren wir inzwischen von den anderen Einheiten abgeschnitten und von Franzosen umzingelt. Wir versteckten uns im felsigen, bergigen Gelände und warteten darauf, dass unser Kommandant etwas zu unserer Rettung unternahm. Er wollte oder konnte nicht – ich weiß es bis heute nicht. Schließlich ergriff ich die Initiative und übernahm das Kommando. Blakelys Versagen hätte sich den Vorgesetzten gegenüber leicht mit einer plötzlichen Krankheit oder mit Kontrollverlust entschuldigen lassen, damit er nicht unehrenhaft dastand. Er aber lehnte meine Vorschläge rundheraus ab, warf mir Verrat vor. Und weigerte sich weiterhin, den Rückzug zu befehlen. Das sei feige, meinte er.«

Die Wellen rollten weiter an den Strand. Jack schloss die Augen und wünschte sich, auf diesen Wogen davonzusegeln, von diesen unermüdlichen Händen gestreichelt zu werden, an diesem weichen Busen zu schlafen. Träumte davon, neben diesem herrlichen Wesen aufzuwachen und sich auf sie zu rollen, sie unter sich zu spüren, verschlafen und anschmiegsam und willig und feucht.

Was würde sie von ihm denken, wenn sie erst die volle Wahrheit kannte?

»Am Ende habe ich Blakely verlassen, um die anderen über das Schlachtfeld zurück zur Hauptachse der englischen Armee zu führen. Wir sind wie Ratten durch die Dunkelheit gekrochen, ohne Stolz oder Bravour. Es war die einzige Möglichkeit, lebend zurückzugelangen.«

Weiterhin blieb es still im Raum, die Wände stürzten nicht ein, und die Decke senkte sich nicht zur Strafe auf ihn herab. Ein Teil seines Geheimnisses war bereits enthüllt worden, ohne dass etwas passierte. Die Welt blieb nicht stehen, und Laurel fuhr ungerührt mit ihrer sinnlosen und zugleich so beruhigenden Beschäftigung fort. Vielleicht wurde ja doch noch alles gut, nachdem er sein Gewissen erleichtert hatte. Aber der schlimmste Teil seiner Beichte kam noch.

»Ich habe ihn nicht nur zurückgelassen.« Er atmete tief ein und stieß langsam den Atem wieder aus. »Ich habe ihn auch getötet.«

Die Geräusche verstummten. Er schlug die Augen auf und sah, dass Laurel sich zu ihm gedreht hatte und ihn anschaute. »Die Franzosen haben ihn getötet«, sagte sie sanft. »Er ist aus eigenem Antrieb in den Krieg gegangen. Du hast seinen Tod nicht verschuldet.«

Er schaute in ihre klaren blauen Augen. Auf See bedeutete ein solches Himmelsblau, dass man ewig weitersegeln konnte. »Ich habe einmal gelesen, Verzweiflung definiere sich folgendermaßen: Selbst für einen kurzen Moment kann man nicht mehr daran glauben, dass am Ende alles gut ausgeht.«

Sie legte die Hände in den Schoß ihres Kleides und blickte ihm ernst ins Gesicht. »Ja, genau. Das ist hundertprozentig zutreffend.«

Bezaubernde, ernsthafte Laurel, die sich bemühte, die passenden Worte zu finden. Wie sehr wünschte er sich, sie würde ihn erneut erlösen und diesmal für immer. Er machte eine vage Handbewegung. »Nein, Laurel, ich habe meinen Cousin mit meinen eigenen Händen umgebracht.«

Er sah die Weigerung in ihrem Blick, das zu glauben, und fuhr fort, ehe sie ihn unterbrechen konnte. »Es geschah nach dem Rückzug, nachdem ich die Männer – oder zumindest die meisten von ihnen – sicher zur Truppe zurückgeführt hatte. Am nächsten Morgen bin ich wieder zurückgegangen, um Blakely zu suchen. Ich hoffte, dass er jetzt endlich Vernunft annahm und begriff, dass sein Entschluss zu bleiben falsch war.«

Er stockte, denn bei dem, was er jetzt gestehen musste, würde sie sich bestimmt mit Grausen abwenden. Wie alle, die es erführen. Die ganze Welt. Warum erzählte er es ihr überhaupt, warum gab er so viel von sich preis, was er sonst mit niemandem teilen konnte? Um sein Versagen ihr gegenüber zu rechtfertigen oder zumindest zu erklären? Um sich als nicht zurechnungsfähigen Mann hinzustellen, der nicht zur Verantwortung gezogen werden kann?

Nein, das wäre billig und feige. Was er sie wirklich wissen lassen wollte, war die Tatsache, dass alles seine Schuld gewesen war. Er hätte den Trost nicht annehmen dürfen, den sie ihm so unschuldig anbot, und keinen Schutz in ihren Armen und ihrem Körper suchen dürfen. Er war ein Mörder, kein Gentleman. Ein Schuft, der sie gewissenlos benutzte, ein verantwortungsloser Narr.

Und sie: Sie war ein Engel. Sein Engel, der jetzt den Teufel in ihm erkennen würde.

Er blickte ihr fest in die Augen, um ihre Reaktionen zu beobachten. Er musste sehen, wie sie reagierte. Er schuldete es ihr und Blakely und sich selbst. Er verdiente ihren Abscheu und musste sich dem stellen.

»Ich fand Blakely tatsächlich – und dann tötete ich ihn.«

Laurel saß da, die Hände ruhig in ihrem Schoß gefaltet, und ließ sich die Furcht, die sie erfasste, nicht anmerken. *Getötet? Nein, vielleicht nicht gerettet.*

Er schaute sie an, und alle Anspannung wich aus seiner Miene. »Du glaubst, dass ich mir grundlos die Schuld gebe, dass Blakely durch eine französische Gewehrkugel umgekommen ist, durch eine Verletzung oder einen Sturz vom Pferd … Aber ich sage dir, so war es nicht.«

Er streckte die Hände aus, als wollte er es ihr beweisen. Seine großen Hände, wohlgeformt und ein wenig schwielig von der Arbeit auf einem Schiff.

»Ich sehe kein Blut an deinen Händen«, sagte sie ruhig, obschon die Angst ihr den Magen umdrehte.

Er ballte die Fäuste und öffnete sie wieder. »Es fließt

kein Blut, wenn du deine Hände um die Kehle eines Menschen legst und zudrückst, bis kein Leben mehr in ihm ist.«

Der Klang seiner Stimme hallte in ihr wider, als sei ihr Körper nichts weiter als eine leere Hülle. Ein Resonanzboden für seine Worte. Er könnte niemals … »Du hast zugedrückt?« Sie brachte die Frage kaum heraus, die wie ein Kloß in ihrer Kehle steckte.

»Es war gar nicht so schwer.« Jacks Blick wanderte in die Ferne. »Seine Beine waren weg, völlig zertrümmert von Kanonenschlägen. Die Stümpfe hätten amputiert werden müssen. Für den Rest seines Lebens wäre er ein hilfloser Invalide gewesen, in einem Stuhl von Raum zu Raum oder in den Garten getragen worden. Er hätte nie mehr ausreiten oder auf die Jagd gehen oder auch nur einen Spaziergang auf seinen Ländereien machen können.«

Laurel wich zurück. »Es gibt Männer, die trotzdem weiterleben, und wer so reich ist wie der Marquis of Strickland kann sich alle Hilfe leisten.« Es war zu schrecklich, um es wirklich an sich heranzulassen, was Jack da von sich behauptete. »Selbst für einen Mann, der nicht laufen kann, bleibt so vieles. Was ist mit Musik, mit Büchern, mit …?«

Jack schüttelte langsam den Kopf. »Ich weiß, was du meinst. Du könntest dich mit einem solchen Leben vielleicht arrangieren, weil du über Fantasie und vielfältige Interessen verfügst. Blakely bedeutete das alles nichts. Für ihn war sein Leben vorüber. Selbst wenn er die Operation und mögliche Infektionen überlebt hätte, würde er das so gesehen haben. Er hatte alles verloren, was sein Leben ausmachte.« Jacks Blick konzentrierte sich erneut auf sie. »Ich habe das nie zuvor jemandem erzählt. Dass ich ein Mörder bin, meine ich …«

Laurel saß reglos und schweigend da, überlegte, wie sie ihm den Selbsthass austreiben konnte, den sie in seinen Augen sah.

Meuterei und Mord. So etwas hatte sie sich gewünscht als Druckmittel gegen ihn und doch diese Möglichkeit nie in Betracht gezogen. Jetzt könnte sie ihn erpressen, er hatte sich in ihre Hand begeben. Doch was war mit ihrem Herzen, das sich trotz allem so schmerzlich nach ihm sehnte, dass es zu zerspringen drohte? Lag es nur an ihrer Situation als Gefangene, die sich mit ihrem Wärter zu identifizieren begann?

»Blakely war ein Idiot«, stellte sie ohne weiteren Kommentar lapidar fest.

»O ja.« Beinahe lächelte Jack. »Das dachte jeder. Schon bevor er beschloss, in den Krieg zu ziehen.«

»Ein egoistischer Idiot, wie er im Buche steht.« Sie schaute Jack an und sah es vor sich, als würde es sich gerade vor ihren Augen abspielen. »Er hat dich gezwungen, es zu tun, nicht wahr?«

Jack zog die Augenbrauen hoch. »Es war meine Entscheidung.«

»Rede doch nicht«, beschied sie ihn barsch. »Ein egoistischer, oberflächlicher Mann, der zu sehr mit sich selbst beschäftigt war, als dass ihm bewusst gewesen wäre, was er dir damit antat. Zweifellos hat er gebettelt, dir erzählt, das alles sei nicht passiert, wenn du ihm nicht den Gehorsam verweigert hättest … Gib's zu: Er gab dir das Gefühl, dafür verantwortlich zu sein. Und dann hat er den Weg der Feiglinge gewählt!«

»Er hat keinen Selbstmord begangen – ich habe ihn umgebracht.«

»Ja, weil er zu feige war, durch eigene Hand zu sterben. Bestimmt hatte er Waffen und damit ausreichende Mittel zur Hand, es selbst zu tun. Doch er traute sich nicht.«

Jack schüttelte den Kopf. »Wie auch immer bin ich für seinen Tod verantwortlich. Er war wie ein Bruder für mich. Als er beschloss, entgegen seinem Befehl vorzurücken, hätte ich ihn aufhalten müssen.«

»Ich wusste es!« Sie sprang auf und lief unruhig im Zimmer auf und ab. »Er hat sich sogar seiner Order widersetzt, weil er zu dumm war oder zu selbstherrlich, und die Weisung von kriegserprobten Männern in den Wind geschlagen. Dass er damit die ihm anvertrauten Leute in Gefahr brachte, scheint ihn nicht berührt zu haben – und das, obwohl er für ihre Sicherheit verantwortlich war. Im Grunde hat er völlig kopflos gehandelt, zu keiner vernünftigen Tat fähig. Stattdessen musstest du alles machen und ihm sogar den Selbstmord abnehmen.« Sie verschränkte die Arme. »Verdammter Schwächling.«

Jack schaute sie überrascht an. Mit einer solchen Reaktion hatte er weiß Gott nicht gerechnet. Laurel wollte ihn entlasten! »Ich …« Er schüttelte heftig den Kopf. »Es ändert nichts an der Tatsache, dass ich ihm das Leben genommen habe. Nichts vermag die Erinnerung aus meinem Gedächtnis zu löschen, wie es sich anfühlte, als das Leben unter meinen Händen aus seinem Körper wich.«

»Nein!« Sie hielt es nicht länger aus, war mit ein paar Schritten bei ihm und kniete sich zu seinen Füßen, nahm seine Hände in ihre. »Ich kenne diese Hände – sie gehören keinem Mörder.«

Er wagte sich kaum zu bewegen. »Du solltest dich von mir fernhalten. Ich habe Dinge mit dir gemacht, die ich nie hätte tun dürfen.« Er schluckte. »Ich glaube, ich habe damals auf dem Schlachtfeld die zivilisierte Welt verlassen – oder geglaubt, dass ich keinen Anspruch mehr hätte dazuzugehören«, sagte er heiser.

Ihr Herzschlag beschleunigte sich. Seine großen, geschickten, unzivilisierten Hände. Wieder einmal wurde ihr bewusst, wie klein sie im Vergleich zu ihm war. Selbst im Sitzen wirkte er riesig und mächtig und dominant. Zu nah, zu gefährlich. Heißes Verlangen flammte zwischen ihren feuchten Schenkeln auf. Doch sie wagte nicht, sich zu rühren – um ihn nicht auf die eine oder andere Art zu erschrecken … oder sich selbst.

Der atemlose Moment hing wie eine Sternschnuppe in der Luft. Wann würde er zerplatzen? Nervös schob sie ihre Zungenspitze vor, um ihre Lippen zu befeuchten.

Im Bruchteil einer Sekunde stürzte er sich auf sie und war über ihr.

Zwanzigstes Kapitel

Er stieß sie auf den Teppich und warf sich auf sie. Ließ ihre Hände nicht los, hielt sie fest, während er ihre Arme seitlich auf den Boden drückte. Sein Mund senkte sich auf ihren, verzweifelt, verdurstend und wunderbar unzivilisiert.

Laurel kämpfte gegen ihn an, wand sich und bäumte sich unter seinem Gewicht auf. Warum, das wusste sie nicht, denn sie wollte das hier mindestens ebenso sehr wie er, wenngleich er ihr mit seiner Heftigkeit ein wenig Angst einjagte.

Oder machte sie selbst sich diese Angst?

Vermutlich ja, denn ihre Reaktionen erschreckten sie. Weil sich unter seiner Berührung, unter seinen Händen all ihre Wut in etwas anderes verwandelte. In Leidenschaft und Lust, die zum Ventil wurden für ihren Schmerz und ihren Zorn. An seinem Körper wollte sie das alles auslassen mit ihrem Mund, ihren Händen und mit dem dumpfen Sehnen zwischen ihren Schenkeln. Ihr schien, als sei sie ebenfalls nicht mehr sonderlich zivilisiert.

Er bewegte sich auf ihr. Obwohl vollständig bekleidet, spürte sie, wie er sich dick und steif in ihre schmerzende Mitte presste. Lagen von Stoff verhinderten nicht, dass seine Hitze auf sie übersprang, während er sein steifes

Glied an ihr rieb. Im gleichen Rhythmus, den seine Zunge tief in ihrem Mund anschlug.

Ihn zu schmecken, ihn zu spüren, ihn mit allen Sinnen zu erfahren – das brachte sie schier um den Verstand. Bereitwillig erwiderte sie seinen Kuss, stöhnte und keuchte in seinen Mund, als seine Erektion sich fordernd immer mehr durch den Stoff in ihre Mitte drängte und sie in pulsierende Erregung versetzte.

Jedes Mal wenn er sie berührte, war es wieder genau wie in jener Nacht. Die Welt, die in den letzten Jahren nicht gerade freundlich zu ihr gewesen war, versank, und sie wurden in einem Mahlstrom heftiger Lust und schmerzhaften Verlangens gezogen, gepaart mit unendlicher Zärtlichkeit und Fürsorge füreinander. Wie konnten sehnsüchtiges Begehren und wilde Rachsucht so dicht beieinanderliegen? Oder war das Bedürfnis, sich zu entschädigen für erlittenes Unrecht, gar nicht so sehr gegen ihn gerichtet? Konnte es sein, dass sie gemeinsam Vergeltung an der Welt zu üben suchten, weil sie sich deren Unbarmherzigkeit nicht beugen wollten? Schrien sie mit ihren Körpern, ihren Mündern und ihren heißen, forschenden Händen ihren Protest heraus? Vielleicht. Dennoch ließen die Stimmen, die sie zur Vorsicht mahnten, sich nicht zum Schweigen bringen.

Wenn du mit ihm schläfst, kann es passieren, dass du nie wieder auftauchst und dich ihm völlig unterwirfst.

Sie wusste es und wollte es doch nicht wahrhaben. Spürte bloß, wie sie davonglitt, wie sie sich in ihm verlor, wie sie anfing zu vergessen, warum sie hergekommen und warum sie geblieben war. Keuchend löste sie mit einem Mal den Mund von seinem und drehte den Kopf zur Seite. »Nicht! Hör auf!«

Er hielt inne, lag absolut reglos auf ihr und schaute mit Augen, die beinahe schwarz waren vor Verlangen, auf sie herab.

Sie schluckte. »Lass mich los«, flüsterte sie heiser und kaum hörbar, um es etwas energischer zu wiederholen. »Lass mich los!«

»Das willst du nicht wirklich.« Sein Gesicht wurde hart, sah aus wie aus Stein gemeißelt. »Ich kann doch fühlen, wie heiß und feucht du bist.« Er presste sich wieder zwischen ihre Beine. »Du willst mich in dir haben.«

Stöhnend stieß sie den Atem aus, weil sie wusste, dass es stimmte. Und trotzdem beharrte sie auf ihrer Weigerung. »Nein.«

Er ließ sie nicht los. »Ich kann spüren, wie bereit du bist, wie dein Körper, dein Unterleib bebt und zittert. Wenn ich gleich jetzt in dich eindringen würde, könntest du deinen Höhepunkt in meinen Mund schreien so wie gestern, und niemand würde auch nur einen Mucks hören.«

Weil sie sich in einer Zelle befand als seine Gefangene, auf den Boden gedrückt, überwältigt und willenlos gemacht. Der Himmel stehe ihr bei, aber der Gedanke erregte sie zusätzlich. Genau wie ihn. Das war das Dunkle in ihm, die wilde Gesetzlosigkeit, die ihn der Krieg gelehrt hatte. Und diese Wildheit zog sie an, stachelte ihr Verlangen an, brachte sie dazu, sich wie eine Kriegsbeute auf dem Boden nehmen zu lassen. Zugleich spürte sie seine eigene Verletzlichkeit, und das war es, was sie damals in jener Nacht in sein Zimmer und in sein Bett lockte. Obwohl sie wusste, wie es enden würde. Sie hatte mit dem Feuer gespielt, bis aus einem glimmenden Funken ein Flächenbrand entstand. Würde sie es wieder tun? Und sich nehmen, was sie wollte?

Er denkt, du bist seine Gefangene, weiß nichts von dem Schlüssel und dass du freiwillig hier bist.

Und deshalb wird er sich später verfluchen und sich mit zusätzlichen Schuldgefühlen herumschlagen – auch wenn jetzt sein Blut heiß und sein Verlangen übermächtig ist.

Nein, sie wollte ihn nicht in eine neue Krise stürzen, nicht so gewissenlos sein wie Blakely, der ihm bewusst Schuld aufbürdete. Deshalb musste sie einen klaren Kopf bewahren und ihr eigenes Verlangen zähmen. »Lass mich los, Jack.«

Traurig sah sie das Begehren in seinen Augen ein letztes Mal aufflackern. Für einen Moment gerieten ihre guten Vorsätze ins Wanken, und ihr hungriger Körper hoffte bereits auf Erlösung. Bis sich der Griff seiner Finger um ihre Handgelenke lockerte und er sich von ihr herunterrollte.

Sie setzte sich auf, rieb sich die Handgelenke, zog ihre Röcke ordentlich herunter und schlug die Füße sittsam übereinander. Als sie ihn anschaute, hatte er sich halb abgewandt und hielt sich eine Hand vors Gesicht. »Ich bitte um Verzeihung«, sagte er gepresst.

Sie spürte, dass in seinem Innern nach wie vor ein heftiger Kampf tobte. Sein Begehren war so viel mehr als reine Lust, so viel mehr als pure Einsamkeit und Verlorensein. Er war ein seltsamer, komplizierter Mann, voller Stärken und Schwächen und vor allem voller Widersprüche. Ein Mann, den die Erlebnisse des Krieges einerseits hart gemacht und andererseits beinahe zerbrochen hatten. Die richtige Frau könnte ihm helfen, seine Seele zu heilen. Aber konnte sie diese Rolle übernehmen?

War sie nicht viel zu unsicher, um ihm Halt zu geben?

Würde sie sich dabei nicht vollends verlieren?

Sie erinnerte sich an ihre Sehnsucht, in ihm zu versinken und nie wieder aufzutauchen. Dem durfte sie nicht nachgeben, denn zu groß war ihre Furcht, aufs Neue vereinnahmt zu werden und das bisschen Eigenständigkeit, das sie sich mühsam erkämpft hatte, erneut zu verlieren.

Tief einatmend erhob sie sich. Vorn auf ihrem Kleid zeugte ein feuchter Fleck von dem, was sich soeben hier abgespielt hatte. Rasch legte sie sich einen langen Schal um die Schulter, dessen Enden die Spuren verdeckten. Erst dann drehte sie sich zu Jack um, der sich inzwischen ebenfalls erhoben hatte und seine Erektion diskret unter seinem Rock zu verbergen suchte.

Unsicher schauten sie einander an, doch in der hereinbrechenden Dämmerung ließ sich im Gesicht des Gegenübers kaum mehr lesen. Laurel reckte das Kinn. »Ich brauche Kerzen.«

Einen langen Moment stand er stumm da wie ein dunkler Schattenriss vor dem noch spärlich erhellten Fenster. »Bist du damit einverstanden, deinen Plan aufzugeben, mit Melody aus London zu fliehen?«, fragte er urplötzlich, ohne auf ihre Bitte einzugehen.

»Würdest du mir glauben, wenn ich Ja sage?«

»Das würde ich.«

»Du weißt schon, dass ich trotzdem einfach mit ihr weglaufen könnte.«

Er nickte. »Daran zweifle ich nicht, aber ich würde dich überall finden.« Er legte den Kopf ein wenig schief. »Allerdings lügst du nicht, Laurel.«

Sie verschränkte die Arme. Wie leicht er sie durchschaute! »Egal, denn ich bin nicht damit einverstanden. Ich beanspruche das Recht, meine Tochter mitzunehmen. Wohin immer ich will.«

Seine Finger glitten in seine Westentasche und zogen den Schlüssel heraus. Laurel erschrak, als sie an ihren eigenen Schlüssel dachte, der noch immer an einem Band in ihrem Mieder steckte, das er ihr um ein Haar mit ihrer Erlaubnis vom Körper gerissen hätte. Sie konnte sich gerade noch zurückhalten, schützend danach zu greifen.

»Dann muss ich dich leider eine weitere Nacht darüber nachdenken lassen.« Er ging zur Tür, drehte sich jedoch noch einmal um, bevor er die Kammer verließ. »Danke«, sagte er leise. »Du warst schon immer eine gute Zuhörerin.«

Dann war er fort, und das Letzte, was sie von ihm hörte, war das Schnappen des Türschlosses.

Jack kehrte in sein Apartment zurück und machte sich, nachdem er sich umgezogen hatte, auf die Suche nach seinen Freunden, ihren Frauen und den Kindern. Bestimmt saßen sie alle in dem ehemaligen Kartenzimmer zusammen, das inzwischen einem Salon für die ganze Familie glich, wo jeder seiner jeweiligen Beschäftigung nachging.

Aidan und Colin würden wissen wollen, wo er gesteckt hatte, und ihm einen dieser prüfenden Blicke zuwerfen, mit denen sie stets seinen momentanen Geisteszustand zu taxieren schienen. Wer konnte ihnen deshalb einen Vorwurf machen? Er bestimmt nicht – ein Mann, der die Mutter seines Kindes auf dem Dachboden einsperrte und das auch noch ausnutzte. Schließlich hätte er sie beinahe gegen ihren Willen genommen.

Er wünschte bloß, er müsste nicht jedes Mal, wenn er einen Raum betrat, ihre fragenden Blicke ertragen. Tief einatmend legte er die Hand auf die Klinke und drückte die große, eichene Doppeltür auf. Und musste verwundert feststellen, dass zur Abwechslung niemand von seinem Kommen Notiz nahm. Sie alle – Colin, Pru, Aidan, Madeleine, Evan und die Altherrenriege – scharten sich um etwas am anderen Ende des Raumes.

»Wie wäre es mit einem Stück Zitronenkuchen, Liebes?«, hörte er Colin betteln. »Möchtest du nicht eines – das magst du doch so gerne?«

Pru boxte ihren Ehemann in den Arm. »Der Koch hat heute keinen gebacken«, zischte sie ihn an.

Colin zuckte die Achseln. »Sorry«, murmelte er. »Ich bin irgendwie völlig ratlos.«

Jack dämmerte langsam, welche Tragödie sich da abspielte. Und dann vernahm er auch schon das stockende Atmen eines Kindes, das sich völlig in sein Weinen hineingesteigert hatte. »Ich … ich will zu Tante Pruitt!« Eilig bahnte er sich einen Weg durch die Menge, schob dabei Lord Aldrich ebenso zur Seite wie Madeleine und befand sich endlich im Auge des Sturmes. Bei seiner Tochter.

Er kniete vor ihr nieder. Melody, deren Gesicht fleckig und tränenverschmiert war, heulte von Neuem los und warf sich ihm in die Arme. »Ich … ich will …!« Dann versiegte der Tränenstrom etwas. Jack wiegte sie wie ein Baby und erhob sich. Ohne ein Wort zu verlieren, drehte er sich um und verließ mit ihr den Salon.

Sorgenvoll blieben die anderen zurück. »Wohin bringt er sie?«, fragte Pru zaghaft.

»Mach dir keine Sorgen, Liebling. Jack ist in Krisensituationen sehr standfest.«

Wenigstens das war wahr, dachte Jack, der die Worte noch von ferne hörte. Blakely hatte das gewusst – und es ausgenutzt, wie Laurel richtig erkannte. Erstaunlich, wie ihre zornige Beurteilung plötzlich Licht in die Finsternis seiner schuldbeladenen Seele gebracht hatte. Sie ließ ihn die Dinge mit einem Mal anders sehen.

Laurel schien alles zu durchschauen.

Und jetzt war ihre Tochter in Not. Mit dem Kind an

der Brust erklomm er im Eiltempo einen Treppenabsatz nach dem anderen. Er ahnte, was Melody jetzt brauchte. Nur eine Person konnte sie den Verlust einer Bezugsperson aus ihrer frühen Kindheit, an die sie heute erinnert worden war, vergessen machen: ihre Mutter.

Einundzwanzigstes Kapitel

Da sie keine Kerze in ihrer Kammer hatte und es für sie auch keinen Grund gab, wach zu bleiben, hatte Laurel die letzten dämmrigen Momente genutzt, um sich fürs Bett fertig zu machen.

Nachdem sie sich rasch an der Waschschüssel gewaschen hatte, putzte sie sich die Zähne und schlüpfte in ihr neues Leinennachthemd. Als sie sich jedoch anschließend durch den dunklen Raum zu ihrem Lager tastete, hörte sie, wie die Tür aufgeschlossen und geöffnet wurde.

Geblendet von einer Kerze, legte sie eine Hand schützend vor ihre Augen. »Jack?« Wer außer ihm sollte es sonst sein. Schleppte er etwa einen weiteren Teppich heran? Sie sah, dass er etwas auf der Schulter trug …

»Ja.« Er trat in den Raum und schloss die Tür hinter sich. »Ich habe hier jemanden, den du kennenlernen solltest.«

Erst in diesem Augenblick gewöhnten sich Laurels Augen an den Lichtschein, und sie erkannte in dem Bündel auf Jacks Arm ein schluchzendes kleines Mädchen. Das Herz schlug ihr bis zum Hals bei diesem Anblick, und selbst im Halbdunkel erkannte sie, dass Melody nicht nur ihr, sondern auch ihrem Vater ähnlich sah. Nicht ganz so deutlich wie bei ihr und doch unverkennbar. Das trotzige Kinn, die Form der Wangenknochen.

Sieh dir an, was wir gemeinsam erschaffen haben, Jack. Ist sie nicht wunderschön?

Obwohl sie es am liebsten ausgesprochen hätte, schwieg Laurel abwartend. Wusste Jack von Melodys Besuchen hier oben? Er kniete sich hin und stellte das Kind auf den Boden. »Lady Melody, ich möchte dir deine Mama vorstellen.«

Nein, er wusste es nicht, dachte sie. Keine Ahnung, warum er ausgerechnet in diesem Moment mit ihr herkam. Laurel verkniff sich ein Lachen: Timing war noch nie Jacks Stärke gewesen.

»Hallo, Melody.«

Die Kleine hielt den Atem an. »Mama?«

Laurel schmolz dahin und breitete die Arme aus, damit Melody sich hineinstürzen konnte. Sie schlang ihre Ärmchen um den Hals ihrer Mutter. »Hallo, meine Melody«, flüsterte Laurel. »Hattest du einen schlimmen Tag?«

Als Melody erneut zu schluchzen begann, stand Laurel mit ihr auf und trug sie wie ein Baby im Zimmer umher. Setzte sich dann mit ihr auf einen Stuhl, wiegte und schaukelte ihren kleinen Körper langsam vor und zurück, als hätte sie ihr Leben lang nichts anderes getan. Jack stellte die Kerze auf den Tisch neben ihr.

Laurel blickte zu ihm auf. »Wunderst du dich nicht, warum sie ohne Zögern zu mir gekommen ist?«

»Nein. Sie ist mir bei unserer ersten Begegnung ebenfalls in die Arme gelaufen.«

Sie lächelte und schloss die Augen. »Tun wir das nicht alle?«, flüsterte sie zu leise, als dass er es hören konnte.

Das Gefühl, ihr Kind in den Armen zu halten, das sie brauchte und sich an sie klammerte, war unbeschreiblich. Als ob sich all die unerfüllten mütterlichen Sehnsüchte mit einem Mal zusammenballten und eine Explosion ihr Innerstes nach außen kehrte. Ihre Augen wurden feucht, als sie Jack anschaute. »Danke«, flüsterte sie.

Er schüttelte den Kopf. »Bedank dich nicht bei mir. Ich hätte euch zusammenbringen müssen an dem Tag, als du vor der Tür des Clubs standest.« Er rieb sich mit einer Hand das Gesicht. »Bloß … Versuch bitte, mich nicht zu hassen, wenn ich die Tür wieder absperre.«

Laurels Arme schlossen sich um Melody. »Nein. Nimm sie mir nicht gleich wieder weg. Noch nicht!«

Jack atmete geräuschvoll aus. »Nein. Sie braucht dich heute Nacht und sollte hier schlafen. Bei dir.«

Freude erfüllte Laurel. »Die ganze Nacht?« Sie blickte auf Melody hinab und strich ihr eine Strähne von der feuchten kleinen Stirn. »Hörst du das, meine kleine Melody? Würdest du gerne hier bei mir schlafen?«

Melody nahm den Finger aus dem Mund und blickte Jack mit sorgenvoll gerunzelter Stirn an. »Was ist mit dem bösen Mann?«

Er kniete sich neben sie und sah ihr ins Gesicht. »Der böse Mann ist tot.«

Melody blinzelte. »Versprochen?«

Jack nahm ihre kleine Hand in seine große, und Laurels Herz schmolz, als sie bemerkte, dass ihre Daumen exakt dieselbe Form hatten.

»Melody, ich gebe dir mein Ehrenwort, dass der böse Mann tot ist. Wilberforce hat auf ihn geschossen, dann fiel er vom Dach und war tot. Und später wurde er vergraben.«

Laurel blinzelte. War die Geschichte vom bösen Mann doch kein Produkt von Melodys blühender Fantasie, wie sie geglaubt hatte? Sie sah Jack mit gerunzelter Stirn an und formulierte stumm eine Frage. *Wer?*

Jack schüttelte rasch den Kopf. *Später.*

»Ich schätze es sehr, Bescheid zu wissen«, sagte sie laut, als setze sie ein begonnenes Gespräch fort. »Ich möchte informiert sein. Besonders wenn es Personen betrifft, die mir am Herzen liegen.«

Jack warf ihr einen warnenden Blick zu. »Es gibt ein Buch, das ich dir ausleihen sollte. Eine Geschichte über eine Frau und einen Wolf, der sie verfolgte.«

Melody nickte. *»Meiner Dame Schatten«*, sagte sie. »Onkel Colin hat es für mich geschrieben.«

»Aha, sehr aufschlussreich«, antwortete Laurel mit einem leisen Anflug von Sarkasmus in der Stimme. »Da ich ja genau weiß, wer Onkel Colin ist …« Ihr Blick zu Jack unterstrich die Ironie ihrer Worte.

Dann schaute sie wieder Melody an. »Also, willst du heute Nacht bei mir bleiben, meine Kleine?«

Das Kind schniefte ein letztes Mal und kuschelte sich glücklich in Laurels Arm. »Darf Gordy Anne auch bleiben?«

»Natürlich.«

»Gordy Anne ist ihre Puppe. Eine Art Puppe.« Jack rieb sich das Kinn und schaute auf das ausgesprochen unappetitliche Lumpenbündel in Melodys Arm. »Eigentlich handelt es sich um ein Halstuch, aber das ist eine lange Geschichte.«

Laurel drückte ihre Tochter an sich. »Ich glaube, es gibt so vieles nachzuholen«, sagte sie und drehte sich erneut zu Jack um, der sie und das Kind ernst betrachtete. Sie konnte seine Gedanken lesen, wusste, was er bei dem Anblick dachte.

Wie kann ich die beiden einander vorenthalten?

Genau dasselbe hatte sie sich vor wenigen Momenten selbst gefragt, als sie Vater und Tochter zusammen gesehen hatte. Trotz allem, was geschehen war, fiel es ihr bisweilen schwer, ihre Gefühle von Liebe und Hass noch richtig voneinander zu trennen.

»Werden sich die Leute nicht fragen, wo sie ist?«, flüsterte sie ihm zu.

»Niemand wird mich fragen«, gab er knapp zur Antwort.

Sie runzelte die Stirn. »Wirklich nicht?«

Ein schiefes Lächeln umspielte seinen Mund. »Es macht nicht viel Sinn, jemanden etwas zu fragen, der nie spricht.«

Sie zog eine Augenbraue hoch. »Du? Ich bringe ja kaum ein Wort dazwischen!«

Melody nickte. »Mit mir redet Papa auch.« Sie spielte mit dem dicken Zopf, zu dem Laurel ihr Haar für die Nacht geflochten hatte. »Nur mit mir und Mama«, sagte sie schläfrig.

Jack stand auf. »Ich lasse Mama und dich jetzt schlafen. Gute Nacht, Melody. Gute Nacht, Laurel.«

Er drehte sich um und verschwand so leise, dass Laurel zu verstehen begann, warum er des Nachts ihr Zimmer umräumen konnte, ohne dass sie etwas davon bemerkte. Vermutlich die notwendige Überlebensstrategie eines Soldaten. Sie lächelte auf ihre Tochter hinab, deren große Augen jetzt wie kleine Schlitze aussahen. Wie immer wenn sie schlief, schob sie die Unterlippe leicht vor, und eine einzelne Träne glitzerte auf ihrer runden Wange. Laurel küsste sie weg.

Heute Nacht hatte Jack ihr den Himmel auf Erden bereitet!

In ihrer dunklen Kammer schlug Laurel blinzelnd die Augen auf und fragte sich, warum sie aufgewacht war. Lag es am Mond, der hell durchs Fenster schien?

Dann ertönte ein sanftes kindliches Schnarchen vom Kissen neben ihr. O ja. Sie war nicht allein. Lächelnd streckte sie die Hand aus, um die verwuschelten Locken ihrer kleinen Tochter zu streicheln. Melody schlief zusammengerollt mit rosigen Wangen, auf denen die dichten, dunklen Wimpern lagen. Nach den Aufregungen des Tages wirkte sie jetzt völlig entspannt. Sie war so ein schönes Kind.

Mein Kind. Meine Melody.

Von Neuem wurde Laurel von Freude erfasst und begann wieder an eine bessere Zukunft zu glauben, die sie für alle Entbehrungen der vergangenen Jahre entschädigen würde. Zwar hatte sie nie die Hoffnung aufgegeben, Melody wiederzufinden, doch es war der Mut der Verzweiflung gewesen. Und jetzt lag sie neben ihr.

Melody bewegte sich und steckte einen Zipfel der Lumpenpuppe in den Mund. Als Laurel ihn sanft herauszog, schob sie die Unterlippe vor und begann erneut an dem Tuch zu nuckeln.

»Viel Glück bei deinen Versuchen, es ihr abzugewöhnen«, erklang es leise irgendwo im Raum.

Laurel hob den Kopf und sah als Erstes ein neues Möbelstück. Einen großen Ohrensessel, der am Fenster stand. Von der Person, die darin saß, waren nur lange Beine in dunklen Hosen und ein Arm zu sehen, der mit baumelnder Hand auf der Lehne ruhte. Jacks Hand. Es war das erste Mal, dass sie ihn entspannt erlebte. Zumindest seit jener unvergesslichen Nacht.

Bilder erschienen vor ihrem inneren Auge, verwirrend frisch wie eh und je. Einige Erinnerungen brannten zu heiß, als dass sie jemals verblassen konnten: Jack, verloren in der Dunkelheit, wie er stoßweise redete in seinem Albtraum, der gar keiner war, sondern seine eigene qualvolle Realität wiedergab. Jack, sanft und freigiebig, wie er seine Hand nach ihr ausstreckte, wie er mit ihrem Körper Sachen machte … Verruchte, herrliche Dinge, die ihre unschuldige Vorstellungskraft weit überstiegen. Jack auf ihr, in ihr, sanft stoßend, nackt und vor Schweiß glänzend – Jack, der sich bemühte, seine Leidenschaft zu zügeln, um ihr nicht wehzutun. Das würde er auch jetzt nicht wollen.

Niemals.

Ihre Gedanken kehrten in die Gegenwart zurück. Was wollte er hier? Sie beide im Schlaf beobachten? Eher nicht, überlegte sie, denn der Sessel stand dem Fenster zugewandt.

Sie setzte sich auf. »Warum bist du gekommen?«, flüsterte sie. »Traust du mir etwa nicht einmal zu, eine einzige Nacht auf sie aufzupassen?«

Statt einer Antwort erhob er sich und kam zu ihr herüber. Schützend zog sie die Decke um ihren Oberkörper. Obwohl es nichts gab, was er von ihr noch nicht gesehen hatte, machte es sie doch weniger verletzlich. Dann erkannte sie den Ausdruck von Leid auf seinen Zügen. So abgrundtief, dass es ihr das Herz zerriss. »Was ist los?«, flüsterte sie und vergaß ihr Misstrauen.

»Ich …« Er fuhr sich mit der Hand übers Gesicht. »Ich kann nicht … ich traue mich nicht einzuschlafen.«

Seine Albträume. Die Träume, die eigentlich Erinnerungen waren. Instinktiv hob sie ihre Hand und streckte sie ihm entgegen. Was tat sie da?

Er verdient es nicht, diese quälenden Bilder allein durchleiden zu müssen.

Sein Blick fiel auf ihre Hand, konnte nicht glauben, dass sie ihm dargeboten wurde. Um ihn zu ermutigen, öffnete sie die Hand, winkte ihm zu. Forderte ihn auf, näher zu kommen.

Ich will nicht, dass er näher kommt.

Ich ertrage es nicht, ihn so schrecklich einsam zu sehen.

Er machte einen vorsichtigen Schritt und hielt sofort inne, als eine Bodendiele unter seinem Gewicht knarrte. Wie ein argwöhnisches wildes Tier kam er ihr vor, und lockend bot sie ihm weiterhin ihre Hand. Was vergab sie sich schon damit, wenn sie ihn tröstete und seine Verzweiflung teilte. Immerhin war sie ihm Dank schuldig.

Weil er Melody erlaubte, heute Nacht bei ihr zu sein. Weil er sich um sie gekümmert und nach ihrer Mutter gesucht hatte. Zwar schmerzte es noch immer, dass er sie damals mit Amaryllis verwechselte, aber die Enttäuschung schwächte sich mehr und mehr ab.

Jack schaute auf diese schlanke weiße Hand, die in der mondbeschienenen Kammer fast geisterhaft glänzte. Sie erschien ihm wie ein Rettungsanker. Wie seine letzte und beste Hoffnung. Seine Hand bewegte sich auf sie zu, überbrückte die räumliche Distanz ebenso wie die zeitliche – die vielen Jahre der Leere und der Verzweiflung, der tiefen Finsternis und des permanenten Grauens.

Dann schlossen sich ihre Finger zärtlich um seine, warme und kalte Haut berührten einander, erst weich und tastend, liebevoll und tröstlich. Bis sie ihn zu sich zog und neben Melodys schlafendem Körper auf die Matratze klopfte. Wie ein Schlafwandler ließ er sich dort nieder, legte seinen Kopf neben den des Kindes auf das Kissen.

Laurel sah ihn ruhig an und steckte sich eine Strähne ihres dunklen Haares hinters Ohr. »Du musst ja nicht schlafen«, sagte sie sanft. »Aber vielleicht kannst du ein wenig ruhen.«

Mit diesen Worten kuschelte sie sich von der anderen Seite an ihre Tochter und zog die Decken über sich, während Jack nachdenklich in die Dunkelheit starrte.

Für ihn war der Speicher längst zu einer geheimen kleinen Welt geworden, wo Zeit und Vergangenheit nicht so schwer auf ihm zu lasten schienen. Mit Laurel und Melody fühlte er sich lebendig, konnte normal sprechen und denken und fühlen. Wenn er mit ihnen zusammen war, fiel ihm das Atmen leicht, und er war wieder er selbst.

Es musste ihm einfach gelingen, Laurels Vertrauen zu gewinnen. Noch wagte er kaum daran zu denken – und noch war es nicht mehr als ein Silberstreifen am Horizont, doch insgeheim malte er sich bisweilen eine glückliche Zukunft aus. Für ihn, für Laurel und für Melody.

Jack lag eine ganze Weile still da und lauschte auf die Atemzüge der Schläfer, während er selbst gegen den Schlaf ankämpfte, um die Frau und das Kind nicht mit seinen Albträumen zu erschrecken.

Und plötzlich schlief er. Tief und fest und ohne einen einzigen quälenden Traum.

Zweiundzwanzigstes Kapitel

»Jack? Jack, geh nicht so schnell! Ich will mit!«

Laurel raffte ihre Röcke und rannte den Rasen hinunter, dorthin, wo Jack angehalten hatte, um auf sie zu warten. Ihr Atem flog, als sie bei ihm ankam, doch sie strich sich einfach nur die Haare aus dem Gesicht und lächelte zu ihm auf.

Hatte er bemerkt, dass sie die Haare offen trug und nicht zu Zöpfen geflochten? Hatte er bemerkt, dass ihr Busen merklich gewachsen war und ihr neues Kleid ihn gut zur Geltung brachte? War er sich überhaupt bewusst, dass sie ihren siebzehnten Geburtstag gefeiert hatte, während er auf dem Kontinent kämpfte, und dass sie mehr als bereit war, sich von ihm den Hof machen zu lassen?

»Willst du nicht mit Papa und den anderen auf die Jagd gehen?«

Jack wich ihrem Blick aus. »Ich mache mir nichts aus der Knallerei.«

»Oh. Ich kann's auch nicht leiden.« Laurel ging neben ihm her und musste sich Mühe geben, mit seinen langen Beinen Schritt zu halten. Dann und wann wagte sie einen heimlichen Blick in sein schmales Gesicht. Er sah so verhärmt und dünn aus seit seiner Heimkehr nach England. Zwar fand sie das Drängen ihrer Mutter, er müsse unbedingt mehr essen, arg aufdringlich, aber im Grunde ihres Herzens gab sie ihr recht.

Er wirkte auf sie wie ein trauriger Engel.

Sie waren früher schon miteinander spazieren gegangen – damals hatten sie gelacht und Spaß gehabt und sich gegenseitig aufgezogen. Jack liebte es, ihr mit allen möglichen Insekten zu drohen, während sie sich seinen Abscheu vor Spinnen zunutze machte. Zu diesen Tieren hielt er nach Möglichkeit mindestens eine Meile Abstand. Außerdem unterhielten sie sich über Literatur, Theater und Musik. Irgendwann gestand Laurel ihm, wie gerne sie einmal in Covent Garden die Oper besuchen würde, während Jack spöttisch entgegnete, dass er in der Oper gerne versäumten Schlaf nachholte.

Jetzt hingegen schwiegen sie meist. Zumindest machte er endlich kleinere Schritte, damit sie ihm folgen konnte. Sie kamen zu einem Steg über einen Fluss, der beim letzten Sturm ziemlich beschädigt worden war. Jack wollte umkehren, doch Laurel mochte den Spaziergang nicht so schnell beenden.

»Ach, komm schon, Jack. Es ist nicht so schlimm. Wir können einfach über die fehlenden Bohlen springen.«

Sie ging ohne ihn los, weil sie wusste, dass er sie in einer gefährlichen Situation nicht sich selbst überlassen würde. In der Mitte des Steges angekommen, erkannte sie ihren Leichtsinn, denn es klaffte eine Lücke von beinahe zwei Metern. Nur auf den schmalen, moosbedeckten und damit rutschigen Längsbalken konnten sie weiterbalancieren.

»Tja, das erklärt wenigstens, warum die Nägel nicht gehalten haben«, sagte Laurel heiter. »Ich gehe zuerst rüber, ja?«

Jack griff drängend nach ihrer Hand. »Das ist nicht sicher, Bramble! Lass es sein!«

Laurel schloss glücklich die Augen, als sie seine Hand in ihrer spürte und ihren Kosenamen aus seinem Mund hörte. Bislang hatte er sie nicht einmal so genannt, seit er zurückgekehrt war. Der Fortschritt machte ihr Mut, und spitzbübisch lächelte sie ihm zu. »Fang mich, wenn du kannst.«

Die ersten paar Schritte waren erstaunlich einfach, und erst als sie es fast geschafft hatte, geriet sie ins Wanken. Genau in dem Augenblick, da sie sich umdrehte, um ihm ein siegesgewisses Lächeln zuzuwerfen, verlor sie das Gleichgewicht, zwei Schritte von der anderen Seite entfernt. Erschreckt kreischend, stürzte sie zwischen den Längsbalken hindurch in den Hochwasser führenden Fluss.

Was für eine dumme Idee, schoss es ihr durch den Kopf. Jetzt werde ich sterben und hatte nicht einmal die Gelegenheit, ihm meine Liebe zu gestehen.

Der Fluss wirbelte sie so heftig herum, dass sie völlig die Orientierung verlor. Sie wusste weder, wo rechts und links, noch wo oben und unten war. Der Stoff ihrer Kleidung saugte sich in Windeseile voll und zog sie unweigerlich in die Tiefe.

Dann schlang sich im letzten Moment, als sie schon keine Luft mehr bekam, ein kräftiger Arm um ihre Taille und brachte sie an die Wasseroberfläche und ins Leben zurück. Jack schwamm mit ihr ans Ufer, zerrte sie auf die Böschung hoch und hielt sie dort fest an sich gepresst, während er selbst nach Atem rang.

Laurel keuchte und würgte und versuchte vergeblich, ihr Gesicht vom nassen Vorhang ihrer Haare zu befreien. Bis eine große Hand es ihr aus dem Gesicht strich. »Zöpfe wä-

ren heute praktischer gewesen«, sagte eine tiefe Stimme an ihrem Ohr.

Jetzt erst bemerkte sie, dass sie in seinen Armen lag, seine Lippen nur Zentimeter von ihren entfernt, ihr Körper fest an seinen gepresst. Eine Entdeckung, bei der sie errötete.

»Hallo.« Mehr brachte sie nicht heraus.

»Hallo, Bramble.«

»Du hast mir das Leben gerettet«, sagte sie heiser.

»Was du eigentlich nicht verdient hast.« Er zupfte einen Grashalm von ihrer Wange. »Du hättest umkommen können, weißt du das eigentlich.«

Sie war unfassbar dumm und leichtsinnig gewesen, da gab es keine Ausrede. Beschämt biss sie sich auf die Unterlippe.

»Mach das nicht.« Seine Stimme veränderte sich merkwürdig, klang irgendwie tiefer und rauer. Lag das daran, dass sie Wasser geschluckt hatte?

»Tut mir leid«, flüsterte sie, während sie ihre Unterlippe freigab. »Ich gewöhne es mir ab, wenn es dich stört.« Täuschte sie sich, oder wurde seine Umarmung für einen langen Moment wirklich fester? Jedenfalls schien er den Blick nicht von ihrem Mund abwenden zu können.

Laurel wollte so gerne, dass er sie küsste. Wäre das nicht normal nach ihrer dramatischen Rettung? Zumindest fände sie es sehr romantisch, doch es gab nichts, um diesen Kuss herbeizuführen, denn ihre Kenntnisse in diesen Dingen waren extrem begrenzt.

Es war vorbei, als Jack sie plötzlich losließ und wortlos davonging, während sie triefnass und schlammig und verwirrt am Flussufer zurückblieb. Eine ganze Weile lag sie einfach im nassen Gras und genoss die Erinnerung an seinen warmen Körper, der sich an sie gepresst hatte, und an seine Hände, die ihr Gesicht berührten. Es war mit Abstand der romantischste Moment ihres Lebens.

Nach ein paar Minuten allerdings begann sie zu frieren in ihren durchnässten Sachen und setzte sich seufzend auf. Jack würde am nächsten Tag abreisen. Wenn sie irgendetwas bei ihm erreichen wollte, dann durfte sie es nicht mehr auf die lange Bank schieben. Amaryllis schien offenbar ohnehin nicht länger an Jack interessiert. Sie hatte sich in Laurels Gegenwart bei ihren Freunden beschwert, Jack sei so langweilig geworden, dass sie ihn kaum noch ertrage.

Sie würde es ihm sagen. Heute Nacht. Da er üblicherweise die Abendgeselligkeit mied, würde sie ihn in seinem Zimmer besuchen und ihm ihre Liebe gestehen. Ihr Entschluss machte ihr Mut. Sie stand auf und klopfte sich den Schlamm und das Gras von ihrem Rock, so gut es ging. Sie wollte schon beschwingt losgehen, als sie merkte, dass sie sich auf der falschen Seite des Flusses befand.

Es reichte nicht aus, sich einfach nur an vergangene Gefühle zu erinnern. Laurel kehrte nahtlos aus der Vergangenheit in die Gegenwart, aus dem Traum in den Zustand des Wachseins zurück.

Ihre Liebe für Jack war damals echt gewesen, aber wild und ungestüm und gründete auf Illusionen und Hirngespinsten. Jetzt war es komplizierter. Sie hatte sich verändert unter dem Eindruck der Ereignisse und eine andere Persönlichkeit angenommen. Notgedrungen.

Und auch er war nicht mehr der Gleiche. Wirkte nicht mehr ganz so verloren und leer. Es freute sie ehrlich zu sehen, wie er ins Leben zurückkehrte. Allerdings musste das nicht gleichzeitig bedeuten, dass sie ihn noch liebte. Oder doch?

Laurel schlug die Augen auf, als jemand ihr in die Rippen trat. Sie griff nach unten, ertastete einen kleinen, weichen Kinderfuß, der sich in ihre Seite bohrte, und kitzelte ihn ein bisschen.

Melody kicherte leise im Schlaf. Glücklich schloss Laurel wieder die Augen. Es gab so vieles zu lernen und zu beobachten über Kinder im Allgemeinen und diese rosige kleine Person im Besonderen. Sie zog den kleinen Fuß näher zu sich heran und küsste ihn, gab dabei ein prustendes Geräusch von sich. Wieder kicherte Melody und streckte sich wie ein Kätzchen. »Mama, du bist witzig«, murmelte sie verschlafen.

Laurel bemerkte, dass sie etwas im Rücken drückte und fand Gordy Anne. »Guten Morgen«, begrüßte sie die Lumpenpuppe höflich. »Wenn es Ihnen recht ist, Mylady, schlage ich vor, dass Sie sich in die Waschschüssel begeben.«

Melody rollte sich auf den Bauch und streckte ihre Füßchen in die Luft. »Das sagt Pru auch immer. Sie lässt Gordy Anne jedes Mal, wenn ich bade, eine Runde schwimmen.«

»Sehr klug von Pru«, bestätigte Laurel, setzte sich auf und reckte sich. Ein bisschen müde war sie und steif, als habe sie das Bett mit einer ganzen Horde Kinder geteilt. Sie rieb sich den schmerzenden Nacken.

Trotzdem würde sie nicht für Gold und Geld nur eine einzige Sekunde dieser Nacht eintauschen.

Sie lächelte Melody an. »Ich glaube, ich rieche Speck«, sagte sie und hob den Kopf. Um sogleich zu erstarren, denn erneut hatte ihre Kammer sich verändert. Inzwischen sah sie ausgesprochen nobel aus.

Jack hatte offenbar das Feinste vom Feinen, das er auftreiben konnte, auf den Dachboden geschleppt. Auf einem Nachtkästchen aus Rosenholz stapelten sich Bücher, und gegenüber lud ein passender Sekretär mit bequemem Stuhl zum Verweilen ein. Und dann natürlich der große Ohrensessel am Fenster, den sie in der Nacht bereits schemenhaft wahrgenommen hatte. Sogar die Wände sahen wundersam verändert aus. Wo gestern noch schlichter Putz zu sehen war, hingen jetzt opulente Wandbehänge, und über ihrem Lager war eine Schicht samtener Überdecken ausgebreitet worden. Das Schönste allerdings war ein Windsor-Schaukelstuhl, genauso einer, wie sie ihn liebte. Ihr Herz wurde ganz weich, weil Jack eigens danach gesucht hatte. Woher wusste er überhaupt von ihrer Vorliebe für diese Stühle?

Laurel konnte es kaum erwarten, sich reinzusetzen, aber ihr knurrender Magen signalisierte ihr, dass anderes im Moment wichtiger war. Frühstück. Von dem Tablett stiegen verlockende Düfte auf. Sie ging zu dem Tischchen und hob die Silberhaube. Tee, Rührei und Speck sowie eine Schüssel mit Porridge. Laurel spähte hinein. »Oje. Klumpen.«

Melody kletterte wie ein Affe auf den Stuhl. »Ich mag Klumpen.« Sie wackelte mit ihrem kleinen Po hin und her, bis sie ganz vorn auf der Kante saß. Ihr Kinn schaute kaum über die Tischplatte, weshalb Laurel ihr ein paar Bücher unterschob. Sie frühstückten im Nachthemd in dem hellen, warmen und jetzt so behaglichen Raum, nippten an ihren Teetassen, die sie mit geziert abgespreizten kleinen Fingern hielten.

Anschließend schaukelte Laurel ihre Tochter auf ihrem Schoß und sang ihr alle Lieder vor, die ihr einfielen. Und Melody gab zum Besten, was sie kannte, und als ihr Liedvorrat erschöpft war, wechselte sie zu einer wilden Geschichte, die von Banditen und Nudelhölzern und Fässern voller Bier handelte. Laurel lächelte. Ihre Tochter verfügte über eine wirklich ausgeprägte Fantasie.

Erschrocken fuhr Jack hinter seinem geschlossenen Bettvorhang aus dem Schlaf hoch. Kurz verschwamm der gemusterte Brokatstoff im Dämmerlicht vor seinen Augen, bis sich das Bild stabilisierte. Wie jeden Morgen zwang er sich dazu, sich die kleinsten Details des Musters zu merken, um die Erinnerungen an seine Albträume so lange wie möglich zurückzudrängen. Nach einer Weile würden sie ihn nicht mehr so heftig überfallen.

Angelegentlich betrachtete er die Seidenfransen, die an einer Stelle ein bisschen zerschlissen aussahen, und an einigen Stellen hatte sich überdies die Naht gelöst. Ein langer Faden wehte sanft hin und her. Er blinzelte und konzentrierte sich auf diesen Faden. Und wartete darauf, dass die Schreckensbilder der Nacht zurückkehrten und ihn quälten. Nichts. Er suchte in seinen Erinnerungen. Verblasste, verschwommene Traumfetzen, die sich nicht festhalten ließen und ohne jeden Schrecken waren.

Dankbar setzte er sich auf und rieb sich mit beiden Händen das Gesicht.

Lag es daran, dass er einen Teil der Nacht neben seiner Geliebten und seinem Kind gelegen hatte? Diese wenigen Stunden waren so erholsam gewesen wie seit Jahren kein Schlaf mehr. Mitten in der Nacht war er erfrischt und scheinbar um Jahre jünger aufgewacht und heimlich, still und leise nach unten gegangen, um dann ebenso lautlos den Raum weiter auszustaffieren. Erst dann sank er in sein eigenes Bett, um dort einigermaßen ruhig weiterzuschlafen. Er war ja schon dankbar, wenn er nicht schreiend erwachte.

Als er aufstand, kühlte die Luft seine nackte Haut. Er hatte es sich angewöhnt, ohne Nachtwäsche zu schlafen. Um sich nicht zu seinen beängstigenden Träumen zusätzlich eingeengt zu fühlen. Er fürchtete sich etwa gelegentlich davor, der Kragen könnte sich unversehens zu einer Schlinge verwandeln, und seit sein zusammengeknäueltes Nachthemd ihn einmal beim erschreckten Aufwachen an einen Leichenhaufen erinnert hatte, schlief er ausschließlich nackt. Inzwischen fand er diese Angewohnheit überaus angenehm. Noch schöner wäre es allerdings, wenn Laurel ebenso nackt neben ihm liegen würde, dachte er.

Vom Garten drangen die Geräusche des Frühlingsmorgens mit lustigem Vogelgezwitscher zu ihm herauf. Er zog seinen Morgenmantel an und trat ans Fenster. Der lange Jahre vernachlässigte Garten begann sich positiv zu verändern, vermutlich ein Werk der Damen. Draußen entdeckte er eine anmutige Person mit Hut, die sich über ein Blumenbeet beugte und enthusiastisch, wenngleich amateurhaft darin herumhackte. Der rote Zopf, der ihr über den Rücken fiel, verriet ihm, dass es sich um Pru handelte. Nicht lange, und Madeleine eilte ebenfalls herbei, redete freundlich auf die Jüngere ein. Vielleicht verfügte sie ja über größere Kenntnisse in puncto Gartenarbeit als Colins Frau.

Als die beiden einen auffliegenden Vogel beobachteten, entdeckten sie ihn am Fenster und winkten ihm strahlend zu. Plötzlich überkam ihn ein warmes Gefühl. Er fühlte sich willkommen, als sei er nach langer Irrfahrt endlich angekommen. Dieser Club war sein Zuhause, denn schließlich gehörten die Redgraves einst zu den Gründungsmitgliedern, und außer ihm gab es nur noch wenige direkte Nachfahren der alten Garde. Er selbst bewohnte genau jene Zimmerflucht, die der erste Redgrave für sich gewählt hatte.

Früher schien ihm das nichts Besonderes, weil er nicht viel auf Traditionen gab. Erst das strahlende Lächeln der beiden jungen Frauen, die jetzt ebenfalls hier zu Hause waren und das alte Gebäude mit neuem Leben füllten, erinnerte ihn wieder daran.

Unten im Garten schaute Pru nachdenklich zu dem Mann am Fenster hoch, während sie ihm lächelnd zuwinkte. »Irgendetwas Merkwürdiges geht in ihm vor«, murmelte sie.

»O ja«, bestätigte Maddie. »Ich habe ihn noch nie so warm gesehen, so …«

»Menschlich?«, fragte Pru trocken.

Madeleine drehte sich überrascht zu ihr um. »Exakt!«

»Colin ist ganz aus dem Häuschen. Er findet, wir sollten die Suche nach dieser Pflegemutter für eine Weile aufgeben. Er möchte, dass Jack erst ganz zurück ins Leben findet.«

»Das ist gefährlich, meinst du nicht? Je mehr Zeit er mit Melody verbringt, desto schlimmer wird ihn der Verlust treffen. Wir alle werden am Boden zerstört sein, doch Colin und Aidan haben uns. Jack hingegen wird dann wieder schrecklich einsam sein.«

Pru zog die Brauen zusammen und schaute weiter zu dem Gebäude hinüber. »Ich weiß nicht genau, was es ist, aber irgendwas geht mit dem Mann vor …«

Maddie nickte. »Es scheint, als würde er die Tatsache einfach ignorieren, dass sie uns vielleicht verlässt. Weißt du, dass ich ihn gestern habe lachen hören?«

»Wirklich?«

»Na ja, fast.«

»Vielleicht vergisst er es, oder … Ist dir eigentlich aufgefallen, wie er in letzter Zeit manchmal einfach aufsteht und den Raum verlässt? Als könnte er es nicht ertragen, still zu sitzen.« Pru wischte sich mit dem Unterarm über die Stirn, weil ihre behandschuhten Hände zu schmutzig waren.

»Oder als müsste er dringend irgendwohin.«

»Und dann ist er stundenlang verschwunden.«

Maddie beugte sich dicht zu ihr, obwohl weit und breit keine Menschenseele außer ihnen zu sehen war. »Neulich hat er eine Schachtel von Lementeur zum Müll getragen«, flüsterte sie. »Eine sehr große.«

Prus Augen weiteten sich. »Es kann eigentlich nur eine von unseren gewesen sein, eine alte. Meinst du nicht?«

Die Freundin schüttelte den Kopf. »Nein. Eine so große hatte ich nie – und du meines Wissens auch nicht.«

Es dauerte eine Weile, bis Pru die Bedeutung von Madeleines Beobachtung begriff. Sobald der Groschen gefallen war, begann sie glucksend zu lachen und steckte die andere mit ihrer Heiterkeit an.

Wenn Jack in diesem Moment aus seinem Fenster geblickt hätte, wäre er überaus verwirrt gewesen: zwei reizende, vornehme Damen, die im Garten von Brown's Gentlemen Club gackerten wie die Hühner.

Dreiundzwanzigstes Kapitel

Jack stieg langsam die Treppe zum Salon hinunter, um sich mit Aidan und Colin zur heutigen Suche nach Mrs. Pruitt zu treffen.

Er war gerade auf dem Dachboden gewesen, um Melody abzuholen und sich bei Laurel zu bedanken, dass er letzte Nacht hatte bleiben dürfen. Sie lag, als er ankam, halb schlafend auf dem Bett, während Melody eine Teestunde zelebrierte – mit Gordy Anne als einzigem Gast.

»Mama sagt, ich schlafe wie eine ganze Horde Kinder.«

Es bedurfte keiner weiteren Erklärungen, damit Jack wusste, was Laurel meinte. Nach einer Nacht mit Melody in einem Bett fühlte man sich völlig zerschlagen. Leise führte er seine Tochter hinaus und schloss vorsichtig die Tür hinter ihnen. »Lass Mama jetzt eine Weile in Ruhe, Melody. Wenn du sie besuchen willst, komm zu mir. Und …«

Er wollte sie eigentlich bitten, keinem etwas zu verraten von Laurels Anwesenheit. Doch sehr wohl wissend, wie schlecht Melody ein Geheimnis für sich behalten konnte, unterließ er es. Auch weil er sie unmöglich bitten konnte zu lügen. Allerdings schien sie etwas zu ahnen.

»Ich hab eine heimliche Mama«, sang sie, als sie die

Speichertreppe hinuntergingen. »Sie ist die Königin im Turm.«

Jack hielt inne und dachte nach. Wäre ja perfekt, wenn sie das Spiel von sich aus wählte. Irgendwann allerdings würde er reinen Tisch machen müssen, denn dass die Freunde sich über seine häufige Abwesenheit wunderten, war selbst ihm nicht verborgen geblieben. Obwohl sie in seiner Gegenwart kein Wort darüber verloren.

Auf der Treppe zur zweiten Etage begegnete ihm Bailiwick, der einen Stapel mit Päckchen verschiedenster Größe auf seinen Armen balancierte.

»Nanu, haben Sie eingekauft, John?«

Der Lakai spähte um den wackligen Turm herum, den er die Treppe heraufschleppte. »O nein, Mylord. Fiona war einkaufen … Sie behauptet, es fehlt im ganzen Haus so gut wie alles, was Frauen brauchen: Cremes und Spiegel und was weiß ich sonst.«

Jack nickte. »Handwerkszeug sozusagen.«

Bailiwick strahlte. »Ja, so ist es wohl. So hab ich das noch nie gesehen. Dass ein Mädchen so was für seine Arbeit benötigt wie unsereins Werkzeug.«

Jack räusperte sich, weil er sich gerne verabschieden wollte. Was Bailiwick zu seinem Bedauern nicht zu bemerken schien, weil er noch immer über die verschiedenen Utensilien nachdachte, die männliche und weibliche Bedienstete zur Hand haben sollten. »Was meinen Sie, was braucht eine Zofe denn so an Handwerkszeug?«

Jack zuckte die Schultern. »Nun, eigentlich gehören

die meisten Sachen den Damen. Aber vielleicht könnte sie Bürsten gebrauchen. Oder Nähzeug.

»Ach ja, Fiona hat davon erzählt, wie sie immer die Kostüme ausbessern musste.«

Jack dämmerte es. Bailiwick hatte seine Angebetete bei einer Wanderbühne aufgesammelt. »Und bestimmt Bänder und Federn und Ähnliches.«

Der junge Lakai schien noch nicht zufrieden, grübelte weiter. »Sieht so aus, als würde es eine Menge geben, was ein Mädchen so für seine Stellung brauchen kann. Wissen Sie, Mylord, ich will, dass es Fiona hier gefällt und dass sie bleibt.«

Jack seufzte und blickte nachdenklich zur Treppe. »Wenn ich darauf eine Antwort wüsste, mein Freund, wäre ich ein sehr glücklicher Mann«, sagte er und verabschiedete sich schnell, bevor Bailiwick neue Fragen in den Sinn kamen, wie er Fiona erfreuen konnte.

Und was würde Laurel erfreuen, überlegte er. Bälle, Musik, schöne Kleider, Tanz – das mochte schließlich jedes Mädchen. Ihr war es jedoch versagt geblieben, weil sie bereits vor ihrer Einführung in die Gesellschaft schwanger wurde. Durch seine Schuld.

Der Gedanke an Laurel ließ ihn nicht mehr los, und am liebsten wäre er zu ihr zurückgekehrt, anstatt mit Aidan und Colin nach Melodys Pflegemutter zu suchen.

Doch es half nichts. Die Freunde warteten bereits und die Kutsche ebenso. Zudem hatte er sich vorgenommen,

Licht in das Dunkel zu bringen, das Melodys Geburt umgab. Für Laurel. Sie hatte ein Recht darauf, die Wahrheit zu kennen und in vollem Umfang zu erfahren, wie schändlich ihre engsten Angehörigen damals an ihr handelten. Und wie skrupellos sie dem jungen Mädchen mit ihrem Betrug das Herz brachen.

Nach einer Weile erreichten sie die Gegend, in der sich das verlassene Haus befand. Aidan schien mittlerweile die ganze Sucherei ziemlich überflüssig zu finden. »Ich wette, die Frau ist schon lange weg. Vermutlich verließ sie die Stadt, nachdem sie Melody vor dem Club abgesetzt hat, um etwaigen Problemen und damit einer Konfrontation aus dem Weg zu gehen.«

»Trotzdem: Die Spur führt hierher«, beharrte Colin, »und irgendjemand muss wissen, was aus Mrs. Pruitt geworden ist.«

Aidan schaute sich um, als sie aus der Kutsche stiegen. »Ein verdammt weiter Weg bis zum Club für eine alte Frau. Wie kann sie mit einem Kleinkind so weit gelaufen sein?«

Im selben Augenblick zuckelte ein Wagen voller Fässer an ihnen vorbei, auf dessen Ladefläche ein paar junge Frauen saßen. Sie trugen graue Arbeitskleider und Halstücher wie Fabrikarbeiterinnen, und auch ihre Gesichter sahen grau aus. Dennoch ließen sie fröhlich die Füße baumeln, und eine von ihnen zwinkerte Colin sogar kokett zu.

Aidan schaute dem Gefährt nach. »Die Kutsche der armen Leute. So könnte Mrs. Pruitt natürlich bis zum Club gefahren sein.«

Colin blinzelte. »Habt ihr die kleine Hexe gesehen? Ich bin verheiratet! Hat sie mir das nicht angesehen? Ich sehe doch verheiratet aus, oder?«

»Du ziehst dich an wie ein verdammter Großvater.«

Jack sah Colin von der Seite an. »Oder wie ein Buchhalter.«

Der Freund riss überrascht den Kopf herum, und sein Gesichtsausdruck sprach Bände. »Hat Jack etwa gerade einen Witz gemacht?«

Aidan nickte. »Mir ist zumindest, als hätte ich etwas Derartiges gehört.«

Colin tastete mit beiden Händen seine Westentaschen ab. »Ich brauche Tinte und Papier. Den Tag muss ich im Kalender ankreuzen.«

»Ich werde es mir später ebenfalls notieren, damit wir es nur ja nicht vergessen«, ergänzte Aidan grinsend.

»Arschlöcher«, murmelte Jack und stieß geräuschvoll den Atem aus.

Aidan lachte. »Colin, da hat uns jemand beschimpft.«

Jack sah die beiden finster an, während Colin vergnügt auflachte und dem sichtlich verstimmten Freund auf die Schulter schlug. Dabei war sich Jack sehr wohl bewusst, warum die Freunde so reagierten. In diesem kurzen Moment war ein Stück von dem alten Jack und eine Erinnerung an ihre frühere unbekümmerte Kameradschaft aufgeblitzt.

Leider hielt diese Leichtigkeit nicht lange an. Aus einem der Läden, an denen sie vorbeigingen, drang ein schepperndes Geräusch. Offenbar war ein Tablett heruntergefallen, denn sie sahen eine beleibte Frau, die auf den Knien lag und hastig die Brötchen einsammelte, und einen wutentbrannten Bäcker, der die Ärmste nach allen Regeln der Kunst beschimpfte.

»Du dumme Kuh! Was mich das wieder kostet, du schusselige fette …« Zornig schwang der Mann seine Faust, doch bevor er sie niedersausen lassen konnte, war Jack bereits zur Stelle, und stahlhart schlossen sich seine Finger um das Handgelenk des Bäckers. »Das glaube ich nicht.« Seine Stimme klang distanziert und kühl. »Du wirst ihr helfen, die Ware aufzusammeln.«

»Was glauben Sie eigentlich, wer Sie sind? Mischen sich einfach in meine Angelegenheiten ein! Verdammter feiner Pinkel!«

Jacks Blick war merkwürdig entrückt. »Ich dachte, wir hätten uns verstanden«, sagte er noch einmal ein wenig leiser. »Du wirst ihr helfen, kapiert?«

Colin räusperte sich. »Jack?«

Aidan legte eine Hand auf Colins Arm. »Lass ihn in Ruhe.«

»Nein, er ist wieder total weggetreten, siehst du das nicht? Nicht dass er den Scheißkerl noch umbringt.«

»Er ist okay.«

In Wirklichkeit war Jack nicht okay, zumindest nicht ganz. Dieses Gefühl, dem Mann die Knochen zerbrechen zu können, wenn er nur wollte, rief unangenehme Erinnerungen in ihm wach. Sein Herz hämmerte, und das Blut pochte gewaltig in den Schläfen. Fast fühlte er sich in die Schlacht zurückversetzt und erwartete beinahe, dass ihm jeden Moment der verbrannte Geruch von Schießpulver in die Nase stieg oder der metallische von Blut.

Mit großer Mühe konzentrierte er seinen Blick auf den Bäcker. »Du wirst sie aufheben.« Es war kaum mehr als ein Flüstern.

Der Mann sah Jack zum ersten Mal richtig an und erkannte die drohende Gefahr. Seine fleischigen Wangen erblassten, und seine vorstehenden Augen blinzelten heftig. »Äh, ja, natürlich, Chef«, sagte er kleinlaut, und seine Knie fingen an zu zittern. »Ich heb die Brötchen jetzt gleich auf«, jammerte er.

Dann war Aidan an seiner Seite. »Lass los«, sagte er leise zu Jack.

Wie aus weiter Ferne registrierte Jack, wie sich seine Finger öffneten und das gerötete Handgelenk mit den weißen Druckstellen aus seinem Griff glitt. Schaute schließlich die Frau an, die noch immer auf dem Boden kniete und mit großen Augen zu ihm aufsah. »Ich bin der Marquis of Strickland. Du findest mich im Brown's Gentlemen Club, solltest du weitere Hilfe benötigen. Jederzeit.«

Ein berechnendes Glänzen trat in die Augen der Frau. »Aye, Mylord. Da dank ich Ihnen aber.« Sie sah zu, wie der Bäcker die restlichen Brötchen mit fliegenden Fingern aufhob. »He, Buxby? Hast Seine Lordschaft hoffentlich gehört? Sammel die verdammten Brötchen auf!«

Die Freunde hatten sich inzwischen bereits ein gutes Stück entfernt. »Das war, mit Verlaub gesagt, ziemlich schaurig.« Colin rieb sich den Nacken. »Warne uns bitte das nächste Mal, wenn du vorhast, dich umzubringen, ja?«

»Ich wollte mich nicht umbringen«, antwortete Jack. »Und ihn auch nicht. Ich war schließlich nicht einmal gewalttätig. Seit Jahren habe ich keine Schlägerei mehr angezettelt.«

Colin blinzelte ihn an. »Welch ein Fortschritt.«

»Sehr freundlich von dir, das zu bemerken«, antwortete er mit schiefem Lächeln.

Aidan verzog den Mund. »Noch ein Scherz. Ist das nicht ein neuer Rekord, Colin?«

»Ich führe Buch. Bisher ist das die persönliche Bestleistung.«

Jack ging weiter und kam sich ein wenig vor, als würde er auf den Grad seiner Menschlichkeit getestet.

Ich war heute ein guter Junge – habe niemanden umgebracht und einen Scherz gemacht.

Herzlich willkommen zurück unter den Menschen.

Am Ende war es eine Waschfrau, die ihnen erzählte, wo sie Mrs. Pruitt finden würden.

»Frag immer die Dienstboten«, rühmte sich Colin, denn es war seine Idee gewesen.

Der alten Pflegemutter von Melody blieb offenbar wirklich nicht mehr viel Zeit, und sie hatte sich bereits in ein Hospiz der Barmherzigen Schwestern begeben, um dort auf den Tod zu warten. Nach einigem geflüsterten Hin und Her beschlossen die Nonnen, den drei Herren den Zutritt zu gestatten.

»Sie war früher einmal Hebamme«, erklärte eine der Schwestern, die sie zu ihr führte. »Sie kam hierher und half unseren … nun ja, armen gefallenen Mädchen.«

Sie fanden Mrs. Pruitt in einem großen Schlafsaal. Alle Betten waren besetzt. Alte Frauen, junge Frauen, Näherinnen, Huren, Bettlerinnen. Ein Querschnitt durch die unteren und mittleren Schichten der Gesellschaft.

Jack schaute sich um. Diese Frauen waren sich selbst überlassen. Sie hatten keine Kinder, die sich um sie kümmerten, keine Männer, die sie unterstützten. Wie immer es ihnen früher ergangen sein mochte, am Ende ihres Lebens standen sie einsam und mittellos da. Jack empfand Mitleid. Besser als seine Freunde konnte er sich in diese Ausgestoßenen hineinversetzen.

In einem der Betten lag eine weißhaarige Frau, deren Körper sehr gebrechlich wirkte, deren Augen ihnen jedoch wach entgegenblickten. Als wüsste sie, warum und zu wem die Besucher kamen.

Die Nonne blieb am Fußende des Bettes stehen. »Mrs. Pruitt, diese Gentlemen hier wollen mit Ihnen sprechen.«

Die Frau musterte jeden von ihnen von Kopf bis Fuß. »Haben Sie meine Mellie?«

Colin kniete sich neben sie und nahm ihre Hand. »Ja. Und wir sind Ihnen dankbar, dass Sie sie zu uns gebracht haben.«

Ihre hellen Augen wanderten langsam von einem zum anderen. »Drei Männer für ein kleines Mädchen.« Ihre runzeligen Lippen verzogen sich zu einem Lächeln. »Das schafft nur sie, nicht wahr?«

Aidan lächelte. »Allerdings.«

»Sie ist jetzt schon über drei Jahre alt. Sie sollten ihr langsam die Zahlen und das Alphabet beibringen. Sie ist ein schlaues Ding. Sie wird es gleich kapieren.«

Jack nickte ernst. »Ich werde mich darum kümmern.«

Sie schaute ihn lange an. »Sie sind es, nicht wahr?«

Jack blickte zu Aidan und Colin und deutete mit einem Kopfnicken zum Ausgang. »Wenn ihr uns den Gefallen tun würdet …?«

Colin runzelte die Stirn. »Was soll denn das?«, sagte er, während Aidan einfach seinen Arm packte und ihn nach draußen zog.

Sobald sie weg waren und Colin noch einen letzten fragenden Blick zurückgeworfen hatte, wandte Jack sich der alten Frau zu. »Ja. Ich bin Melodys Vater.«

Vierundzwanzigstes Kapitel

Die Alte betrachtete Jack lange und nachdenklich, dann schüttelte sie den Kopf. »Sie sehen nich aus wie ein schlechter Mensch.«

Jack nickte. »Ich weiß.«

»Aber Sie sind einer.«

»Vielleicht war ich es. Neuerdings gebe ich mir Mühe, es besser zu machen.«

Sie neigte ihren weißen Kopf und schaute ihn erneut prüfend an. »Sollten Sie auch. Kein Mädchen verdient so was.«

Jack senkte den Kopf.

»Ihre Eltern waren keine guten Menschen nich. Bevor sie mich zu dem Mädchen reinließen, bot mir der Teufel von Vater einen Batzen Geld zusätzlich, wenn ich dafür sorgen tät, dass das Kind die Geburt nich überlebt.«

Jack knirschte mit den Zähnen. »Er ist inzwischen tot.« Zum Glück, dachte er, denn sonst hätte er ihn womöglich eigenhändig umgebracht.

»Gott sei Dank. Und die Mutter! Eine durch und durch böse Person. Sie schrie ihre Tochter an, die Schmerzen würden ihr nur recht geschehen, so einer sündigen Hure wie ihr.« Die Frau schnaubte empört. »Völlig herzlos, und das von der eigenen Mutter!«

»Sie lebt ebenfalls nicht mehr.«

Mrs. Pruitt faltete ihre knotigen Gichtfinger über ihrer eingefallenen Brust. »Hab ich noch erfahren. Is das nich schön, dass ich beide überlebt hab?«

Jack mochte die einfache, aber herzensgute Frau. »Sie haben Melody behalten und ihnen gesagt, sie sei tot, nicht wahr?«

»Genau, hab ich. Sie war so 'n süßes Baby. Und ganz zufrieden. Erst als das mit dem Laufen anfing, wurd's schwierig für mich.« Sie lächelte. »Ich hab dieses kleine Teufelchen schrecklich gerngehabt.«

»Genau wie ich.«

Mrs. Pruitts Gedanken richteten sich wieder auf ihn. »Sie waren in Übersee – hat mir das Mädchen gesagt, als es niederkam.«

Wie sollte er die Vergangenheit erklären? »Es war ein Fehler, ich weiß. Allerdings hatte ich keine Ahnung von der Schwangerschaft.« Er runzelte die Stirn. »Wenn Mr. und Mrs. Clarke dachten, das Kind sei tot, warum sind sie dann für den Unterhalt aufgekommen?«

Das Gesicht der Frau schien nur noch aus Runzeln zu bestehen, als sie ihn schlitzohrig anlächelte. »Das war kein Unterhalt nich. Ich hab sie erpresst.« Sie machte eine wegwerfende Handbewegung. »Erzählen Sie's ruhig dem Richter. Mir egal, ich hab sowieso keinen Monat mehr.«

Jack wollte nur noch eines wissen. »Warum sind Sie nicht zu Miss Clarke gegangen, als sie kein Geld mehr bekamen? Sie war am Boden zerstört, weil sie ihr Kind verloren hatte. Sie wäre Ihnen so dankbar gewesen.«

Die Frau sah ihn überrascht an. »Ich war mal da. Später, als das Geld ausblieb. Da war die Mutter schon tot und der Vater krank. Und sie war kalt wie 'n Eiszapfen. Hatte wohl erfahren, dass ihre Eltern immer Geld geschickt hatten. Ich hab ihr gesagt, warum, und sie hat bloß gelacht, mir direkt ins Gesicht, und dann sagte sie noch, sie weiß nich, wovon ich spreche, und wenn ich solche Lügen über sie verbreite, tät sie mich in den Kerker werfen lassen.«

Jack wippte auf den Fußballen. Amaryllis, dachte er, was hatte diese Person nur angerichtet. »Das war nicht Melodys Mutter und nicht das Mädchen, dem Sie beigestanden haben. Sie sind ihrer Schwester begegnet.«

Die Frau sah ihn zweifelnd an. »Sind Sie sicher? Sah aber genauso aus, bloß älter und gemeiner. Na ja, ich nehm an, Sie kennen den Unterschied.«

»Das sollte man meinen«, murmelte Jack leise vor sich hin.

»Also, damals hab ich's nich überrissen. Deshalb dachte ich mir, ich such den Vater. Damit Mellie wen hat, wenn's mit mir zu Ende geht. Das junge Ding, die Mutter, hat in den Wehen immer was von Brown's gemurmelt. Er wohnt im Brown's, sagte sie, als ich mal nach dem Vater fragte. Mehr wollt sie nich sagen.« Die alte Hebamme strich ihre Bettdecke glatt. »Hat mich zum Weinen gebracht, das Mädchen. War untröstlich, als ich ihr sagte, das Baby is tot.« Sie rieb sich die zerfurchte Wange. Mit einem Mal wurde sie unwirsch. »Ich hätt's wissen müssen, dass sie das nich war in dem großen Haus, so böse und so hochnäsig. Ich alte Närrin!« Ein wenig erschöpft murmelte sie: »Wusste nicht mal, dass da noch ein Mädchen war …«

Jack trat einen Schritt vom Bett zurück. Er sollte sie schlafen lassen, denn mehr würde sie ihm kaum erzählen können. Als er sich zum Gehen wandte, richtete Mrs. Pruitt ein letztes Mal den Blick auf ihn. »Ich weiß, dass meine Mellie glücklich is und dass ihr euch gut um sie kümmert.«

»Das kann ich Ihnen versichern.«

Sie lächelte. »Ich hab die ganze Zeit ein Auge auf euch gehabt und jede Woche den Jungen rübergeschickt, jawohl. Mellie hatte immer viel für ihn übrig. Der Laufjunge hieß er bei ihr, weil er nie still stehen kann.«

Der Laufbursche. Seinetwegen war Melody auf die Straße und vor die Kutsche gerannt – sie hätten ihr besser zuhören sollen. Natürlich war der Junge kein Fremder gewesen.

Die alte Frau schloss die Augen und dämmerte weg, wobei sie unruhig mit ihren knotigen Fingern an ihrer Decke zupfte. Leise entfernte Jack sich von ihrem Bett und machte sich auf die Suche nach einer Schwester, die die Kranken in diesem Saal versorgte. Colin und Aidan fanden ihn, als er Münzen in die Hand der Nonne zählte.

»Falls sie irgendetwas braucht, schicken Sie mir einfach

die Rechnung zum Brown's Club. Ich werde für alles aufkommen, solange sie …«

Die Nonne schloss die Finger um die Münzen und ließ sie rasch unter ihrem Habit verschwinden. »Sie hat nicht mehr lange, die Arme.«

Sobald sie aus dem Hospiz traten, überfielen ihn Aidan und Colin mit Fragen. »Was sollte das grade da drinnen? Warum wolltest du uns nicht dabeihaben?«

Jack ging einfach weiter. Selbst die kleinste Erklärung würde zu größten Komplikationen führen. Aidan legte eine Hand auf seinen Arm. »Jack, ich glaube, du solltest uns in diese Sache einweihen … Was auch immer es ist. Wir können dir helfen.«

Abrupt blieb er stehen, um seine Freunde anzustarren.

Helfen? Ihr könnt mir höchstens helfen, indem ihr die Frau, deren Leben ich ruiniert habe, davon überzeugt, dass ich die Antwort auf all ihre Gebete bin?

Und mir einen Rat gebt, wie ich sie dazu bringen kann, mich wieder zu lieben?

Oder mich, wenn alle Stricke reißen, dabei unterstützt, zumindest meine Tochter nicht zu verlieren.

Würdet ihr das tun?

Er rieb sich mit einer Hand übers Gesicht. »Ich …« Es hatte keinen Sinn. Sie würden ihn niemals verstehen. »Bald. Ich werde euch bald alles erklären.«

Sobald ich herausgefunden habe, wie ich bekommen kann, was ich will, ohne das zu verlieren, was ich habe.

Wilberforce stand an der Tür des Salons und blickte nachdenklich in die Ferne.

Lord Bartles und Sir James saßen wie üblich beim Kamin am Schachbrett. Der junge Mister Evan war bei ihnen und lernte eine weitere Strategie, um sein Können zu verbessern. Lord Aldrich versteckte sein Gesicht hinter seiner Zeitung und hoffte offenbar, niemand möge bemerken, dass er sich eine weitere Auszeit von seinem Leben als verheirateter Mann gönnte. Einige von Wilberforces älteren Schutzbefohlenen schliefen selig in ihren Sesseln und schlugen so die Zeit bis zum Abendessen tot.

Lady Prudence hielt zwar ein Buch in der Hand, interessierte sich aber mehr für die Fortschritte ihres Bruders beim Schach. Welche Erklärung sollte es sonst dafür geben, dass sie seit einer Viertelstunde keine Seite mehr umgeblättert hatte?

Lady Blankenship hielt sich in der Küche auf, um mit dem Koch den Speiseplan durchzugehen. Wilberforce hatte ihr das gnädig erlaubt, und die junge Countess widmete sich dieser Aufgabe mit großem Eifer. Es war ein glückliches Arrangement, denn der Koch, Ihrer Ladyschaft ausgesprochen ergeben, bemühte sich seitdem noch mehr als vorher.

Sir Colin, Lord Blankenship und Lord Strickland waren, wie der stets gut informierte Majordomus wusste, auf der Suche nach Lady Melodys alter Pflegemutter. Wilberforce wünschte inbrünstig, dass sie die richtigen Eltern nicht ausfindig machten. Die Kleine gehörte ins Brown's und nirgendwo sonst hin.

Sie selbst konnte er nicht entdecken. Vermutlich war sie mal wieder ausgebüchst und spielte auf dem Dachboden. Allein vermutlich. Es sei denn, man zählte die Königin im Turm, irgendeine Fantasiefigur, als reale Spielgefährtin. Wilberforce stutzte. Die Königin im Turm. Fehlende Teppiche.

Heute Morgen erst hatte er festgestellt, dass alle unbewohnten Räume im dritten Stock zusätzlich zu den Teppichen und diversen Möbelstücken ihrer Wandbehänge beraubt worden waren. Was ihn zutiefst befremdete, denn sein eigener Vater, ebenfalls Majordomus im Brown's, hatte die wertvollen Stücke vor einem halben Jahrhundert angeschafft, um die luxuriöse Ausstattung der Zimmer zu unterstreichen.

Normalerweise hätte er den Vorfall sofort der Polizei gemeldet. Doch die Tatsache, dass nur in einem einzigen bewohnten Apartment ebenfalls die Wandteppiche fehlten, gab ihm zu denken. Mehr noch: Bei Lord Strickland waren zudem ebenfalls fast alle Teppiche verschwunden – genau wie in einigen der unbewohnten Räume. Davon hatte er sich schließlich mit eigenen Augen überzeugt.

Wilberforce, ein an sich geduldiger Mann, war sehr stolz auf seine Fähigkeit, stumm an der Außenlinie zu stehen und das Leben der ihm anvertrauten Clubmitglieder bestmöglich zu organisieren. Bisweilen erlaubte er es sich auch, Schicksal zu spielen. So hatte er erst kürzlich Lord Aldrichs Matratze gegen eine sehr viel dünnere und härtere austauschen lassen. Er zweifelte nicht daran, dass dieser kleine Trick dazu beitragen würde, Seine Lordschaft zu einer Rückkehr zu seiner frisch angetrauten Ehefrau zu bewegen.

Die Königin im Turm. Melodys Spiel wollte Wilberforce nicht aus dem Kopf. Vielleicht war es an der Zeit, sich oben einmal gründlicher umzuschauen, dachte er und verließ den Salon.

»Wilberforce!«

Er blieb stehen und verneigte sich tief. »Lady Blankenship. Wie kann ich Ihnen helfen?«

Ihre Ladyschaft kam mit einem seltsamen Ausdruck in ihrem hübschen Gesicht auf ihn zu. »Wilberforce, hat der Koch Ihnen gegenüber erwähnt, dass es einige kleinere Diebstähle aus den Vorratskammern gab?«

Wilberforce nickte. »In der Tat, Mylady. Ich habe es einem bestimmten Mitglied der Dienerschaft zugeschrieben – jemandem, der emotional eine schwierige Phase …«

Madeleine unterbrach ihn. »Sie meinen unseren liebeskranken Bailiwick?«

»Ja. Das ist korrekt, Mylady.«

Sie nickte. »Verstehe. Aber ich weiß nun zufällig, dass Bailiwick keine Eier isst, und trotzdem verschwinden welche.«

Wilberforce blinzelte. »Sehr aufmerksam von Ihnen, Mylady. Ich habe diese Tatsache wohl übersehen.«

»Wenn es nicht Bailiwick ist«, grübelte Madeleine, »wer nimmt dann das Essen?«

In der Tat, dachte Wilberforce. Wer sonst?

In diesem Moment läutete der Koch zum Abendessen. Im Salon entstand Bewegung, und alle machten sich auf in den Speisesaal. Sogar Melody kam rechtzeitig die Treppe heruntergehüpft, eine Hand am Geländer und mit der anderen Gordy Anne hinter sich herschleifend. Auf Melodys Gesicht entdeckte er Staub. Staub? Sie konnte nur auf dem Dachboden gewesen sein.

Sie grinste ihn an. »Wibblyforce! Ich hab Hunger! Du auch?«

Mit leicht zusammengekniffenen Augen schaute Wilberforce sie an. Im Augenblick war er zu beschäftigt, um der Sache mit dem Staub nachzugehen. Erst Abendessen, dann Portwein und Zigarren für die Herren und Sherry für die Damen. Bestellungen für die nächste Woche. Anschließend mussten die Kinder ins Bett und die älteren Mitglieder auf ihre Zimmer gebracht werden. Erst danach konnte er sich auf dem Dachboden umschauen.

Evan stolperte eilig an ihnen vorbei. »Beeil dich, Mellie, oder ich ess deine ganzen Karotten!«

»Neiiiin«, rief sie und hastete hinter dem Jungen her, ihre Lumpenpuppe wie eine Fahne schwenkend.

Pru, die sich soeben zu Maddie und Wilberforce gesellte, blickte lächelnd den davoneilenden Kindern nach. »Sie glaubt es ihm jedes Mal. Eines Tages wird ihr aufgehen, dass Evan in seinem ganzen Leben noch nie freiwillig eine einzige Karotte gegessen hat.«

Wilberforce geleitete die Damen in den Speisesaal. Der Speicher konnte warten.

Fürs Erste.

Fünfundzwanzigstes Kapitel

Sobald es Jack gelungen war, Aidan und Colin abzuschütteln, begab er sich zu Lementeur. Der viel beschäftigte Couturier servierte gerade einer fülligen Witwe Tee und Gebäck und stellte der Frau für dieses Privileg zweifellos ihr Gewicht in Gold in Rechnung.

Der Dame schien es nichts auszumachen.

Nachdem er mit Cabot, dem Assistenten, gesprochen hatte, hielt sich Jack im Hintergrund, bis Button der Kundin ausreichend geschmeichelt hatte und sie mit Cabot bekanntmachte. Die etwa siebzig Jahre alte Matrone war von dem jungen Schönling dermaßen begeistert, dass sie sich wie ein junges Mädchen aufführte.

Button winkte Jack eilig in sein Büro, das erstaunlich unprätentiös und unordentlich aussah. Tausende Skizzen von Kleidern hingen an den Wänden, teilweise mehrere übereinander. Stapel von Rechnungen und Kontenbüchern bedeckten den Schreibtisch und drohten Tintenfässer und Krüge voller Federhalter und Pinsel zu verdrängen. Für Jack ein eindeutiges Zeichen dafür, dass der Mann trotz seiner fröhlich-habgierigen Art hart arbeitete.

»Mylord, was kann ich für meinen Lieblingskunden tun?«

»Äh«, setzte er nach einer Weile an, »meine Bekannte braucht ein neues Kleid. Sofort.«

Button lächelte freundlich. »Natürlich. Darf ich fragen …«

Bitte nicht fragen.

Jack ging sofort in Abwehrhaltung, doch der feinfühlige Modeschöpfer hatte sowieso nichts Indiskretes wissen wollen. »Darf ich fragen, ob das erste Kleid in irgendeiner Weise nicht zufriedenstellend war?«

Jack räusperte sich und rieb sich verlegen den Nacken. »Schon, aber das Kleid ist … Äh, es wurde leider ruiniert. Ein Fleck, Sie verstehen.«

Ein vergnügtes Glitzern trat in Buttons Augen und wurde begleitet von einem kaum merklichen Heben der Mundwinkel. »Tatsächlich? Wie ungewöhnlich!« Er verneigte sich. »Ich nehme das als Kompliment, wenn Sie erlauben.«

Jack richtete den Blick zur Decke und wäre am liebsten im Erdboden versunken. Besser war es, die Anspielung zu ignorieren. »Ich nehme an, Sie haben kein anderes mehr zufällig herumliegen?«, fragte er, ohne in Buttons wissende Augen zu schauen.

Der kleine Mann lehnte sich in seinem Stuhl zurück und tippte die Fingerspitzen aneinander. »Ich denke, ich könnte ein angemessenes Gewand zur Hand haben – was allerdings bedeutet, dass ich einen anderen geschätzten Kunden um Geduld bitten muss …« Seine Stimme verklang erwartungsvoll.

Jack sah ihm in die Augen. »Halsabschneider.«

Das Gnomengesicht verzog sich amüsiert. »Es freut mich, dass wir einander so gut verstehen, Mylord.« Button stand auf. »Gedulden Sie sich einen Moment, denn ich muss mit Cabot reden. Vielleicht trinken Sie währenddessen einen Kaffee?«

Später fragte Jack sich, was ihm da serviert worden war, denn am Ende gab er dreimal so viel Geld aus wie jemand, der bei klarem Verstand war. Und im letzten Moment, als seine Kutsche bereits überbordete von Schachteln und Päckchen, wurde das bei seinem letzten Besuch georderte Abendkleid gebracht. Er hätte an Zauberei geglaubt, wären da nicht die horrenden Rechnungen gewesen. Button verstand zweifelsfrei sein Geschäft. In jeder Hinsicht.

»Möchten Sie es gerne sehen, Mylord?«

Jack schüttelte den Kopf. Er hatte genug von Stoffen und Farbmustern, von Handschuhen und Strümpfen und obskuren kleinen Spitzenteilen, mit denen er in der letzten Stunde bombardiert worden war. »Muss ich das?« Klang seine Stimme nicht irgendwie kläglich? Er räusperte sich mannhaft. »Ich bin mir sicher, dass es vollkommen angemessen ist.«

»Mylord, es wäre sogar angemessen für eine königliche Hochzeit! Ich hoffe, Sie begleiten die Dame zu einer entsprechenden Veranstaltung. Einem Ball vielleicht?«

»Button«, brach es aus Jack heraus, »ich brauche Ihre Hilfe.«

Wie aufs Stichwort verschwand Cabot, und der Modeschöpfer schenkte Jack eine weitere Tasse Kaffee ein. »Mylord, ich bin natürlich gerne bereit, Ihnen zu helfen, wo ich nur kann.«

»Ich möchte ihr etwas geben …« Er schüttelte den Kopf. »Verdammt, ich weiß nicht einmal, wie ich es ausdrücken soll …«

»Wenn ich Ihnen einen Rat geben darf, Mylord … Ich gehe davon aus, Sie versuchen das Herz einer Dame für sich zu gewinnen, und meinen Beobachtungen nach – ich verfüge über einen reichen Schatz, wie Sie wissen – schafft man das am ehesten, indem man versucht, sie zu verstehen.«

»Das hat nicht geholfen.«

»Wirklich nicht? Sie lieben sie, deshalb …«

Die Worte durchfuhren Jack wie ein Pfeil – waren wie eine Offenbarung, die ihn überwältigte. Und sie entsprachen der Wahrheit.

Ich liebe sie und begehre sie nicht nur.

Ich will nicht bloß, dass wir einander wieder besser verstehen, und es geht mir nicht allein darum, Melody zu behalten.

Ich liebe sie. Wirklich und wahrhaftig.

Und als würde die Sonne nach einer langen Zeit der Finsternis endlich strahlend aufgehen, erkannte er, dass das nie anders war.

Ich habe sie immer geliebt.

Mit einem Mal fiel es ihm wie Schuppen von den Augen. Laurel gehörte schon damals sein Herz, nicht der oberflächlichen Amaryllis, mit der er sich nicht länger als eine Viertelstunde unterhalten konnte. Darum verspürte er auch nie einen Funken von Eifersucht, wenn er sie umgeben von ihren zahlreichen Verehrern beobachtete.

Und vielleicht hatte er, ohne es zu begreifen, den Salon der Clarkes und Amaryllis nur so häufig verlassen, um in diese tiefblauen Augen zu schauen – um das ernsthafte, kluge Mädchen zu sehen, das ihm immer so erwartungsvoll entgegenblickte. Wenn er das alles rechtzeitig erkannt hätte, würde er auf sie gewartet haben, anstatt sich mit ihrer Schwester zu verloben.

Gütiger Gott, er hatte alles wirklich gründlich vermasselt!

In ihrem Ankleidezimmer wirbelte die junge Braut jetzt fröhlich im Kreis herum und vergaß ganz, dass sie sich vor ihrer bevorstehenden Trauung fürchtete.

»Wie romantisch! Er hat sie immer geliebt!«

Button folgte ihr mit kleinen tänzelnden Schritten, in der Hand eine Perlenkette. Während er ihr seine Geschichte erzählte, versuchte er sie ganz nebenbei für die Trauung herzurichten. Erst die Kette, dann vielleicht das Kleid …

Er hob die Hände an ihren Nacken. »Nachdem ich ihm das Kleid gegeben hatte, das – wie ich wohl behaupten darf – eine meiner schönsten Kreationen war, sah er mich an und sagte …«

Melody drehte sich zu ihm um, die Hände an die Wangen gepresst. »Meine Güte! Button! Ich bin der Elf!« Sie lachte laut. »Ich bin der Elf aus Onkel Colins Roman!«

Der kleine Modeschöpfer seufzte lächelnd und ließ die Perlenkette hinter seinem Rücken verschwinden. »Ja, mein Liebling, Sie sind der Elf. Und mit dem Zauberkorb ist der Lastenaufzug gemeint, und der Troll, den der Elf mit einem Trick dazu bringt, ihn nach oben zu ziehen, ist …«

»Evan«, kicherte Melody. »Oh, das muss ich ihm sagen.« Dann erinnerte sie sich wieder, warum Button da war und ihr seit Stunden Geschichten erzählte. Ihr Lachen erstarb, und ihr Gesicht wurde erneut aschfahl. Sie drehte sich zu ihrem Geschichtenerzähler um. »Ich werde es ihm nie sagen können.«

Er lächelte beruhigend. »Und warum nicht? Er ist bereits unten. Zusammen mit allen anderen.«

Melody setzte sich mit dramatischer Geste aufs Sofa, und ihre abenteuerlich teuren seidenen Unterröcke bauschten sich knisternd. Da saß sie – eine umwerfende Schönheit mit dichtem, dunklem Haar, in das Perlen und Satinbänder geflochten waren, und einem herzförmigen Gesicht, das schon lange alles kindlich Runde verloren hatte – und schaute den berühmtesten Couturier des Königreichs mit den traurigsten blauen Augen an, die er je gesehen hatte.

»Ich kann es ihm nicht sagen, weil ich dieses Zimmer niemals verlassen werde. Nie.« Sie holte tief und zitternd Luft. »Button, ich kann das nicht.«

Er hockte sich hin, um ihr ins Gesicht zu schauen, obwohl es kaum nötig war. Lementeur war klein, beinahe winzig und Melody für eine Frau sehr groß. »Mellie, mein Mäuschen, mein Liebling. Warum kannst du das nicht?«

Sie schüttelte bloß den Kopf und wandte rasch den Blick ab. »Erzählen Sie einfach die Geschichte zu Ende, ja? Bitte, Button.«

Er seufzte und setzte sich neben sie auf das Sofa. Sie schmiegte ihr trauriges, hübsches Gesicht an seinen Hals, und ihm fiel ein, dass er wegen dieses unendlichen Tränenstroms an seinem Hals vor der Trauung unbedingt seinen Rock wechseln sollte. Dann erzählte er weiter.

»Seine Lordschaft kehrte also mit seinen Einkäufen in den Club zurück …«

Draußen vor Lementeurs Laden gaben sich Colin und Aidan große Mühe, in der Menge nicht aufzufallen. Der eine las eine Zeitung, und der andere heuchelte großes Interesse an einer Schaufensterauslage voller Cremes und Duftwässerchen. »Glaubst du, Pru benutzt auch so viel Zeug?«

Aidan blickte in das Schaufenster. »Nie im Leben.«

Colin runzelte die Stirn und sah seinen Freund an. »Warum nicht?«

»Weil Pru auch ohne das absolut umwerfend aussieht«, erklärte Aidan, während er gelangweilt die Zeitung umdrehte.

»Das stimmt … Aber hallo, du redest hier über meine Frau! Woher willst du das eigentlich wissen?«

»Weil du ständig darüber redest, du Trottel.«

»Und was machst du, wenn Maddie durchs Zimmer geht? Verfolgst sie mit Blicken, als wolltest du sie auf der Stelle vernaschen. Man kann von Glück sagen, dass du nicht wie ein Rüde zu sabbern anfängst. Ekelerregend ist das.«

So amüsant das Geplänkel zwischen den beiden ungleichen Freunden auch sein mochte – mehr interessierte sie, was Jack so lange in Lementeurs berühmtem Damensalon trieb.

»Er ist jetzt seit über einer Stunde da drin. Normalerweise lässt er doch Pru und Maddie die Sachen für Mellie abholen.« Colin war sichtlich irritiert.

Aidan blickte nicht von seiner Zeitung auf. »Vielleicht verspürt er den Wunsch, sie ein bisschen zu verwöhnen.«

»Kann nicht behaupten, dass ich ihm das übelnehmen würde. Meinst du, wir sollten auf dem Weg zurück zum Club bei der Confiserie anhalten?«

»Warum?«

»Weil ich sie ebenfalls verwöhnen möchte – wer weiß, wie lange wir sie noch haben«, meinte Colin düster.

Aidan sah ihn nicht an. »Ich habe heute Morgen bereits Süßigkeiten für sie bestellt«, gab er zu.

»Ich hoffe sehr, dass alles gut wird.«

»Vorsicht.« Colin hörte, wie Aidan ihn warnte. »Da kommt er.«

Er selbst behielt das Spiegelbild im Auge und beobachtete, wie Jack die Kutsche bestieg. Sie bekamen sogar mit, dass er dem Kutscher Brown's als Ziel nannte, und atmeten erleichtert aus.

»So, jetzt ist er weg. Und weißt du, was das bedeutet«, sagte Colin.

Aidan senkte seine Zeitung. »Was?«

»Es bedeutet, dass wir eine Mietdroschke rufen müssen. Jack hat einfach vergessen, auf uns zu warten und uns wieder mit zurückzunehmen.«

Sechsundzwanzigstes Kapitel

Am Abend dieses Tages betrachtete Jack sich finster im Spiegel, während er mit seinem Halstuch kämpfte. Es war das erste Mal seit Jahren, dass er es bereute, keinen Kammerdiener zur Verfügung zu haben.

»Ich hätte mich auch von Button anziehen lassen sollen«, murmelte er.

»Ich mag Button! Weil er Kleider für Gordy Anne macht.«

Er blickte neben sich in den Spiegel und sah zu, wie seine Tochter sein zweitbestes Halstuch als … was verwendete? Als Leichentuch vielleicht? Zumindest sah die Lumpenpuppe momentan einer ägyptischen Mumie ziemlich ähnlich. Oder sollte sie ein verpupptes Insekt darstellen? Manchmal war es schwierig, Melodys Vorstellungen zu folgen.

»Gordy Anne sieht … umwerfend aus«, äußerte er sich vage. Das deckte alle Interpretationsmöglichkeiten ab.

»Umwerfend«, sang Melody. »Umwerfende Gordy Anne!«

Sie saß mit untergeschlagenen Beinen auf dem Bett und runzelte angestrengt die Stirn, während sie das Halstuch neu wickelte. »Papa, guck mal! Schau dir Gordy Anne an!«

Jack unterbrach das Binden des Halstuchs und drehte sich zu ihr um – wie ein hingebungsvoller Vater eben, der für seine angebetete Tochter alles tat. Er nickte ernst. »Gordy Anne hat noch nie so …«, ihm fielen keine neuen Superlative ein, »so umwerfend ausgesehen«, wiederholte er. Zum Glück fand Melody seine Beurteilung absolut ausreichend.

Als Jack sich wieder dem Spiegel und seinem widerspenstigen Halstuch zuwandte, überlegte er, ob Laurel wohl etwas Besseres eingefallen wäre. Und ob sie verstanden hätte, was Melody da bezweckte. Auf alle Fälle hätte sie von Herzen gelacht.

Er konnte es kaum erwarten, sie wieder einmal lachen zu hören. Oder ihr Lächeln zu sehen, das breit und strahlend ihr Gesicht überzog. Wie gestern Abend, als er ihr Melody brachte. Er hoffte, dass sein kleiner von Bailiwick inspirierter Plan funktionierte. Vor nicht allzu langer Zeit hätte er so etwas nie im Leben in Betracht gezogen, doch jetzt dämmerte ihm, dass der junge, etwas einfältige Lakai sehr viel näher dran war, seine Liebste für sich zu gewinnen, als er, der Mann von Welt. Warum sich also nicht die schlichten Worte, er wolle alles für sein Mädchen tun, damit es glücklich werde und bleibe, zu Herzen nehmen?

Melody schaukelte ihre strangulierte Lumpenpuppe und sang ihr ein Lied über ein Pony vor. Das tat sie in letzter Zeit häufiger, was Madeleine als Hinweis verstand, dass sie sich ein Pony wünschte. Pru hingegen vertrat die

Ansicht, dass das Kind mit seiner direkten Art eine solche Bitte unverblümt vorbringen würde.

Jack amüsierte sich bloß über die Theoriediskussionen der beiden Ersatzmütter. Er hatte bereits Nägel mit Köpfen gemacht und einen stämmigen kleinen Ponywallach gekauft, der den gleichen weißen Stern auf der Stirn trug wie Evans Ramses. Jetzt wartete er nur noch auf eine passende Gelegenheit, ihr das Pony zu schenken. Jack lächelte still vor sich hin. Vielleicht sollte er Colin und Aidan von seiner Überraschung in Kenntnis setzen, damit Melody nicht am Ende drei Ponys bekam.

»Du hast eine schöne Stimme, Lady Melody.«

»Ich weiß.«

Jack drehte sich um und schaute sie an. »Schatz, man sagt Danke, wenn man ein Kompliment gemacht bekommt.«

»Danke«, wiederholte Melody automatisch. Dann: »Was ist ein Komm-ple-mint?«

»Kompliment heißt das«, verbesserte Jack sie. »Es bedeutet, dass jemand etwas Nettes über dich sagt.«

Melody wickelte Gordy Anne aus, um sie aufs Neue einzupacken. »Mama singt noch schöner.«

Jack unterbrach wieder einmal das Binden seines Halstuchs. »Wirklich?« Hatte er Laurel jemals singen gehört? Nein. Sie hatte sich bei Geselligkeiten immer im Hintergrund gehalten, um ihrer geltungsbedürftigen Schwester die Schau nicht zu stehlen. Ein plötzliches Verlangen erfasste ihn, das Versäumte nachzuholen.

»Verdammt!« Er wusste selbst nicht, ob er wegen seines Halstuchs fluchte oder wegen seiner problematischen Beziehung zu Laurel.

»Verdammt«, sang Melody. »Verdammt! Umwerfend!« Um dann plötzlich umzuschwenken und ihren Vater völlig aus der Fassung zu bringen. »Du solltest Mama heiraten, Papa. Damit sie aus ihrem Turm herauskommt.«

Der Raum schien sich um ihn zu drehen. Jack stützte die Hände auf die Frisierkommode und atmete tief durch. Widerstreitende Gefühle ergriffen von ihm Besitz. Nervosität, Aufregung und Erregung ebenso wie Sorge und Furcht – alles vermischte sich zu einem Wirbelsturm, der ihn in seinen Sog riss. Obwohl es genau das war, was er wollte.

Ich liebe sie.

Zugleich aber schob sich eine andere Stimme über diesen beglückenden Gedanken.

Sie hasst mich.

Er zog es vor, nicht auf Melodys Vorschlag einzugehen, widmete sich stattdessen angelegentlich seinem Halstuch. Fertig! Dann schlüpfte er in sein Dinner Jacket, drehte sich zu seiner Tochter um und stellte sich in Positur. »Wie findest du mich?«

Sie klatschte in die Hände. »Umwerfend, Papa! Und Gordy Anne sagt auch, dass du umwerfend aussiehst.«

Hoffentlich dachte die Dame auf dem Dachboden ebenso, schoss es ihm durch den Kopf.

Laurel zündete eine neue Kerze an. Am Morgen hatten einige auf dem Frühstückstablett gelegen, sodass sie endlich die Stunden der Dunkelheit nutzen konnte. Sie las gerade ein Buch – eher ein gebundenes, noch nicht veröffentlichtes, handgeschriebenes Manuskript mit dem Titel *Meiner Dame Schatten*. Jack hatte ihr die Lektüre ans Herz gelegt.

Es gibt da ein Buch, das ich dir leihen sollte …

Laurel konnte die Seiten nicht schnell genug umblättern. Es war eine aufregende Geschichte über eine mutige und kluge Frau, die einem verrückten Wolf zu entkommen suchte, der ihre Fährte aufgenommen hatte und ihr nicht von den Fersen wich. Zwar gewann sie Liebe und Unterstützung eines noblen Lords, doch nicht einmal er konnte den Angriff des außer Kontrolle geratenen Wolfes verhindern. Die Heldin wurde in seine Höhle gezerrt und dort gefangen gehalten.

Gerade las Laurel, wie das Untier sich ebenfalls das Kind des Lords schnappte … Ihr stockte der Atem, und sie schlug das Buch zu. *Meiner Dame Schatten*.

Madeleine. Aidan. Der böse Mann.

Melody.

Sie blickte in die Ferne. Das hier war die Höhle des Wolfes. Deshalb hatte Melody gezögert, an jenem ersten Tag aus dem Lastenaufzug zu klettern, deshalb eine Bestätigung gebraucht, dass alles wieder in Ordnung sei, bevor sie die Nacht auf dem Dachboden verbrachte.

Laurel starrte auf die gebundenen Seiten in ihrem

Schoß. Sie würde es nicht ertragen, auch nur ein weiteres Wort zu lesen, dachte sie. Aber genauso wenig brachte sie es fertig, das Manuskript einfach zur Seite zu legen. Erneut schlug sie den Band auf und vertiefte sich in die Geschichte.

Als Jack an ihre Tür klopfte, wäre sie vor Schreck fast tot umgefallen. »Herein«, rief sie atemlos.

Laurel blickte zu ihm auf, die Augen weit aufgerissen. »Wimbledon hat gerade den Wolf erschossen.«

Jack blieb stehen und starrte sie eine Weile an, bevor er seinen Blick von ihr losriss und zu ihrem Bett ging. »Im richtigen Leben heißt er Wibblyforce … oder vielmehr Wilberforce.« Er legte eine große Schachtel aufs Bett und wandte sich zur Tür. »Ich komme in einer halben Stunde zurück«, sagte er. »Ich … hoffe, es gefällt dir.«

Erst als Jack die Kammer verlassen und die Tür hinter sich abgesperrt hatte, wurde Laurel bewusst, dass er Abendkleidung trug.

In der er verdammt gut aussah.

Obwohl die Schachtel nicht das berühmte L aufwies, erkannte sie an Form und Farbe, dass sie aus Lementeurs Salon stammte. Laurel zögerte keine Sekunde, sich das Geschenk anzusehen. Keine Frau würde das schaffen. Sie biss sich auf die Unterlippe und rannte durchs Zimmer.

Erwartungsvoll hob sie den Deckel und empfand pure Glückseligkeit. Griff mit zitternden Fingern in die Schachtel – und ein Traum wurde wahr. Eines Tages, wenn sie diesem Meister seines Faches persönlich gegenüberstehen würde, wollte sie sein Gesicht mit Küssen bedecken!

Es war ein Kleid. Aber diese Etikettierung kam ihr zu prosaisch vor – genauso gut könnte sie einen Schwan als Ente bezeichnen. Nein, es war ein Kunstwerk, dieses Gebilde aus himmelblauer Seide.

Laurel zog sich nackt aus, um dann aufs Neue mit dem Ankleiden zu beginnen. Bereits die fein gewebten Strümpfe, die ihre Haut durchschimmern ließen, lösten Entzücken aus. Sie schloss die Strumpfbänder über den Knien und strich über das glänzende Gewebe. Noch nie hatte sie etwas so Elegantes besessen – dabei fing sie gerade erst mit Auspacken an!

Das blaue Kleid war raffiniert geschnitten: mit einem rasant tiefen Rückendekolleté – so tief, dass sie die Knöpfe selbst öffnen konnte – und winzigen Ärmelchen, die nur der Dekoration dienten und so wenig wie möglich verdeckten. Das Kleid passte wie angegossen, ohne irgendwo zu zwicken oder zu rutschen. Wie war so etwas möglich ohne Anprobe? Nur mit ein paar alten Kleidern als Vorlage?

Nach dem ersten Rausch meldeten sich Gewissensbisse. Sie sollte das Geschenk nicht annehmen. Es implizierte … Ach, egal! Sie hatte bereits sein Kind zur Welt gebracht – was konnte noch unmoralischer sein? Also vollendete sie die Ankleidezeremonie und streifte zum Schluss die Handschuhe bis über die Ellenbogen hoch.

Ein Spiegel. Sie brauchte einen Spiegel. Um sich anzuschauen und zu kontrollieren, ob alles richtig saß und richtig geknöpft war. Und um sich ihr Haar zu richten. Sie schaute in die Schachtel mit dem Seidenpapier und entdeckte ein kleines Täschchen – ähnlich dem, in dem die Strumpfbänder gewesen waren.

Ein Handspiegel. Dieser Lementeur wusste wirklich, was eine Frau alles brauchte. Aber es war kein beliebiger Spiegel, sondern einer aus Gold. Purem Gold. Sie merkte es, weil er sich bei der ersten Berührung gleich warm anfühlte. Und es gab nur ein einziges Metall, das so reagierte. Echtes Gold.

Ehrfürchtig bewunderte sie die ausgebreiteten Herrlichkeiten. Ihre anfängliche Furcht, es könnte sich um Bestechungsversuche handeln, hatte sie entschlossen beiseitegeschoben. Nein, lieber betrachtete sie die Geschenke als Ausdruck für Jacks Wunsch, ihr eine Freude zu bereiten. Eine Frau konnte sich an solche Generosität gewöhnen.

Das Täschchen enthielt neben dem Spiegel auch eine kleine Bürste mit goldenem Griff. Da sie nur ein paar Nadeln für ihren strengen Knoten dabeihatte, bürstete sie ihr langes, welliges Haar so lange, bis es wie eine seidige, dunkle Wolke sinnlich auf ihre nackten Schultern und ihren entblößten Rücken fiel.

Damit war ihr Aufzug vollendet. Abgesehen davon, dass sie keine Unterwäsche trug – die war wohl beim Einpacken vergessen worden. Aber das würde ja niemandem auffallen. Überhaupt würde sie in diesem Kleid leider niemand sehen können, dachte sie. Außer Jack natürlich. Und was würden sie beide tun? In Ballrobe am Tisch sitzen und Tee trinken?

In diesem Augenblick klopfte es an der Tür. »Herein«, rief sie und konnte der Versuchung nicht widerstehen, sich in Positur zu stellen. Kinn hoch, Brust raus, die Hände hinter dem Rücken verschränkt. Selbst die Jahre der Entbehrung hatten ihre weiblichen Instinkte nicht abzutöten vermocht.

Dann sein Gesichtsausdruck, als er hereinkam und sie dort stehen sah. Der letzte Rest seiner bemühten Förmlichkeit ging in Flammen auf, und seine Augen brannten voller Bewunderung und Begehren. »Du siehst ... einfach atemberaubend aus.«

Laurel lächelte. Es bedeutete ihr viel, dass er sie für attraktiv hielt. Immer war es ihr egal gewesen, was andere Männer von ihr dachten. Nicht so bei Jack. Und das würde sich wahrscheinlich kaum jemals ändern. Sie knickste tief. »Danke. Sie sehen selbst ebenfalls nicht übel aus, Mylord.«

Ihr Kompliment hatte leicht klingen sollen, doch seine Pupillen weiteten sich. »Danke«, sagte er ernst. »Ich habe eine halbe Stunde mit dem Halstuch gekämpft.«

Laurel biss sich auf die Lippe und verkniff sich ein Grinsen, denn sein Tuch saß ein kleines bisschen schief. Trotz aller Bemühungen. Jack wirkte irgendwie nervös. Sie verschränkte die Arme und neigte den Kopf. »Und was machen wir jetzt? Uns wieder umziehen?«

Er schaute sie lange an. Seine dunklen glühten Augen wie Kohlen, und unter seinem verlangenden Blick wurde Laurel sich plötzlich ihres gewagten Ausschnitts und des eklatanten Mangels an Unterwäsche bewusst. Gerade als sie zu fürchten begann, er würde eine weitere sündhaft teure Kreation auf dem Fußboden ruinieren wollen – *Himmel, welch herrliche Idee* –, streckte er ihr die Hand entgegen. »Komm her«, sagte er.

Er hatte das schon einmal zu ihr gesagt. Und so wie damals befolgte sie seine Aufforderung auch jetzt. Sie legte ihre behandschuhten Finger in seine, senkte ihr Gesicht und ließ sich von ihm aus der Kammer führen. Allerdings geleitete er sie nicht wie erwartet die Treppe hinunter, sondern zum großen Fenster des Hauptspeichers.

Sie schaute ihn verwundert an, denn der Ausblick unterschied sich kaum von dem auf dem Trockenboden. Beide Fenster gingen schließlich auf die St. James Street hinaus. Dann ließ Jack ihre Hand los, öffnete den Mittelflügel des Fensters und kletterte hinaus.

Siebenundzwanzigstes Kapitel

Laurel missverstand die Situation völlig. Voller Entsetzen trat sie ein paar Schritte vor, um ihn festzuhalten. »Tu es nicht, Jack! Das ist es nicht wert!«

Überrascht schaute er zu ihr zurück, lächelte sie breit an, sodass seine weißen Zähne im Mondschein aufblitzten. »Keine Angst. Ich habe nicht das vor, was du zu denken scheinst.« Es war das erste Lächeln seit Jahren, das sie von ihm sah. Seit er in den Krieg gegangen war.

Ihr Herz schmolz wie Eis in der Sonne, ob sie es wollte oder nicht. Er war noch immer so verführerisch schön, auch wenn ein dunkler Schatten auf ihm lag.

»Lass mich dir raushelfen«, sagte er und streckte ihr seine Hand entgegen, während Laurel Panik in sich aufsteigen fühlte. »Das glaube ich jetzt nicht, dass du so etwas von mir verlangst!«

Er griff nach ihrer Hand. »Vertrau mir, es ist alles in Ordnung.«

Laurel stützte ihre verbliebene Hand in die Hüfte. »Mein lieber Marquis, es gibt ohne Zweifel einige Naturgesetze, die sich nicht leugnen lassen. Eines davon besagt, dass es unweigerlich regnet, wenn man zum ersten Mal eine neue Haube trägt. Und das zweite, dass alles aufgrund der Schwerkraft von oben nach unten fällt.«

Jack blinzelte sie an. »Bist du nicht wenigstens ein kleines bisschen neugierig, Bramble?« Er lächelte ihr erneut zu. »Ich wette, du traust dich nicht.«

Ihr Kosename beschleunigte den Schmelzvorgang ihres Herzens. Wenn sie dem nicht bald Einhalt gebot, war alles zu spät. Trotz dieser Erkenntnis schlug sie alle Bedenken in den Wind, raffte ihre Röcke und setzte den Fuß auf den Fensterrahmen, um von seiner Hand gestützt nach draußen zu steigen und mit ihm Schritt für Schritt einen schmalen Sims entlangzubalancieren, bis sie die Dachschräge hinter sich hatten und eine gerade Fläche erreichten.

Jetzt endlich hob sie ihre Augen. »O mein Gott«, stieß sie aus.

Es war wunderschön. Jack hatte Dutzende von Kerzen angezündet und überall auf dem Dach verteilt. Einige steckten in Laternen, andere in Kerzenständern, und wieder andere waren mit Wachs auf dem Untergrund befestigt. Ein festlich erleuchteter Ballsaal hoch über London, den ein Sternenhimmel strahlend überwölbte.

Laurel schaute sich um. Im Mondlicht sah sie den hell erleuchteten St. James's Palace, die Residenz des Prinzregenten, und so weit das Auge reichte, umfasste ihr Blick dieses unendliche Häusermeer mit den ungezählten erleuchteten Vierecken – Fenstern, hinter denen mehr als eine Million Menschen lebten und arbeiteten. »Mir war nie klar, dass die Stadt so groß ist«, sagte sie überwältigt. »Von hier oben wirkt sie wie ein Märchenland.«

Jack, der ihre Hand unverändert festhielt, führte sie zur Mitte des Daches, ließ sie dort stehen und eilte zu einer Seite. Bückte sich, um an etwas herumzuhantieren, und plötzlich erfüllte eine glockenhelle Melodie die Nachtluft. Jack kam zu ihr zurück und verneigte sich. »Darf ich um diesen Tanz bitten, meine Dame?«

Laurel stand inmitten dieses Meeres aus Kerzen und blickte diesen verwirrenden Mann ungläubig an. »Du möchtest mit mir tanzen? Auf einem Dach? Zu einer Spieluhr?«

Ein wenig besorgt schaute er sie an. »Ich hatte gehofft …«, setzte er an, hielt inne und räusperte sich. »Du hattest meinetwegen nie die Möglichkeit, auf einen Ball zu gehen«, sagte er schließlich heiser.

Ein Ball? Für sie? Ihre Blicke wanderten über das erleuchtete, schimmernde Traumdach, während die silberhellen Klänge der Spieluhr durch die mondbeschienene Nacht schwebten. Etwas Romantischeres war kaum denkbar.

Sie unterdrückte ein kleines Schluchzen und versank vor Jack erneut in einen tiefen Knicks. »Nun, ich danke Ihnen sehr, Mylord. Nichts täte ich lieber, als mit Ihnen zu tanzen.« Sie legte die Hand in seine, und er zog sie in die Arme.

Endlich.

Schon als junges Ding träumte sie davon, mit Jack zu tanzen. Sie stellte sich vor, wie sie über die Tanzfläche wirbeln, einander tief in die Augen schauen würden und wie die Welt ringsum versank. Bei der Erinnerung an ihre prophetische Fantasie musste sie lachen und warf den Kopf in den Nacken, ließ sich von Jack im Kreis herumwirbeln.

»Sing mit«, drängte Jack sie.

Laurel lachte und schaute weg. »Niemals.«

»Bitte! Melody hat gesagt, du hättest so eine schöne Stimme.« Er schaute sie bewundernd an, genau wie sie es sich einst erträumt hatte. »Ich möchte dich singen hören«, bat er heiser.

Diesem intim-vertraulichen Ton, den er da anschlug, konnte sie sich trotz allem, was geschehen war, nicht widersetzen. Fast automatisch öffneten sich ihre Lippen und formten die Worte zu der kleinen, sentimentalen Melodie. Erst schüchtern, dann mit wachsendem Selbstbewusstsein. Laurel sang ein melancholisches Liebeslied, das ihr eigenes Schicksal wiederzugeben schien.

Alas, my love, you do me wrong
To cast me off discourteously.
And I have loved you oh so long,
Delighting in your company.

O weh, mein Lieb', tust Unrecht mir
Grob fortzustoßen mich im Streit.
So lange hielt ich treu zu dir,
Voll Glück an deiner Seit'.

Sie bemerkten nicht einmal, als die Melodie verklang und die ersten Kerzen flackernd verloschen. Sie tanzten sogar noch, als der Mond hinter einer Wolke verschwand und sie in tiefes Dunkel getaucht waren. Einander in den Armen haltend und in den Augen des anderen ertrinkend.

Unten im Club war derweilen Ruhe eingekehrt. Die Bewohner hatten sich auf ihre Zimmer begeben, und Wilberforce absolvierte den letzten seiner täglichen Rundgänge, diesmal begleitet von Bailiwick. Im Salon entdeckte er einen frischen Kratzer im Holzparkett und beäugte ihn kritisch.

Bailiwick trat unbehaglich von einem Fuß auf den anderen. »Es waren die Sporen, Mr. Wilberforce.«

»Das sehe ich, Bailiwick. Ich frage mich bloß, ob es die von Master Evan sind oder vielleicht …« Er brach ab und wartete.

»Möglicherweise waren es meine, Mr. Wilberforce«, sagte Bailiwick kleinlaut.

Der Majordomus nickte zufrieden, obwohl er genau wusste, dass den Lakai keine Schuld traf. Die Sporen, die mit Mühe für seine riesigen Stiefel besorgt worden waren, hingen ladenneu im Stall, ebenso die Gerte. Beides war sowieso überflüssiger Zierrat, denn weder Bailiwick noch Evan würden ihre geliebten Vierbeiner jemals mit so etwas traktieren. Allerdings trug Evan die Dinger zumindest, und deshalb stammte der Kratzer zweifelsfrei von ihm.

Nein, Wilberforce ging es um etwas ganz anderes. Er wollte den jungen Mann prüfen, ob er sich der primären Aufgabe seines Berufs bewusst war. Die bestand nämlich seiner Überzeugung nach darin, sich als guter Diener zu erweisen. Und indem er die Schuld auf sich nahm, hatte Bailiwick genau das getan. Wilberforce hielt Dienen für eine uralte und nahezu heilige Bestimmung. Dazu für eine Kunst und eine Wissenschaft, in der er selbst Meisterschaft erlangt hatte.

Wohlwollend bedachte er den jungen Mann jetzt mit dem höchsten Lob, das er zu vergeben hatte. »Das wäre es dann, Mr. Bailiwick.«

Daraufhin wandte er sich ab und ging davon, um nachzusehen, ob auch in den oberen Regionen seines Reiches alles in Ordnung war.

Als er durch die Tür trat, die zum Speicher hinaufführte, konnte er nichts Auffälliges entdecken. Mit seiner Kerze leuchtete er den Hauptraum aus, der ihm so auszusehen schien wie immer. Schon überlegte er, ob er Samuel, dessen Benehmen bisweilen zu wünschen übrig ließ, hier heraufschicken sollte, um sämtliche alten Möbel zu entstauben und gründlich zu putzen, doch dann wurde seine Aufmerksamkeit von etwas anderem in Anspruch genommen. Über den verstaubten Fußboden zog sich eine Spur – ein Pfad, der vom oberen Ende der Treppe direkt zum Trockenspeicher führte, wo die unglückliche Lady Madeleine Whittaker einst gefangen gehalten worden war. Bevor sich alles zum Guten wendete und sie Lord Blankenship heiratete. Seine Vermutung, dass die kleine Melody sich hier herumtrieb, traf also zu.

Während er den Raum durchquerte, tastete Wilberforce in seiner Westentasche nach dem Generalschlüssel, aber die Tür stand offen. Das Kind hatte offenbar vergessen abzusperren. Wilberforce trat ein. Kaum jemand erlebte ihn einmal überrascht – nach so vielen Jahren als Majordomus eines Clubs konnte ihn so gut wie nichts erschüttern. Was er jetzt allerdings zu sehen bekam, war ein regelrechter Schock für ihn.

Wilberforce rieb sich die Augen – ihm kam es vor, als habe er die Tür zu Alibabas Schatzhöhle geöffnet. Das war nicht das Versteck eines Kindes, erkannte er sogleich, denn in der ehemals tristen Kammer fanden sich all die von ihm schmerzlich vermissten Teppiche und Wandbehänge sowie diverse Möbel wieder.

Krampfhaft suchte der in seinen Grundüberzeugungen getroffene Majordomus nach Erklärungen. Dass die Kinder es allein gewesen waren? Unmöglich. Dass der Marquis der Kleinen hier oben ein Paradies einrichten wollte? Denkbar, jedoch nicht mit diesem Aufwand. Selbst Lord Strickland würde nicht fremde Zimmer plündern. Und außerdem: Für was um alles in der Welt brauchte die kleine Lady ein Bett?

Mühsam rang Wilberforce um Fassung – schließlich musste er verhindern, hier oben dermaßen konsterniert gesehen zu werden. Falls plötzlich jemand unvermutet auftauchen sollte. Wie aber sollte er mit diesen seltsamen Vorkommnissen umgehen? Im Grunde befand sich ja alles noch im Club, was hergehörte – eben bloß an anderer Stelle. Und Seine Lordschaft direkt zu fragen, das scheute er aus einem ihm selbst unerfindlichen Grund. Vielleicht sollte er Bailiwick ins Vertrauen ziehen, damit er die Augen offen hielt – er hatte zu den Kindern immerhin einen besonderen Draht.

Entschlossen nickend, drehte Wilberforce sich um und verließ die Kammer. Er glaubte, die Dinge wieder im Griff zu haben – und rechnete absolut nicht damit, etwas übersehen zu haben. Wie etwa das geöffnete Fenster im Hauptspeicherraum. So etwas kam in seiner Gedankenwelt nicht vor.

Und doch passierte genau das.

Laurel schloss zitternd die Augen, vertraute sich ganz seiner Führung an, und irgendwie schaffte sie es, über den abschüssigen Teil des Daches und den schmalen Sims zum Fenster zurückzugelangen. Drinnen angekommen, brach sie in ein nervöses Kichern aus, um anschließend mit einem erleichterten Seufzen in seine Arme zu sinken. »Das sieht mir ähnlich, dass ich jetzt, wo alles vorbei ist, vollends weiche Knie bekomme.«

Auch ohne dieses Eingeständnis hätte Jack sie nicht freigegeben. Er hielt sie so fest, dass sie sein Herz pochen hören konnte. »Ich würde dich niemals fallen lassen«, flüsterte er und näherte seinen Mund dem ihren.

Ihre Lippen öffneten sich, als sie in seine dunklen Augen blickte.

Küss mich.

Er küsste sie. Anfangs so zart, dass es sich anfühlte, als berühre ein Schmetterling sie. Doch als sie seine Rockaufschläge mit ihren behandschuhten Fingern packte und sich an ihn presste, vertiefte er seinen Kuss. Umfasste dabei ihr Kinn und bog ihren Kopf zurück, um ihren Mund besser erkunden zu können.

Sie küssten sich lange und langsam, bis Laurel atemlos und schwindelig in seinen Armen hing. »Bleib bei mir – bleib heute Nacht«, flüsterte sie.

Die Worte entschlüpften ihrem Mund, ohne dass sie es geplant hatte. Einfach so, ganz automatisch. Ihr war es egal. Sie sehnte sich nach ihm, wollte ihn noch einmal ganz für sich, bevor sie tat, was sie tun musste.

Eine Nacht. Eine letzte Nacht, und dann werde ich meine Tochter nehmen und fortgehen.

Sie hatte ihren Plan nicht aufgegeben, nur wollte sie es offen tun und hoffte darauf, dass Jack es nicht doch verhinderte. Trotzdem wollte sie diese Nacht – ein weiteres Zusammensein mit Jack, ein grandioses Erlebnis, das für ein Leben reichen musste. Eine zweite Erinnerung an ihn, die sie ebenso wenig vergessen würde wie die erste.

Gemeinsam taumelten sie in ihre Kammer. Laurel bemerkte kaum, dass Jack kurz innehielt, um die Tür hinter ihnen abzuschließen.

Achtundzwanzigstes Kapitel

Jack steckte den Schlüssel in seine Westentasche und ging langsam zu ihr. Zu seiner wunderschönen, überwältigenden Laurel.

Dieses Mal wollte er nicht nehmen, sondern geben. Er setzte alle seine Hoffnungen für diese Nacht darauf, dass sie ihn verstand. Verstehen sei das Wichtigste, hatte Button ihm mit auf den Weg gegeben.

Sie hatte nichts von alldem erlebt, was eine junge Dame der Gesellschaft genießen sollte – keine Verehrer, keine Bälle, kein nächtelanges Tanzen in schönen Kleidern. Stattdessen war sie betrogen und verraten worden, von ihren Eltern, ihrer Schwester und natürlich, wenngleich unwissend, von ihm. Er und die Welt hatten viel an ihr gutzumachen.

Es war höchste Zeit.

So viele Jahre waren durch seine Dummheit und Blindheit vergeudet worden. So viele Male hätte er die Wahrheit sehen können, und wandte sich doch ab. Am meisten aber wünschte er sich, Laurel möge erkennen, wie sehr er sie liebte. Und damit meinte er wirkliche, tiefe Liebe und nicht bloß Leidenschaft und Begehren.

Er stand hinter ihr und hob langsam ihr Haar aus ihrem Nacken, schob es über ihre Schulter, sodass es über ihre Brust nach vorn fiel. Dann bahnten sich seine Lippen mit Küssen einen Weg an ihrem Rückgrat entlang nach unten, bis er die winzigen Knöpfe des Kleides erreichte.

Er öffnete sie mit zitternden Händen, jedoch routiniert – obwohl er schon lange nicht mehr in einer solchen Situation gewesen war. Streifte anschließend vorsichtig das Kleid erst von ihren Schultern und schließlich ganz nach unten und wunderte sich nicht wenig, als sie plötzlich bis auf die Strümpfe nackt vor ihm stand.

Danke, Button!

Er stellte sich dicht hinter sie und verschränkte die Hände mit ihren, vergrub für eine ganze Weile einfach das Gesicht an ihrem Hals und atmete ihren süßen, sauberen Duft. Niemals würde er genug davon bekommen. Niemals.

Sie zitterte leicht, als seine Hände langsam über ihre Arme hinauf zu ihren Schultern glitten. Er zog sie an sich und genoss es, die Rundung ihres Pos an seinen Lenden zu fühlen. Ihr Hinterkopf sank an seine Schulter, während seine Hände ihren Körper erforschten.

Sie hatte sich verändert mit den Jahren, stellte er jetzt fest, da er sie zum ersten Mal wieder nackt erlebte. Ihre Brüste lagen voll und schwer in seinen Händen, die Hüften rundeten sich verführerisch – alles war weich und warm und bereit für ihn. Und sie schmolz vor Verlangen in seiner Umarmung dahin. Er merkte, dass sie sich ohne Widerspruch nehmen lassen und sich ihm unterwerfen würde. Aber das wollte er nicht, nicht mehr. Es war ein Fehler von ihm gewesen, sie damals mit dieser Spielart der Liebe vertraut zu machen.

Wie gerne würde er es ungeschehen machen, um noch einmal ganz von vorn anzufangen. Als ebenbürtige, gleichberechtigte Partner – als Liebende, deren Herzen eins waren und die ihren Gefühlen durch ihre Körper Ausdruck verliehen. Sein Glied richtete sich auf, als er die Handflächen über ihren Bauch nach unten gleiten ließ, bis seine Fingerspitzen ihre dunklen Locken berührten.

Seine Liebkosungen stürzten Laurel in ein Chaos der Gefühle. Er hatte so vieles schon mit ihr gemacht, damals und vor ein paar Tagen, doch das hier überwältigte sie auf ganz neue Weise. Noch nie hatte sie eine solche Zärtlichkeit von ihm erfahren.

Was war mit ihm passiert?

Dieser Jack hier war ein anderer. Weder der alte unbekümmerte Dandy noch der gebrochene Kriegsheimkehrer, aber von beidem fand sich etwas wieder. Der neue Jack gefiel ihr, mit allen seinen Brüchen, die er durchgemacht hatte. Er war gereift durch die Erfahrungen der letzten Jahre, doch nicht länger verloren, nicht länger am Ertrinken, nicht länger von seinen Schreckensbildern gefangen. Irgendwie hatte Jack endlich wieder seine Landbeine zurückgewonnen.

Und außerdem war da Melody, die sie beide verband.

Als sie sich zu ihm umzudrehen versuchte, um darüber

zu reden, legte er ihr die Finger auf die Lippen, während die andere Hand ihre Spalte teilte und in die nasse Höhle eintauchte. Dann gab es nichts mehr für sie als seine zärtlich suchende Berührung, seinen Atem an ihrem Hals, seinen großen, warmen, festen Körper hinter ihrem. Er umgab und umfing sie, und sie kam sich vor wie ein Schatz, sorgsam bewacht und beschützt in seinen Armen.

Entspannt genoss sie seine Liebkosungen, die diesmal nicht fordernd und wild, sondern von unendlicher Zartheit waren. Alles drehte sich um sie, das spürte sie. Er wollte, dass sie zufrieden war. Und glücklich. Sanft glitten seine Fingerspitzen über ihre geschwollene, feuchte Mitte. Sie zuckte zusammen, und erregende Schauer durchliefen ihren Körper, wenn seine Finger sich mit langsam kreisenden Bewegungen sich dieser empfindsamsten Stelle näherten, sich zurückzogen und wieder vortasteten in einem schier endlosen Rhythmus. Ihr Körper wurde schwer vor Verlangen und pochte vor dumpfer Lust, die sie jetzt wellenartig durchlief und jede Faser und jeden Nerv erfasste.

Im Raum war es mucksmäuschenstill, abgesehen vom gelegentlichen Knacken der Scheite im Kamin und ihrem keuchenden Atem. Als seine Finger tiefer in sie eindrangen, schrie sie auf, packte seine Unterarme mit beiden Händen und drängte sich gegen ihn. Spürte, wie seine Erektion sich verlangend an ihren Po presste, noch gefangen in seiner Hose, denn im Gegensatz zu ihr war Jack nach wie vor vollständig angekleidet.

Sie dachte an jene Nacht vor vier Jahren zurück, als sie ihn in sich aufgenommen hatte – in ihrem Mund, um ihn tief drinnen zu spüren und zu schmecken, hemmungslos und ohne alle Vorbehalte. Alles ließ sie damals zu und genoss es. Sie schauderte. Wenn sie sich noch einmal in solcher Leidenschaft verlor, wäre es um sie geschehen. Aber wenn sie es nicht tat, würde sie es vermutlich für den Rest ihres Lebens bedauern.

Sie wollte Jack, hatte ihn immer gewollt. Ob sie ihn behalten konnte oder nicht, war eine andere Frage. Darüber mochte sie auch nicht nachdenken, nicht jetzt. Dafür blieb schließlich genug Zeit in den kalten, einsamen Nächten, die vielleicht vor ihr lagen.

Ihre Knie gaben nach. Noch enger drückte sie sich an ihn, und er hielt sie fest, als wolle er sie nie mehr loslassen. Fuhr dabei fort mit seinen ruhig-gleichmäßigen Liebkosungen, um sie Geduld zu lehren. Langsam glitten seine Finger in sie hinein und wieder heraus, ihre Feuchtigkeit nutzend, um sie zu erregen. Zogen ständig kleinere Kreise um das Zentrum ihrer Lust, bis sie sich pulsierend und bebend in seinen Armen wand. Immer wieder.

Ihr Kopf schlug unruhig an seiner Schulter hin und her. Er besänftigte ihre Ungeduld und küsste ihren Hals. Seine Lippen fanden diesen herrlich empfindsamen Punkt oberhalb ihres Schlüsselbeins und umkreisten ihn mit den gleichen langsamen Bewegungen, die sie in ihrem Schoß spürte. Ihre Knie spreizten sich für ihn, forderten sie auf, sie auszufüllen. Ihre Brüste hoben sich ihm erwartungsvoll entgegen, wollten gestreichelt und geküsst werden. So sehr, dass sie ihre eigenen Hände darauflegte, sie zusammendrückte und massierte. Es war ihr egal, wenn er ihr dabei zusah.

Sie hörte ihre Stimme, wortlose, leise wimmernde Schreie des Verlangens, winzige Seufzer der Lust. Der Raum verschluckte die Geräusche. In dieser Kammer konnte sie so laut schreien, wie sie wollte, während seine Finger sie mit zärtlicher Leichtigkeit höher und höher trieben, bis es nicht weiterging und sie in seinen Armen aufschreiend zerbrach. Zuckend krampfte sich ihr Fleisch um seine Finger, erregende Schauer brachten ihren Körper zum Beben, und wieder und wieder schrie sie seinen Namen, als sie vom Gipfel herabstürzte, mit hämmerndem Herzen und keuchendem Atem.

Ihre Beine gaben nach, doch er hielt sie und hob sie hoch. Wie eine Ertrinkende schlang sie ihre nackten Arme um seine Schultern und klammerte sich an ihn – wartete darauf, dass ihr Herz wieder zu seinem gewohnten Rhythmus zurückfand.

Die Knöpfe seiner Weste drückten sich gegen ihre Rippen, der Stoff seines Anzugs rieb an ihrer nackten Haut und reizte ihre Brustwarzen. Ein erregendes Gefühl, aber sie wollte ihn jetzt ebenfalls nackt.

Als er sie aufs Bett legte, dachte sie, er würde zu ihr kommen. Stattdessen kniete er sich neben das Lager, umfasste ihre Beine und zog sie behutsam zu sich heran. Drückte dann ihre Knie weiter auseinander und ließ seine

Hände über die Innenseite ihrer Schenkel gleiten, senkte seinen Mund auf ihre Mitte. Ein überraschtes Keuchen entschlüpfte ihren Lippen, während seine Zunge ihre Spalte umspielte, in sie eindrang und sich wieder herauszog, ihre empfindsamste Stelle umkreiste und sie erneut zum Beben brachte. Um Himmels willen! Wie unanständig, wie verrucht, dachte sie. Und wie göttlich!

Laurel krampfte die Hände in die Decke. Als müsse sie sich festhalten, um nicht vom Wirbelsturm der Lust erfasst und davongetragen zu werden. Sein Mund, seine Zunge, selbst die Bartstoppeln an seinen Wangen und seinem Kinn, seine großen, sanften Finger, die erforschten und drängten, seine unermüdliche Zunge, die sie berührte, erforschte, erregte – wieder und wieder, bis ihre Hüften zuckten und ihr Kopf haltlos auf dem Kissen von einer Seite auf die andere schlug.

Dann zog er sich zurück, um sie nicht weiterzutreiben, nicht hinauf auf die Klippe, auf den Gipfel der Ekstase. Sie bettelte und flehte ihn an, zu ihr zu kommen, sie kommen zu lassen. Sagte ungehörige Dinge, damit er die Kontrolle verlor und endlich, endlich in sie eindrang. Doch er widerstand ihrem Bitten, hielt sie weiter unterhalb der Grenze, von der es kein Zurück mehr gab – bis sein Mund sich fest um das Zentrum ihrer Lust schloss und die kleine, harte Knospe in sich einsog.

Erst da ließ er es geschehen, und sie schrie vor Erleichterung, als der Höhepunkt sie wie ein Blitzstrahl traf und immer neue Wellen durch ihren Körper jagte. Krampfhaft umklammerten ihre Finger seine Schultern, wühlten sich in sein dichtes Haar, um sich schließlich mit ausgebreiteten Armen zurücksinken zu lassen.

Sie lag da wie Strandgut, das eine riesige Woge ans Ufer gespült hatte. Ihr Atem ging keuchend, und ihr Körper wollte nicht aufhören zu zittern, bis er sich zu ihr legte und sie fest in seine Arme nahm, ihr den Halt gab, den sie brauchte, dabei beruhigende Worte murmelte und ihr den alten Kosenamen ins Ohr flüsterte. »Laurel, meine süße Bramble, ganz ruhig. Schsch, einfach atmen.«

Und dann meinte sie zu hören, wie er leise sagte: »Heirate mich, Bramble.«

Sie erstarrte, rückte ein Stück von ihm weg, um ihm ins Gesicht sehen zu können, doch er schaute sie nicht an, wich ihrem Blick aus. Strich weiter über ihr Haar, tupfte ihr mit einem Tuch zärtlich den Schweiß von der Stirn und zwischen ihren Brüsten weg. Sollte sie ihn fragen, warum er sie nicht ansah? Nein, lieber nicht. Sie ahnte den Grund ohnehin.

Aber sie mochte nicht darüber reden, wollte diesen Augenblick der vollendeten Harmonie, in dem sie sich so nahe waren, nicht zerstören. Wollte genießen, was sie vielleicht schon bald nicht mehr hatte. Über diese gleichermaßen schönen wie erschreckenden Worte konnte sie später nachdenken.

Heirate mich, Bramble.

Was waren schon Worte? Bedeutungslose Laute und allzu oft nur Schall und Rauch. Stattdessen wollte sie in dieser Nacht mit allen Sinnen fühlen. Sie drehte sich zu ihm und presste ihre Brüste, ihren Bauch und ihre Schenkel an ihn. Mit den Händen in seinem Haar zog sie sein Gesicht zu sich herab, um ihn zu küssen – leidenschaftlich und hart und dazu angetan, Worte, die zwischen ihnen störend in der Luft hängen mochten, zu vertreiben.

Neunundzwanzigstes Kapitel

Jack erwiderte Laurels Kuss und ließ seine Hände zu ihren Pobacken gleiten, um sie noch fester an seine Erektion zu pressen. Er war so hart, dass er es kaum noch auszuhalten glaubte – und doch hielt er sich zurück. Diese Nacht sollte allein seiner entzückenden Bramble gehören und ihr Lust bereiten.

Alles für sie und nach ihrem Willen.

Sobald er merkte, dass sie ihre Position verändern wollte, ließ er sich rücklings aufs Bett fallen und zog sie auf sich. Ihr wunderbares dunkles Haar breitete sich über ihren Gesichtern aus und verhüllte sie wie ein Schleier, als würde es das Geheimnis ihrer Leidenschaft vor neugierigen Blicken schützen wollen. Ihre Brüste drückten gegen seinen Brustkorb, die Spitzen so hart, dass er sie durch seine Weste und sein Hemd spüren konnte.

Dann setzte sie sich rittlings auf ihn, ihre Mitte feucht und heiß über seiner vom Stoff der Hose gefangenen Männlichkeit. Es war die reine Folter, süß und schmerzhaft, ihr so nahe zu sein, ohne in sie eindringen zu können. Vielleicht eine, die er verdiente.

Sie richtete sich auf, saß auf ihm wie eine herrliche Lady Godiva. Ihr Haar floss über ihre perfekten Brüste, und ihr Mund war geschwollen und rot von seinen Küssen. Als sie auch noch sinnlich mit der Zungenspitze über diese vollen Lippen fuhr, sah sie aus wie die personifizierte Versuchung, und Jack konnte nur mühsam an sich halten.

Sie begann seine Halsbinde zu lösen. Er ließ sie gewähren, betrachtete ihr Gesicht, beobachtete, wie ihre Brüste sich verlockend bewegten, während sie an dem Knoten des Halstuchs zerrte. Langsam wanderten seine Hände an ihren geöffneten Schenkeln hinauf und legten sich sanft um ihre runden Hüften. Verharrten dort. Sie sollte entscheiden, was geschah – allein ihr gehörte für diese Nacht das Kommando.

Triumphierend lächelte sie ihn jetzt an und warf die Halsbinde schwungvoll beiseite, um ihm als Nächstes die Weste abzustreifen und das Hemd aus der Hose zu ziehen. Nahm ihn anschließend bei den Händen und zog ihn hoch, damit sie ihn weiter entkleiden konnte. Von der Hüfte aufwärts nackt unter ihr liegend, verlangte es Jack nach nichts anderem, als mit seinem Mund die harten Spitzen ihrer Brüste zu umschließen und sich wieder und wieder in ihren warmen, feuchten Körper zu bohren, aber er zwang sich zu warten.

Es dauerte bloß Sekunden, um ihn auszuziehen. Lächelnd ließ sie ihre schnellen, forschenden Hände über seinen Körper gleiten, und dann war sie über ihm. Zögerte bloß einen Moment, bevor sie sich erneut rittlings auf ihn schob. »So?«

Seine Hände umfassten ihre Hüften. »Entscheide du«, sagte er sanft. »Ganz wie du willst.«

Ihre Zungenspitze fuhr über ihre Lippen, als müsse sie erst nachdenken, und Jack glaubte schon zu vergehen. Endlich senkte sie sich auf seine Erektion, umfing ihn mit feuchter Hitze – quälend langsam, Zentimeter für Zentimeter, bis er ganz in ihr war.

Stöhnend folgte sie dem Drängen seines Körpers, hob und senkte sich auf ihm in einem steten Rhythmus. Ruhig und gemächlich, sodass es ihn fast um den Verstand brachte, doch er unterwarf sich ihr. Sie sollte entscheiden. Als ihre Brüste sich ihm auffordernd entgegenstreckten, begann er sie zu liebkosen, rollte die Spitzen zwischen seinen Fingern. Ekstatisch warf sie den Kopf zurück und ritt ihn in einem schnelleren Tempo.

Sie war so schön, wie sie da auf ihm saß, wild und bestimmend und wollüstig, sich ihrer Schönheit und seines Verlangens vollkommen bewusst. Als seine Fingerspitzen in ihre Spalte glitten – dorthin, wo ihre Körper sich verbanden –, sie zu reizen anfingen und auf einen weiteren Höhepunkt zutrieben, schrie sie laut auf. Keuchend bewegte sie sich jetzt auf ihm, immer schneller werdend, sich aufbäumend und vor Schweiß glänzend – so schön, so sinnlich, so entfesselt, während ihr heißer Blick an seinem hing und ihre Lippen sich bei jedem Atemzug öffneten.

Als sie kam, schrie sie seinen Namen, und die Muskeln in ihrem Innern zogen sich pulsierend um ihn zusammen. Sein Glied zuckte, und ein lauter Schrei entrang sich ihm. Dann packte er hart ihre Hüften und stieß ein letztes Mal tief in sie und ergoss seinen Samen in sie. Vereint in der Lust und getragen von Liebe kosteten sie den Moment der Erfüllung aus. Haut an Haut, Herz an Herz atmeten sie die Erschöpfung und das Glück des anderen.

Entspannt lag Laurel in Jacks Armen. Ihr seidiges Haar floss über seine Brust und seinen Bauch, ihr glatter, weicher Schenkel ruhte auf seinem sehnigen, behaarten Bein. Und er wünschte sehnlich, dass er ihn festhalten könnte, diesen Moment außerhalb der Zeit – diesen Augenblick, der vielleicht gutmachen konnte, was damals so schrecklich schiefgelaufen war.

Es war an der Zeit, seine Worte zu wiederholen.

»Willst du mich heiraten, Bramble?«

Er spürte, wie sie sich versteifte. O Gott, dachte er, wie schwer musste er sie verletzt haben, dass sie es nicht wagte, seinen Worten Glauben zu schenken.

»Bramble?«

Sie zitterte, als er sie erneut mit ihrem Kosenamen ansprach, und zog sich in eine Ecke zurück, die Decke schützend um ihren nackten Körper gewickelt. So fest, als fürchte sie, er könnte sie ihr gewaltsam entreißen.

»Ich …« Ihr Atem flog, verriet aufsteigende Panik. »Ich kann nicht.«

Jack setzte sich auf und schaute sie an. »Was ist los? Warum hast du solche Angst?«

Sie schüttelte den Kopf. »Nichts. Mir geht's gut«, sagte sie gepresst.

Er streckte die Hand nach ihr aus, doch sie wich vor

ihm zurück. »Laurel, du zitterst vor Angst. Was ist mit dir?«

Sie rieb sich übers Gesicht, schob das Kinn vor und wandte den Blick von ihm ab. »Weißt du, was meine Eltern getan haben, als sie von der Schwangerschaft erfuhren?« Sie stieß ein unfrohes Lachen aus, das wie zersplitterndes Glas klang. »Sie sperrten mich in mein Zimmer.«

O Gott, dachte Jack, und jetzt war er es, der sie einsperrte. Verlegen schaute er sie an, wollte etwas sagen, aber sie kam ihm zuvor. »Sie sperrten mich für mehr als sechs Monate ein«, sagte sie mit Augen, die brannten und voller Hass waren.

Jack drehte sich der Magen um. »Bramble, um Himmels willen …«

Und ich habe dasselbe getan.

»Sie sagten, sie würden mich herauslassen, wenn ich ihnen den Namen des Vaters verrate. Oder den Brennnesseltee tränke, um das Baby abzutreiben. Ein anderes Mal versprachen sie mir, es würde alles wieder so werden wie früher, wenn ich einwillige, dass eine alte Hexe mit einer Stricknadel mein Baby tötet.«

Und ich habe versprochen, dass sie gehen kann, sobald sie auf Melody verzichtet. Vielleicht nicht mit diesen Worten, jedoch sinngemäß – und sie hat es genauso verstanden.

»Meine Mutter! Mein Vater! Eigentlich sollte man glauben, dass die eigenen Eltern einem am allerwenigsten wehtun, dass sie einen beschützen. Bei ihnen verhielt es sich genau umgekehrt.«

Und von ihm hatte sie ein solches Verhalten auch nicht erwartet.

»Sie mögen mir also verzeihen, Mylord, wenn ich jemandem, der mich in ein Zimmer sperrt, kein Wort mehr glaube.« Ihre Stimme klang erstickt, als sei ihre Kehle zu eng. Jack fuhr sich mit der Hand übers Gesicht. Wie aus weiter Ferne drangen ihre letzten Worte an sein Ohr.

Sie hatte Nein gesagt.

Er räusperte sich. Es war an der Zeit, ihr alles zu erzählen. »Ich habe die Hebamme gefunden, die Melody auf die Welt gebracht hat. Deine Eltern befahlen ihr, das Baby zu töten, aber sie tat es nicht, nahm es heimlich zu sich. Drei Jahre lang hat sie deine Mutter und deinen Vater erpresst, um Geld für Melodys Unterhalt zu bekommen.«

Laurel starrte ihn aus entsetzt aufgerissenen Augen an. »Sie ... sie kam mir in dieser Nacht recht freundlich vor.«

Jack nickte. »Ich glaube, das war sie auch. Sie liegt im Sterben. Wenn sie nicht krank geworden wäre, hätte sie das Kind wohl für immer behalten. Sie liebt sie sehr, und Melody scheint ebenfalls an ihr zu hängen.«

Laurel atmete geräuschvoll aus. »Es ist für mich beruhigend, dass sie geliebt wurde.«

Der Rest der Geschichte würde am schwierigsten werden. »Mrs. Pruitt hat versucht, Kontakt zu dir aufzunehmen, als das Geld ausblieb, geriet stattdessen an Amaryllis und verwechselte sie mit dir. Und offenbar tat die feine Dame nichts, um diesen Irrtum richtigzustellen. Im

Gegenteil: Deine Schwester stritt alles ab, bezichtigte die arme Frau der Lügen, drohte ihr mit der Polizei und ließ sie aus dem Haus werfen.«

In Laurels Blick flammte neuer Hass auf. »Von nun an habe ich keine Schwester mehr.«

»Mrs. Pruitt wusste nicht mehr weiter. Sie hatte selbst nicht genug Geld und wurde zudem krank. Zum Glück erinnerte sie sich daran, dass du in den Wehen immer etwas vom Brown's Club gemurmelt hast und dass dort der Vater sei. Deshalb brachte sie Melody mit einem Zettel am Mantel hierher. Ich nehme an, sie hatte Angst, man würde sie unverrichteter Dinge von der Schwelle weisen, wenn sie angeklopft hätte, oder ihr einen Erpressungsversuch unterstellen. Schließlich musste sie so etwas ja kurz zuvor bei Amaryllis erleben.«

Laurel zog die Knie hoch und schlang die Arme darum. »Vielleicht hätte ich es ihnen verraten sollen«, murmelte sie. »Sie hätten dich eventuell gefunden – was mir unmöglich war.«

Jack schüttelte den Kopf. »Nein, sie hätten mich auch nicht gefunden, denn auf den Plantagen war ich nur die kürzeste Zeit. Und in den Häfen blieb ich auf meinen langen Schiffsreisen immer nur wenige Wochen. Briefe kamen erst an, wenn ich schon wieder unterwegs war, oder erreichten mich nie.«

Laurel schloss die Augen. »Ich habe dir einen Brief nach dem anderen geschrieben und sie gleich verbrannt, weil es keine Möglichkeit gab, sie aus dem Haus zu schaffen.«

»Warum hast du es ihnen nicht gesagt?«, flüsterte er.

Sie ließ das Gesicht auf die Knie sinken. »Anfangs war ich so wütend, weil sie mich einsperrten und schlugen, dass ich den Gedanken nicht ertrug, mit solchen Menschen gemeinsame Sache zu machen. Und später dann, als ich weinte und bettelte und sie verzweifelt anflehte wie ein elender Feigling und versprach, ihnen alles zu sagen, alles zu tun, da grinste meine Mutter nur höhnisch und sagte, es sei zu spät. Weil man mir die Schwangerschaft schon ansähe und der Skandal damit perfekt wäre. Das wollten sie allein wegen Amaryllis nicht: Nichts durfte einen Schatten auf ihr Ansehen als Countess werfen.«

Jack sah seine Chancen, ihre Liebe erneut zu gewinnen, mit jedem Wort schwinden. Sie war zu lange betrogen worden, um jemandem glauben zu können. Zumindest nicht einem Mann wie ihm. Kein Wunder, dass sie sich nur noch auf sich selbst verlassen wollte.

Sie wiegte sich eine Weile schweigend vor und zurück. »Meine Eltern hätten sich keine schwerere Strafe einfallen lassen können. Verstehst du? Indem sie mich einsperrten, ließen sie mich vereinsamen. Mein ungeborenes Kind wurde in dieser Situation zu meinem einzigen Gefährten. Ich sprach mit ihm, sang ihm vor, erzählte ihm jede Geschichte, die mir einfiel. Manchmal wenn ich weinte, bewegte es sich in meinem Bauch und lenkte mich von meinem Selbstmitleid ab. Wenn ich schlief, weckte es mich mitten in der Nacht, und wir kuschelten uns zusammen, und ich erzählte von all den Orten, die ich ihm später zeigen, und von den wundervollen Dingen, die wir zusammen machen würden.«

Sie rieb sich die Augen. »Vor allem mochte Melody schon in meinem Bauch Abenteuergeschichten. Ich weiß, dass es verrückt klingt, aber ich schwöre dir, dass sie mit Strampeln aufhörte, sobald ich ihr eine Geschichte über …«

»… Piraten erzählte«, vollendete er ihren Satz.

Sie lächelte traurig. »Sag mir nicht, dass das noch immer so ist.«

»Doch, und inzwischen erzählt sie selbst welche. Am liebsten mag sie die Erlebnisse von Käpt'n Jack und seiner wilden Meute auf der *Dishonor's Plunder.*«

Laurel blickte ihn mit hochgezogenen Augenbrauen an. »Ich denke, ich habe diesen Piraten bereits irgendwo getroffen.«

Ihr leicht spöttischer Tonfall stimmte ihn nur noch wehmütiger. »Wirklich?« Er blickte zur Seite. »Ich selbst seit Jahren nicht mehr.«

»Nein«, sagte sie nachdenklich. »Das glaube ich gerne.«

Obwohl es keinen Sinn zu machen schien, musste er es versuchen und alles auf eine Karte setzen. »Bramble, ich liebe dich.«

Argwohn glomm in ihren Augen auf. »Lügen hilft auch nicht. Nein, Jack. Du liebst mich nicht, und bis vor ein paar Tagen hattest du mich sogar vergessen.«

»Niemals. Ich … ich wusste bloß nicht, an wen ich mich erinnerte.« Es klang lächerlich, und entsprechend misstrauisch sah sie ihn an. »Ich war so blind. Es ging mir von Anfang an um dich, Bramble. Du warst der Grund, dass ich immer wieder in euer Haus kam. Du warst es, die ich wirklich treffen, mit der ich reden wollte. Du warst diejenige, die ich liebte. Nur wusste ich es lange Zeit selbst nicht.«

Sie schaute ihn stumm an, während er mit stockender, aber fester Stimme weitersprach. Er war bereit, sich ihr völlig zu öffnen und sein Innerstes nach außen zu kehren. Alles würde er tun, um diesen Argwohn aus ihrem Blick zu verbannen.

»Ich liebe dich, allein dich. Und deine Art, den Dingen auf den Grund zu gehen – und den Menschen ins Herz zu schauen und zu sehen, wie sie wirklich sind.«

Erkenn mich, meine Liebste, bitte, erkenn mich!

»Ich liebe dein schönes Gesicht und deinen verführerischen Körper und vor allem dein ehrliches Herz! Ich liebe das Mädchen, das nicht nachgeben wollte, und das Mädchen, das nachgegeben hat.«

Sie zuckte zurück.

Er stammelte weiter. »Ich liebe deinen Gesichtsausdruck, wenn du Melody hältst. Deine Art, dich in einem Buch zu verlieren und dich kaum an deinen Namen zu erinnern, wenn man dich aus der Lektüre reißt. Ich liebe deine Art zu leben, Laurel, die so ungewöhnlich ist – so gradlinig, ehrlich und kompromisslos.« Er glitt aus dem Bett und kniete sich nackt vor ihre Füße. »Das ist die Wahrheit, Laurel, meine Geliebte. Ich liebe dich und werde dich immer lieben. Wie kann ich es dir beweisen? Was kann ich tun, damit du verstehst, was du mir bedeutest?«

Laurel hielt die Decke vor sich und starrte ihn an. Diesen Jack hatte sie nie zuvor gesehen – diesen Mann, der so leidenschaftlich sprach, der vor ihr so unbeholfen und zärtlich flehte. Aber war es auch der echte Jack? Oder spielte er ihr eine Scharade vor? Sie dachte an die bizarre Inszenierung mit Wandteppichen, wertvollen Möbeln und kostbaren Kleidern – war das Ausdruck seiner Liebe und seines schlechten Gewissens, oder sollte eine Gefangene geblendet und eingelullt werden?

Falls sie ihm vertraute und seinen Antrag annahm, müsste sie sich ganz sicher sein, denn eine erneute Enttäuschung würde sie nicht verkraften – davon könnte sich ihr Herz nie wieder erholen. Nur war sie sich wirklich sicher?

Sie schluckte schwer. »Ich will Melody und mit ihr diesen Ort verlassen, weit, weit weg, und niemals zurückkehren.«

Sein Gesicht spannte sich an, wurde hart. »Du willst mich verlassen?«

Laurel zwang sich, seinem Blick entschlossen zu begegnen. »Du hast gefragt, was ich möchte. Wirst du es mir geben?«

Sie sah, wie das Licht in seinen Augen erlosch und wie der leidenschaftlich flehende Mann verschwand. An seiner Stelle tauchte erneut wie ein Schatten der düstere, finstere Jack auf, der losgelöst von den anderen Menschen in seiner dunklen Welt lebte.

Unbefangen trotz seiner Nacktheit erhob er sich. »Das ist das Einzige, was ich dir nicht geben kann«, sagte er ausdruckslos, drehte sich um und sammelte seine Kleidung ein. Dann verließ er, noch immer nackt, das Zimmer.

Laurel hörte, wie sich der Schlüssel im Schloss drehte. Das Klicken hörte sich an, als würde der erste Spaten Erde auf einen Sarg fallen. Kein schlechter Vergleich, dachte sie, denn schließlich trug sie gerade ihre Hoffnungen zu Grabe.

Er würde Melody nicht aufgeben, niemals. Was sollte sie tun? Würde sie sie doch entführen und mit ihr fliehen müssen, um sich für den Rest ihrer Tage mit ihr zu verstecken? Kaum in der Lage, für das Dach über ihren Köpfen zu bezahlen, und in ständiger Furcht, entdeckt zu werden. Denn daran konnte kein Zweifel bestehen: John Redgrave, Marquis of Strickland, würde seine Tochter suchen. Rund um den Erdball.

So hatte sie es nie gewollt, aber scheinbar ging es nicht anders. Es brach ihr das Herz, wenn sie daran dachte, was sie Melody damit antat. Und obwohl sie es sich nicht gerne eingestand: Es brach ihr ebenfalls das Herz, Jack diese Trennung anzutun.

Dreißigstes Kapitel

Unruhig ging Jack in seinem Wohnzimmer auf und ab, hilflos seinen verwirrenden, widersprüchlichen Gefühlen ausgeliefert. Alle im Club schliefen – nur er hielt sich wach, wehrte sich gegen die Müdigkeit, weil er seine Träume nicht ertrug. Er lehnte eine Schulter gegen den Fensterrahmen und starrte in den mondbeschienenen Garten hinab. Was sollte er tun?

Wenn er ihr Melody nicht gab, würde sie ihm nie vertrauen. Und im anderen Fall lief sie mit ihr davon, um nie wieder zurückzukehren. Er steckte in einer Zwickmühle, denn so oder so hatte er das Nachsehen. Er fuhr sich mit den Händen durchs Gesicht und dachte krampfhaft über eine Lösung dieses Dilemmas nach. Wie konnte er die Familie bekommen, die er wollte? Wie ihr verständlich machen, was sie ihm bedeutete – was sie beide ihm bedeuteten?

Sein Blick fiel auf ein Stück Leinen, das unter dem Vorhang hervorlugte. Er bückte sich und griff nach dem schmuddeligen, verknoteten Ding. Gordy Annes schwarze Augen schauten ihn fragend an, als er sie mit in seinen Ohrensessel am Kamin nahm. »Was meinst du?«, sagte er. »Was soll ich tun?« Erst vor Kurzem hatte er die Lumpenpuppe als gute Zuhörerin betrachtet, um Meldody einen

Gefallen zu tun, jetzt musste sie es beweisen. Außer ihr stand schließlich niemand zur Verfügung, der seine Sorgen teilen könnte.

Schlaff hing Gordy Anne in seinem Griff, und ihr Knotenkopf fiel nach hinten. Er schüttelte sie sacht. »Komm schon! Ich brauche ein bisschen Hilfe.« Keine Antwort. Na ja, das konnte er kaum erwarten, wenn er selbst schon keine wusste. »Du brauchst dringend ein Bad, altes Ding«, sagte er und warf sie hinüber in Melodys kleinen Sessel.

Gordy Anne. Von seinen Freunden wusste er, welche Bewandtnis es mit ihr hatte. Eigentlich wollte Colin das kleine Mädchen, das da wie vom Himmel gefallen auf den Stufen des Clubs saß, bloß ein wenig ablenken, indem er ihm mit einem weißen Halstuch das Binden von Knoten vorführte. Wie Melody dann in dem gordischen Knoten eine Puppe erkannte, würde wohl immer ihr Geheimnis bleiben. Jedenfalls wurde Gordy Anne ihr Ein und Alles, und jeder im Brown's hütete sich, sie als schmutziges Halstuch oder als alten Lumpen zu bezeichnen.

Jack seufzte und schaute nachdenklich hinüber zu Gordy Anne. »Und Alexander der Große sah den Gordischen Knoten«, zitierte er murmelnd, »den nicht einmal die klügsten Köpfe seiner Welt lösen konnten. Er hob sein Schwert und zertrennte den Knoten mit einem großen Aufschrei …«

Langsam verebbte seine Stimme zu einem Flüstern. »Zertrennen …«

Was machte man, wenn sich ein Knoten nicht mehr lösen ließ? Man nahm ein Schwert und schlug ihn entzwei.

Und wenn es sich um das eigene Herz handelte?

In der blauen Stunde vor der Morgendämmerung schlüpfte Laurel aus Jacks Gästezimmer, um in ihr eigenes Schlafzimmer zurückzukriechen. Sie war kaum in der Lage zu gehen nach dieser unglaublichen Nacht …

Es war kein ungefährliches Unterfangen, im Nachthemd durchs Haus zu schleichen. Einige der Diener waren bestimmt schon auf, denn im Haus hielten sich viele Gäste auf.

Als sie endlich unbemerkt dort anlangte, wo sie sein sollte, lehnte sie sich mit dem Rücken von innen gegen die geschlossene Tür und holte tief Luft.

Der Raum kam ihr mit einem Mal merkwürdig vor. Es war das Zimmer eines Kindes, voller Bücher und Zeichnungen und Haarbänder. Es fühlte sich irgendwie falsch an.

Die Welt würde nie wieder so sein wie früher – und sie auch nicht. In dieser Nacht hatte sie einen Teil ihrer Persönlichkeit entdeckt, von dessen Existenz sie bis zu diesem Moment nichts ahnte.

Sie erinnerte sich an ihre alte Gouvernante. Einen der wenigen Menschen in ihrer Umgebung, der Amaryllis nicht vorzog und Laurel lieber mochte, weil sie Bücher liebte und neugierig und wissensdurstig war. Stille Wasser gründen tief, erklärte sie einmal, als Laurel sich darüber beklagte, von ihrer Schwester ständig in den Schatten gestellt zu werden.

»Stille Wasser«, flüsterte Laurel jetzt vor sich hin. Wie

wahr. In diesem Haus, in dem niemand an etwas anderes als an Wohlstand und gesellschaftliches Ansehen dachte und wie man beides mehren konnte, hatte sie im Grunde bislang neben ihrer Familie hergelebt – dabei allerdings gehofft, dass die anderen sie irgendwann verstehen würden, wenn sie sich ihrerseits um Verständnis bemühte.

Aber niemand erkannte je, was in ihr steckte, wie sie wirklich war.

Jetzt hatte sie einen Schritt getan, eine Tür geöffnet und einen Raum betreten, aus dem es kein Zurück gab. Vom Kind war sie über Nacht zur Frau gereift und sah ihre Familie schlagartig völlig illusionslos. Ihre Interessen und Meinungen berührten sie nicht länger, waren wie der Wind in den Bäumen, der rauschte und den man dennoch nicht wahrnahm.

Sie würde Jack so bald wie möglich heiraten und mit ihm fortgehen, mit ihm leben und ihn immer lieben. Und sich des Nachts mit ihm dem Zauber jener dunklen Magie hingeben, der die Begegnung ihrer Körper umgab. Sie wollte seine Frau sein, sein bester Freund, seine Geliebte.

Und er würde ihr alles bedeuten.

Ein Gähnen überfiel sie. Sie richtete ihren schmerzenden, erschöpften Körper auf und taumelte zum Bett. Als sie sich auf die Matratze fallen ließ, zuckte sie zusammen. Na ja, vielleicht sollten sie es lieber nicht jede Nacht tun, dachte sie und kicherte bei dem Gedanken an ihre Zukunft mit Jack. Dann sank sie glücklich in einen tiefen Schlaf.

Bloß vier Stunden später war es vorbei mit ihrer Hochstimmung. Hilflos musste sie, noch im Morgenmantel, mit ansehen, wie Jack rüde aus dem Haus geworfen wurde und unsanft im Kies der Auffahrt landete. Mit großen Augen wandte sie sich an ihre Schwester, die neben ihr stand und das Drama mit hochmütigem Desinteresse verfolgte. »Was ist passiert?«

Amaryllis' Augen glitten kalt über ihr Gesicht, und Laurel wurde sich ihrer geröteten Haut und ihrer vom Küssen geschwollenen Lippen bewusst. Sie zog den Kragen hoch, um die Kratzer, die seine Bartstoppeln an ihrem Hals hinterlassen hatten, zu verbergen.

Amaryllis' Augen glänzten boshaft, als sie ihren Blick wieder auf Jack richtete, der fluchend und brüllend in der Auffahrt stand. »Er hat sich geweigert, unsere dumme, kleine Verlobung aufzulösen, dachte wirklich, ich würde ihn heiraten. Kannst du dir das vorstellen?« Sie lächelte hochmütig. »Er hat mich angebettelt, sofort mit ihm die Ehe einzugehen. Armer Jack! Dabei langweilt er mich seit Wochen unermesslich.«

Amaryllis schlenderte davon und ließ eine verstörte Laurel zurück, die fassungslos auf die Auffahrt starrte, wo zwei Lakaien ihres Vaters Jack mit Gewalt auf sein gesatteltes Pferd zerrten und diesem so lange die Peitsche gaben, bis es davongaloppierte.

Er würde zurückkehren. Bestimmt. Laurel tupfte sich die Tränen aus den Augen und hob das Kinn. Sie vertraute Jack und war sicher, dass er sie niemals verlassen würde. Nicht nach dieser Nacht. Bestimmt wendete er sein Pferd und kam zurück. Es konnte sich nur um ein Missverständnis handeln. Papa hatte gedacht, Jack wollte Amaryllis zur Frau, während er in Wahrheit um die Hand der kleinen Schwester anhielt.

Bald würde alles richtiggestellt werden. Sobald Jack zurück war. Himmel! Sie sah sicherlich schrecklich aus. Sie sollte besser gehen und sich herrichten, die Spuren der Leidenschaft so gut wie möglich verdecken. Um hübsch auszusehen, wenn er erneut bei ihrem Vater vorsprach.

Schließlich hatte er ihr letzte Nacht mehr oder weniger gesagt, dass er sie liebte! So war es doch, oder?

In den frühen Morgenstunden schlich sich Jack vorsichtig in Melodys Kinderzimmer, vermied jedes unnötige Geräusch, um Aidan und Madeleine, die nebenan schliefen, nicht zu wecken. Hob ihren kleinen, warmen Körper aus dem Bett und trug sie zu dem großen Sessel. Dort setzte er sich mit ihr hin, hielt sie auf dem Schoß und bewachte ihren Schlaf.

Sie kuschelte sich an ihn, presste ihre kleinen Ellenbogen fest in seinen Bauch. Auf ihrem Bett erwachte das Kätzchen mit den großen Ohren und streckte sich, bevor es seinen Popo putzte, wobei es ein dürres Hinterbein hoch in die Luft reckte und die Zehen weit spreizte.

Jack hielt sein Töchterchen und lauschte den leisen Atemzügen, küsste ihren dunklen Scheitel und atmete ihren sauberen Babyduft ein, den sie bald verlieren würde. Überhaupt veränderte sie sich so schnell – manchmal hatte er sogar den Eindruck, dass sie täglich größer wurde.

Plötzlich rührte sie sich auf seinem Schoß, blinzelte ihn verschlafen an. Sie wirkte irritiert, weil sie nicht in ihrem

Bett lag. Doch dann lächelte sie und öffnete die Augen. Laurels Augen. Sie würden ihn immer an die Liebe erinnern, die er zerstört hatte.

»Papa, hast du in meinem Bett geschlafen?«

Ihr Bett war kaum länger als einen Meter. Jack stellte sich vor, wie das aussähe. Er in diesem Kinderbettchen, zusammengerollt wie ein Hering im Glas. »Nein, mein Schatz, ich habe nicht in deinem Bett geschlafen. Ich wollte dir bloß einen guten Morgen wünschen und deine Katze begrüßen.«

Melody rieb sich die Augen. »Papa, ich kann Gordy Anne nicht finden. Sie ist weggelaufen.«

Jack griff in seine Tasche und zog das Bündel heraus. Sie seufzte erleichtert und klemmte sie sich unters Kinn. »Sie ist zurück!«

»Gott sei Dank«, erklang eine belegte Stimme von der Tür her. Madeleine stand dort im Morgenrock und mit zerzaustem Haar. »Ich bin früh aufgestanden, um noch einmal gründlich alles zu durchsuchen. Colin war bereits so weit, eine neue Gordy Anne zu fabrizieren.«

»Ich glaube, sie ist inzwischen für uns alle mehr geworden als ein einfaches Halstuch«, sagte Jack und merkte, dass Madeleine ihn befremdet anschaute. »Entschuldigung. Ich kann mich einfach nicht daran gewöhnen, von dir eine Antwort zu bekommen.«

Jack neigte den Kopf. »Warum hast du dann immer mit mir gesprochen, als erwartetest du eine?«

Sie zuckte die Achseln. »Ich nehme an, weil ich die

Hoffnung nicht aufgeben wollte. Und … Na ja, es kam mir unhöflich vor, es nicht zu tun.«

Seine Mundwinkel zuckten. »Mein Freund ist ein glücklicher Mann.«

Sie schenkte ihm ein bezauberndes Lächeln und deutete einen Knicks an. »Danke, Mylord.«

Melody schaute auf. »Hat Papa dir ein Kom-ple-mint gemacht, Maddie?«

Madeleine lächelte über das neue Wort. »Und ob er mir ein Kompliment gemacht hat, Mäuschen.«

»Kom-ple-minte sind etwas Nettes.« Melody kuschelte sich an Jack. »Papa, sag etwas Nettes zu Gordy Anne.«

Er blickte auf den schmuddeligen Knotenkopf hinab. »Sie waren mir eine gute Freundin, Mylady.«

Zufrieden gähnte Melody, ganz ähnlich wie das Kätzchen vor wenigen Minuten. »Gordy Anne bedankt sich, Papa.«

Madeleine schaute die beiden eine Weile nachdenklich an. »Irgendetwas ist anders, nicht wahr? Was habt ihr gestern herausgefunden?«

Gestern. Es kam ihm vor, als läge es Jahre zurück. Er sah Madeleine an. Warum sollte er es länger verschweigen – es machte ohnehin keinen Unterschied mehr. »Melody ist tatsächlich meine Tochter.«

Ihre Augen weiteten sich und begannen zu strahlen. »Oh! Das ist ja wundervoll! Ich muss es Aidan erzählen. Und Pru.« Sie drehte sich um und eilte aus dem Zimmer.

Um weiteren Diskussionen über das Thema aus dem

Weg zu gehen, brachte er Melody zurück in ihr Bettchen zu dem Kätzchen, das erschrocken zur Seite sprang, als das Kind neben ihm in die Kissen fiel, und begab sich zurück in seine Räume. Als er am Schlafzimmer der Blankenships vorbeikam, hörte er Madeleines aufgeregte Stimme: »Aidan! Aidan, wir können sie behalten! Ist das nicht herrlich?«

War es herrlich oder bloß ein weiterer Betrug?

Im Laufe des Vormittags verbreitete sich die Nachricht im Club wie ein Lauffeuer. Alle wollten Melody sehen, doch sie schien wie vom Erdboden verschwunden. Was allerdings niemanden aufregte, weil sie sich gerne und häufig für eine Weile unsichtbar machte.

Auch Evan suchte sie. »Wo steckt das Monster schon wieder?«, fragte er seine Schwester.

Pru legte ihr Buch beiseite und runzelte die Stirn. »Weißt du, ich habe sie eine ganze Weile schon nicht mehr gesehen.«

»Versteckt sich wohl«, sagte er und verdrehte die Augen, beschloss aber, sich vorsorglich auf die Suche zu machen. Als er sie in keinem ihrer üblichen Verstecke fand, schaute er sogar mit schlechtem Gewissen in den Lastenaufzug. Nichts. Die Kiste war im Keller festgemacht worden und ließ sich nicht mehr bewegen.

Inzwischen suchten nicht nur die beiden Ersatzmütter, sondern auch Wilberforce. Er traf die beiden Ladys im oberen Flur, wo sie die Fenstererker inspizierten und sogar einen Blick in die große Ming-Vase auf einem der Beistelltischchen warfen.

Pru sah den Majordomus besorgt an. »Haben Sie Melody gesehen?«

Wilberforce bedachte sie mit einem langen, gequälten Blick. »Ich denke, Lady Melody neigt dazu, sich auf dem Dachboden aufzuhalten.«

Madeleine schüttelte den Kopf. »Das glaube ich nicht. Sie ist da oben genauso ungern wie ich.«

Wilberforce verneigte sich. »Ich möchte Ihnen nicht widersprechen, Mylady, aber ich vermute, sie spielt dort täglich.«

Pru blickte nachdenklich zu der Tür am anderen Ende des Flures. »Wirklich?«

Einunddreißigstes Kapitel

Überrascht starrte Laurel den unbekannten Mann in Livree an, der da plötzlich im Türrahmen stand und sie ebenfalls verwundert musterte, wenngleich er sich sichtlich um Haltung bemühte.

Als er zur Seite trat, wurden hinter ihm zwei Damen sichtbar. Zwei Köpfe, einer dunkel und der andere rot, spähten zu ihr herein.

Laurel stand auf und lächelte. »Guten Morgen, Lady Blankenship, Lady Lambert.«

Die Rothaarige kam näher. »Lady Prudence, bitte«, korrigierte sie automatisch, während sie sich erstaunt umsah. Sie machte eine vage Handbewegung in Madeleines Richtung. »Die Ehefrau eines Earl, bei meinem hat's bloß zum Ritterschlag gereicht. Deshalb Sir Colin und Lady Prudence.«

Laurel lächelte nervös. »Danke für die Aufklärung.« Sie streckte die Hand aus. »Ich bin Miss Laurel Clarke.«

Madeleine betrat jetzt ebenfalls den Raum, bewegte sich jedoch nicht weit von der Tür fort. »Sie werden hier gefangen gehalten?«

Laurel ließ die Hand sinken. Höfliche Konversation zu treiben kam ihr ein bisschen lächerlich vor. »Ich bin …« Was war sie? Gefangene oder Gast? Opfer oder Geliebte?

Mit einem Mal war sie sich nicht mehr ganz sicher. Diesen Leuten in dieser Umgebung zu begegnen, schien einen Hebel in ihrem Gehirn umzulegen. Nichts, was sie in diesem Raum gefühlt oder gedacht hatte, konnte man für bare Münze nehmen. Denn innerhalb weniger Tage vollzog sich ein rasanter Gewöhnungsprozess. Sie lebte sich ein, arrangierte sich mit der Einschränkung, ließ sich von Jack umsorgen … War es da nicht albern, von Gefangenschaft zu reden?

Stammelnd setzte sie zu einer Erklärung an. »Ich bin …«

»Mama!« Melody tanzte in die Kammer und schwenkte Gordy Anne fröhlich durch die Luft. »Können Maddie und Pru jetzt mit uns ›Königin im Turm‹ spielen?«

Madeleine presste eine Hand gegen ihre Kehle. »Mama?«, flüsterte sie. »Grundgütiger, er hat sie hier oben eingesperrt. Warum bloß, um Himmels willen?«

Pru zog eine Grimasse. »Jack ist ein Idiot – ich habe es immer geahnt.« Sie ließ noch ein paar weitere Schimpfwörter vom Stapel, die Laurel geflissentlich überhörte.

Jetzt trat wieder der große, hagere Mann vor. »Madam, ich bin Wilberforce, der Majordomus hier im Brown's. Gibt es irgendetwas, das ich für Sie tun kann?«

Laurel wusste nichts zu sagen. Sie starrte bloß auf Madeleine, die noch immer schockiert aussah, und auf Pru, die nach wie vor Verwünschungen murmelte, und schließlich hinunter auf Melody, die die Arme um ihre Beine geschlungen hatte und sie glücklich anlächelte.

»Ich könnte eine Tasse Tee gebrauchen«, sagte sie schließlich zu Wilberforce.

Am Ende waren es mehrere Kannen, die ihnen von Bailiwick serviert wurden, und Laurel erzählte den beiden Frauen, die sie Maddie und Pru nennen sollte, die ganze Geschichte. Mit Ausnahme gewisser intimer Details selbstverständlich. Damit sie ungestört reden konnten, hatte Wilberforce Melody mit nach unten genommen und ihr Zitronenkuchen in Aussicht gestellt.

Pru ging aufgebracht in der Kammer auf und ab – so skandalös fand sie die Geschichte. »Sie sollten sofort packen«, sagte sie mit fester Stimme.

Madeleine schien sich nach wie vor unbehaglich zu fühlen in dem Raum. Immer wieder blickte sie sich nervös um. Laurel, die aus Colins Buch wusste, warum, beugte sich zu ihr herüber. »Mir wurde glaubhaft versichert, dass der böse Mann mausetot sei.«

Die andere warf ihr einen rätselhaften Blick zu. »Ist er das wirklich? Jack wusste von meiner Gefangenschaft. Die Tatsache, dass er diese Kammer so … so …« Sie schüttelte den Kopf. »Ach, egal. Wussten Sie eigentlich, dass sich ein Guckloch in der Tür befindet? Geht auf Kosten meines verrückten ehemaligen Ehemanns.«

Nein, wie sollte sie? Laurel sprang auf und ging zu der offen stehenden Tür, um sie genau zu betrachten. »Ich sehe nur, wo mal eines war, aber es wurde wieder verschlossen.«

Madeleine zog die Brauen zusammen – zumindest diese

Geschmacklosigkeit hatte Jack nicht von William Whittaker übernommen.

»Ist auch ohne das schlimm genug.« Pru beendete ihr rastloses Auf- und Abgehen und drehte sich zu ihnen um. »Sie sollten wirklich sofort aufbrechen.«

Laurel schaute sie verwundert an. Wieso fiel sie Jack in den Rücken, obwohl sie Freunde waren.

Madeleine stand auf. »Ja. Pru hat recht.« Ihre Stimme brach ein wenig, und sie rieb sich die Augen. »Ich sage Fiona, sie soll Melodys Sachen packen.« Schnell eilte sie aus der Kammer. Nicht schnell genug, denn Laurel konnte noch ihr Schluchzen hören.

Pru kämpfte ebenfalls mit sich, und ihr ohnehin blasses Gesicht war kreidebleich geworden. »Ich liebe Melody, als wäre sie meine eigene Tochter – trotzdem gebe ich mich nicht für so etwas her.«

»Ihr willigt also ein, dass ich sie mitnehme?«

Es fiel Pru sichtlich schwer, die Tränen zurückzuhalten. »Natürlich. Sie sind ihre Mutter. Man muss euch beide ja nur anschauen …«

»Aber … Sie lieben sie doch so sehr.«

Pru zuckte zusammen. »Das schon. Dennoch haben Sie als Mutter größere Rechte. Nicht nur das: Sie lieben sie schließlich mindestens genauso, sonst wären Sie nicht hergekommen. Und sie scheint Sie offensichtlich ebenfalls bereits sehr zu mögen.«

Laurel musterte Pru. »Sie wirken so schrecklich entschlossen.«

»Nein, ich sehe bloß so aus«, sagte sie und schaute die andere aus tränennassen grünen Augen an, bevor sie aus der Kammer stürzte. Um kurz darauf noch einmal zurückzukehren und Laurels alten Koffer vom Schrank zu heben. »Packen Sie. Ich trage Bailiwick auf, sich um eine Kutsche zu kümmern. Wohin wollen Sie?«

Laurel sah auf die vier Wände, das Fenster und die Tür mit dem Schloss. Zum ersten Mal betrachtete sie ihre Umgebung mit den Augen der anderen, und ein Schauer durchlief sie. Außer ihr wollte niemand eine Entschuldigung für das finden, was Jack gemacht hatte.

»Sehr weit weg«, sagte sie mit belegter Stimme.

Seine Freunde konnten es nicht glauben.

Colin rieb sich das Gesicht. »Das hat er nicht gemacht. Das kann er nicht getan haben!«

Pru zog eine Grimasse. »Hat er aber.«

Aidans Kiefer mahlten. »Ich hatte keine Ahnung, dass er so daneben ist.«

»Wir hätten das verhindern können.«

»Vielleicht, vielleicht auch nicht. Wir wollten einfach daran glauben, dass es irgendwann besser wird. Schon allein wegen Melody.«

Madeleine konnte nicht aufhören zu weinen. »Sie nimmt sie mit. Weit weg, hat sie gesagt.«

»Kannst du ihr einen Vorwurf machen?« Prus Augen waren keinen Deut trockener. »Sie muss völlig schockiert sein.«

»Ich glaube … Ich bin mir nicht sicher …« Madeleine biss sich auf die Lippe. »Aber ich denke, er hat da oben mit ihr geschlafen. Sein Halstuch lag auf dem Boden neben dem Bett.«

Pru schlug die Hand vor den Mund. »So ein Bastard, nutzt ihre Wehrlosigkeit aus!«

Ihr Mann reagierte nicht weniger empört. »Mir wird schlecht«, murmelte er und lehnte sich gegen die Wand.

»Mir wäre es lieber«, knurrte Aidan, »Jack würde es schlecht werden.«

Seine Frau hingegen suchte zu vermitteln. »Ich habe erst heute früh mit ihm gesprochen. Er kam mir so ruhig vor, so … schicksalsergeben.«

»Schicksalsergeben? Wie meinst du das?«, fragte Pru misstrauisch.

Madeleine zuckte vage mit einer Schulter. »Ich weiß nicht genau, aber … Na ja, die Tür zum Trockenspeicher war gar nicht abgesperrt.«

Colin richtete sich auf. »War sie nicht?«

»Nein.« Madeleine schüttelte den Kopf. »Wilberforce hat sie einfach aufgedrückt, und da sahen wir Laurel dort sitzen. Sie schien genauso überrascht darüber, uns zu sehen, wie wir andersherum.«

Auf Aidans Zügen breitete sich ein erleichtertes Lächeln. »War also alles halb so schlimm.«

Colin stimmte ihm zu. »Natürlich!« Er wandte sich an seine Frau, die nach wie vor zweifelnd dreinschaute. »Siehst du, Pru? Er wollte sie gehen lassen! Deshalb war er in aller Frühe bei Melody. Um sich von ihr zu verabschieden.«

Tränen traten in die Augen seiner Frau. »O Gott, der arme Mann.«

Verwundert starrte Madeleine sie an. »Das sagst du? Obwohl du Jack immer ein wenig misstraut hast?«

Sie winkte ab. »Begraben wir die Vergangenheit.« Sie drehte sich zu ihrem Mann um. »Du musst ihn finden. Nicht dass er glaubt, wir würden ihn hassen.«

Colin blinzelte verwirrt angesichts dieses Sinneswandels, lenkte jedoch ein und wandte sich an Aidan. »Wir haben einen Marschbefehl bekommen, alter Junge. Worauf wartest du?«

»Wisst ihr denn überhaupt, wo er sein könnte? Er hat außer uns schließlich niemanden.«

Aidan schaute seine Frau nachdenklich an. »Ich glaube, ich habe eine Idee.«

Als Jack Lementeurs Salon betrat, konnte er sich an die Fahrt nicht wirklich erinnern. Auch nicht an den Grund seines Besuchs. Er war offenbar einfach einem Impuls gefolgt. Mit finsterem Blick blieb er im Empfangsbereich stehen, und Cabot, der auf Anhieb wusste, was die Glocke geschlagen hatte, klingelte sofort nach seinem Chef.

Lementeur hielt sich nicht lange mit Nettigkeiten auf. Er nahm Jack mit nach hinten in sein Büro und goss ihm einen Whisky ein.

Jack lehnte ab. »Danke, aber ich trinke nicht. Nicht mehr.«

Wie viele Menschen, die mit Mode zu tun haben, verfügte Button über eine gehörige Portion Menschenkenntnis sowie großes Einfühlungsvermögen und erkannte Probleme schon, bevor sie ausgesprochen wurden. Deshalb ignorierte er den Einwand und drückte Jack das Glas in die Hand. »Das hier ist nicht zum Spaß. Es ist pure Medizin, damit Sie mir nicht zusammenbrechen und ich Sie von meinem Fußboden aufsammeln muss.«

Nachdem er die goldbraune Flüssigkeit hinuntergestürzt hatte, schenkte der kleine Mann nach. Jack wich zurück. »Lieber nicht.«

Button warf ihm einen belustigten Blick zu. »Der ist für mich«, sagte er und leerte das Glas in einem Zug. »Jetzt geht es mir besser«, seufzte er zufrieden und stellte die Karaffe weg. Dann setzte er sich seinem Besucher gegenüber, stützte die Ellenbogen auf die Knie und beugte sich vor. »Erzählen Sie!«

Und Jack erzählte ihm alles. Schonungslos. »Ich habe sie gehen lassen«, schloss er seinen Bericht. »Weil ich es nicht fertigbrachte, sie noch einmal zu betrügen.«

Button rieb sich das Gesicht. »Und die kleine Melody? Wird Laurel sie mitnehmen?«

»O ja«, sagte Jack mit schwacher Stimme. »Das denke ich schon.«

Sein Schmerz war nicht zu überhören und nicht zu übersehen. Ein gebrochener Mann saß da im Salon des berühmten Damenschneiders, der sich jetzt seufzend zurücklehnte. »Diese ganzen glücklichen Paare – man weiß nie, was dahintersteckt. Selbst ich scheine nicht perfekt zu sein und kann mich täuschen …«

Jack war nicht nach philosophischen Betrachtungen zumute. Zu sehr war er mit seinem Leid beschäftigt und dem schrecklichen Verlust, der ihm bevorstand. Und was würden seine Freunde sagen? Bestimmt hatten sie Laurel längst gesehen und von ihr die ganze scheußliche Geschichte gehört. Niemand würde mehr mit ihm zu tun haben wollen, und er konnte es ihnen nicht einmal übelnehmen. Er hatte wirklich alles ruiniert, sogar die Freundschaft mit Aidan und Colin.

Wäre er doch einfach weiter in seiner grauen, gefühllosen Welt geblieben, schoss es ihm durch den Kopf.

Wirklich? Dann hätte er Melody ebenso verpasst wie die Wiederbegegnung mit Laurel, diesen verzauberten Moment auf dem Dach, als sie warm und willig in seinen Armen tanzte und sang. Und später in ihrer Kammer … Nie würde er erlebt haben, wie wahre Liebe sich anfühlte.

Nein. Jeder Moment war wie ein Geschenk des Himmels gewesen. Was ihn hingegen erwartete, war die Hölle. Eine Zukunft ohne die beiden Menschen, die er liebte und die seinem Leben erst Sinn gaben.

Als Colin und Aidan wenige Minuten später in Buttons Büro stürmten, akzeptierte Jack einfach, dass die Hölle etwas früher als erwartet begann.

Wilberforce fand seinen Bailiwick auf dem Treppenabsatz im Dienstbotenaufgang, wo er durch das kleine Fenster in der Wand auf die St. James Street schaute.

Bailiwick warf ihm einen gequälten Blick zu. »Sie ist fort.«

Es war nicht nur der Verlust der kleinen Lady, der den jungen Riesen traurig stimmte – seine angebetete Fiona war ebenfalls gegangen.

Sie war an diesem Morgen zu Wilberforce gekommen. Mit aufrechter Haltung zwar, das Gesicht aber blass und die Augen rot vom Weinen. »Ich glaube, ich bin für London nicht gemacht«, sagte sie. »Tut mir leid, wenn ich die Ladys verlassen muss, Sir, doch die Stadtluft bekommt mir einfach nicht.«

Weil sie ihre Arbeit sehr zur Zufriedenheit der Damen verrichtet hatte, zahlte Wilberforce ihr anstandslos jeden Penny ihres Lohnes und einen kleinen Bonus obendrauf aus. Jetzt, angesichts von Bailiwicks Elend, kamen ihm Bedenken, ob er dem Mädchen vielleicht nicht gut hätte zureden sollen.

Sie schien keine sonderliche Eile gehabt zu haben, den Club zu verlassen. Erst hatte sie gewartet, bis die kleine Melody und ihre Mutter gegangen waren, dann hatte sie ihren kleinen Koffer zu packen begonnen und anschließend noch eine ganze Weile in der Küche herumgetrödelt, um allen Mitgliedern des Personals Lebewohl zu sagen.

Allen außer einem, denn der war nicht erschienen.

»Bailiwick!« Wilberforce reichte es. Er hatte keine Lust mehr, diesen Burschen mit seinem unerträglichen Selbstmitleid weiter mit Samthandschuhen anzufassen. »Sie ist fort, weil Sie sie praktisch aus dem Haus getrieben haben.«

Verblüfft schaute der junge Lakai seinen Vorgesetzten an. »Sir? Ich hab sie doch …«

»Sie haben sie zurückgewiesen.«

Bailiwick wischte sich die Nase am Ärmel seiner Livree ab, was Wilberforce diskret zu übersehen beschloss. »Das hab ich nicht! Ich wollte bloß nicht, dass sie denkt, ich bin wie die anderen Kerle.«

»Sehen Sie es mal andersherum. Fiona hat bloß gesehen, dass Sie als Einziger so getan haben, als seien Sie überhaupt nicht an ihr interessiert.«

»Aber ich hab ihr doch den Job besorgt und alles. Und ihre Päckchen getragen. Ich wollte ihr ein Geschenk machen.«

»Ein romantisches Geschenk?«

Bailiwick zuckte die Achseln. »Ein paar silberne Bürsten, die sie bei den Damen benutzen kann. Als Werkzeug.«

»Ist das ein romantisches Geschenk?«

»Hab keine Erfahrung, Sir. Hatte vorher noch nie ein Auge auf ein Mädchen geworfen.«

Armer Bailiwick. Wie konnte der Junge, der sich als Diener recht geschickt anstellte, in puncto Liebe bloß so stoffelig sein? Und arme Fiona. Sie verfügte im Gegensatz zu ihm offenbar über einiges an Erfahrung, aber was

Liebe wirklich bedeutete, davon hatte sie keine Ahnung. Sie waren wirklich ein komplett unmögliches Paar und dennoch wie füreinander geschaffen.

Wilberforce, der gerne in seinem Reich alles wieder ins rechte Lot rückte, beschloss, das auch in Bailiwicks kleiner Welt zu tun.

»Warum haben Sie sie nicht gebeten, Sie zu heiraten?«

»Lakaien heiraten doch nicht, Sir. Wir müssen im Haus wohnen, und da kann man keine Frau haben!«

Wilberforce starrte durch das schmale Fenster auf die Straße hinaus. »Das hier ist zwar ein Herrenclub, aber ein besonderer. Hier leben schließlich auch Damen und Kinder, dazu ein Kätzchen und vermutlich bald ein Welpe für den jungen Master Evan.«

Bei diesen Worten verspürte der gestrenge Majordomus einen kurzen Anflug von Sehnsucht nach den reglementierten und organisierten Tagen von früher. Wie friedlich war es damals gewesen! Und wie langweilig!

»Ich bin zu der Einsicht gelangt, dass es besser ist, die Regeln selbst zu bestimmen.«

»Ich verstehe nicht, Sir.«

»Bailiwick, Sie haben unseren Gentlemen und ihren Familien bisher sehr gut gedient und eine Hingabe und Tapferkeit bewiesen, die das übliche Maß weit übersteigen. Damit leisteten Sie mehr für das Wohlergehen und das Glück unserer Mitglieder als alle anderen zusammen.«

Der junge Lakai blinzelte verwirrt. So viel Lob hörte man selten von Wilberforce. »Sir!«

»Unterbrechen Sie mich nicht. Da Sie sich für den reibungslosen Ablauf im Brown's als sehr wichtig erwiesen haben, möchte ich meine Anerkennung durch eine Beförderung ausdrücken, damit Sie sich noch besser um die Wünsche und Bedürfnisse unserer Mitglieder kümmern können.«

Bailiwick wusste nicht, wie ihm geschah. »Ich weiß nicht, was das heißen soll, Sir.«

Wilberforce sah ihn lange an. »Es heißt, dass Sie zum Ersten Lakaien ernannt werden und folglich heiraten dürfen, sofern Ihre Frau ebenfalls in Diensten des Clubs steht und im Haus lebt.« Er faltete die Hände vor dem Körper. »Sie können ein angemessenes Zimmer beziehen, und Ihr Lohn wird erhöht …« Dann hob er einen Finger und fügte hinzu: »Leicht erhöht.« Es gab schließlich keinen Grund, alles Maß zu verlieren.

Erwartungsvoll schaute er den jungen Mann an, der sich immer noch nicht von seiner Überraschung erholt hatte. Was folgte, war allerdings dazu angetan, Wilberforces Welt auf den Kopf zu stellen, denn dieser Riesenkerl packte ihn einfach und umarmte ihn wie ein tapsiger Bär, bevor er sich abwandte und über die Dienstbotentreppe nach unten hastete. Er polterte dabei so heftig, dass sich ein bisschen Staub von den Deckenbalken löste und auf der livrierten Schulter des Majordomus landete. Indigniert klopfte er ihn ab.

Staub. In seinem Club.

Lementeur schaute sich verwundert in seinem Büro um. Drei Männer drängten sich in seinem Allerheiligsten und machten sich hier breit. Der Marquis of Strickland hatte ihm schon gereicht. Jetzt waren plötzlich noch der Earl of Blankenship und Sir Colin Lambert aufgetaucht.

Als höflicher Gastgeber und kluger Geschäftsmann bot er den betuchten Kunden zwar Brandy an, blieb ansonsten aber ruhig in seinem Stuhl sitzen, um gespannt die Szene zu beobachten, die sich vor seinen Augen abspielte.

Aidan, der auf einem für seine Körpermaße winzigen Stuhl saß, beugte sich vor und stützte beide Ellenbogen auf den Tisch. »Melody ist weg – mit ihrer Mutter, die du auf dem Dachboden festhalten wolltest«, sagte er mit vorwurfsvoller Stimme.

Colin, in einem eleganten Damensessel sitzend, nickte heftig. »Und dann hast du scheinbar vergessen, uns davon zu erzählen.«

»Ich wollte euch nicht mit meinen Problemen belasten.« Jack lehnte sich sichtlich gebrochen, enttäuscht und unglücklich auf seinem Stuhl zurück. »Jetzt ist ohnehin alles zu spät.«

»Elender Feigling.«

Die Beleidigung erweckte Jack endlich zum Leben. Seine Kiefer spannten sich sichtbar an, und seine Stimme senkte sich zu einem Knurren. »Blankenship, du bist nicht so groß, dass ich dich nicht niederschlagen könnte. Ein Kampf käme mir gerade recht.«

Colin warf die Hände in die Luft. »Dann kämpf, um Gottes willen! Kämpf um Miss Clarke! Kämpf um Melody!«

Jack fuhr sich mit der Hand übers Gesicht. »Ich könnte sie vielleicht finden, wenn ich alle Hebel in Bewegung setze.«

Colin nickte aufmunternd.

Jack sah ihn an. »Und dann sollte ich ihre Hand nehmen und nie mehr loslassen.«

»So ist's richtig!« Der Freund klatschte in die Hände.

Jack neigte den Kopf und blickte ihn niedergeschlagen an. »Und wenn ich sie einsperren muss, bis sie einwilligt, mich zu heiraten?«

Colins Hochgefühl verflog. »Oh, so ist das ... Äh, nein.«

Aidan atmete hörbar aus. »Dann hast du sie also gefragt? Ihr einen wirklich netten Antrag gemacht? Du weißt schon, mit allem Drum und Dran und viel Gefühl – nur dann ist es nämlich wirklich überzeugend. War bei Maddie nicht anders.«

Jack senkte den Blick auf seine Hände. »Ich habe mir selbst die Brust aufgerissen und ihr mein Herz vor die Füße gelegt.«

»Oje, oje.« Button fächerte sich Luft zu. »Wie romantisch.«

Colin rieb sich nachdenklich den Nacken. »Dann will sie dich also ernstlich nicht heiraten.«

Jack sah ihn finster an. »Kann man ihr das verübeln?«

»Dann müssen wir irgendeine andere Regelung aushandeln. Irgendeinen Weg, Melody zu behalten oder sie so oft wie möglich zu sehen … oder zumindest hin und wieder.« Colins Miene drückte pures Entsetzen aus. Er schaute zu Aidan hinüber. »Denk dir was aus, Blankenship, verdammt!«

»Jack, Colin hat recht. Wir drei zusammen verfügen über erhebliche Mittel und beträchtlichen Einfluss. Es muss einen Weg geben, die Dame zu zwingen, das Sorgerecht zu teilen. Schließlich hättest du nach unseren Gesetzen das Recht, ihr Melody komplett zu nehmen.«

Colin richtete sich auf. »Einen Moment …«

Aidan winkte ab. »Ich meine nicht, dass wir das tun sollten – bloß dass wir es könnten. Sicherlich ist sich Miss Clarke dessen bewusst, oder?«

»Wir sollten sie nicht ängstigen«, spann Colin den Gedanken weiter. »Aber vielleicht lässt sie sich irgendwie zur Besinnung bringen, indem wir ihr einige Möglichkeiten aufzeigen, wie das aussehen könnte. Schließlich wäre Jack in der Lage, Melody ein herrlich privilegiertes Leben von hohem gesellschaftlichem Stand zu ermöglichen.«

Jack blickte nachdenklich. »Nichts täte ich lieber, aber ich weiß nicht einmal, wohin Laurel gegangen ist.«

»Wilberforce hat für sie eine Mietdroschke bestellt. Zum Hafen. Vermutlich will sie auf ein Schiff«, warf Aidan ein, dessen Mitgefühl inzwischen ganz seinem verzweifelten Freund gehörte.

In Jacks Blick flammte Hoffnung auf. Wilberforce. Ein

Schiff. Nein, nicht irgendein Schiff. Er und die beiden Freunde sprangen fast gleichzeitig auf, um nach draußen zu stürmen, doch Button hob träge die Hand. »Einen Augenblick noch, Mylords! Ich bin niemals einem amüsanten kleinen Liebesdrama abgeneigt – indes sollten Sie vorher nachdenken, wie Sie die offenbar recht eigenwillige junge Dame konkret davon überzeugen wollen, mit Ihnen zu kooperieren.«

Jacks Augen waren so dunkel wie die Nacht. »Ich werde es nicht tun.«

Im Hof vor den Stallungen kämpfte Bailiwick mit Balthazar, der sich wieder einmal nicht aufzäumen ließ. Doch obwohl sich der riesige Schimmel selbst an guten Tagen gerne nachtragend und hinterlistig benahm, liebte Bailiwick seinen mutigen und eigenwilligen Freund. Das einzige Pferd weit und breit übrigens, das in der Lage war, den riesigen Körper des Lakaien zu tragen. Evans treuer Ramses etwa würde mit Bailiwick auf dem Rücken vermutlich schnell schlappmachen.

Während er mit seinem widerborstigen Pferd kämpfte, spürte der junge Mann, wie Fiona sich mit jedem Atemzug weiter von ihm entfernte. Seine Brust fühlte sich an wie eingeschnürt. Irgendwann reichte es ihm. Er zog den mächtigen Kopf des Tieres zu sich herunter und blickte streng in Balthazars braune Augen. »Sie verlässt mich, du Rüpel! Fiona verlässt mich, und du bist meine einzige Hoffnung, wenn ich sie noch aufhalten will. Mach also deine bescheuerten riesigen Zähne auseinander und lass dir die verdammte Trense anlegen!«

Langsam senkte Balthazar seine langen weißen Wimpern über die Augen und öffnete weit das Maul. Bailiwick verschwendete keine Sekunde. Er schob das metallene Gebissstück tief hinter Balthazars gelbe Zähne und schnallte die Riemen hinter den samtenen Ohren zu, die sich ihm jetzt bereitwillig entgegenbogen – fast als wollte der Wallach sagen: »Beeil dich! Wir müssen dein Mädchen einholen!«

Und weil er plötzlich in Eile war, trottete Balthazar vom Hof. Unglücklicherweise ohne Sattel und ohne seinen Reiter. Bailiwick rannte fluchend mit den Zügeln in der Hand neben ihm her, um sich schließlich auf Balthazars Rücken zu werfen. »So ist's richtig, Junge. Wozu brauchen wir einen Sattel!«

Der Schimmel galoppierte an, und Bailiwick hielt das Gesicht lachend in den Wind. »Ich komm und hol dich, Fiona!«

Während Fiona seit Stunden auf dem Wagen eines Landfahrers zwischen klappernden Töpfen und Pfannen saß und gemächlich durch die Gegend geschaukelt wurde, kamen Bailiwick und sein Pferd in Windeseile voran und rannten auf ihrem Weg durch die Vororte Londons alles in Grund und Boden. Auf den Märkten sprangen die Leute entsetzt zur Seite, und er hoffte nur, dass Wilberforce nicht von dem umgestürzten Bäckerwagen und den von

Balthazars Hufen zerstampften Brotlaiben erfuhr. Er war froh, als sie endlich die Stadt hinter sich und die Landstraße erreicht hatten, wo sich ihnen kaum noch ein Hindernis in den Weg stellte.

Ein gutes Stück die Straße hinunter rutschte Fiona indessen auf ihrem harten Sitz herum und stieß einen Seufzer aus. Zwar war sie es gewöhnt, in wenig komfortablen Vehikeln durch die Lande zu rumpeln, doch diese Reise gestaltete sich besonders unangenehm. Nicht nur weil ihr Sitz äußerst unbequem war, sondern auch weil sie den Staub voll ins Gesicht bekam. Wehmütig dachte sie daran, wie sauber und behaglich es doch im Brown's gewesen war. Sie seufzte erneut und dachte an die angenehme Arbeit für die reizenden Damen und die üppigen, köstlichen Mahlzeiten. Drei am Tag, das musste man sich mal vorstellen.

»Es ist besser so«, sagte sie leise vor sich hin. Sonst würde sie am Ende so fett werden wie die Frau vom alten Pomme, und niemand schaute sie mehr an.

Doch, ihr Johnny. Ihr großer, schüchterner Riese, der würde sie selbst dann noch mit hungrigen Augen verfolgen. Die Erinnerung an ihn stimmte sie traurig. So gerne hätte sie diesen Hunger gestillt, aber er wollte ja nicht. Fiona begriff es einfach nicht. Warum konnte er ihre Berührung nicht ertragen?

Als sie den hübschen Burschen das erste Mal sah, war sie mit zwei Freundinnen auf der Landstraße von einer Räuberbande bedrängt worden, die erst von ihnen abließ, als Johnny Bailiwick des Weges kam wie ein Racheengel auf einem großen weißen Ross, das mit donnernden Hufen durch den Banditenhaufen geprescht war. Fiona lächelte ein wenig wehmütig und glaubte noch immer den mächtigen Hufschlag zu hören.

Ba-ba-da-dumm. Ba-ba-da-dumm.

Sie richtete sich ein wenig auf, blinzelte in die Nachmittagssonne und erkannte in der Ferne tatsächlich einen Reiter. Vermutlich ein Kurier oder ein Gutsbesitzer auf einem Ausritt, dachte sie. Mit allem hätte sie gerechnet – nicht aber damit, plötzlich ihren Johnny auf seinem Furcht einflößenden Pferd zu sehen. Er kam ihr vor wie ein edler Ritter auf seinem Schlachtross. Abgehärtet durch ein Leben auf der Straße, waren Fiona solche Gedanken eigentlich fremd, doch mit einem Mal erkannte sie, dass in ihrem Innern ein mädchenhaftes, romantisches Herz schlug.

Johnny hat mich gesucht.

Der Kesselflicker, der den Wagen lenkte, erschrak, denn es hörte sich an, als sei eine ganze Armee im Anmarsch. Er dirigierte sein betagtes Kutschpferd an den Straßenrand, um den apokalyptischen Reiter vorbeizulassen. In diesem Moment sprang Fiona ab, hängte sich ihr Bündel quer über die Brust und rannte los – ihre leuchtenden Röcke flogen dabei wie die Banner bei einem Ritterturnier.

Balthazar verlangsamte nicht einmal das Tempo, als Bailiwick ihr seine große Hand entgegenstreckte, um sie zu sich nach oben zu ziehen. Dann saß sie vor ihm, gehalten von seinen starken Armen.

Endlich wurde Balthazar langsamer, sein harter Galopp weicher. Fiona drehte sich zu ihrem Johnny um, und er lehnte sich zurück, um besser in ihr schönes Gesicht schauen zu können. »Ich liebe dich«, sagte er.

Fiona lächelte zu ihm auf. »Aye, und ich liebe dich auch, du Dummkopf.«

Seine Miene wurde finster. »Mit deiner Flirterei ist jetzt aber Schluss. Du gehörst zu mir, verstehst du? Mein Mädchen! Meine Frau!« Er legte die Lippen auf ihre und küsste sie leidenschaftlich. Dann hob er ihren Kopf. »Dass du mir das ja nie vergisst!«

Fiona starrte ihn ungläubig an. »Frau?«

Bailiwick reckte das Kinn. »Jawohl, ich bin befördert worden. Jetzt hab ich keinen Ring für dich dabei, doch ich werde dir den schönsten Goldring kaufen, den du je gesehen hast. Als Erster Lakai von Brown's kann ich mir das leisten.«

»Wieso Frau?«, wiederholte sie.

»Du wirst meine Frau, ganz offiziell. Ich darf nämlich heiraten.«

Sie fuhr sich mit der Zungenspitze über die Lippen. »Kein Versteckspiel? Ich muss danach nicht in mein kaltes Bett klettern?« Sie blickte ein wenig skeptisch. »Willst du Kinder?«

Bailiwick räusperte sich. »Ja. Oder nein? Ganz wie du willst.«

»Ganz wie ich will?« Fiona lächelte, schlang die Arme um seine Taille und drückte ihr Ohr an sein hämmerndes

Herz. »Mr. Johnny Bailiwick, es wird jede Menge Kinder geben, und die werden in der St. James Street herumlaufen und sonst wo.«

Seine Arme schlossen sich um sie, bis sie kaum noch atmen konnte. Aber das war es wert, wenn man seinen edlen Ritter am Ende doch bekam. Sie spürte den Widerhall seiner tiefen Stimme in ihrem Körper vibrieren und schloss beseligt die Augen.

»Möchtest du recht bald mit den Kindern anfangen?« Johnnys Hände umfassten ihre Taille. »Weißt du, Balthazar ist ein großes Pferd, auf dem man sich sogar hinlegen könnte.«

Zweiunddreißigstes Kapitel

In der tief stehenden Nachmittagssonne stand Laurel im Hafen von London und hielt krampfhaft die kleine Hand ihrer Tochter fest. Neben ihnen auf dem Kai stand ein gewaltiger Stapel Schachteln und Kisten jeder Größenordnung – das meiste davon gehörte Melody. Schwer vorstellbar, dass es sich nur um einen kleinen Teil ihrer Besitztümer handelte. Vieles hatte sie zurücklassen müssen, Spielsachen ebenso wie einige ihrer schönen Kleider. Dort, wo sie hinwollten, waren sie ohnehin ohne Nutzen.

Laurel hatte ihr Konto abgeräumt und zwei Schiffspassagen zu dem wärmsten und entferntesten Ziel gekauft, das an diesem Tag im Hafenbüro zu haben war. Jetzt schaute sie zu, wie ihre Habseligkeiten Stück für Stück an ihnen vorbei über die Gangway auf das wartende Schiff getragen wurden. Erst nachdem fast alles an Bord war, fiel ihr Blick auf den Schiffsnamen, der auf jede einzelne Kiste aufgemalt war.

Honor's Thunder.

»Warum kommt mir das so bekannt vor?«, murmelte sie vor sich hin.

»Weil es unser Flaggschiff ist«, hörte sie eine tiefe Stimme unmittelbar hinter ihr.

Laurel wirbelte herum und sah sich Jack gegenüber, der

da dunkel und verdammt gut aussehend in einem wollenen Seemannsmantel und mit einer Kapitänsmütze auf dem Kopf hinter ihr stand. Er suchte ihren Blick, während der Wind, der vom Wasser wehte, Strähnen ihres Haares löste und an den Seiten ihrer Haube entlangwirbelte.

Laurels Herz schien für einen Moment auszusetzen, um dafür anschließend doppelt so schnell zu schlagen.

»Was … was machst du hier?«

Er sah an ihr vorbei auf das Schiff. »Wilberforce hat mir verraten, wohin du dich von der Kutsche hast bringen lassen. Er kann manchmal ziemlich verschlagen sein.« Er richtete seinen Blick erneut auf sie. »Er hat dir dieses Schiff empfohlen, oder?«

Laurel nickte. »Es gehört dir, vermute ich. Und es ist die *Dishonor's Plunder* aus Melodys Geschichten von Käpt'n Jack, nicht wahr?«

Ein kaum wahrnehmbares, trauriges Lächeln überzog sein Gesicht. »Sie gehört nicht mehr mir«, sagte Jack monoton. »Von nun an ist es dein Schiff.«

»Was soll das heißen?«

Er sah zu Melody hinab und lächelte. Die Liebe und der Schmerz in seinem Blick taten Laurel in der Seele weh. »Ich gebe sie dir«, sagte er leise. Dann hob er die Augen, um sie anzuschauen. »Ich gebe dir alles. Melody. Meine Schiffe. Mein Geld. Ich würde dir sogar Strickland übertragen, wenn es nicht an den Titel gebunden wäre … Aber sofern du magst, kannst du dort wohnen, ohne dass ich dich stören werde.«

Laurel begriff nicht, was er da sagte. »Ich verstehe nicht. Was meinst du damit?«

»Es wäre leichter, wenn du meinen Namen annehmen würdest. Eine Ehe, und sei es auch nur eine auf dem Papier, würde dir vollen Schutz gewähren und Melody ein für alle Mal sämtliche, ihr zustehenden Rechte sichern.«

Ihr wurde schwindelig. »Jack, halt den Mund! Sag mir, was du genau damit sagen willst!«

Er machte ein paar Schritte auf sie zu und strich ihr das wehende Haar aus dem Gesicht. »Es bedeutet«, sagte er sanft, »dass alles, was ich besitze, dir gehört. Nimm es. Werde glücklich. Werde …« Seine Stimme brach. »Werde frei.«

In diesem Augenblick kam der Steward. Er nickte Jack respektvoll zu. »Wir wären dann so weit, Miss.«

»Mylady«, korrigierte Jack ihn. »Wir wären dann so weit, Mylady.«

Dann kniete Jack sich hin und gab seiner Tochter einen flüchtigen Kuss. »Du wirst eine herrliche Reise erleben, mein Liebling.«

»Kommst du auch mit, Papa? Können wir ein paar Piraten jagen?«

Bei diesen unschuldigen Worten drohte Jack die Fassung zu verlieren. Angestrengt blickte er lange in die Ferne, um sich wieder zu fangen. Dann brachte er ein schwaches Lächeln zustande und küsste Melody erneut. »Nein, meine Kleine. Ich komme nicht mit. Du musst es ohne mich mit dem schwarzen Pete aufnehmen«, sagte er und richtete sich auf, um davonzugehen.

Dünne Nebelschwaden lagen über dem Wasser, und Laurel folgte Jack mit ihren Blicken. Schwarz hob er sich vor dem weißen Hintergrund ab. Eine dunkle, einsame Gestalt. Laurel gab sich einen Ruck und wandte sich ab, nahm Melody auf den Arm und ging entschlossen zur Gangway.

Wenn Jack die Wahrheit gesagt hatte, stand ihr jetzt die ganze Welt offen.

An Bord des Schiffes wurden sie in eine kleine, aber gemütliche Kabine gebracht. Melody rannte umher und erkundete mit Gordy Anne unter dem Arm jeden Winkel, während ihre Mutter sich auf die Koje setzte, die sie die nächsten Wochen mit Melody teilen würde. Endlich vereint mit ihrer Tochter. Ein schöner Gedanke. So viele Jahre hatte sie diesen Moment herbeigesehnt. Trotzdem überfiel sie mit einem Mal Müdigkeit und Resignation.

Was tust du da?

Ich bringe meine Tochter von hier fort, wie ich es immer wollte.

Und warum?

Weil ich es leid bin, dass ein anderer über mein Schicksal bestimmt. Weil ich nicht länger manipuliert und belogen und bestohlen werden will.

Ich gebe dir alles.

Sein Gesicht, wie er dort im Nebel stand … So hoffnungslos und verloren. Er gab sich auf und überließ ihr alles, weil sein Leben ihm wieder sinnlos erschien. Dachte nur an ihr Wohl und das ihrer gemeinsamen Tochter.

Bist du völlig von Sinnen?

Ein leises Lachen kam über Laurels Lippen.

Ich glaube, ich bin ein bisschen verrückt. Verrückt nach diesem merkwürdigen, komplizierten, großherzigen Schurken.

Sie spürte, wie das Schiff unter ihren Füßen zu rollen begann. Die *Honor's Thunder* hatte abgelegt. Sie fuhren! Laurel rannte an Deck, dicht gefolgt von Melody. Ein ganzes Stück lag bereits zwischen ihnen und der Anlegestelle.

Jack beobachtete vom Kai aus, wie das Schiff sich in Bewegung setzte. Bald würde alles, was ihm auf Erden lieb und teuer war, von den dichter werdenden Nebelschwaden verschluckt werden. Wie ein Geisterschiff würde der majestätische Segler verschwinden. Wie passend, denn auch sein Leben war künftig kaum mehr als ein gespenstisches Schattendasein.

»Es ist weg, Papa. Warum schaust du noch hinterher?«

Beim Klang der kleinen, so vertrauten Stimme blieb Jack das Herz stehen. Melody stand neben ihm und richtete ihre großen blauen Augen vertrauensvoll auf ihn. Sie zog den Finger aus dem Mund und deutete hinaus aufs Meer. »Ich hab zum Abschied gewinkt. Wie Mama.«

Jack hob seinen Blick, und dann sah er sie. Mit wehenden Haaren und einem breiten Lachen im Gesicht. Geräuschvoll stieß er den Atem aus. »Aber, wieso … Ich habe doch gesehen, wie du an Bord gegangen bist …«

Ihre Augen funkelten ihn belustigt an. »Es ist mein erstes Schiff, und es war eine großartige Erfahrung, dass man einem Matrosen einfach befehlen kann, einen mit dem Schlauchboot an Land zurückzubringen.« Sie beugte sich näher zu ihm. »Ich habe ihm fünfzig Pfund versprochen. Eine unverschämte Summe, doch ich bin schließlich eine sehr reiche Frau, oder?«

Jack wagte kaum zu atmen. »Du bleibst also in England? Und ich kann Melody manchmal sehen?«

Laurel stemmte die Fäuste in die Hüften. »Das will ich schwer hoffen. Ich jedenfalls bin nicht bereit, jeden Morgen die Katzentoilette auszuleeren.«

Ihm war es, als würde die ganze Welt plötzlich still stehen. Selbst die kabbeligen Wellen der Themse schienen wie eingefroren innezuhalten. Hatte sie …? Würde sie …?

Laurel trat näher an ihn heran, und dann noch ein bisschen näher. Sie stellte sich auf die Zehenspitzen, um in sein Ohr zu flüstern. »Frag noch einmal!«

Er spürte, wie alle Last von ihm abfiel, wie sein Herz endgültig zu seinem alten Rhythmus zurückfand. Nach so vielen Jahren des Zweifels.

»Willst du mich heiraten, Bramble?«

»Nein«, sagte sie mit einem strahlenden Lächeln. »Aber du kannst mich heiraten, wenn du möchtest.«

Jack spürte, wie eine kleine Hand an seinem Mantel zerrte. Melody schaute zu ihm auf. »Papa, können wir jetzt endlich heiraten?«

Epilog

Jack rollte sich zur Seite und schlang den Arm um seine Frau, während Laurel sich in seine Körperbeuge schmiegte.

»Hm?«

Er küsste ihre nackte Schulter. »Guten Morgen, Mylady.«

»Ist es etwa schon Morgen?« Sie drehte das Gesicht ins Kissen. »Das kann nicht sein. Ich will erst aufstehen, wenn ich mich vollständig erholt habe.«

»Ach, jetzt komm aber. So schlimm war es nun auch wieder nicht.«

»Sagst du. Bei mir pocht und brennt noch alles.«

»Hm.« Er schob sanft seinen Körper an ihren Po. »Das Gefühl kenne ich.«

Lachend schlug sie nach ihm. »Das Leben besteht nicht nur aus Vergnügungen im Bett, Mylord.«

»Stimmt. Trotzdem ist es wunderbar. Ich hätte nichts dagegen, den Rest meines Lebens mit dir auf einem sündigen Lager zu verbringen.« Er knabberte zärtlich an ihrer Schulter und umfing ihre Brust mit seiner Hand. »Und immer wieder aufs Neue mit dir in Flammen aufzugehen.«

Sie fing an, sich unter seiner Berührung zu winden. Ein untrügliches Indiz dafür, dass ihm bald neue leidenschaftliche Freuden bevorstanden. Er zog sie auf sich und küsste ihren Mund, spürte ihren warmen, weichen Körper verlockend auf seinem.

Ein lautes Geräusch aus dem Nebenzimmer drang störend zu ihnen herüber. »Beachte es gar nicht«, murmelte Jack in ihren Mund, was allerdings leichter gesagt als getan war, denn als Nächstes hörten sie ein missmutiges Miauen, gefolgt von einem übermütigen Kläffen. Und dann Melodys empörten Ausruf: »Mama! Das Hündchen hat das Porzellan runtergeworfen!«

In Laurel stieg von ganz weit unten ein Lachen auf, dem sie nicht widerstehen konnte. War wohl nichts mit den erhofften Freuden. Resigniert lächelnd, drückte Jack ihren Kopf an seine Schulter und tröstete sich damit, dass er sich in den zurückliegenden Wochen genau nach diesem unbeschwerten Lachen gesehnt hatte.

Sie rückte von ihm weg und erhob sich. »Vielleicht sollten wir wirklich darüber nachdenken, auf Strickland House unseren Wohnsitz zu nehmen.«

Jack stützte sich auf einen Ellenbogen. »Das sagst du jeden Morgen, und dann heißt es wieder …«

»Ja, ich weiß. Ich kann mir einfach nicht vorstellen, Brown's zu verlassen.« Laurel lächelte ihren Mann an. Sein dunkles, zerwühltes Haar trug er immer noch eine Spur zu lang, aber seine Wangen waren nicht mehr eingefallen und die Schatten unter seinen Augen verschwunden. Jack wirkte rundherum wie ein glücklicher Mann. Und das war er auch. Selbst die Albträume suchten ihn nur noch ganz selten heim – und wenn doch, hielt sie ihn im Arm, bis es vorüber war.

»Ich habe mir etwas überlegt«, sagte sie beiläufig, während sie ihr Unterkleid zuband, und schaute ihn von der Seite an. »Ich habe mich gefragt …«

Jack setzte sich auf. »Raus mit der Sprache!«

Laurel gab es auf, unbeteiligt zu tun, kletterte zurück ins Bett und nahm seine Hand. Blickte tief einatmend in diese dunklen Augen, die endlich wieder gelernt hatten zu lachen. »Ich habe mir überlegt, dass du vielleicht die Männer aufsuchen solltest, die du in jener Nacht gerettet hast, als du mit ihnen den Rückzug wagtest.«

Als sie sah, wie ein Schatten über sein Gesicht huschte, sprach sie rasch weiter: »Ich dachte bloß … Wenn du sie jetzt triffst und siehst, dass es ihnen gut geht, dann würde dir das helfen …«

Er küsste ihr die Worte von den Lippen, rückte ein Stück von ihr ab und lächelte sie an. »Mein Liebling, ich weiß, dass es richtig war.« Er hob eine Hand und legte sie ihr an die Wange. »Ich würde die gleichen Entscheidungen noch einmal treffen – treffen müssen. Was geschah, war wohl Schicksal.«

Sie spürte Tränen in ihren Augen aufsteigen. »Dann bedauerst du also nichts?«

»Nein, es gab nur diesen Weg. Dass mir zu schaffen macht, was mit Blakely geschah, steht auf einem anderen Blatt.« Er fuhr mit dem Daumen über ihre Unterlippe. »Und du? Bereust du etwas? Du hast so viel verloren …«

Sie biss ihn in den Daumen. »Und dafür so viel gewonnen ...« Er küsste sie, und sie verlor sich in seinem Mund, bis neuerliches empörtes Katzengeschrei sie auseinanderfahren ließ und sie sich mit einem betrübten Lächeln endgültig von ihm löste. »Allerdings haben wir offensichtlich soeben ein Porzellanservice eingebüßt.«

»Ich wünschte bloß, Melody und Evan würden weniger zanken. Seit Evan beschlossen hat, zum nächsten Schuljahr nach Eton zu gehen, benimmt Melody sich ihm gegenüber völlig unmöglich. Ich glaube nicht, dass sie ihm je verzeihen wird«, seufzte Jack.

Laurel lächelte wissend. »Ach, weißt du, Frauen vergeben den Männern, die sie lieben, immer.«

»Lieben?«

Sie lachte und ging aus dem Zimmer.

Melody tupfte sich vor Rührung die Augen. »Sie haben so viel durchgemacht, bis sie zusammen sein konnten. Evan und ich hatten es da viel einfacher.«

Button war es zwischenzeitlich gelungen, die junge Braut für den Gang zum Altar herzurichten. Gerade befestigte er den Schleier auf ihrem Kopf und trat einen Schritt zurück. »Perfekt«, urteilte er. »Was natürlich nicht anders zu erwarten war.«

Melody putzte sich die Nase. »Es ist eine so romantische Geschichte.«

Button nahm ihr das Taschentuch ab und reichte ihr ein sauberes. »Genau wie Ihre eigene, die auch romantischer nicht sein könnte, mein Schatz. In diesem Augenblick wartet Evan unten darauf, mit Ihnen in das Haus des Herrn zu treten und Ihnen ewige Liebe zu schwören. Was meinen Sie? Sollten wir nicht zu ihm gehen?«

Melody lächelte, und es war, als würde sich die Sonne nach einem Sturm endlich wieder zeigen. »O ja. Tun wir das.«

In diesem Moment klopfte es an der Tür. Button öffnete und verneigte sich tief. »Mylord, sie ist fertig.«

»Bin ich das?« Melody blinzelte ihr Spiegelbild an. Von den eleganten, perlenbesetzten Schuhen an ihren Füßen bis zum ellenlangen Schleier war sie eine traumhaft schöne Braut.

Der Marquis betrat den Raum, hochgewachsen und noch immer schlank, das dunkle Haar lediglich an den Schläfen leicht ergraut. Beim Anblick seiner ältesten Tochter überkam ihn Rührung. »Du siehst aus wie deine Mutter«, flüsterte er.

»Tut sie das?« Seine Frau eilte mit einem Strauß rosafarbener Rosen ins Zimmer. Sie blieb stehen und stieß einen langen Seufzer aus. »Mein Gott! Wann bist du erwachsen geworden?«

»Mama!« Melody flog ihrer Mutter in die Arme, bis Button dazwischentrat, damit sein Arrangement nicht in Unordnung geriet.

»Wie nett, Sie zu sehen, Mylady. Aber jetzt müssen wir den Schleier wieder richten.« Dann wandte er sich an Melody. »Ich habe ein Geschenk …«

»Button, das wäre nicht nötig …«

Der kleine Mann reichte ihr ein Taschentuch, ein Viereck aus fleckigem Leinen, sorgfältig gesäumt und mit Spitze umrandet. Der Stoff war braun vor Alter und ziemlich schmuddelig.

Melody betrachtete es stirnrunzelnd. »Du meine Güte! Äh, danke.«

Buttons Gesicht verzog sich zu einem Lächeln. »Ich weiß, dass Sie dachten, sie sei vor Jahren zerfallen, doch dieses Stück habe ich gerettet – es stammt von der Innenseite des Knotens.«

»Gordy Anne«, rief Melody aus und schlang Button die Arme um den Hals. »Gordy Anne wird an meiner Hochzeit teilnehmen!«

Sichtlich bewegt tätschelte er ihr sanft den Rücken. »Eine Kindheitserinnerung, mein Mäuschen.«

Tränen der Rührung unterdrückend, steckte Melody den Stoff vorsichtig in ihr perlenbesetztes Mieder, ganz nahe an ihr Herz. Dann reckte sie entschlossen das Kinn und lächelte ihre Mutter und ihren Vater und Button an.

»Kommt jetzt«, sagte sie fröhlich. »Wir wollen heiraten!«

Ich danke Darbi Gill, Robyn Holiday und Joanne Markis, die für mich eine unerschöpfliche Quelle der Inspiration waren. Ohne euch hätte ich diese Trilogie niemals schreiben können.
Und natürlich auch nicht ohne die kleine Frankie Jean Baca-Lucero, meine Melody.